Jörg Liemann
JUNG GENUG ZU STERBEN

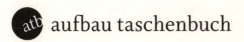 aufbau taschenbuch

Jörg Liemann, geboren 1964, ist Politologe, Dozent und Luftsicherheitsexperte. In den achtziger Jahren war er der wohl jüngste Telefonseelsorger Deutschlands. Er lebt in Berlin und ist Mitglied des *syndikats*, der Vereinigung deutschsprachiger Krimiautoren. Mit »Jung genug zu sterben« vermittelt er eine neue Sicht auf die Pubertät.

Lena, 14, ist Probandin am Hirn-Forschungsinstitut Zucker in Berlin. Als sie nicht zum Termin erscheint und ihre Betreuerin Melina eine kryptische Videobotschaft mit schockierenden Bildern erhält, wird klar: Sie ist auf der Flucht. Lenas Spur führt in die Bergwelt Graubündens, wo für bewährte Probanden nervenkitzelnde Trekkingtouren organisiert werden. Melina gerät in Konflikt mit Lenas faszinierend exzentrischem Vater, der die Gefahr herunterspielt, zugleich aber Schlüssel dafür ist, das Mädchen zu retten. Im Nebel der Alpenwelt blitzen widersprüchliche Bilder auf: Geht Lena auf ihrer Flucht über Leichen? Sucht das Institut ganz gezielt Jugendliche als »frisches Forschungsmaterial«?

JÖRG LIEMANN

JUNG GENUG ZU STERBEN

Thriller

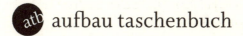 aufbau taschenbuch

MIX
Papier aus ver-
antwortungsvollen
Quellen
FSC® C083411

ISBN 978-3-7466-2875-2

Aufbau Taschenbuch ist eine Marke
der Aufbau Verlag GmbH & Co. KG

1. Auflage 2012
© Aufbau Verlag GmbH & Co. KG, Berlin 2012
Umschlaggestaltung morgen, Kai Dieterich
unter Verwendung eines Motivs von © Jim Jurica/iStockphoto
und zwei Motiven von plainpicture: © Johner und apply pictures
Druck und Binden CPI – Clausen & Bosse, Leck
Printed in Germany

www.aufbau-verlag.de

Alles wird weiß

1

Bislang waren nur Stechmücken gegen die Scheinwerfer aus Pontresina geklatscht. Nein, eine schwarze Fichtenholzwespe war auch unter den toten Insekten, der Kadaver einer Regenbremse, der Flügel eines Abendpfauenauges, und gerade fing einer der Scheinwerfer in der Dämmerung ein weißes Federgeistchen ein, das sich in den roten und gelben Flüssigkeiten der zermatschten Opfer verklebte. Aber ein Mädchen, ein Mädchen war noch nicht in die Lichter geklatscht. Bislang.

Auf der Straße nach Forcola di Livigno war sie streckenweise gerannt, mit dem Ziel, die italienische Grenze zu erreichen. Aber was sollte in Italien besser sein? Auf der Straße würde man sie einholen. Also hatte sie Kurs auf die schwarzen Hänge genommen und keuchend den Lej Minor erreicht. Jetzt knickte sie zum dritten Mal mit dem Fuß um, als sie falsch auf einen Stein trat. Stechender Knöchelschmerz. Der Bach kämpfte mit dem Bergweg um die Vorherrschaft. Aber immerhin gab es einen Weg durch das Val Minor.

Sie versuchte, sich die Bilder der Landkarte in Erinnerung zu rufen. Mündete das Tal gen Norden? Beschrieb es einen Bogen? Öffnete es sich in Richtung Pontresina? Aber immer wieder schoben sich im wadenzerrenden, schnellen Gehen, im Stolpern und Umknicken mit den untauglichen Turnschuhen die anderen Bilder dazwischen. Sie bekam die richtige Reihenfolge dieser Erinnerungen nicht mehr zusammen.

Noch mal Jan, wie er zitternd nach vorn kippt. Die Kniescheibe auf den Felsboden zu. Jedes Mal wurde das Geräusch lauter. Vielleicht nur in ihrer Rückschau. Sein Körper durchbebt und fällt zur Seite. Was dann kam, konnte sie nicht mehr sehen. Bei jeder Wiederholung versuchte sie herauszubekommen, ob er auch mit dem Schädel aufgeschlagen war.

Dann: Wie er sich mit Klauen und Zähnen weigert, die Tabletten zu nehmen. Haben ihn regelrecht gezwungen. Festgehalten. Mund auf. Und dann noch eine Spritze von dem Zeug. Das war doch vorher! Das war nicht *nach* dem Sturz, verdammt noch mal, das war vorher!

Und wie sie in der Hütte steht. Die anderen mit dem Rücken zu ihr. Langsam drehen sie sich um. Starren sie an. Vorwürfe. Warum hast du nicht? Das wusstest du doch. Er braucht seine Medikamente. Du solltest dich darum kümmern. Ihn schützen. Das war hinterher. Aber war das überhaupt passiert? Hatten sie ihr diese Vorwürfe wirklich schon gemacht?

Ein Unfall war das nicht. Es war die dritte oder vierte Wiederholung von, von …

Sie sah sich um und nahm diese seltsam steile Anhöhe. Kaum fünf Meter, aber irgendwie unpassend in dieser Landschaft. Das musste jemand aufgeschüttet haben, künstlich zwischen die Ausläufer des Tals gebaggert. Hier und da waren einzelne Schneeflecken jetzt heller als der Himmel.

Für die Steigung brauchte sie auch die Hände. Rutschende Steine, glitschig, scharfkantig.

Während sie sich aufrichtete, sah sie im Augenwinkel die Scheinwerfer.

Was wollt ihr von mir?

Aufgerichtet stand sie da. Eine Steinsalzsäule.

Sie hörte nichts. Doch: Jans Kniescheibe, wie sie in Zeitlupe auf den Felsen schlug.
Nichts.
Das Mädchen stand da und hatte die Augen geschlossen.

Sie streckte den Arm aus. Schaute. Berührte den schwarzen Steinbock auf dem Wappen. Das Wappen hing genau in der Mitte, zwischen den Scheinwerfern. Sie berührte das rot lackierte Metall und spürte das Gespinst klebrig-toter Insektenflügel.
621. Was soll das? Was heißt 621?
Die graue Zahl nahm fast ihr gesamtes Gesichtsfeld ein. Voller Mücken und Fliegen, die bei der Fahrt ihr Leben gelassen hatten. Eigentlich ein schönes Schicksal, dachte sie. Dann wär's wenigstens vorbei.
Sie sah nach oben. Über der 621 war noch ein dritter Scheinwerfer.
Und das Gesicht. Blass. Weiß. Der Zugführer der Lok 621 starrte sie an.
Jemand rief sie.
Sie stolperte. Plastikgeräusch auf Stein – das Handy, nein, die Kamera war aus der Jackentasche auf das Gleisbett gefallen.
Das Ding sieht aus wie ein Handy.
Sie griff danach und rannte weg. Rannte.

2

Er strich mit dem Daumen über die Stirn des Jungen auf der Pritsche. »BB«, murmelte er.

Für den anderen klang es nach einer Beschwörung. »Was sagst du?«

»Nichts. Komm, hilf mir, ihn raufzuheben.«

»Urs, jetzt sag schon! Hast du *Bébé* zu ihm gesagt?«

»Ich frage mich, warum wir den Jungen wieder und wieder in die Röhre schieben. Wo es ein Fall von BB ist: Sein Hirn ist nichts anderes mehr als *Bregen-Brei*.«

Unvermittelt stand Brogli neben ihnen. »Fragen, die Herren?«

»Nein, Herr Doktor. In zwei Minuten können wir wieder beginnen.«

»Gut. Fixieren Sie den Patienten.«

»Fixieren? Aber der Junge liegt ja sowieso im Koma …«

»Fixieren Sie ihn. Wir haben es mit *morbus sacer* zu tun.«

»In Ordnung, Herr Doktor.«

Als Brogli hinausgeschwebt war, flüsterte Andreas: »Was für ein *morbus*?«

»Fallsucht.« Er grinste. »Epilepsie. Solltest du wissen. Erstes Semester!«

»Koma ist Koma, oder? – Was meinst du mit *Bregen-Brei*?«

»Wir haben den Jungen von allen Seiten durchleuchtet. Schau dir die Bilder an! Der hat nichts mehr da oben. All die hellen Flächen – das ist nur noch Matsch in der Birne.«

Andreas betrachtete die Aufnahmen. »Matsch? Kann das Helle nicht etwas anderes sein?«

Urs zuckte mit den Schultern.

Andreas legte dem Jungen flach die Hand auf die nackte Schulter, atmete tief ein und versuchte, lautlos auszuatmen. Es sollte nicht wie ein Seufzen klingen.

Er vertraute auf sein Gehirn.

Professor Eugen Lascheter saß auf dem Dach des Punkthochhauses. Die drei Wohnungen der obersten Etage hatte er zu einem einzigen Apartment zusammenlegen lassen.

Blick auf Berlin in alle Himmelrichtungen. Alle Wände entfernt und durch Säulen ersetzt. Eine Wendeltreppe zum Dach – wo Lascheter nichts brauchte außer einem Liegestuhl.

Keine Musik, keine Getränke, keine Zeitschrift, kein Buch. Er vertraute ganz auf das Unterhaltungspotenzial seines Gehirns.

Eugen Lascheters Gehirn schöpfte aus den Archiven seines Langzeitgedächtnisses, einem Speicher mit Erlebnissen aus fünf Lebensjahrzehnten.

Gesichter, Bewegungen, Melodien kamen zu Tage, aber auch Stimmungen und Gerüche. Manche dachte er gezielt herbei. Andere wurden durch Assoziationen an die Oberfläche befördert und überraschten ihn. Er liebte die Überraschungen, die sein Gehirn ihm offerierte, dieses Organ, das zwischen Geburt und Tod niemals abschaltete.

Lascheter wartete darauf, was sein Gehirn mit den aufgespülten Erinnerungen machte. Es schlug vor zu vergessen, es wertete, es fällte Urteile. Es dachte in Ursachen und Konsequenzen, es verglich Vergleichbares und Unvergleichbares. Die zwei, drei, vier Millimeter dicke Großhirnrinde war der *dernier cri* der Evolution. Um das Vierfache größer als das eines Schimpansen. Die Zentrale der Strategie, der Feuerofen der Phantasie. Lascheter hatte nichts gegen wissenschaftliche Experimente mit Drogen. Aber die Vorstellung, seinen Ideen mehr Farbe zu geben durch Drogen, hielt er für abwegig. Wozu Ersatzemotionen, wenn es die echten Brainstorms gab?

Alles, was du tun musst, ist, deinem Gehirn zuzuhören und das Feuerwerk zuzulassen. Ab und zu kannst du etwas steuern, wie ein Dirigent. Du kannst eingreifen, wie ein Regisseur. Aber notwendig ist das nicht. Angeregt, gesteuert wird ohnehin von allen Seiten. Von Außenreizen:

Wolkenformationen über Berlin-Marzahn.

Die Fliege auf dem Arm.

Sonne.

Wärme.

Mehr als Konzentration brauchte und wollte er nicht. Sein einziges Zugeständnis an mediale Verführbarkeit auf dem Dach war ein Blackberry in Reichweite. Das Gerät gab ein dezentes Knacken von sich.

Dr. Carlo Brogli
Universitätsspital Zürich
Sehr geehrter Herr Professor, geschätzter Kollege,
Ihr Patient, der 16 Jahre alte Jan Sikorski, hat an einer Bergwanderung mit anderen Jugendlichen in Graubünden teilgenommen und ist schwer gestürzt. Ursache war offenbar ein epileptoformer Anfall Sikorskis. Nach der Sanität wurde dem Verunfallten im Spital Oberengadin in Samedan Levetiracetam verabreicht, damit es nicht zu weiteren Konvulsionen kommt, bei denen er sich zusätzlich verletzt. Zur Behandlung wurde er anschließend maximal sediert.

Nach Erstbehandlung eines Milzrisses und weiterer Inner-

blutungen wurde er heute zu uns verlegt. Ich diagnostiziere multiple Frakturen, die komplikationslos heilen dürften, ebenso wie die organischen Verletzungen. Im Normalfall hielte ich die weitere Analgo-Sedierung für unabdingbar und würde ihn erst in vier bis sechs Tagen wecken. Allerdings handelt es sich nicht um einen Normalfall, wie ich dem ILAE-Epilepsie-Pass Ihres Patienten entnehme.

Demnach leidet er an einer Sedativa- und Antiepileptika-Unverträglichkeit. Ich bitte daher um Ihre Einschätzung innerst nützlicher Frist, wie dieses Dilemma zu lösen ist, denn offenbar sind für ihn sowohl der Wachzustand als auch das »künstliche Koma« lebensbedrohend.

Ein weiterer Umstand alarmiert mich: Das Gehirn des Pat. weist Anomalien auf, die meines Erachtens weder aus der epilept. Anamnese noch aus dem Unfall resultieren. Insbesondere fehlt es an Graumasse. Sikorski hat ein Gehirn wie ein Erwachsener. Ist Ihnen das bekannt?

Bitte um Ihren Rat als behandelnder Experte.
Auf Wiederlurgen, C. Brogli
PS: Wer ist Kostenträger?

Jan Sikorski – bei manch anderen Patienten hätte Lascheter die Datenbank bemühen müssen. Für Sikorski hatte er gerade erst die Reise-Unbedenklichkeitserklärung unterschrieben. Bergwandern im schönen Graubünden – als Epileptiker? Lascheter wusste, die letzten diffusen, fokalen Anfälle hatte Sikorski vor mehr als drei Jahren gehabt. Er wusste, wann das angefangen hatte. Er wusste, wodurch es ausgelöst wurde. Er wusste eine ganze Menge.

Eine graue, flächige Wolke schob sich vor eine weiße, die wie ein Blumenkohl aussah und schnell aus sich selbst wuchs.

Lascheter verwarf den Impuls, den Schweizer Kollegen anzurufen.

Manchmal ist Reduktion auf das pure Wort besser. Man kann die Kommunikation später nachlesen. Und sie als Beleg verwenden, falls nötig.

Kollege Brogli – meine Grüße in den grandiosen Kanton Zürich! Ich erwäge im Fall Sikorski seit geraumer Zeit einen hirnoperativen Eingriff, der die einzige Option ist, seine Epilepsie zu überwinden. Erst kürzlich konnte ich eine Vernarbung im vorderen Kortex feststellen, nahe dem Sulcus frontalis superior. Das ist vermutlich der Herd. In Vorbereitung der OP injiziere ich seit Monaten verschiedene Kontrastgeber – was zu dem von Ihnen beschriebenen Bild einer hell reflektierenden Hirnmasse führte. Das muss Sie also nicht beunruhigen.

Verzichten Sie unbedingt auf weitere Antiepileptika, sie können bei der Disposition Sikorskis einen letalen Schock auslösen. Sedieren Sie so schwach wie möglich und leiten Sie schnellstens die genannte OP ein. Falls Sie sie nicht selbst durchführen, stehe ich zur Verfügung, bei Ihnen oder in meinem Institut.

NB: Alle Kosten übernimmt mein Institut, Sikorski läuft über unseren Forschungsetat. Hochachtung, Lascheter.

Die weiße Knollenwolke hatte die dunklere Flächenwolke von hinten durchstoßen.

Heftige Winde, da oben.

Immer wieder fingerten ein, zwei Sonnenstrahlen durch die Wolken.

Wie Laser, die jemand eingeschaltet und vergessen hatte.

Lascheter schloss die Augen und schwebte über Sikorskis

Sulcus frontalis superior. Er sah die Vernarbungen, die vor einem rosaweißen, fleischig glänzenden Tal lagen. Er versuchte, die Konsistenz zu spüren. Das Gewebe von innen her zu denken. Spielte mehrere Schnitte durch.

Rostral beginnen, nasal umlenken. Klarer Schnitt.

Und wieder knackte der Blackberry.

Danke für Ihre Kooperation. Ich bin bestürzt, denn Ihr Patient ist soeben hingeschieden. Ich deute es als eine ischämische Attacke. Offen gesagt stehe ich vor einem Rätsel. Für eine Sedativa-Unverträglichkeit war es eine zu plötzliche Reaktion. Sind Sie freundlicherweise bereit, die gutachtliche Sektion durchzuführen? C. Brogli

Professor Eugen Lascheter antwortete mit einem knappen Ja.

Jan Sikorski tot. Und bald auf dem Seziertisch des Instituts.

Er streckte und reckte sich im Liegestuhl und fühlte sich in der Frische des Abends wohl wie eine Katze.

Zwischen den Wolkenspielen blitzte ein Stück Abendhimmel und schwand.

Manchmal fügt sich alles optimal.

Lascheter lächelte.

3

Das Mädchen saß am Rand des Bettes, die Augen groß und starr. Unbekleidet und bewegungslos wartete sie auf dem Laken, die Hände im Schoß verschränkt.

Ein kahles Zimmer. Kalt.

Ihr Kopf war kindlich, die langen, dunklen Haare hingegen offen wie die einer jungen Frau. Hinter ihr, an der Wand, stieg ein Schatten auf, ihr eigener Schatten. Er stieg auf wie eine Lache. Eine Lache, die an der Wand die Form einer ... Keule annahm. Ein Schatten mit einem Eigenleben.

Edvard Munch stand unter dem Bild. Und: *Die Pubertät, Nationalgalerie Oslo, 1894/95, 151 x 110 cm.*

Melina von Lüttich stand vor der Kopie des Gemäldes und schüttelte den Kopf.

Wer kommt auf so eine Idee? Das Bild einer nackten Pubertierenden in das Foyer eines Forschungsinstituts zu hängen! Die Eltern, die zum ersten Mal herkommen und sich fragen, ob sie uns ihre Kinder anvertrauen können – ihr erster Eindruck ist jetzt dieses arme Mädchen! Man müsste etwas Freundliches, Beruhigendes aufhängen.

Sie trat einen Schritt näher.

Munch hin, Munch her – die Wand des Zimmers mit dem Bett ist schlecht schraffiert, der Schatten hinter dem Mädchen zusammengekritzelt.

Für einen Moment dachte sie, das Mädchen habe Lenas Augen. Sie sah auf die Armbanduhr, drehte sich um und hoffte, im weitläufigen Foyer eine heranschlurfende Lena zu sehen. Aber nichts.

Seit einer Viertelstunde ist sie fällig. Wie hoch und wie heilig hat sie mir versprochen, heute pünktlich zu sein, dachte Melina. »*Ja, ich werde die ganze Gruppe begrüßen und alles so professionell machen wie du, Melina.*« Von wegen! »*Vertraue mir einfach. Ich kümmere mich um die Gruppe, mache die Erstbefragungen und alle Tests in den nächsten Wochen. Was soll ich denn noch machen, damit du mir das zutraust?*« – Tja, vielleicht einfach mal erscheinen?

Melina ärgerte sich über ihren Groll. Sie klemmte die Ledermappe unter den Arm und schritt quer durch das Foyer in den Garderobentrakt, wo ein Spiegel bis auf den Boden ging.

Kommt sich erwachsen vor mit ihren vierzehn. Und was ist sie? Wenn ich gewusst hätte, dass wieder alles an mir hängenbleibt, hätte ich mich vorbereitet.

Sie zog ihr dunkles Haar straff nach hinten und kontrollierte sich: der geordnete Pferdeschwanz. Die schmale, dunkelblaue Brille. Der dezente Lippenstift. Der herbstfarbene Hosenanzug.

Langweilig, aber professionell.

Draußen war weiterhin keine Lena. Melina tippte auf dem Handy die Lena-Kontakte an. Niemand meldete sich, weder bei ihr zu Hause noch am Handy.

Lena hatte so überzeugend gewirkt beim letzten Mal. Sie wollte es so unbedingt, dass ich ihr vertraute. Vielleicht ist ihr was zugestoßen? Wenn sie sich verspätet oder den Termin vergessen hat, könnte sie ans Handy gehen. Das macht sie sonst auch.

Melina versuchte es erneut.

Freizeichen, Freizeichen, Freizeichen.

Sie setzte sich unter das Mädchen, das einsam auf dem Bett saß.

Da kommen schon die Ersten.

Sie schoss hoch.

Quatsch, setz dich! Vielleicht erscheint Lena doch noch und nimmt die Gruppe in Empfang.

Melina setzte sich und schlug die Beine übereinander. Sie beobachtete, wie Jungs und Mädchen um die dreizehn Jahre ins Foyer schlichen. Ob sie einzeln angeschlurft kamen, die Samstagsvormittagsmüdigkeit im Gesicht, oder sich blödelnd rempelten oder ganz in ihre Displays vertieft waren – sie alle schauten irritiert. Denn im Eingangsbereich des großzügig bemessenen Foyers gab es ungewöhnlich viele Säulen. Wie die Außenfassade waren sie aus grünem Marmor, und sie standen besonders am Eingang eng und ungleichmäßig verteilt. Einige so nah beieinander, dass man sich nicht zwischen ihnen hindurchquetschen konnte.

Wenn Lena was passiert ist … Und ich kümmere mich nur um das Institut und diese Kids da …

Melina spürte die Adrenalinwelle. Als offerierte ihr jemand, dass sie eine Lateinklausur zu schreiben habe, an die sie nicht mehr gedacht hatte.

Keine Panik!

Von der Potsdamer Chaussee trat wenig Tageslicht durch die schmalen, vertikalen Fensterschlitze. Wenn überhaupt, dann kam Licht aus Punktstrahlern, insbesondere auf der östlichen Seite des Foyers, wo schwarze Ledermöbel Komfort versprachen. Dort wartete und beobachtete Melina.

Zwei Jungs kamen näher, deuteten auf das Gemälde mit dem nackten Mädchen und machten eine obszöne Geste.

Ein bleiches Mädchen schritt wie in Trance durch den Säulenwald.

Drei Mädchen erzählten sich in den höchsten Tonlagen irgendetwas, das sie aufregend fanden.

Melina sah zum tausendsten Mal auf die Uhr und biss sich auf die Unterlippe. Es schien, der Schwarm aus Jungen und Mädchen war vollständig, abgesehen von der vorgesehenen Gruppenleiterin.

Na gut, die Show beginnt.

Sie stand auf und hob zur Begrüßung einen Arm, als wolle sie den Verkehr regeln.

»Meine Herren und Damen«, hob sie an und machte eine Pause.

Es war schlagartig ruhig. Sie wusste – das hielt nur einen Moment.

»Sie interessieren sich für das *Institut Zucker*. Mein Name ist Melina von Lüttich, und ich ... werde Sie führen. Ach ja, noch etwas ...« Pause.

Vorsichtiges Husten ganz hinten.

Sie fuhr fort: »Wenn wir wollen, dürfen wir uns duzen. – Was halten Sie davon?«

Unschlüssigkeit.

»Ich werte das als Zustimmung. Also, ich bin Melina. Falls sich jemand danebenbenimmt, werde ich ihn oder sie wieder siezen.«

Heiterkeit.

»Zuerst ein Wort zu diesem Gebäude. Was ist euch zuerst aufgefallen, als ihr es betreten habt?«

Keiner traute sich.

»Na?«

Zaghaft, während einer gähnte: »Alles voller Säulen.«

»Gut. Und könnt ihr euch vorstellen, was der Architekt damit bezweckt?«

Nichts. Kaugummikauen.

»Ihr seht, dass die grünen Marmorsäulen unregelmäßig verteilt sind. Am Anfang viele und nach dort hinten hin werden es weniger. Woher kennt man so was?«

»Wald?«, fragte einer.

»Genau. Wenn ihr genau hinschaut, erkennt ihr, dass manche Säulen gar nicht bis an die Decke reichen. Es sind 99 Säulen, an sieben von ihnen rinnt Wasser herunter. Habt ihr schon eine davon gefunden? – Der Architekt will, dass jeder Besucher am Anfang regelrecht *im Wald steht*. Er soll verwirrt sein: Obwohl alles wie in einem typischen repräsentativen Gebäude aussieht, geht dieser Säulenwald gegen unsere Gewohnheit. Außerdem seht ihr, dass es am Eingang und im ganzen Foyer dunkel ist, die Augen müssen sich erst daran gewöhnen, stimmt's?«

Vereinzeltes Nicken, wieder der Gähner.

»Je weiter ihr vorgeht, desto weniger Bäume gibt es, die Decke wird höher – sie steigt von acht auf sechzehn Meter, es wird heller. Das ist die Idee einer Lichtung. Dort hinten seht ihr die Treppen, und an die Stelle des dunklen Marmors tritt Holz. Der Architekt möchte, dass die zunächst irritierten Besucher sich der Dunkelheit bewusst werden und dass sie instinktiv zum Licht streben. Dort, oberhalb der Treppe, gibt es nur noch Glas und Licht und Weißmetall. Dort ist unsere Forschungsabteilung, und da befindet sich auch das Auditorium maximum. Ohne dass man einen Wegweiser braucht, weiß man auf diese Weise, in welche Richtung man gehen muss – sofern man nicht wie wir im Foyer verabredet ist. Das ist Kunst, ohne dass es nach einem Kunstwerk aussieht.«

»Und das da?«, fragte eine Zierliche und deutete auf das Munch-Gemälde.

Dieses blöde Bild …

Melina lächelte und zuckte die Achseln. »Es heißt ›Die Pubertät‹ und stammt von einem berühmten norwegischen Maler. Vielleicht kennt ihr sein Gemälde ›Der Schrei‹? – Seht es euch beim Rausgehen nachher noch mal genauer an.«

Einer verdrehte die Augen.

»Worum geht es heute?«, fragte Melina. Sie griff in ihren Rucksack auf dem Ledersessel und zog ein Gehirn heraus. »Um das hier!«

Raunen.

»Das ist ein gutes Modell. Und ein teures, lasst es nicht fallen. Es fühlt sich genauso an wie ein menschliches Hirn, ihr könnt die Oberfläche leicht eindrücken. Auch die Färbung stimmt – unser Gehirn ist nicht einfach nur grau. Es wiegt 1,1 bis 1,5 Kilogramm.«

Das Hirn ging von Hand zu Hand.

Keine Lena.

Vorsichtiges Drücken, Wiegen in der Handfläche, ungeduldiges Wegnehmen, Ekelmimik, Unglaube, Freude. Und – unvermeidlich – einer, der sich das Gehirn auf den Kopf setzte.

Wie immer. Melina wartete auf die Rückkehr des Gehirns, hielt es hoch und sagte: »Euer Gehirn schwimmt unablässig in einer Salzbrühe. Wenn ihr zu wenig trinkt, dehydriert der Körper, und es kann zu Kopfschmerzen kommen. Wenn ihr Wasser literweise und pausenlos in euch hineinschüttet – es gibt so idiotische Kampftrinkereien mit Mineralwasser –, dann kann das Gleichgewicht des Salzwassers im Kopf umkippen. Und das ist tödlich.«

»Cool.«

»Von allem, was ihr esst – Pommes, Schokoriegel, Kartoffelchips, Burger ... –, wird ein Fünftel vom Gehirn benötigt. 20 Prozent der Energie für dieses Organ, das nur 2 Prozent eures Körpergewichts ausmacht. Aber wozu wird so viel Energie benötigt? Habt ihr eine Idee?«

Schulterzucken.

»Die Salzlösung nennt man Cerebrospinalflüssigkeit. Sie enthält Natrium- und viel weniger Kaliumionen. Tag und Nacht arbeiten molekulare Pumpen, um die Kaliumionen in die Nervenzellen zu bugsieren und um das Natrium herauszuleiten. Durch die unterschiedlichen Ladungen der Ionen entsteht Strom.«

»Ein Kraftwerk im Kopf«, sagte einer und kicherte.

Sie deutete auf den Jungen und nickte. »Mit diesem Kraftwerk im Kopf befasst sich das *Institut Zucker*. Das Kraftwerk baut sich im Laufe unseres Lebens von selbst um. Und wir wollen wissen, warum das geschieht.«

Sie verstaute das Gehirnmodell im Rucksack. »Jetzt noch kurz vier Sätze zum Institut, mit dem ihr zusammenarbeiten wollt: Professor Friedrich Zucker gründete das Institut 1984. Er verlegte es 1994 nach Berlin und arbeitete mit der Charité zusammen. Dieser Neubau hier in Berlin-Gatow wurde vor drei Jahren fertig. Seitdem konzentrieren wir uns auf die Erforschung der Hirn-Physiologie während der menschlichen Pubertät. Alles klar?«

Einzelne nickten.

»Gut, dann sagt mir: Wann wurde das *Institut Zucker* gegründet? Was habe ich eben gesagt?«

Allgemeines murmelndes Nichtssagen.

»1994?«, piepste eine Stimme.

»1984. – Aber ihr habt es sehr gut gemacht. Genau so, wie man es erwartet. Aus irgendeinem Grund sagt euch euer Gehirn nämlich: *Diese Zahl musst du dir nicht merken!* Und wir wollen herausfinden, weshalb das Gehirn so dusselig ist. Nicht ihr, sondern das Hirn.«

Lachen.

»Wenn ich euch diese Jahreszahl vor einigen Jahren genannt hätte, als ihr Kinder wart, dann hätte euer Gehirn gesagt: *Merk es dir, egal, was das für eine Zahl sein soll!* Es sieht also so aus, als sei euer Gehirn dümmer geworden.«

»Nö«, protestierte ein adipöser Junge. »Es ist schlau genug, an der richtigen Stelle auf Durchzug zu schalten.«

»Hm, ich sehe, du könntest uns gut bei der Arbeit helfen.«

Schulterklopfen für den Kumpel.

»Die Hauptthese hier am Institut lautet: Während der Pubertät nimmt die Leistungsfähigkeit des Gehirns in bestimmten Bereichen dramatisch ab. Zum Beispiel bei der schulischen Konzentration.«

»Hö-hö!«, tönte es lautmalerisch.

Melina nickte. »Ja genau: hö-hö. Sonderbarerweise gibt es andere Areale des Gehirns, die während der Pubertät richtig loslegen. Das ist das Ziel des *Instituts Zucker:* Diese Widersprüche zu verstehen.« Sie schaute in die Runde. »Dem einen oder anderen von euch würde es helfen, wenn er verstünde, was in seinem Köpfchen passiert. Oder?«

Breites Grinsen. Von frech bis nachdenklich.

»Wir kommen jetzt zu der Frage, ob ihr mit uns kooperieren wollt, damit wir bei unserer Forschung weiterkommen. Bei unseren Tests müsst ihr keine Medikamente schlucken, und es gibt keine gruseligen Operationen, okay? Eure El…, Eure Erziehungsberechtigten müssen zustimmen, dass ihr ärztlich gecheckt werdet und dass ihr für einige der medizinischen Tests Kontrastmittel bekommt. Die Unterschriften will ich nicht per Mail oder SMS, sondern auf Papier. Papier – das sind diese leichten, weißen, viereckigen Dinger hier, klar?«

Einige Lacher.

»Ich nehme an, Geld interessiert euch nicht«, sagte sie.

Die Jugendlichen grinsten.

»Ihr bekommt für jede Stunde bei einem Test zehn Euro plus Fahrgeld. Im Schnitt brauchen wir euch ein bis zwei Stunden in der Woche. Ihr könnt jederzeit aussteigen. Aber wenn ihr ein Jahr durchhaltet, schenken wir euch eine Gruppenreise. Zwei Wochen Bergwandern mit Abenteuerurlaub in Graubünden. Das liegt in der Schweiz …«

»Krass.«

»Zehn Euro sind nicht viel. Ihr könnt aber wählen: Wenn ihr auf das Geld verzichtet, bekommt ihr stattdessen eine Jahres-Mitgliedschaft für das PALAU, hier nebenan. Das ist eine Freizeiteinrichtung, die ihr euch ansehen könnt. Die kooperieren mit uns und bieten zum Beispiel kostenloses Reiten, Kraft- und Ausdauertraining, schulische Unterstützung, Partykeller, Internetzugang, psychologische Einzelberatung und Wochenendaktionen.«

»Da leben alte Knacker«, sagte einer der Jungs und bekam von der einen Seite einen bestätigenden Handklatscher, von der anderen einen Schubser.

»Ja, stimmt schon. Das PALAU ist für alle Generationen. Wenn ihr Spaß dran habt, könnt ihr euch da ehrenamtlich engagieren.«

Jemand machte ein Würgegeräusch.

Kichern.

»Und was ist dann mit dem Alpenurlaub?«, fragte ein Mädchen.

»Den bekommt ihr so oder so. Wenn ihr das Jahr durchhaltet.«

Das Mädchen nickte.

»Ich komme jetzt mit meiner Horrorliste«, sagte Melina

und zog ihr vorbereitetes Grinsen hervor. »Wir brauchen euch als verantwortungsbewusste Probanden. Unzuverlässigkeit führt dazu, dass unsere Tests missraten. Deshalb schließen wir jede und jeden aus, der unentschuldigt fehlt – und zwar gleich beim ersten Mal.« Melina ließ den Satz wirken. »Ausgeschlossen ist außerdem, wer auf dem Gelände unseres Instituts oder auf dem Gelände von PALAU raucht, Alkohol oder andere Drogen zu sich nimmt oder anbietet, Sex hat ...«

Lautes Gekicher.

»... sich prügelt oder irgendwas demoliert oder klaut.« Sie schaute ernst. »Und das ist so gemeint. Verstanden?«

Nicken. Teils unwillig.

»Außerdem ist dieses Foyer der einzige Ort des Instituts, an dem ihr eure Handys oder euren Musikkram eingeschaltet lassen dürft. Denn wir wollen uns hier auf euch konzentrieren. *Ihr* seid uns wichtig; uns interessiert nicht, wen ihr da irgendwo draußen kennt, okay?«

Ein Mädchen meldete sich. Wie in der Schule. Sofort kam Spott auf, das Mädchen wirkte verunsichert, weil es ja nicht die Schule war. Sie wollte trotzdem etwas sagen.

Melina lächelte auffangend. »Ja?«

»Was sind das denn nun für ominöse Tests?«

»Na ja, darum seid ihr heute hier: Damit ich euch die Räume zeige und euch ein Bild von dem gebe, was euch erwartet. Bereitet euch auf den puren Luxus vor. Und auf eine Menge Technik.«

Immer das Gleiche, dachte sie, als sie dem Hühnerhaufen voranging. Wieso verhalten sich alle Gruppen gleich? Die Einzelnen unterscheiden sich, aber in der Gruppe gibt es jedes Mal die gleiche Rollenverteilung.

Ich könnte Reiseleiterin sein. Jeden Tag Touris durch

Pompeji schleusen oder über den Potsdamer Platz. Wo war die Mauer, wo steht unser Bus, was machen wir abends?

Lena drängte in ihr Bewusstsein, aber sie wollte das jetzt nicht zulassen.

Melina spiegelte sich in einem kleinen Rechteck aus schwarzem Glas. Dahinter saßen die Biometrie-Läuse und entschieden, dass sie dieses edle Antlitz kannten. Mattglastüren glitten zur Seite.

Drei der Jungs fanden das besonders interessant, einer blieb in der Tür stehen.

»Okay«, sagte Melina. »Die Herren möchten ein bisschen Kaufhaustür spielen. Bitte sehr. Nur zu. Wir warten so lange, bis ihr ausgespielt habt.«

Die »Herren« ließen die Tür zugleiten und grinsten verunsichert.

»Raumschiff«, sagte einer.

»Und du bist Kirk oder Spock?«, fragte Melina tonlos, weil sie alles schon durchgespielt hatte.

»Uhura«, sagte einer und sonnte sich im Gelächter.

Melina nahm das als Anschubenergie für die nächsten Meter. »So, hier sind wir.«

Ungläubiges Umherschauen.

Kaum einer der Jugendlichen kannte eine First Class Lounge am Flughafen, aber so ungefähr war der Raum eingerichtet. Hier und da ein, zwei teppichgefederte Stufen, cremefarbene Ledersessel, Obstschalen, weite Wände, gedimmtes Licht.

»Hier finden unsere offenen Gesprächsrunden statt«, erklärte Melina. »Von hier aus geht es zu den Decks A und B, die jeweils drei weitere, ähnlich eingerichtete Räume aufweisen. Für unsere Einzel- und Gruppengesprächstests.«

»Das heißt wirklich Deck A?«

»Nee, du Blödmann«, sagt sein Kumpel, »die Frau geht auf deinen Uhura-Quatsch ein. Merkste nich mal, du Vulkanette!«

Ein Lacher.

Melina zeigte ihnen alle Räume, die sich nur in der Grundfarbe und im Zuschnitt unterschieden. Hier ging es um Angstabbau, deshalb mussten sie sich sogar den langweiligsten Sessel ansehen.

Ein riesiger Affe grinste. Kabel an seinem Kopf.

»Das ist ein Foto von Jogi, unserem Lieblingsschimpansen.«

Jogi füllte in Schwarz und Weiß drei mal drei Meter im Glanzrahmen.

»Manche Menschen sagen, sie fühlen sich wie ein Versuchstier, wenn man Elektroden an ihre Haut klebt. Deshalb hängen wir lieber gleich unseren Jogi hier auf, dann kann man beim Test so richtig den Affen raushängen lassen. Also, wie ihr ahnt, befinden sich hier die Zimmer, in denen wir elektrische Impulse messen, die ein Körper hervorbringt. Insbesondere interessieren uns die Gehirnströme. So eine Ableitung von Elektroenzephalogrammen tut nicht weh. Wenn ihr wollt, könnt ihr Jogi besuchen, dem geht es gut. Er lebt mit seiner Familie im PALAU. Aber Vorsicht, er ist Rentner, also ein alter Knacker!«

Menschliches Gegrinse.

Manchmal sieht es schimpansisch aus, dachte Melina.

»Die *Familie* von dem Schimpansen«, sagte eine hübsche Rothaarige, »sind das Affen oder Menschen?«

»Nach ein paar Jahren bei uns«, sagte Melina düster, »kann man keinen Unterschied mehr erkennen.«

Gelächter.

Melina hielt noch einen Moment den finsteren Ausdruck bei, dann lachte sie mit, und obwohl sie die Berührung mit fremden Menschen nicht mochte, hakte sie die Rothaarige unter und versicherte ihr, dass es sich um eine kleine Schimpansen-Familie handelte.

Die Räume waren weiß und glänzten glasig.

»Hellblau«, sagte Melina, und die Längswand färbte sich hellblau.

»Warm, warm, warm«, sagte sie, und die Wand tendierte zum Grün und schließlich zu Gelb.

Leise Bewunderungspfiffe.

»Mit der Farbe der Räume können wir manchmal Gehirnaktivitäten beeinflussen.« Theatralisch zu einem der Jungen gewandt, fügte sie hinzu: »Manche Gehirne werden auch erst hier wach.«

Er lachte, die anderen auch.

»Bei einigen Tests bestimmt ihr die Raumfarbe selbst auf diese Weise.«

»Kann man auf den Wänden auch Pornos abspielen?«, wollte einer wissen und hatte bei seinen Kumpels nun einen Stein im Brett.

»Klar«, sagte Melina. »Wir brauchen aber noch einen Hauptdarsteller.«

Immer das Gleiche.

Sie gingen auf eine gebogene Wand zu, die Türen glitten zur Seite. »Normalerweise gelangt man über die Freitreppen in das Audimax. Man betritt es von oben. Wir hingegen nehmen jetzt den Backstage-Zugang.«

Es roch nach Holz.

Die Sitze strahlten im Sonnenlicht.

Einige schauten zur Glaskuppel hinauf.

»Nehmt da drüben Platz.«

Umständliches Platzsuchen und Gerangel. Obwohl für zwanzig solcher Gruppen Sitzplätze vorhanden waren.

»Hier im Audimax finden die Rockkonzerte und Orgien statt«, sagte Melina. »Aber ehrlich gesagt: mehr Rockkonzerte. Ab und zu auch langweilige Vorträge. Falls ihr euch langweilen wollt wie an einer Uni, könnt ihr jederzeit herkommen. Das sieht dann etwa so aus ...«

Sie tippte am Pult auf einen Sensor, woraufhin die Kristalle im Glas der Kuppel auf »Schwarz« umschalteten. An der Projektionswand erschien ein Mosaikbild. Es setzte sich aus Kamerabildern zusammen. Melina wählte eines nach dem anderen und erklärte, was ein Magnet-Resonanz-Tomograph und ein Computer-Tomograph sei, ein Szintograph, ein Einzelphotonen- oder ein Protonen-Emissions-Tomograph.

»Müssen wir auch in so eine Röhre?«, fragte ein Mädchen.

»Ab und zu, ja. Das ist aber nur was für starke Nerven. Da drin könnt ihr Musik hören, so laut ihr wollt.« Sie senkte die Stimme. »Und ich sage euch: Ihr werdet einiges erleben, das ihr noch nie erlebt habt. Noch nie.«

Die Kamerabilder verschwanden.

»Ihr werdet ein neues Bild von euch bekommen.«

Man sah einen bunten Menschen. Die Kamera fuhr näher und näher an ihn heran. Knochen blau, Muskeln violett, Adern rosa und rot, Organe gelb und orangefarben. Noch näher: Blutgefäße mit strömender Flüssigkeit.

Raunen.

Die Kamera flog über das Brustbein zum Gehirn. Buntes Flimmerspiel, Blitze und Ströme.

Anerkennendes Lachen.

»Der Rest wird euch nicht mehr interessieren«, sagte Melina. »Wer will, kann gern schon gehen.«

Alle saßen auf ihren Sitzen.

Der bunte Mensch löste sich von der Leinwand und schwebte dreidimensional im Raum. Eine unsichtbare Kraft schnitt ihn horizontal in Scheiben, und die Scheiben klappten auf, so dass man ihm bis ins Rückenmark schauen konnte.

Und überall floss es in diesem zerschnittenen Körper.

Ein Arm löste sich vom Rumpf und winkte dem Audimax zu.

»Das ist mein lieber Freund Henry«, sagte Melina. »Die nächsten Hauptdarsteller seid ihr – falls ihr wollt.«

Melina schaute auf den endlich hochgefahrenen Computer. Im Büro konnte sie sowohl dienstliche als auch private Mails abrufen, aber es gab keine von Lena. Nur zwei Meldungen, für die das Programm den Transport in den Mülleimer vorschlug.

Die erste versprach schon in der Überschrift ein weltumstürzend neuartiges Potenzmittel, kostenlos und im Doppelpack.

Löschen und sperren.

Die andere war eine Mail ohne Text. Sie enthielt ein Dokumentensymbol, das Melina noch nie gesehen hatte. Auf schwarzem Grund war da so etwas wie eine stilisierte Kamera. Sie klickte einmal und noch einmal, aber nichts geschah. Der Name der Datei war »alma«.

Kenne keine Alma, dachte Melina, hatte aber schon wieder Lenas Bild vor Augen. Zwischendurch versuchte sie es zum x-ten Mal über Handy.

»alma«. Vielleicht *alma mater,* eine Uni? Oder ein Werbegag? Hat Lena bei ihrer komischen Germanen-Rockmusik, bei diesem *Pagan*-Zeugs nicht so ein Pseudonym gehabt? Ase? Ada? Alma etwa?

Melina versuchte, das unbekannte Dateiformat mit allen möglichen Programmen zu öffnen. Schließlich klickte und doppelklickte sie nur noch stumpf vor sich hin.

Mit jedem Klick wurde es kälter.

Sie wusste, aus irgendeinem Grund, dass sie auf Lena klickte.

Einen Klick entfernt und doch nicht erreichbar.

Ihr war jetzt sehr, sehr kalt.

4

»Ich bin sein Caller«, sagte der Mann, dessen Haare zu einem Zopf geflochten waren. Er trug eine Latzhose.

Die Idealbesetzung für eine Kindersendung.

»Es ist mir egal, was Sie sind«, sagte Melina. »Ich muss zu ihm.«

»Na, sein Inspizient bin ich, sein Spielwart, sein Stage Manager. Außerdem bin ich sein Kartenabreißer, sein Ballett. Und sein Arbeitssklave.«

»Lassen Sie mich – bitte – zu ihm. Es geht um seine Tochter Lena.«

»Lena? Sagt mir nichts.«

»Was? Aber das ist Lenas Adresse. Sie hat mir erzählt, dass sie bei ihrem Vater im Theater wohnt, in einem Anbau hinter dem Übungskeller.«

»Um sein Privates kümmere ich mich nicht. Meine heilige Pflicht besteht darin, ihm den Rücken freizuhalten, wenn er Ruhe für seine Bühnenarbeit braucht.«

Melina schloss die Augen, um sich zu beherrschen. Aber auch, weil sie wusste, dass sie auf diese Weise entschlossener wirkte. »Ich bin mir sicher, dass Lena normalerweise hier lebt.«

»Jenissej probt. Keine Chance! Gib mir deine Telefonnummer, dann ruft er dich eventuell zurück.«

»Jenissej? Lenas Vater heißt – Jenissej?«

Die Latzhose war pikiert. »Ja. Das alles hier ist Jenissej. Das Theater, die Aufführungen, wir alle.«

Es begann zu brodeln in ihr. »Dieser tolle Typ hat eine

Tochter, die verschwunden ist. Eine Vierzehnjährige! Er soll sich verdammt noch mal darum kümmern!«

»Weißt du ... Mir fällt immer wieder auf: Wenn Frauen wütend werden – das macht sie eher hässlich ...«

Melinas Zeigefinger schnellte hoch. »Sie haben mich noch nicht richtig hässlich gesehen«, sagte sie mit einem drohenden Unterton. – Der ihr gar nicht schlecht gefiel.

Beschwichtigend hielt ihr der Inspizient seine Hände entgegen. »Er entlässt mich, wenn ich ihn störe. Aber was hältst du von einem Deal: Ich lasse dich rein, du setzt dich stadtmäuschenstill ins Publikum und gibst keinen Piep von dir, solange er probt. Ich sorge dafür, dass er sich im Anschluss daran an dich wendet. Bitte sag nicht nein, sonst bin ich tot.«

Beinahe musste Melina schmunzeln. Stattdessen nickte sie knapp.

Der Mann öffnete das Tor zum Hof und bat sie, ihm zu folgen. Hinter der Ecke sah sie den Anbau, einen einstöckigen Wohntrakt, der nachträglich an das Theater herangepappt worden war, aber immerhin passend in gelben Ziegelsteinen. Das ganze Theater, vormals eine Maschinenbaufabrik, war in diesem Gelb des neunzehnten Jahrhunderts gehalten.

Von Jenissejs Theater hatte sie noch nie gehört. Aber der Prenzlauer Berg gehörte sowieso nicht zu ihren Vierteln. Wohnen in Charlottenburg, studieren in Zehlendorf, jobben im südlichen Spandau. Ihr Freund in Köpenick, das war eine Ausnahme. Es *war,* diese Ausnahme hatte sich ja inzwischen erledigt.

Hinter dem Bühnentrakt war eine moderne Stahltür in die Fassade eingelassen. Dahinter passierten sie im Gänsemarsch Versatzstücke aus Holz und Leinwand sowie Reihen von Kostümen, die Melina unter den Schutzfolien nicht erkennen konnte. Eine schmale Wendeltreppe, eine noch schmalere Tür – und plötzlich standen sie im Zuschauerraum. Alle Plätze waren leer, sowohl auf der Galerie als auch im Parkett.

Der Mann deutete in die dritte Reihe, legte den Zeigefinger auf den Mund und verzog sich. Nicht ohne sich prüfend zu ihr umzuschauen.

Melina nahm Platz und machte sich klein, wobei sie an die Dokumentarfilme denken musste, in denen es um das *Duck-and-cover*-Programm ging, die US-amerikanische Vorbereitung der Bevölkerung auf atomare Angriffe.

Die Bühne war nur fahl beleuchtet.

Einzelne leere Flaschen standen auf dem Parkett. Whisky, Cognac und Wodka tippte Melina. Plötzlich kam ein Mann aus dem Hintergrund der Bühne angerannt, torkelte im Lauf, stürzte, rollte zur Seite, streckte sich mit dem Kopf nach unten wie ein Streetdancer, stand wieder auf den Beinen und torkelte erneut, diesmal um eine der Flaschen.

Der Mann trug ein hellgraues Hemd ohne Kragen und eine schwarze, für einen Tänzer zu weite Hose. Sehr kurze graue Haare. Er tanzte barfuß auf den Holzbrettern.

Er schien nun hin und her gezogen zu werden, mal von der einen, mal von der anderen Flasche. Kaum einmal, dass er stand oder überhaupt aufrecht war. Mehr hockte er, fiel in sich zusammen, robbte, kroch, krümmte sich, bäumte sich auf und brach zusammen.

Jenissej hatte beide Hände auf dem Boden, ebenso das linke Knie, während das rechte Bein in Sprungposition war – die Haltung beinahe wie die eines Läufers vor dem »Achtung! Fertig! Los!« Erinnerung an Tabak.

In dieser Haltung entschloss er sich, seine Anspannung

zu verstärken, den Ärger, den Missmut über die Richtungslosigkeit, all den Müll der Unfähigkeit, aus seinem leuchtenden Brustkorb herauszudrücken, es in den Kopf schießen zu lassen und – es über Tränen herauszuspülen.

Atem anhalten, Bauchdecke. Atmen, Tränendrüsen.

Plötzlich erbebte sein Körper in einem einzigen Schluchzer. Ein Echo aus der Kindheit. Längst nicht mehr verzweifelt wie damals, sondern nur noch eine Kopie, abrufbar mit Körperbeherrschung.

Das Stück passt nicht. Die Torkeleien sind gut und schön, aber sie führen mich vom Weg ab. Ich muss das anders aufbauen. *Cambré,* Harfe, Walhalla – und dann?

Vielleicht Dunkelheit. Jeder Tänzer bekommt ein Licht zwischen die Augen geklebt. Laser oder LED. Ein weißes am besten. Und wir sehen nur diese Lichter hinauf- und hinuntergehen …

Melina sah, dass etwas von der Bühne fiel. Es rollte neben dem Orchestergraben an der Wand entlang – hinter den Sitzreihen kaum auszumachen. Dann schlug es die Reihe ein, in der Melina saß. Ein dunkles, schnelles Knäuel. Auf dem Nebensitz richtete es sich auf und wurde zu einer kleinen Frau mit schulterlangen roten Haaren.

»Pia«, wisperte die Frau und reichte Melina die Hand.

Abchecken durch Berührung, kein Händeschütteln.

»Was willst du von Jenissej?«, flüsterte sie. Nicht unfreundlich, aber bestimmt. Sie hatte einen leichten Unterbiss, das vorgeschobene Kinn verunstaltete aber ihr Gesicht nicht. Es wirkte interessant und lebendig. Vor allem durch die hochbogigen Nasenflügel sah es so aus, als stünde diese Frau ständig unter Strom. »Nun?«

»Seine Tochter Lena ist verschwunden.«

»Was weißt du von ihr?«, fragte Pia, noch immer Melinas Hand haltend.

Ihre großen Augen. Eine Schweizerin.

»Ich weiß nur, dass sie weg ist. Sie hatte einen Termin bei mir im Institut und ist nicht gekommen. Stattdessen hat sie mir eine Datei gemailt, mit der ich zunächst nichts anfangen konnte. Eine Freundin brauchte eine Woche, um die Nachricht zu öffnen. Aber ich verstehe gar nichts von dem, was ich da sehe. Vielleicht kann ihr Vater etwas damit anfangen.«

»Psss ...«, machte Pia und ließ die Hand los, um sie Melina auf den Arm zu legen. »Ich sage ihm Bescheid. Aber im Moment entwickelt er ein neues Stück. Ich hoffe auf den Durchbruch. Sonst geht diese Leidenszeit ewig weiter.«

Melina sah, wie ihre eigenen Finger trommelten. Es ging um Lena. Trotzdem war sie neugierig. »Was für ein Stück wird das? Entschuldigung, aber mir sagt ... Jenissej nichts.«

Pia zog die Augenbrauen hoch. »Nein? Kennst du den *12. September*? Du bist nicht an Kunst interessiert?«

»Doch, aber ...« Melina sah erst jetzt, dass die Frau deutlich älter war als sie. Die großen Augen und die helle Stimme täuschten, sie hätte ihre Mutter sein können. Mindestens.

»Jenissej ist der bekannteste Medienchoreograph«, sagte sie mehr nachsinnend als vorwurfsvoll. »In Europa. Nein, weltweit.« Ihr Blick bekam etwas Schelmisches. »Du wohnst in Berlin – und hast vom *12. September* nichts mitbekommen? Ist ja unglaublich!«

Übertreiben muss sie ja nun auch nicht.

»Ich weiß nicht mal, was ein Medienchoreograph ist.«

»Aber der 11. September sagt dir was? 2001? New York? Die zerstörten Türme? Jenissej hat das für ein Stück verfremdet. Bei ihm fliegen Kirchen und Moscheen und Synagogen in die Luft. Ein kleiner Skandal.« Sie freute sich.

»Und jetzt sucht er neuen Stoff. Ihn fasziniert der Terror *im Alltag,* weißt du. Wie Leute sich anrempeln. Oder sich aggressiv die Vorfahrt nehmen, weil … weil sie … sich nicht kümmern, irgendwie.«

Melina nickte. »Verstehe. Die allgemeine Ignoranz.«

»Nee, nich *Ignoranz* … Ignoranz? Na ja, gut, vielleicht hat das mit *Ignoranz* zu tun, ja.« Sie schaute Melina verwirrt an, lächelte und hauchte: »Ich sag ihm, dass du da bist und dass du dir Sorgen um Lena machst. Warte ein paar Minuten, ja?«

Melina blickte demonstrativ gleichgültig.

Pia hatte sich aber schon davongeschlichen. War irgendwie auf die Bühne gelangt, wo sie sich eine herabhängende Longe griff. Als wäre es eine Liane, pendelte sie daran und ließ sich weit in den hinteren Bühnenraum schwingen, wo sie vor Jenissej eine Rolle vorwärts vollführte und kerzengerade stehenblieb, schon mit der Hand an seinem Ohr.

Sie traten beide einen Schritt weiter in den Bühnenhintergrund und damit ins Dunkel. Melina hörte ihn zweimal etwas laut ausrufen, das sie aber nicht verstand. Pia rief einmal: »Jetzt komm!«

Melina rutschte auf ihrem Zuschauersitz herum.

Schließlich trat Jenissej aus dem Schatten und kam auf den Zuschauerraum zu. Während er ging, schien er sich zu verwandeln: Er begann als ein vorsichtiger Mann, der dem Bretterboden so wenig zu trauen schien wie ein Polarforscher dem Eis am Nordpol. Die Metamorphose machte aus ihm einen Offizier, der entschlossen schritt, nur leicht einseitig auftretend wegen des schweren Säbels am Portepee. Kurz vor dem Bühnenrand wurde Jenissej der erste Mensch, der sich in der Steppe einem Feuer näherte.

Melina runzelte die Stirn.

Jenissej setzte sich blitzschnell auf den Rand der Bühne, die Beine im Orchestergraben, und schon wieder war er ein Anderer. »So!«, rief er und warf den Arm zur Deklamation nach vorn. »Hier also bin ich! – *Ignoranz*. – Ig-no-ranz!« Mit einer Minimalgeste winkte er sie zu sich.

Melina überlegte, ob sie durch die Reihe laufen oder einfach über den Vordersitz klettern sollte.

Inzwischen war Jenissej in der ersten Reihe. Und sie kletterte.

Er streckte die Arme aus wie bei einer alten Bekannten. Offenbar war er einen halben Kopf kleiner als sie. Leicht gedrungen. Aber was andere Männer seines Alters an Umfang des Bauches hatten, war bei ihm in die Brust gerutscht. Ein kleiner, kraftvoller Mann. »In meinem …«, begann er langsam und tieftönig und setzte eine Oktave höher und explosionsartig fort: »*neuen* Stück …« Er umarmte sie. »… geht es um *Ignoranz*.«

Sein hellgraues Hemd war durchgeschwitzt. Aber anders als Melina annahm, roch er nach frischem Tabak. Und Schilf. Die Umarmung war angenehm.

Er drückte sie sanft auf den Sitz der ersten Reihe, um sie von oben zu betrachten. »Seit eben weiß ich, dass ich *Ignoranz* inszenieren werde. Und du …« Die Hand schien ihre Wangen tätscheln und das Kinn umfassen zu wollen, sie führte die Bewegungen aber in zentimeterweitem Abstand aus, schwebte vor ihrem Gesicht.

Melina hatte das Gefühl, die Wärme zu spüren.

»Du, jung, rote Bluse … Schwarze Haare … – Name?«

»Melina«, sagte sie im Reflex und hätte beinahe *Lena* gesagt, weil sie endlich über Lena sprechen wollte.

Er schüttelte den Kopf. »*Melpomene*. Ja, die vom Himmel gesandte Melpomene!«

»Ich bin ja keine Muse …«

Er lächelte. Es waren tiefe Falten, die von den Wangen an den Mundwinkeln entlangzogen, und sich zu einem grandiosen Lächeln glätteten.

»… schon gar keine Tragödin.«

Jenissej sah ihr in die Augen. »*Ignoranz* ist keine komische Sache. Ignoranz tötet. Und außerdem siehst du traurig aus, Melpomene.«

Ich? Traurig?

»Ja, ich komme wegen Ihrer Tochter. Sie ist …«

Er gebot ihr mit der Hand Einhalt. »Stell dich hin. Locker. – Noch lockerer. – Aha. – Heb den rechten Arm und zeige auf eine Stelle im Raum! – Den *rechten!*«

»Entschuldigung.«

»Gut. Komm mal auf die Bühne.« Er war neben ihr und fasste sie mit beiden Händen um die Taille. »Spring!«

Im Sprung ließ er sie los und gab ihr mit der Hand mächtig Schub auf den Hintern, so dass sie den – zugegeben, nicht sehr breiten – Orchestergraben mit Leichtigkeit überwand.

»Du bist beweglich«, sagte er. Sprang aber viel leichter und müheloser und aus dem Stand heraus über den Graben zu ihr. Ohne Geräusch.

Er drückte ihr sanft die Hand ins Kreuz: »Schon mal getanzt?«

»Nein. Allenfalls Ballett, auf der Grundschule.«

Er lächelte breit und warm. »Na also.« Sofort stellte sein Gesicht wieder von warm auf kalt, und er tippte ihr auf den linken Oberschenkel. »Los! *Dégagé à la quatrième devant!*«

Sie stellte den linken Fuß auf die Spitze.

»*Derrière*«, flüsterte Jenissej, und sie wechselte reflexartig auf den rechten Fuß.

Wieso kann ich das noch?

»An der Haltung musst du arbeiten.«

»Ich ... Es geht um Ihre Tochter.«

»Einen Moment. – Zeig mir einen *lay out. Whole flat back,* Melpomene!«

Melina zuckte mit den Schultern.

Er beugte ihren Oberkörper nach vorn. »Drück das linke Bein durch. Das rechte im rechten Winkel hoch. Die Arme nach außen, als ob du fliegen willst ...« Er fasste ihr in der Luft schwebendes Fußgelenk, brachte die Arme in Position, drückte ihren Rücken herunter. »Flacher!« Dann ließ er los und ging einen Schritt zurück. »Jazz Dance gemacht?«

»Nein«, sagte sie gequält in ihrer Stellung. »Unterrichten Sie das?«

»Nein. Aber einige Jazz-Dance-Lehrer tanzen in meinem Ensemble.«

Er ließ sich aus dem Stand in den Schneidersitz fallen. Dann schlug er mit der Hand auf die Holzdielen vor sich.

Melina setzte sich zu ihm, so schnell sie konnte.

»Was ist mit Lena?«, fragte er.

»Ich mache mir Sorgen. War sie bei Ihnen in der letzten Woche, hat sie sich gemeldet?«

»Bestimmt seit zwei Wochen nicht. Lena kann kommen und gehen, wie sie will. Sie hat ihren Schlüssel und ihr Zimmer. – Warum machst du dir Sorgen, Melpomene?«

»Ich bin ihre Betreuerin am *Institut Zucker*.«

Sein undurchdringliches Gesicht plötzlich. »Weiter«, sagte er freundlich.

»Sie hat mich oft versetzt. Aber diesmal sollte und wollte sie unbedingt eine eigene Gruppe bei uns betreuen.«

»Sie ist undiszipliniert«, sagte Jenissej. »Kann man verstehen: Sie hat einen Vater, der die Disziplin in Reinkultur ist. Muss sich absetzen.«

»Normalerweise«, sagte Melina, »hat sie sich alle zwei Tage gemeldet. Diesmal nichts. Stattdessen fand ich eine Mail von ihr, die ich nicht öffnen konnte. Eine Datei im *flll*-Format.«

Er stutzte, dann lachte er schallend. »*F3L?* Ja, das ist eine Entwicklung von mir. Die hat Melina aber nicht, sie interessiert sich nicht für meine Technik.«

»Offenbar doch.«

»Jedenfalls kann ein anderer die Datei nicht lesen«, sagte Jenissej.

»Doch. Eine Freundin von mir hat das Programm konvertiert. Es hat sie ein paar Stunden Arbeit gekostet.«

»Wirklich, sie konnte es öffnen? *Gute* Freundin. Wusste ich nicht, dass man mein Programm knacken kann. Wie ist die Qualität der Filme?«

»Es ist nur einer«, sagte Melina. »Matschig.«

»Ah, siehst du! *F3L* ist extrem komprimiert und dennoch hochauflösend, ideal für schnelle Cuts, Mehrfachbelichtungen, Split Screens.«

Melina schlug mit der Hand auf den Boden und erschrak selbst. »Vielleicht interessiert Sie der *Inhalt*, mit ihrer Tochter?«

Sein Gesicht war jetzt die Offenheit aller Offenheiten. Wenn Melina mit einem einzigen Mausklick all ihre intimsten Geheimnisse zu ihm hätte hinüberspielen wollen, wäre dies der Moment dafür gewesen.

Sie fasste sich. »Es ist ein Zusammenschnitt. Filmaufnahmen, etwa drei Minuten. Ich verstehe es nicht. Ich habe es auf dem Stick mitgebracht.«

Er nahm den Stick, stand auf und reichte ihr die Hand.

»Was ist?«, fragte sie.

»Vielen Dank. Für die Datei. Auf Wiedersehen.«

»Spinnen Sie?«

5

Shirin lief vor Axel die Treppe hinauf, und sie wusste genau, wo er hinschaute. Sie nahm jede zweite Stufe. Manchmal stoben Sand und Tannennadeln vom letzten Jahr auf, wenn sie einen ihrer Turnschuhe aufsetzte. Shirin dachte an die Ameisen und das Käferzeugs, das sie damit unwillkürlich aufschreckte. Über die Treppe, die nur aus Waldboden und Baumstämmen bestand, blitzte an vielen Stellen Sonnenlicht. Als ob der Weg gleich weggebeamt wird, dachte sie. Ab und zu schloss sie beim Aufstieg auf die Haveldüne die Augen. Schwummerig war ihr sowieso schon.

»Was soll da oben sein?«, fragte Axel. »Panorama über Wald und Wasser, Schiri?«

Sie drehte sich ruckartig um. Es staubte. »Nenn mich nicht so!« Dabei musste sie grinsen.

Er stoppte und drehte das Gesicht zur Seite, um nicht frontal auf das Mädchen aufzulaufen. »Ist ja gut.«

»Oben siehst du gar nichts. Außer einer Lichtung und mir.« Ihre schwarze Mähne flaggte in sein Gesicht, als sie sich wieder auf den Weg besann und weiter stieg.

»Wir hätten auch unten am Steg sitzen bleiben können«, nölte Axel.

Warum sind alle Schmackos so dusselig?, fragte sie sich. Ich hoffe, oben sind keine Leute.

Oben war ein Mann mit Sonnenhut. Er feuerte seinen Hund an, einen Ast von der Größe eines Kanus aus dem Waldboden zu zerren. Abrupt ließ der Hund von der Beute ab und kratzte sich die Nase. Mann und Hund verschwanden, Shirin und Axel waren allein auf der Lichtung über der Havel.

»Also, was war das für ein Drama mit deinem Vater?«, fragte Axel.

Nicht darauf eingehen, sagte sie sich. Mach es, wie du es dir vorgenommen hast.

Doch das Bild ihres Vaters schob sich in ihre Erinnerung. Eigentlich hatte sie die Szenen des Streits wie eine Datei auf dem Bildschirm in einen virtuellen Papierkorb ziehen wollen. Aber so etwas gab es im Gehirn wohl nicht. Die Wut rollte wieder an, von unten her, aus dem Bauch in die Brust. »Wenn meine Obertanen mal zu Hause sind, psychen sie mich ohne Ende«, sagte sie und ließ sich ins Gras fallen.

Eigentlich wolltest du vor ihm stehen bleiben.

»Ach, sind die *beide* so drauf?«

»Klar, arbeiten sogar für dieselbe Firma. *NanoNeutro*, wenn dir das was sagt. Global vernetzter Konzern.«

Axel setzte sich neben sie und schüttelte den Kopf.

Shirin sagte: »Sie bilden sich was auf ihre Jobs ein. Vierundzwanzigsieben geht es um nichts anderes. Und sie denken keine Millisekunde nach. Ich sag zu meinem Erzeuger: Alter, weißt du eigentlich, was da in diesem Saudi-Arabien abgeht, wo du deine Geschäfte machst? Weißt du, was da mit den Frauen passiert? – Ich soll gefälligst anständig mit ihm reden. – Hast du eine Ahnung, wie es den Tausenden Flüchtlingen aus dem Irak in Saudi-Arabien geht, frage ich ihn. Er hat ein deutsches Werk gleich in der Nähe eines Gefängnisses. – Ich soll mir keine halbgaren Gedanken machen. Schließlich würde ich von dem Schotter, den er nach Hause bringt, gut leben. Und sie würden für *Amnesty* spenden.«

»Echt?«

»Klar. Erst Weihnachtsfeier hier in Deutschland mit

gekauften Frauen. Meine Mutter war dabei und hat die Klappe gehalten. Dann haben sie aus der Portokasse einen Scheck für *Amnesty* bezahlt und groß in die Kameras gehalten. Als ich ihnen das vorgehalten habe, sind sie beide ausgetickt: Handysperre, Internetverbot, Telefon rausgezogen. Weißte, weil ich sage, wie es ist!«

Er zupfte Grashalme. »Wahrscheinlich machen sie 'ne Phase durch.«

Sie lachte höhnisch. »Die dauert aber mindestens seit meiner Geburt! – Ehrlichkeit! Ich soll immer alles sagen. Und wenn ich's mache – zack: drakonische Hinrichtung! – Nee, meinen sie, ich hätte keinen Respekt und würde die Zusammenhänge nicht kapieren. – Natürlich verstehe ich die Zusammenhänge. Die Saudis müssen sich nicht um Menschenrechte scheren, weil das Ausland die Augen verschließt und sie gewähren lässt. Es geht den Firmen um Profit, da kommt es auf Folter und Todesstrafe nicht an. Was soll ich daran nicht verstehen? – Ich sage, ich bin überhaupt nicht froh, dass ich gut lebe, weil ich weiß, wie viele Kinder am Tag sterben. Obwohl sie leben könnten, wenn wir nicht so egoistisch wären.«

»Und was sagen sie?«

»Dass ich altklug daherschwatze. – Darauf ich: Manchmal hab ich den Eindruck, nicht ich bin in der Pubertät, sondern ihr!«

Axel sah sie an. »Und?«

»Meine Mam hat völlig abgeflasht, mein Erzeuger gebrüllt und gepoltert – kriegste Ohrenkrebs von. Sei froh, dass du so was nicht hast.«

Mist. Das war daneben. »Sorry. Aber echt, das klingt immer schön: Vater und Mutter haben. In Wirklichkeit hast du nur Krieg mit so 'ner *constellation*.«

Er nickte und stocherte im Gras.

Shirin sah ihn an. Los jetzt!

Sie stand auf, und als er zu ihr aufsah, winkte sie ihn zu sich auf Augenhöhe.

Es war ja nicht das erste Mal, dass sie miteinander quatschten. Umarmungen waren schon gelaufen, Tatschereien hier und da, zweimal ein Kuss – aber immer mit vielen Sprüchen verdünnt, und mit Kommentaren von anderen ringsum. Diesmal wollte sie es anders. Deshalb der Aufbruch vom Steg hinauf zur Haveldüne, deshalb die Hoffnung, dass keiner außer ihnen da ist. Sie wollte sehen, wie Axel allein war. Ob es so wäre, wie sie es sich vorstellte. Wenn es einen Kuss gab, einen richtigen, müsste sie wissen, ob es ihm ähnlich ging wie ihr. Zum ersten Mal. Nicht eine sportliche Ausziehnummer wie damals mit Mark. Nein, etwas Ernstes. Etwas Ehrliches. So wie ihre Eltern wollte sie nie werden.

Axel sah sie fragend an.

Sie blickte durchdringend und kam seinem Gesicht näher.

Das Gefühl war anders, als sie es erwartet hatte.

Ich habe mir das doch genau ausgemalt.

Aber da war nicht nur das Anziehende, da war auch Furcht und Magendrücken, und Unsicherheit mit etwas Peinlichkeit und … Um aus diesem Wust herauszukommen, küsste Shirin Axel auf den Mund.

Er erwiderte den Kuss, ließ sie nicht los. Als hätte er genau damit jetzt gerechnet. Er öffnete sogar die Lippen ein wenig, und es war ihr nicht mehr unangenehm.

Axel hielt Shirin fest, zog sie zu sich heran. Es war immer noch der eine, erste Kuss.

Plötzlich zuckte er.

Hat ihn eine Wespe gestochen? Shirin öffnete die Augen und nahm nur so viel Abstand von seinem Gesicht, dass sie ihn scharf sehen konnte. »Was is?«

»Ich hab ... Es ist, es schmeckt nach ...«

Wieder durchfuhr es Axel, sein Rumpf zuckte, wie es manchmal kurz vor dem Einschlafen passiert.

Verflucht, hat der einen Orgasmus, oder was?

Axel fiel vor Shirin auf die Knie, dann kippte er seitlich zurück ins Gras.

Sie lachte auf, aber dann sah sie seinen sich zusammenkrampfenden Oberkörper und den starren Blick. »Hey! Axel! Was ist mit dir?« Shirin beugte sich herunter, wich aber zurück, als die Beine des Jungen auszuschlagen begannen.

Er drehte die Augen nach oben, sie waren nur noch weiß.

Sein Handy fiel aus der Hemdtasche.

Shirin starrte auf den zuckenden Mund, in dem eine weiße Masse blubberte und herauslief.

Zwischen den Bäumen trat ein älteres Pärchen an die Lichtung.

»Heh! Hallo! Hilfe! Helfen Sie mir, mit ihm stimmt etwas nicht!«

Die beiden sahen herüber, dann zog die Frau den Mann in den Wald zurück.

Axel zitterte heftiger. Auf der Hose zwischen seinen Beinen bildete sich ein dunkler Fleck.

Shirin griff sein Handy im Gras und wählte die 112.

»Notrufzentrale der Berliner Feuerwehr. Legen Sie nicht auf. Dies ist eine Warteschleife. Sie werden sofort mit einem Mitarbeiter verbunden. Legen Sie nicht auf. – Notrufzentrale der Berliner Feuerwehr ...«

Das kann doch nicht wahr sein.

»Schicht im Schacht!«, sagte Piet Hommel, ließ sich in den Beifahrersitz fallen und warf das Klemmbrett auf die Ablage vor der Windschutzscheibe. »Hab die Nase voll von alten Leuten, die die Feuerwehr als Taxi ins Krankenhaus benutzen.«

»Tut mir leid«, entgegnete sein Kollege Gero und schaltete das Blaulicht ein. »Anschlusseinsatz.«

»Och nöö! Du weißt, dass ich seit zwei Stunden Feierabend habe.«

»Ist gleich um die Ecke«, sagte Gero und bog mit Schwung und Martinshorn von der Ausfahrt der Havelklinik in die Gatower Straße. »Haveldüne.«

»Da hat aber einer Glück, dass wir fast schon vor der Tür stehen.«

»Eben.«

Sie bogen in die Straße *Zur Haveldüne.*

»Und was isses? Schnittwunde?«

»Ein Kuss«, sagte Gero ernst.

»Kuss? Im Sinne von *Schmatzer*?«

Gero feixte. »Ein Mädchen hat einen Jungen geküsst, darauf ist der ausgetickt.«

»Oh, auf die Braut bin ich gespannt! Vielleicht versucht sie es auch mal bei mir.«

»Die Zentrale ist zuerst von einem Scherz ausgegangen. Dann hat das Mädchen was von Herzinfarkt gefaselt und aufgelegt. Wir schauen einfach mal. Im Fall der Fälle kommt der Notarzt nach. Die Zentrale glaubt nicht an einen Infarkt, und ich auch nicht. Ein Dreizehnjähriger und Infarkt, Quatsch! Das hat die nur gesagt, damit wir auch wirklich kommen.«

»Vermutlich, ja. – Hausnummer?«

»Keine. Soll auf 'ner Lichtung sein.«

»Dann fährst du aber falsch, Gero. Zur Lichtung, die kenne ich, geht's südlich, runter zur Havel.«

»Die Lichtung ist oben, Piet. Ich war da mal im Ruderverein.«

»Und ihr habt oben auf 'ner Düne gerudert, oder was? Wir müssen da lang.«

»Wieso? Ich fahre da runter, dann links.«

»Rechts! Ich ruf die Zentrale.«

Gero beschleunigte auf eine Frau zu, die mit einem Plastikhandschuh auf der anderen Straßenseite neben ihrem Golden Retriever wartete. Gero bremste scharf auf der Gegenspur und lehnte sich aus dem Fenster, allerdings so ruckartig, dass das Martinshorn losging. Die Frau fasste sich an die Kehle, und der Retriever verfehlte sein Ziel und stolperte beim Fluchtversuch über die zotteligen Beine. Er fiel einfach um.

»Okay! Sie sagt: da lang!« Er gab Gas.

»Sag ich doch.«

Gero fuhr auf den Bürgersteig und stoppte den Rettungswagen. »Endstation. Fußmarsch! Du nimmst den Defi!«

»Waldmarsch, meinst du. Wenn die junge Dame uns angeflunkert hat, dann erzähle ich der was! Die küsst nie wieder irgendjemanden.«

Nach zehn Metern durch Unterholz standen sie vor einem Maschendrahtzaun.

»Vielleicht sollte jemand die Feuerwehr rufen«, sagte Piet.

»Bist du lustig! Los, da lang!«

Als sie endlich zur Lichtung kamen, kniete ein Mädchen von vielleicht vierzehn Jahren vor einem Jungen. Am Waldrand kleine Grüppchen von insgesamt sieben Erwachsenen, die sich jetzt, da die Feuerwehrsanitäter eintrafen, näher zu kommen trauten und etwas sehen wollten.

Der Junge hatte Blut gespuckt.

»Was ist passiert?«, fragte Piet das Mädchen.

»Keine Ahnung ... Wir haben uns bloß geküsst.«

»Und dabei hast du Vampir gespielt, oder was?«

Gero sah dem Jungen in die Augen und in den Mund. »Hallo, kannst mich hören? Hier ist die Feuerwehr.« Er pfiff leise zu Piet hinüber und tippte sich zweimal mit der Hand gegen seinen eigenen Kehlkopf. Das Signal sollte sagen: *Hey, Deine Patientin steht unter Schock!* Sie hatten diese Geste vereinbart. Außenstehende sollten sie nicht verstehen.

Piet legte seine Hand auf die Schulter des Mädchens: »Alles in Ordnung. Wir kümmern uns um alles. Kannst du mir sagen, wie du heißt?«

»Shirin.« Ihre Wimperntusche war verlaufen. Sie simulierte nicht.

»Kein Infarkt«, sagte Gero. »Sieht mir nach einem Epi aus.«

Piet nickte und wandte sich an Shirin: »Ist das dein Freund, Shirin?«

»Nein. Ja. Nein.«

Er verdrehte die Augen, nahm sich aber zusammen. »Weißt du, ob der Junge Epileptiker ist?«

»Nein. Nein, hat er auch nie was von gesagt.«

»Wie heißt er?«, wollte Gero wissen.

»Axel.«

Gero kümmerte sich nur noch um Axel, Piet kramte im Medikamentenkoffer.

»Was ist denn jetzt?«, fragte Shirin.

Piet fühlte ihr den Puls und suchte nach etwas, das er ihr als Taschentuch geben konnte. »Keine Sorge, er bekommt ein Medikament, dann wiederholt sich das nicht so bald. Hast du noch nie einen epileptischen Anfall bei jemandem gesehen? Nein? Also, Schaum vor dem Mund, das kommt häufig vor, das heftige Zittern. Die Patienten verlieren das Bewusstsein und die Kontrolle über den Körper. Deshalb hat er sich wohl auf die Zunge gebissen, oder, Gero? Ja, genau. Und deshalb, na ja, auch das Malheur … Man verliert die Kontrolle über die Blase. Also, wenn ihr heute noch in die Disco wollt, müsst ihr euch noch mal umziehen.«

Shirin lächelte schräg.

»*Disco*!«, sagte Gero. »Aus welcher Zeitmaschine kommst du denn, Mann? Das heißt *Club*, und zwar schon seit Generationen.«

Piet hatte eine blaue Brieftasche aus der Hosentasche des Jungen geangelt. »Weißt du, wie wir seine Eltern erreichen, Shirin?«

»Er hat keine. Wohnt bei seiner Patentante, aber die ist in Vietnam oder Indien.«

»Aha, deshalb hat er vergessen, seine Tabletten zu nehmen.«

»Er ist kein Epileptiker«, sagte sie.

Piet sah sie einen Moment an, bevor er weitersuchte. »Schülerausweis mit Adresse, gut. Wir bringen ihn jetzt erstmal ins Krankenhaus. Bist du so weit mit ihm, Gero?«

»Kann ich mit?«

»Eigentlich nicht. Verheiratet seid ihr nicht, oder?«

»Nee.«

»Aber gut, ausnahmsweise.« Er blinzelte Gero zu.

Axel sah den Feuerwehrsanitäter, der ihm aufhalf, verwundert an.

»Warte mal, Gero«, sagte Piet. »Ich hab hier was.«

»Epileptikerausweis?«, fragte Gero.

»Nicht direkt.« Er las von einer Art Scheckkarte ab: »*Axel Hermsdorff, geboren blabla, ist mein Patient. Bei einem Not-*

fall bitte ich dringend, mich umgehend unter Telefon blabla zu informieren und den Patienten in das Institut Zucker, Berlin-Gatow, Adresse blabla, zu bringen. Notfallbehandlung sollte ausschließlich dort erfolgen. Gezeichnet Prof. Dr. Eugen Lascheter.«

»Ausgezeichnet«, sagte Gero. »*Institut Zucker*, das liegt schräg gegenüber von der Havelklinik oder einen halben Kilometer weiter. – Prima, da kommt er in die Hände eines Spezialisten. Sehr schön.«

Shirin stand wie angewurzelt da. »Das Institut? Aber da versorgen sie doch keine Epileptiker ...«

Piet sah zu Gero und tippte sich zweimal auf den Kehlkopf. »Na, junge Dame, darf ich Ihnen meinen Arm zum Geleit antragen?«

»Moment, ich muss sehen, ob ich meine Schlüssel ...«

Piet nutzte den Augenblick, seine Unfallkamera aus dem Sanitäterrucksack zu ziehen und die Schaulustigen mit Blitz zu fotografieren, damit sie es merkten. »Ist nur für die Anzeige, meine Herrschaften. Spannenden Abend noch!«

6

Der Keller hatte nur ein Fenster. An manchen Tagen gingen die Schuhe, die man von unten sehen konnte, nicht einfach vorbei, langsam oder schnellen Schrittes, sondern sie blieben stehen, oder es wurde geschlendert, auf der Stelle getreten, hin- und hergelaufen. Denn gleich nebenan waren die drei Doppelflügeltüren zum Foyer des Theaters, und Jenissej konnte an den Aufführungstagen am Rhythmus der Schritte und an der Dichte der Beine erkennen, wie viel Zeit er noch hatte bis zur nächsten Vorstellung.

Jetzt saß er vor dem Altar, einem Triptychon aus drei Computerbildschirmen. Oben drüber hing noch ein vierter, aber den brauchte er jetzt nicht. Seit Stunden versuchte er in seinem Kreativkeller, die Datei zu öffnen, die Melina ihm am Vormittag gegeben hatte und die angeblich einen Film im *F3L*-Format enthielt. *F3L* war seine eigene Entwicklung, aber diese Datei hier war offenbar immer wieder in andere Programme übertragen worden und hatte nicht mehr viel Ähnlichkeit mit seinem Quelltext.

Wenn diese kleine Melpomene den Film auf ihrem Rechner sehen konnte, wird es mir wohl auch gelingen, dachte er. Drei Minuten Film sollen es sein.

Festplattenächzen. Ventilatorengesumm. Der mittlere Bildschirm behauptete, es ginge mit dem Transkribieren voran. Schon 17 Prozent. Vor einer Viertelstunde waren es erst 13 Prozent …

Jenissej stand auf und lief in dem Raum hin und her. Schlingerkurs zwischen Videorekordern, Bühnenmodellen,

Kameras, Kühlschränken und Stühlen. Seine Finger streiften über die Flip Charts, von denen drei auf Ständern zwischen dem anderen Kram herumstanden und wie immer auf Eingebungen warteten. IGNORANZ hatte er mit schwarzem Marker geschrieben und dann immer wieder Wörter oder Symbole hinzugefügt, die ihm bei dem Begriff durch den Kopf schossen.

Du willst aus einem Eisenbahnwaggon aussteigen. Aber die Leute auf den Bahnsteig, sie warten nicht ab, bis du herausgeklettert bist mit deinem Gepäck. Sie stürmen gleichzeitig auf die Tür zu, wollen als Erste ins Abteil und schubsen dich zurück. Sie sind ignorant.

Hinter dem Wort DUMMHEIT malte er ein Fragezeichen.

Sind die Leute dumm? Sie wollen schnell hinein, versprechen sich einen Vorteil, einen guten Platz. Also sind sie nicht völlig bekloppt. Andererseits haben viele von ihnen wahrscheinlich eine Platzkarte – wozu da drängeln? Also sind sie doch unterbelichtet. Vor allem lassen sie mich und andere nicht raus, folglich kommt es zum Chaos und zur Gegendrängelei.

Jenissej strich die DUMMHEIT.

Ignoranz ist bewusst in Kauf genommene Blödheit. Ich ignoriere, dass ich es besser wissen könnte, will es aber gar nicht wissen. Ich will auch nicht wissen, dass ich andere dabei wegschubse und verletze. Warum nicht? Weil es mir wichtiger scheint, nur meine Interessen zu verfolgen.

Es juckte ihn, nicht allein in den Fingern, sich das Beispiel mit der Massendrängelei am Bahnhof auszumalen, es zu skizzieren, auszubauen, in Szene zu denken.

Das Computertriptychon erinnerte ihn daran, dass Melpomene-Melina ihm nicht nur die Idee von der Ignoranz implantiert hatte, sondern auch die Sorge um Lena.

Die Übersetzung der Datei war zuletzt sehr schnell gegangen. Der Sprung von 17 auf 100 Prozent war möglicherweise geglückt, denn in dem Dateisymbol erkannte Jenissej zum ersten Mal wieder das kleine Kamera-Symbol, das er für das Format *F3L* entworfen hatte.

Ohne nachzudenken, klickte er es an und drückte F7 – eine Taste, die mindestens so deutliche Abnutzungserscheinungen aufwies wie die Buchstabentasten E und N. Mit der einprogrammierten Funktion 7 wurde eine Datei fünfzehnfach kopiert und in dafür getrennte, aber miteinander vernetzte Ordner verfrachtet. Jenissej pflegte mit seinen Dateien vielfache Variationen durchzuspielen, und mit dem fünfzehnfachen Kopieren hatte er ausreichend Spielmaterial; jede Version blieb automatisch gespeichert und konnte später wieder aufgegriffen oder zu anderen gemixt werden.

Kurz überlegte er, dass das Kopieren einer Datei, die sich vielleicht wieder nicht öffnen ließ, wenig sinnvoll war. Aber ein neues Bildfenster erschien. Die Steuerungselemente für den Filmstart und den Schnitt waren milchig belegt und nicht aktivierbar.

Jenissej strich mit den Fingerkuppen über den Bildschirm. Glatte, matte Oberfläche mit einigen Staubkörnchen – es roch nach Rosinen. Sofort war da das unbestimmte Gefühl, vor einem Portal, das in die Kindheit führte, zu stehen. Er lehnte sich zurück und überlegte.

Der Rosinen-Effekt war gewollt. Er verschaffte ihm ein gutes Gefühl, so wie andere Menschen zur Zigarette greifen oder zu grünem Tee. Erst als junger Erwachsener hatte er begriffen, was da vorging. Eine Freundin kannte sich aus und klärte ihn auf. Anders als andere Synästhetiker verband Jenissej nicht mit Tönen bestimmte Farbempfindungen.

Stattdessen löste die Berührung mancher Gegenstände in ihm das Gefühl aus, Gerüche wahrzunehmen.

Als Kind war er verwirrt, weil jede Banane, die er in die Hand nahm, faulig roch, auch wenn sie gelb war und sogar, wenn sie noch hellgrüne Spuren hatte. In einer Spielzeugkiste vermutete er jahrelang verstecktes Marzipan, auch wenn ihm irgendwann klar war, dass es kein Versteck für Marzipan darin geben konnte. Fragte er Freunde oder seine Mutter, so konnten sie keinen der Gerüche bestätigen. Er gab es bald auf, ihnen davon zu erzählen.

Eine Zeit lang meinte er, das Anfassen von Oberflächen würde frühe Kindheitserinnerungen in ihm auslösen. Mit denen kämen die Gerüche, die ebenfalls etwas mit der Kindheit zu tun haben müssten. Aber meist gab es für die so entstandenen Konstrukte keine logische Erklärung.

Erst später erklärte man ihm, dass es sich umgekehrt verhielt: Manche Berührungsempfindungen lösten automatisch Geruchsempfinden aus. Niemand konnte ihm erklären, warum das so war. Die Bilder aus der Kindheit kamen aber immer dann dazu, wenn ein Geruch ihn an etwas Wichtiges erinnerte. Er las, dass Gerüche am besten geeignet seien, verschollene Erinnerungen im eigenen Gehirn zu aktivieren. Auch dafür gab es wohl keine eindeutige wissenschaftliche Erklärung. Man konnte lesen, dass alle Menschen vor der Geburt Synästhetiker seien. Vielleicht aber auch nicht – niemand hatte Kinder vor der Geburt interviewt oder in Talkshows eingeladen.

Das Rosinenaroma verschaffte Jenissej ein amorphes Gefühl von Gemütlichkeit. Vielleicht hatte seine Mutter Rosinenkuchen gebacken, den er aß, während es draußen stürmte und schneite. Jedenfalls half es ihm heutzutage, länger vor den ungeliebten Computern auszuharren.

Jenissej veränderte einige Einstellungen – und endlich ließ sich die Datei dazu herab, den Film zu starten.

Alles verschneit. Das Bild wackelte, und nur schemenhaft sah er eine Hand, die in eine dunklere Masse fasste. Zappelig drehte das Bild. Vielleicht eine Aufnahme mit dem Handy.

Da war sie – bei der hastigen Kameraführung nur sporadisch in der Großaufnahme, das Gesicht wie in einem Sandsturm: Lena. Sie filmte sich selbst.

Dann noch einmal Lenas Hand, der Griff in den – Sand? Jedenfalls rieselte es zwischen ihren Fingern.

Für einen Moment war das Bild neutral weiß.

Plötzlicher Schnitt auf eine dunkle Fläche, wiederum aus der zittrigen Hand aufgenommen. Ab und zu blitzte hinter der Fläche die Sonne hervor.

Wie soll man denn da was erkennen, wenn sie das Objektiv in die Sonne hält?

Für einen Moment schien es ihm, als sei die dunkle Fläche ein Foto mit einem Gesicht, aber mehr war nicht auszumachen. Immer wieder geriet die Sonne ins Bild und ließ die Belichtungsautomatik verrückt spielen.

Weiß. Dann eine Aufnahme von einer – Zeichnung? Diesmal stand die Kamera still. Lena musste das Handy festgemacht haben, denn das Bild war absolut statisch.

Draufsicht von oben: Kreise im Sand? Ja, ein Kreis mit einem Kreuz darauf.

Der Kreis war von mehreren parallelen Linien durchkreuzt, die von rechts nach links führten. Nichts passierte. Das Bild wurde weiß, der Film war an seinem Ende angekommen.

Was ist das?

Und das war alles?

Jenissej startete ihn erneut und veränderte die Kontraste.

7

»Nehmen Sie Tor 2, links vom Hauptgebäude. Sie sehen eine chromfarbene, arabische Zwei.«

»Ich sehe ein ziemlich großes, dunkelgrünes Gebäude mit einer Kuppel«, sagte Gero.

»Das ist unser Institut. Jetzt links davon, Einfahrt 2. Innerhalb des Gebäudes bis zur rot erleuchteten Säule.«

»Roger.«

Neonlicht, ein Betontunnel mit starker Neigung, der nach rechts abbog und schließlich auf eine unterirdische Kreuzung stieß. Gero sah die rote Lichtsäule, an der zwei Weißkittel warteten, und fuhr auf sie zu. Er schaltete das Blaulicht ab. »Alles klar zum Absprung, Piet?«

Piet schob Axel auf der Fahrtrage durch das Untergeschoss. Einer der Institutsärzte ging vor. Sein Kittel war ungewöhnlich geschnitten, er erinnerte ihn an ein langes, weißes Jackett oder an eine indische Kurta. Auch das Ambiente war nicht wie in Krankenhäusern, die er kannte: der Boden schwarz und glänzend – Granit oder Marmor, ebenso die Säulen. Keine Wände, nur hier und dort eine Glaswand mit dezenten Chromstreifen, damit man nicht versehentlich dagegenkrachte.

Auf den kleinen Tross wartete eine Frau, die ebenfalls den Kittel des Instituts trug. Ihre rostbraunen Haare reichten glatt bis zur Taille, wie die Sanitäter nahezu zeitgleich konstatierten. Axel durfte umsteigen auf eine Fahrtrage, die doppelt so breit war wie die der Feuerwehr. Sonnengelbes Federbett – Piet spürte das Verlangen, sich anstelle des

Patienten in die Kissen fallen zu lassen. Doch er stützte den stakenden Axel und lächelte die Rostfee mit den Sommersprossen an.

»Hallo, Axel«, sagte die Frau. Aber der konzentrierte sich auf den Bettenwechsel in Zeitlupe.

»Hallo, Shirin«, sagte sie.

»Hallo, Frau Doktor Harissa.«

»Ach …« Piet sah von Shirin zu der Frau in Weiß – und zurück. »Sie kennen sich alle … Das ist ja praktisch.«

»Sie haben das Protokoll, meine Herren?«

»Ja«, sagte Gero. »Und mein Kollege hat eine Blutprobe genommen.«

»Oh, vorbildlich. Ein bisschen wenig, aber für die Notfalluntersuchung wird es reichen. Er hatte einen epileptischen Anfall, sagen Sie?« Sie schaute zu Shirin.

»Das vermuten wir«, sagte Piet. »Das Mädchen hat es uns beschrieben, und auch sonst stimmen die Symptome. Äußerlich, meine ich.« Er sah schon ihren Na-das-überlassen-Sie-mal-den-Ärzten-Blick. »Wir haben keine Anti-Epileptika verabreicht. Im Augenblick scheint sein Zustand stabil zu sein.«

»Dann vielen Dank.« Sie hob zum Abschied die Hand. »So, dann wollen wir mal.«

»Frau Doktor Harissa?« Shirin stand wie angewurzelt und rief mit kläglicher Stimme.

Sie verknotet ihre Finger und Hände, dachte Piet.

»Was denn?«

»Darf ich mitkommen und bei Axel bleiben?«

»Aber natürlich. Du musst mir genau berichten, was passiert ist. Deine Angaben werden wichtig sein.«

Shirin hatte noch ein anderes Anliegen: »Können die beiden auch mitkommen, bitte?«

»Ihr seid bei uns in guten Händen, Mädchen«, sagte die Ärztin und warf den Männern ein Abschüttler-Lächeln zu.

»Bitte ...«, flehte Shirin.

»Wir müssen zum nächsten Notfall, weißt du«, sagte Gero.

»Wir haben Feierabend«, setzte Piet nach und machte das Kehlkopf-Zeichen.

Als sie im Gang hinter der Ärztin und den Leuten mit dem luxuriösen Bett auf Rädern hinterhergingen, raunte Gero: »Sie hat doch keinen Schock.«

»Nein. Aber Sie hat Angst.«

Axel lag in Embryonalstellung auf der Seite, ein Assistent desinfizierte seinen gekrümmten Rücken. Der Operationstisch hatte die Form eines Kleeblatts. So konnte das Team nah an den Patienten herantreten, und er hatte dennoch eine stabile und halbwegs bequeme Lage. Der Raum war nicht schwarz, sondern weiß. Klinisch.

Eine Schwester rollte eine Apparatur heran, die wie der Alptraum eines Zahnarztpatienten aussah. Jede Menge Gummischläuche, und an ihrem Ende spitz grinsende Metallspitzen. Piet legte seine Hand auf Shirins Schulter. Er war ganz froh, sich festhalten zu können, denn so was hatte er auch noch nicht gesehen.

»Jetzt kommt noch einmal ein kleiner Stich, Axel«, sagte Dr. Harissa. »Aber den wirst du nicht merken, wir haben ja mit der Spritze deinen Rücken betäubt.« Bis eben hatte die Ärztin mit den inzwischen zu einem Pferdeschwanz gebundenen Haaren während all ihrer Handgriffe Shirin ausgefragt. Einmal fragte sie auch Axel, ob er schon früher ähnliche Anfälle gehabt hatte. »Nein«, kam es leise, einsilbig und tonlos.

»Wir nehmen ein kleines Quantum Nervenwasser aus

deinem Rücken«, sagte Dr. Harissa. Und mit Blick zu den skeptischen Männern: »*Progress 700* – das Gerät führt uns lasergestützt zum idealen Einstichpunkt. Das Nervenwasser gelangt ohne Sauerstoffkontakt direkt in die Analyse.«

»*Progress 700*«, flüsterte Piet. »Klingt nach Staubsauger.«

»Oder nach 'nem Raumschiff«, wisperte Gero, als er Shirin wieder vor sich wahrnahm.

Sie hatten nicht bemerkt, dass die Mattglastür aufgeglitten war. Ein weiterer Arzt in dem speziellen Institutskittel stürmte herein. Schwarze Haare, jung, und offenbar kochte er. »Was ist das hier?«

Dr. Harissa konzentrierte sich auf ihre Metallspitzen und entschied sich für die gemeinste.

»Ist das der Junge?«

»Ja. Möglicherweise sein erster Anfall. Wenn ich weiß, ob es Hinweise gibt auf epileptische …«

»Der Patient wird sofort überführt! Er ist bei mir angemeldet. Es gibt keinen Grund, dass Sie ihn untersuchen.«

Die Frau sah den Mann ruhig an. »Es ist eine Notfallerstuntersuchung, deshalb ist er bei mir.«

Piet wollte die Situation entschärfen: »Ähm, Doktor Lascheter? Ich glaube, wir hatten vorhin miteinander telefoniert. Berliner Feuerwehr, es ging um den Jungen und einen epileptischen Anfall.«

Der Arzt zeigte auf Piet, Gero und Shirin: »Was ist das denn?«

Anstelle einer Antwort zog Harissa eine Augenbraue hoch und betupfte Axels Rücken.

Der schwarzhaarige Arzt trat auf Piet zu: »Ich bin Dr. Hans-Henrik Fogh. Sie sind von der Feuerwehr? Dann danke und – verlassen Sie uns jetzt bitte. Das ist die Freundin? – Du kannst auch gehen.«

Harissa protestierte nicht, im Gegenteil. »Ich habe alle Angaben von ihnen, die wir brauchen.«

»Na also.« Damit war das Dreiergrüppchen Luft für ihn, und er wandte sich dem rostfarbenen Pferdeschwanz zu. »Der Professor erwartet die au-gen-blick-liche Überführung des Patienten. Die Liquorpunktation ist unnütz und gefährlich. Stoppen Sie sie sofort!«

Einer der Assistenzärzte legte Shirin die Hand um die Schulter. »Du kannst mit mir kommen. Ich erkläre dir alles.« Dann sah er den Männern in die Augen. Ein Blick, als wolle er ihnen nach der Schlacht Orden anheften. Kräftiges Händeschütteln. Wegweis zur Tür.

Gero und Piet liefen schweigend einen schwarz glänzenden Gang hinunter.

Im Kittel kam ihnen ein Mann entgegen, der genau auf der Mitte des Gangs Kurs hielt und keine Anstalten machte, auch nur einen Millimeter auszuweichen.

Auf dem Schädel ihres Gegenübers spiegelten sich die Leuchtstoffröhren. Er schritt zügig, aber keinesfalls gehetzt, der Oberkörper blieb auf einer Linie, aufrecht fast bis zum Stolz.

Als Piet mit den Lippen stumm ein »Guten Tag« formte, traf ihn der Blick des Mannes direkt. Der Arzt nickte ihm kurz zu. Nicht freundlich, nicht unfreundlich.

Als sie an ihrem Rettungswagen angekommen waren, sagte Piet: »Sag mal, wie heißt dieser italienische Fußballschiedsrichter von damals?«

Gero lachte. »An den musste ich auch eben denken. Der Arzt mit der Glatze?!«

»Columbia? Columbo?«

»Nee – warte! *Colani*! Das ist es! *Colani* hieß der. Stimmt, sah fast genau so aus. Die fehlenden Haare. Der Blick. Diese Kopfform! Ist ja unheimlich.« Er lachte und schloss den Wagen auf. »Und was jetzt? Fußball? Hast du Lust? Ich hab Aserbaidschan gegen Holland aufgezeichnet.«

»Zwei zu zwei«, sagte Piet. »Außerdem will ich nur noch in die Falle.«

8

Lena war ein Säugling. Ihren Kopf hielt sie nur mit Mühe aufrecht. Allmählich gelang es ihr besser, aber gleichzeitig alterte sie. Schon saß sie, grinste in die Kamera, weinte, strahlte. Man musste nur eine Sekunde wegsehen – und verpasste zwei Wochen ihres Lebens. Die typische Lena war sie von Anfang an. Sie zeigte ihre Zähne, kicherte, hielt eine Zahnbürste hoch und verlor ihre Schneidezähne. Mit Zahnlücke sah sie spitzbübisch aus, gewitzt. Sie bekam Zöpfe, die Frisuren schlugen Kapriolen. Souverän spielte sie ihre Rollen – bis die Mundwinkel starrer wurden und das Kind aus ihr verschwand. Ernste Augen. Ende.

Jenissej ließ die Sequenz zum vierten Mal über alle vier Bildschirme laufen. Seit 1997 hatte er Lena vom ersten Lichtblick an täglich vor die Kamera gelegt bzw. gesetzt, sie möglichst jeden Tag in dieselbe Positur gebracht und sie fotografiert. Aus der Zusammensetzung der Fotos ergab sich ein Film, der sie bis zum zwölften Geburtstag zeigte. Aus anfänglichen Protesten war schiere Ablehnung geworden, Lena weigerte sich, weiter mitzumachen. Er konnte es gut verstehen, aber schade war es doch.

Habe ich lange nicht gesehen. Wie agil sie war, in dieser Zwischenzeit. So von acht bis elf. Die ganz große Schauspielerin. Hat uns alle um den Finger gewickelt. Und dann – paff! – mit einem Schlag ihr Kampf gegen alles und jeden. Vor allem gegen mich. Und gleichzeitig kam sie wieder angeschmust.

Er startete den Film ein fünftes Mal. Es gab zwei Varianten. In die zweite hatte er zwischen alle Fotos drei Morphing-Bilder gesetzt, computergenerierte Zwischenphasen. Außerdem hatte er jedes Bild so zentriert, dass Lena nicht mehr herumzuzappeln schien. Ihr Übergang vom Säugling zum Kind und zur jungen Jugendlichen dauerte länger und war sanfter. Aber inzwischen bevorzugte er wieder das zappelige Original. Denn er konnte es an jeder Stelle anhalten und sah in dieser Version immer ein authentisches Foto seiner Tochter.

Jedes Mal erinnerte er sich genau an den Tag und die Launen und Umstände, was vorher und nachher passiert war. Glaubte er jedenfalls.

Der Film war ein sechstes Mal gelaufen. Sein Finger schwebte über der Return-Taste, die die Endlosschleife starten konnte. Er drückte auf Stopp und lehnte sich im Drehsessel zurück.

Du solltest dir das *F3L*-Filmchen von Lena ansehen, anstatt in Erinnerungen an ihre Kindheit zu schwelgen. – Lena war all die Jahre ein richtiges Kind. Sie war quirlig. Neugierig. Ihre ganzen Ideen, ihre Entdeckungen, ihre Hand in meiner …

Von einem Tag zum anderen, so schien es jedenfalls im Rückblick, war sie nicht mehr die süße Lena, Papas Liebling, die strahlende Lena mit den Lachgrübchen. Sie war eine Kratzbürste. Und mehr als das. Sie war eine Staatsanwältin in eigener Sache, die über Jenissej zu Gericht saß. Was er alles falsch gemacht hatte. Und Jenissej war zu sehr in der Trauer um ihre Kindheit gefangen, als dass er sich vehement verteidigen wollte.

Der siebente Filmdurchlauf.

Man nennt das Pubertät, ist ja klar. Die Vorwürfe kommen gezielt und ganz persönlich. Als sei das eigene Kind das einzige, das seine Eltern angreift. In Wirklichkeit, dachte Jenissej, gehört dieser plötzliche, beiden Seiten von außen aufgezwungene Abstand zur Entwicklung jedes Menschen.

Aber weshalb wirkte Lena auf diesem Film zuvor immer so fröhlich, obwohl doch viel früher alles zusammengebrochen war? Und erst mit zwölf kommt der Bruch, dann spielte sie nicht mehr mit.

Er hielt bei dem Baby, das mühsam in die Gegend schaute und die Kamera nicht von der Wand unterscheiden konnte. Alle Existenz floss in die Anstrengung, das Köpfchen aufzurichten. Das war seine Lena. Lena, kein Allerweltsname. Die Lena ist ein Fluss, der in einem kleinen Gebirge westlich des Baikalsees entspringt. Ust-Kut, Kierensk, Lensk, Oljokminsk … Sie wird breiter und wendet sich gen Norden, fließt durch Jakutsk und ist schließlich in Sibirien einer der mächtigsten Ströme des Planeten. Im weit ausfächernden Lenadelta ergießt er sich am Ende in die Laptewsee, einen Teil des Arktischen Ozeans.

Dieses Köpfchen über der Flauschdecke und ein viertausendvierhundert Kilometer langer Fluss. Immer wieder für Monate gefroren, aufbrechend, die Eisberge vor sich her schiebend, ganze Städte mit ihnen, den sich auftürmenden Eisschollen, verwüstend. Er liebte die Vorstellung von seinem kleinen, mächtigen Mädchen. Lena und Jenissej, der andere sibirische Strom.

Irgendwann war sie so weit, dass sie mit ihren kleinen Fingern dem Fluss auf der Karte im Atlas folgen konnte. Er musste ihr von all den Dörfern und Städten erzählen, die am Ufer lagen und in denen er nie gewesen war, aber von denen er doch alles wusste. Auch von den Seefahrern, die ihre Schätze darauf bis ins hohe Eis transportierten und angegriffen wurden von heulenden Wölfen und Reiterhorden. Jenissej hatte nie nur erzählt, er zeigte ihr, wie man Anker lichtet und wie man mit Ungeheuern kämpft. Er war selbst der Kämpfer und sprang im Zimmer umher. Hesther, ihre Mutter, lachte. Oder sie schaute fasziniert, genau so wie ihre Tochter, wenn Jenissej aus dem Eisnebel trat und zauberte.

Ab und zu hatte der kleine Finger ungeschickt lackierte Fingernägel, die Fahrten über Karte und Strom fanden seltener statt und wurden schließlich eingestellt.

Jenissej spulte ein paar Jahre vor. In die Nähe von Lenas viertem Geburtstag. Er verpasste ihn, denn da war ein Bild mit einer Art Dutt, und das war definitiv schon ihr sechster.

Warum sieht man es ihr nicht an, überlegte er. Auf den Fotos strahlt sie. Nichts vom Bühnendesaster ihrer Mutter. Nichts von Hesthers Fahrt in ihren eigenen Eisnebel. Der Hafen ein Haus, in dem man sie anfangs noch besuchen durfte, später nicht mehr, weil die Seelen von Mutter und Tochter Schaden nehmen konnten. Als ob sie nicht ohnehin verletzt waren! Nichts ist dem grinsenden Mädchen anzusehen von dem Kampf, als Jenissej mit ihr das Feld räumen und sie nach Italien mitnehmen wollte. Die Sechsjährige, die in der Tür des Schnittraumes steht, die Hände in die Seiten stemmt und mit krauser Stirn fordert, in Berlin zu bleiben.

Diese Kraft, die sie da hatte! Mit sechs! Genau zu wissen, was sie wollte. Der Vater Jenissej sollte in der Stadt ihrer Mutter bleiben, und sie auch, selbst wenn es diese Mutter hinter den Mauern der Anstalt eigentlich nicht mehr gab. Lena – der Strom, der Eisberge türmt und Städte niederwalzt.

Auch im weiteren Film gab es keinen Stimmungsbruch. Hesthers Tod wirkte auf ihn damals nur noch wie eine konsequente Folge ihres Abdriftens. Lena wollte unbedingt am

Grab stehen und verbrachte mit der Erde in der Hand viel Zeit mit ihrer Mutter, die da unten in der Kiste lag. Sie ließ die Trauergemeinde warten und warten. Aber niemand wagte, sich während des intensiven Zwiegesprächs zu bewegen. Lena nahm Abschied, als Achtjährige, von ihrer Mutter und lächelte wieder auf den Tagesfotos.

Sie blieben tatsächlich in Berlin. Jenissej kaufte das Theater. Mit elf Jahren klopfte die Pubertät an die Kinderzimmertür, mit zwölf schlug sie in das Theater mit dem angeschlossenen Wohntrakt ein wie ein Blitz, der seine Energie über die Jahre gesammelt hatte.

Glücklicherweise gab es Pia. Die Blitzableiterin. Aus der Schweiz, wie praktisch: Nicht nur eine Künstlerin, die Jenissej eine Muse wurde, sondern auch eine Diplomatin in Sachen Lena versus Jenissej. Zu ihrem größten, zugleich aber auch traurigen Verhandlungserfolg zählte der Waffenstillstand von 2010 zu Berlin: Beide Parteien duldeten sich unter einem Dach. Lena hatte ihr eigenes Zimmer, sie bekam ihren eigenen Hauseingang mit einem eigenen Schlüssel. Beide Seiten flossen nebeneinanderher wie die Ströme in Sibirien, die sich nie berührten. Lena hatte ihr eigenes Handy und ihr eigenes Leben. Einzige Auflage: schriftliche Notizen, wo sie sich aufhielt. Die Liste durfte nur Pia einsehen. Die Neutrale.

Das war der Stand. Warum sollte sich Jenissej Sorgen machen, nur weil Lena zwei oder drei Tage nicht aufgetaucht war? Das kam öfter vor. Er kaute auf seiner Unterlippe. Vielleicht, weil sie als Letztes einen Termin im *Institut Zucker* eingetragen hatte. Wo sie laut dieser Melpomene nie erschienen war. Vielleicht, weil sie sich danach nicht mehr gemeldet hatte. Vielleicht, weil sie der Melpomene eine schlechte Videoaufnahme gemailt hatte.

Er erhob sich und lief im Raum herum. Nahm langsam die Stufen der Wendeltreppe hinauf, einfach, um den Ort zu wechseln. Das langsame Gehen auf den Stufen hatte sich ihm eingeprägt. Denn die Stahltreppe fing an zu »singen«, wenn sie unter den Tritten vibrierte. Man konnte das bis auf die Bühne hören. Es war in einer stillen Szene seiner Inszenierung *Tochter der Taliban,* als er die merkwürdigen Töne hörte. Sie störten einen inneren Monolog. Seitdem gab es Wendeltreppenverbot während aller Aufführungen.

Über dem Keller lag der Schnittraum. Ursprünglich hatte Jenissej beide Bereiche strikt voneinander getrennt: unten die Ideen und Modelle, oben das Filmmaterial, die Konzentration auf die Montage der Bilder. Aber irgendwann hatte er damit begonnen, Sachen von unten nach oben und von oben nach unten mitzunehmen, und inzwischen wirkten beide Räume auf außenstehende Besucher gleichermaßen – chaotisch.

Die Melange war vielleicht auch nur ein Spiegelbild seines Schaffens, in dem Film, Fotografie, Bühne und Tanz längst miteinander verschmolzen waren. Jenissej, der sich, wenn es sein musste, am ehesten als *Medienchoreograph* bezeichnete, bevorzugte allerdings von beiden Kreativräumen den Keller und überließ den Schnittraum seinem Cutter.

In seinem Kopf wurde immer wieder aus der Baby-Lena die leicht frauliche Lena. Immer wieder und immer schneller. Er nahm die mit Leder bespannte Tür, die vom Schnittpult direkt auf den Bühnenraum ging. Natürlich war es dunkel im Theater. Schemenhaft flirrten einige wenige Lichtpartikel vom Schnürboden herab, wo es vier Dachluken gab. Und grün sumpften die Notausgangleuchten vor sich hin.

Jenissej stellte sich vorn an den Orchestergraben, genau

in die Mitte. 833 leere Sitze starrten ihn an, versuchten, in der Dunkelheit etwas von ihm zu erfassen. Er setzte sich auf den Boden. Schneidersitz. Die Hände auf dem Holzboden. Der Geruch von frischem Tabak stieg ihm ins Hirn, nicht in die Nase. Tabak, angenehm und mild, aber momentan nicht hilfreich.

Er legte sich auf den Rücken, die Füße in Richtung Publikum, exakt gerade ausgerichtet. Er schloss die Augen für einen Moment. Und schlief sofort ein.

Als Jenissej erwachte, lag er noch immer mit anliegenden Armen klar ausgerichtet auf den Bühnenplanken. Die Lichter der Notausgänge schienen heller geworden zu sein. Sie strahlten das Durcheinander des Schnürbodens an.

Er setzte sich auf. Warum war ihm das nicht vorher klar geworden? Wieso habe ich das nicht gesehen?

Er sprang auf und suchte nach der schwarzen Tür in der schwarzen Wand. Vom Schnittraum schnell die Treppe hinunter in den Keller. Kling-klong-kling-klang – Orchestergetöse mit Nachhall.

Die Computer wecken, die vor sich hin dösten und das als Energiesparmaßnahme ausgaben. Zu den Mails gehen, die verhassten Postfächer durchsehen. *Sie haben 214 ungelesene Mails.* Na schön, andere Leute bekommen gar keine Post. Sind auf die Briefseelsorge angewiesen.

Aussortieren der Mails ohne Anlagen. Dann nach Dateiarten. Die Sache war ja so klar: Warum hatte Lena die Videodatei an Melina geschickt? Weil sie wusste, dass ihr Vater, der große Medienchoreograph, das Medium Mail verabscheute. Sie nicht las. Nur gezwungenermaßen. Also hätte sie es immerhin versuchen können.

Tatsächlich! Im Eingang eine tagealte Nachricht. Kein

Absender. Typisch Lena. Eine *F3L*-Datei, die sie nie zuvor verwendet hatte.

Die Datei ließ sich sofort öffnen. Der Bildrahmen nahm nicht, wie zuvor die Kopie von Melina, nur die Größe eines Briefumschlages ein, sondern griff auf den ganzen Bildschirm über.

Er tippte F7, schaltete alle vier Bildschirme parallel und startete den Film. Exzellente Bildqualität, dafür hatte er *F3L* gemacht. Aber es war der gleiche Film, den er schon mehrfach gesehen hatte. Das ganze Hin und Her mit Melina hätten sie sich sparen können, das Kopieren, die verschneite Qualität. Er hatte das Original von Anfang an in seinem Postfach.

Während Lenas Hand in der Erde wühlte, fragte er sich, warum er erst schlafen musste, um auf diese Idee zu kommen. Manchmal ist es ja so: Das Gehirn scheint weiterzuarbeiten während des Schlafes. Unbehindert durch die Beschränkungen der Tageslichtlogik mäandern die Gedanken in der Nacht durch Träume und Ideenwelten. Und manchmal stoßen sie versehentlich zurück in die Alltagswelt, wo Offenkundiges nicht angefasst wurde.

Krieg dich ein. Klar, die Träume sind deine Inspiration. Aber hier – da ist wieder dieses Porträt, entsetzlich in die Sonne gehalten. In der guten Auflösung ist es sofort zu erkennen: Das bin ich! Ein Foto von mir, das haben wir im Automaten gemacht, Lena und ich. Ich erinnere mich. Pistazieneis. Kastanienallee. Erst die Sonne, dann der Gewitterwolkenbruch. Mit nackten Füßen über den nassen, warmen Asphalt. Einer der letzten Ausflüge mit ihr.

Foto von mir, gegen die Sonne gehalten. Was soll das?

Er grübelte über der Frage, weshalb Lena ihm einen Film schickte, in dem sie ein Passfoto von ihm im Gegenlicht abbildete. Es war eine warme Welle, die über seinen Bauch schwappte: die Erkenntnis, dass seine Tochter trotz allem dieses Foto aufbewahrt hatte. Und es ihm zeigte.

Vielleicht ist das gar keine Rührung, die mich vom Warum abbringt, sondern ein Teil der Lösung. Sie will mir zeigen, dass sie sich mit mir versöhnt. Na ja, mit mir abfindet.

Das Wackeln hörte auf. Nach einer Weißblende kam das Standbild mit dem Kreis und dem Kreuz. Eindeutig in Sand gemalt. Was er zuvor als parallele Striche quer durch den Kreis gedeutet hatte, waren gebogen gezeichnete Ringe, die den Kreis wie einen Planeten umfassten.

Der Saturn? Aber was soll das Kreuz auf dem Planeten?

Die Ringe bestanden aus exakt parallel gezeichneten Linien. Acht Linien in gleicher Reihenfolge. Offenbar war es eine sehr große Sandzeichnung, sonst hätte man die acht Linien nicht so gut hinbekommen.

Ende.

Diesmal musste er die Kontraste nicht verändern. Alles war zu erkennen. Jedes Wackeln, jede Pore in Lenas Gesicht, jeder Sonnenstrahl über, unter und neben dem Passfoto, das sie in die Kamera hielt, jedes Sandkorn.

Dennoch war ihm nicht klar, was Lena ihm sagen wollte.

Dieses Gefühl, immerhin, war ihm nicht neu.

9

Ein Mann streifte Melina mit seiner Aktentasche und fluchte. Ein Radfahrer blies in seine Trillerpfeife, weil sie auf dem Gehweg stand und ihm nicht auswich. Sie klammerte sich an das Tor und hoffte, dass ihr doch noch jemand öffnete. Schon wieder kam hinter ihr eine Straßenbahn herangefahren. Rausdrängeln, reindrängeln. In den Gesichtern der Leute stand die Enttäuschung darüber, dass die zwei freien Tage so schnell vorübergegangen waren.

Es ist peinlich, aber egal.

Sie räusperte sich und entschloss sich zu schreien. Die Straßenbahn klingelte Alarm, ihre Stimme ging unter.

Ich und schreien!

»Hallo!«

Da ist der Typ mit der Latzhose!

»Hallo!«

Ich und mit dem Pulli wedeln!

Für Melina lag in diesen zwei Minuten die ganze, sonst auf das gesamte Jahr verteilte Dosis an Extrovertiertheit.

Der Latzhosenmann schaute interessiert und schlenderte auf sie zu. Mehr ein Beobachter oder Forscher als ein Türöffner. Das Gespräch durfte erst beginnen, als er am Tor zum Stillstand gekommen war.

»Guten Morgen«, wiederholte Melina zum dritten Mal.

»Morgen. Ich bin nur sein Caller.«

»Das weiß ich ja. Ich muss ihn dringend sprechen, bitte!«

»Das geht nicht. Ganz und gar nicht. Diesmal nicht.« Er bedauerte nichts.

»Sagen Sie ihm, dass ich es bin. Melina. Melina, verstehen Sie? Er weiß Bescheid, es geht um seine Tochter. Das darf doch nicht ... Es muss ihn doch interessieren, was mit Lena los ist.«

»Weißt du, wo sie ist?«

»Nein«, sagte Melina.

Ehrlich und blöd bin ich.

»Er will ausdrücklich nicht gestört werden.«

Sie nahm Kredit bei ihrem späteren Dasein als Lateinlehrerin und hob streng den Finger: »Sagen Sie ihm, dass ich hier bin.«

Das war nicht gerade ein Argument, aber es brachte den Mann zum Nachdenken. »Ich gehe hinein und sage Bescheid. Aber mehr nicht.«

»Vielen Dank!«

Eine Kolonne Drittklässler trottete vorbei, mit ihren Kappen und dem Montagmorgengesicht erinnerten sie Melina an die Arbeiter aus *Metropolis*. Nur dass hinten eine Entenmutter hinterherlief und einzelne Küken anquakte, sie sollten nicht träumen, sondern nach vorne gucken.

Frau und Mann mit Landkarte und mexikanischem Habitus wollten von Melina wissen, wo die nächste Currywurstbude sei. Es war eben neun Uhr geworden. Und aus just dieser Richtung kam ein Betrunkener herangetorkelt, der ihr mit einer schwappenden Bierflasche die Welt erklären wollte.

Der Latzmann ist verschollen, der hat sich verkrümelt in der Theaterburg.

Doch eine andere Gestalt kam aus dem Seitenflügel, eine kleine Frau. Melina erinnerte sich – Pia. Sie hielt auf Melina zu und schien sich zu freuen. Schon aus zehn Metern Entfernung warf sie ihr ein schweizerisch durchsetztes »Guten

Morgen!« zu und zögerte nicht, das Tor zu öffnen und ihr einen Kuss auf die Wange zu geben.

»Haben Sie etwas von Lena gehört?«

»Nein, Melina.«

»Schläft Jenissej?«

»Er ist Frühaufsteher. Aber er will nicht gestört werden. Hast du was Neues?«

»Ich wollte wissen, was Lenas Videofilm ihm sagt.«

Pia nahm beide Hände von Melina und führte sie an ihr Gesicht: »Kindchen ... Lass das doch unsere Sorge sein. Wir zerbrechen uns schon genug den Kopf. Jenissej, er sitzt immer wieder an dem Film und versucht, eine Spur darin zu finden. Ich würde es dir hier und jetzt sofort sagen, wenn er einen Geistesblitz hätte.«

Offenbar machte Melina ein endlos enttäuschtes Gesicht, denn Pia bat sie auf der Stelle, ihr zu folgen. Sie brachte sie aber nicht zu Jenissej, sondern in den Wohntrakt und zu ihrem Atelier. Es war ein heller, ebenerdiger Raum mit einem Eckfenster, von dem man in den Dschungel zweier Kastanien blickte.

Ungefragt goss Pia ihrem Gast Eistee ein und reichte ihr den Becher. »Du bist nicht für Lena verantwortlich.«

Melina nahm den Becher und schaute wohl, als enthalte er Schierling. »Es fühlt sich aber so an.«

»Ich zerbreche mir auch den Kopf, wo sie stecken könnte. Andererseits: Lena ist vierzehn. Sie ist selbständig, und sie entscheidet oft für sich allein.«

»Heute ist Montag«, sagte Melina scharf. »In Deutschland gibt es immer noch Schulpflicht für eine Vierzehnjährige!«

O nein ... Wo doch Pia aus der Schweiz kommt ...

Sie versuchte, ihr ganzes Gesicht in dem kleinen Becher zu verstecken, und merkte, dass sie schlagartig rot geworden war. In ihren 23 Jahren hatte sie sich das nicht abtrainieren können.

Pia schien ihr den Spruch nicht übel zu nehmen. Sie schaute nachdenklich aus dem Fenster. »Warte mal einen Moment, Melina, ich will etwas holen und dir zeigen.«

Das Atelier hatte Ähnlichkeit mit einer Schneiderei. Es gab fahrbare Kleiderständer, in denen Flaggen hingen. Neben dem Fenster stand ein professioneller Bügeltisch mit Wassertank für das Dampfeisen und darüber eine echte Bügelschwebe, die verhinderte, dass man über das Kabel oder die Wasserleitung bügelte. Melinas heimlicher Traum. Aus der Kategorie der Träume, die man niemandem erzählt.

Auf dem Bügeltisch war ein schwarzes Tuch mit einem magentafarbenen Buchstaben ausgebreitet – ein großes K, wenn Melina es richtig sah. Ein Buchstabe aus der Fraktur-Druckschrift. Aus seinem Grundstrich wuchs ein kleiner, feiner Bogen, der Melina an die Antennen der Tiefseefische erinnerte, die so eine kleine Laterne vor ihrem Maul hängen haben und mit ihr Beute anlocken.

Das Große K verschluckt alle kleinen Ks. Hör auf zu spinnen! Im Lateinischen gibt es keine Ks. Na und? Was sind das für bescheuerte Gedanken?

Pia brachte eine Reisetasche aus schwarzem Leder und stellte sie mitten in den Raum. »Hier. Hast du Lena mal mit so einer Tasche gesehen?«

»Ich ... kann mich nicht erinnern. Wenn sie ins Institut kommt, hat sie, glaube ich, immer eine kleinere dabei. Ja genau, so eine giftgrüne. Fürchterlich neben ihren blauen Haarsträhnen!«

Pia lachte. »Wir haben zwei von diesen Taschen. Kann sein, dass es unserem Chaos geschuldet ist, aber ich glaube, die zweite hat sie mitgenommen.«

»Fehlt sonst etwas?«

»Ich habe alles durchgesehen, aber bei den vielen Sachen in ihren Schränken verliere ich die Übersicht. Es könnte allerhöchstens sein ...« Sie holte ein Necessaire aus der Reisetasche und öffnete es. »Eine Nagelfeile und eine Schere fehlen. Das ist das Einzige, was ich finden kann. Womöglich ist es nur Zufall.«

Melina sah, dass die kleine Frau den Kopf regelrecht hängen ließ. Sie mochte um die fünfzig sein, hatte einen Scheitel, der in der Stirn verwirbelte, und rote Haare. Die Nase war klein und hatte trotzdem etwas Hexenhaftes. Melina fand das Gesicht dennoch niedlich und spürte Mitleid mit Pia.

»Jedenfalls ...«, seufzte Pia, »glaube ich, dass sie auf einer Reise ist. Ja, sie macht bei einer Reise mit. Und vielleicht, vielleicht ist ja alles gut.«

»Dann würde sie kaum eine Videobotschaft dieser Art schicken«, sagte Melina.

Herrje, schon wieder! Warum fahre ich die Frau dauernd an?

Diesmal entschuldigte sie sich. Aber Pia nickte und sah sie eindringlich an. »Komm, setz dich. – Weißt du, ich glaube, sie ist unterwegs mit einer Gruppe von diesem PALAU.«

Unwillkürlich huschte Melina ein Lächeln übers Gesicht. Sie hatte noch nie gehört, dass jemand PALAU so entschieden auf der ersten Silbe betonte wie die Schweizerin. »Wieso meinen Sie das?«

»Du. Wir duzen uns, ja? Die gemeinsame Sorge um einen geliebten Menschen verbindet nun mal.«

Melina wollte ablehnen, aber gegen die Begründung wollte sie nicht angehen. »Gut, wieso also der Verdacht mit dem PALAU?«

»Weil sie davon gesprochen hat. Sie wollte immer mitmachen. Und vor vierzehn Tagen ist eine Gruppe aufgebrochen. Lustigerweise in die Schweiz. Mit mir wollte sie da nicht hin. Mit Jenissej sowieso nicht mehr.«

»Aber dann müssten die vom PALAU davon wissen.«

»Die streiten es ab. Ich glaube aber trotzdem daran.«

Melina sah Pia an. Sie wusste nicht, was sie damit anfangen sollte. »Wen hast du gefragt?«

»Alle.« Sie nannte einige Namen. Melina kannte die meisten.

»Aber wieso sollten sie leugnen, dass Melina sie begleitet?«

»Vielleicht wissen sie es auch nicht. Lena könnte ihnen zum Beispiel auf eigene Faust gefolgt sein.«

»Aber dann …« Der Entschluss stand schon fest, bevor sie ihn formulieren konnte. Sie sah auf die Uhr. »Ich müsste eigentlich in die Uni … Ich spreche mit den Leuten. Wenn ich mich beeile, bin ich mittags zurück. Können wir die Handynummern austauschen, und Sie … und du sagst mir Bescheid, wenn ihr Vater etwas herausbekommen hat? Und umgekehrt natürlich.«

»Du kannst sie auch von hier aus anrufen, oder?«

Melina notierte Pias Telefonnummer vom Handydisplay. »Wie soll ich sagen? Das sind alles Pädagogen.«

Pia lachte schallend. »Okay, verstehe.«

Jetzt musste auch Melina lachen. Entlastung. »Nein, ich meine, sie können das schon … Aber sie wollen so selten. Und ich kenne einige von ihnen gut. Wenn es stimmt, was du annimmst, müssten sie mir etwas sagen.«

10

»Das sind sie.«

»Sehe ich«, raunte Hans-Henrik Fogh. Er hatte sich für den Kittel entschieden.

Seine blonde Kollegin Elke trug einen dunkelbraunen Hosenanzug. Zuerst wollte sie Schwarz tragen, aber ihre Mutter war mit der Weisheit gekommen: *Übertrumpfe nie die Trauer der Angehörigen.*

Die Angehörigen erschienen in Schwarz, genauer: Vater und Mutter Sikorski. Sie standen verloren im grünen Wald der Marmorsäulen des *Instituts Zucker*.

»Los, komm«, sagte Fogh.

»Ich hasse das.«

»Ich wäre auch lieber auf 'ner Orgie.«

Die Frau ignorierte den Spruch, zu oft hatte sie so etwas von Fogh zu Ohren bekommen.

»Herr und Frau Sikorski?« Sie streckte den beiden die Hand entgegen. »Ich bin Elke Bahr, die Pressesprecherin des Instituts. Dies ist Herr Doktor Fogh. Er kann uns etwas zu den medizinischen Hintergründen sagen.«

»Das ist unnötig«, sagte der Mann. »Jan ist tot. Wir brauchen keinen Arzt mehr.«

»Herbert, komm, lass gut sein. Ich danke Ihnen, Frau … Ja, wir, wir sind natürlich noch ganz … Das kam ja alles sehr plötzlich.«

Elke Bahr nickte mitfühlend. »Für uns ja auch. Es ist ganz schrecklich, was Ihrem Sohn Jan zugestoßen ist. Ich bin noch immer … wir sind völlig … schockiert.«

Die Eltern waren braungebrannt. Fogh stellte sich die beiden in alpinaweißen Klamotten vor, in einer Strandbar, jeder mit einer Piña Colada. Und Schirmchen drin.

»Ich möchte Sie zu einem Kaffee oder kalten Getränken in mein Büro bitten. Sie haben als Eltern das Recht, zu erfahren, was mit Ihrem Jungen geschehen ist. Das ist vermutlich erst einmal kein Trost für Sie. Aber die Ungewissheit wäre noch weniger auszuhalten. – Würden Sie mir bitte folgen?«

Fogh machte den Türöffner. Elke Bahr ging zwischen ihm und dem Ehepaar, das sie sich jünger vorgestellt hatte. Immer wieder drehte sie sich zu den beiden um und lächelte. Eine Mischung aus Aufmunterung und Kontrolle.

»Hast du gehört, Margot, das ist die Pressetante von dem Laden! Was sollen wir denn mit der?«, hörte sie Herbert Sikorski zischen.

»Ich will wissen, was passiert ist. Jetzt reiß dich zusammen. Ich tu's ja auch.«

Er wurde laut. »Ich will mich nicht zusammenreißen! Mein Sohn ist tot!«

Elke Bahr entschloss sich, stehenzubleiben und sich den beiden zuzuwenden. »Es muss sehr schwer sein. Für Sie beide. Wollen Sie an einem anderen Tag wiederkommen?«

Bloß nicht, dachte Fogh. Innerlich verdrehte er die Augen und lächelte ins Nichts zwischen den drei Figuren, die sich, vor ihm stehend, nicht entschließen konnten, durch die Tür zu treten oder umzukehren.

»Wir stehen das heute durch«, sagte die Frau und streichelte den Ärmel ihres Mannes.

Fogh atmete auf, als sie endlich im Konferenzraum angekommen waren und er die Tür schließen konnte.

»Wo ist er denn nun?«, fragte der Vater.

Elke Bahr hörte in sich ein kleines belustigtes Schnauben. Sie hoffte, dass es nicht lauter gewesen war, und räusperte sich. »Jan ist natürlich nicht mehr bei uns. Wenn ein Patient die Augen geschlossen hat, entlassen wir ihn aus unserer Obhut. Wir möchten Ihnen anhand einiger Daten und Darstellungen zeigen, was sich zugetragen hat.«

»Die Augen geschlossen!«, wiederholte Herbert Sikorski ungehalten.

»Herbert! – Ich muss allerdings sagen … Ich dachte auch, wir sollten unseren Sohn identifizieren. Wo können wir ihn denn sehen?«

»Das … finde ich heraus. Wenn Sie nachher gehen, gebe ich Ihnen die Adresse.«

Fogh sah sie strafend an.

Elke Bahr griff nach der Fernbedienung, und sofort erschien an der Stirnseite des Konferenzraums eine projizierte Landkarte. Das Elternpaar setzte sich.

»Ich habe Ihnen hier einmal einen Plan der Region südliches Graubünden herausgesucht.« Ein roter Leuchtpunkt wackelte über die Schweizer Berge. »Das ist das Engadin, und zu Ihrer Orientierung: Hier verläuft die Grenze zu Italien. Diese Spitze hier unten, auf Schweizer Seite, das ist das Puschlav-Tal. Das kleine Städtchen im Auslauf des Tals heißt Poschiavo. Die Jugendgruppe war dort in einer spanischen Villa untergebracht. Wenn sie sich fragen: Weshalb spanisch? Einige Einwohner von Poschiavo gingen vor langer Zeit nach Südeuropa und machten dort ihr Geld mit Zuckerbäckerei. Dann kamen sie reich zurück und bauten das spanische Viertel mit stattlichen Häusern.« Elke Bahr lächelte, sah die Mienen des Vaters und der Mutter und räusperte sich erneut. Noch nie hatte sie zu den Eltern eines toten Kindes sprechen müssen.

Die Sikorskis schwiegen und starrten an die Wand.

»Von Poschiavo geht eine Schmalspurbahn in die Berge hinauf«, sagte Elke Bahr. »Auf dieser kurzen Strecke von hier bis zum Weißen See überwinden die Züge einen Kilometer Höhenunterschied. Sie können sich vorstellen, dass die Fahrt spektakulär ist. Die Gleise schlängeln sich hin und her, die Kinder haben Spaß dabei.« Wieder dieses Kratzen im Hals.

Sie schaltete auf ein anderes Bild. Ein See mit hellem Wasser, umgeben von Bergen. »Das ist der Lago Bianco. Er liegt auf einer Höhe von über 2000 Metern über dem Meeresspiegel. Das war das Ziel der Gruppe an diesem Vormittag. Mit Jan waren es elf Jugendliche und eine Betreuerin. Sie ...«

»Und ohne ihn waren es zehn«, spie der Vater aus.

Elke Bahr wartete einen Moment. »Der Tagesausflug sollte am See entlangführen und über eine Schleife zum Bahnhof *Alp Grüm*. Mit dem Zug sind das nur wenige Minuten, aber zu Fuß, wenn Sie wandern und kleine Aufgaben haben, kann es zwei Stunden dauern.«

Das nächste Foto zeigte einen steinigen Wanderweg.

»Im Sommer ist die Strecke meist gut begehbar. Sie sehen den Weg, wie er von der Begleiterin fotografiert wurde. Neben dem Wanderweg gluckst Schmelzwasser, aber ansonsten ist er trocken und mit festen Schuhen gut zu passieren. Allerdings kommt auch schon mal so etwas vor ...«

An der Wand gab es eine Überblendung zu einem Gletscherausläufer.

»Auch das ist eine Aufnahme vom 7. Juni. In dieser Jahreszeit sind die Wege bis zur Baumgrenze und darüber größtenteils ohne Schnee und ohne Eis. Aber an dieser Stelle ragt noch eine Eiszunge von oben herab und bildet ein Hindernis.« Wieder eine Karte. »Die Gruppe stand genau an dieser

Stelle. Die festgebackene Schneemasse gehört zu einem gletscherartigen Gebilde, das sich von dort oben bis etwa da unten gezogen hat. An der massivsten Stelle war der Wanderweg mit einer etwa zwei Meter dicken weißen Schicht überzogen. Auf der kann man eigentlich gut laufen. Sie wissen, dass die Jugendlichen für alle Fälle Nordic-Walking-Stöcke dabei haben, die eistauglich sind. Am See gibt es mehr Eis, da durften sie auch herumstochern.«

Der Vater schloss für einen Moment die Augen und schien sich anzustrengen, die Beherrschung nicht zu verlieren.

»An dieser bewussten Stelle hatte die Gruppe die Entscheidung, den ganzen Weg von etwa einer Stunde zurückzulaufen und einen neuen Anlauf Richtung Alp Grüm zu unternehmen – oder das dreißig Meter lange, übergletscherte Stück zu überwinden. Die Gruppe entschied sich einstimmig für die Kletterei. – Leider.«

Fogh klinkte sich ein: »Die Entscheidung an sich war richtig. Die Gefahr kalkulierbar. Es liegt nicht in unserer Zuständigkeit, und ich will niemanden vorschnell entlasten. Aber das Schlimmste, was an diesem Grat allenfalls hätte passieren dürfen, wäre der Rutsch zwanzig Meter bergab. Danach geht es zwar einen halben Kilometer tief, aber dazwischen befindet sich eine Mulde, ein Vorsprung, in dem sich Geröll sammelt. Kannst du das Foto zeigen?«, forderte er Elke Bahr auf.

Tatsächlich sah man schwarzes Geröll. Nichtssagend. Schnee drum herum.

»Was ist passiert?«, fragte Herbert Sikorski.

Elke Bahr holte Luft. »Acht der Jungen und Mädchen waren vorgegangen. Die Begleiterin ließ sie in Zweier- oder Dreiergruppen laufen und wollte warten und Ruhe ausstrahlen, bis alle drüben waren. Auch Jan war dafür, den schwierigen Pfad zu nehmen. Die Jugendlichen haben uns berichtet, dass er kaum den ersten Fuß in den Schnee gesetzt hatte, als er anfing zu zucken. Eines der Mädchen wollte ihn halten, aber er rutschte hinab, zu dem Geröll hinunter. Die Begleiterin hat korrekt gehandelt: Sie hat alle Jugendlichen aufgefordert, genau da stehen zu bleiben, wo sie waren. Die zwei auf dem Schnee sollten zurückgehen. Dann hat sie sich vorsichtig auf dem Hintern hinunterrutschen lassen. Aber das Problem waren Jans epileptische Anfälle. Er hatte sich aufrichten können. Die Kinder … berichten, dass er eine unheimliche Weile stand und zitterte. Erst dann brach er zusammen, trat wohl auf einen dieser Geröllsteine, stürzte darüber und fiel weiter hinunter. An dieser Stelle ist es zu steil, um jemandem zu Hilfe zu kommen. Die Gruppe benutzte ihre Handys, und Jan wurde von der Bergwacht geborgen, mit Hilfe eines Helikopters. – Es tut mir leid, dass ich Ihnen die Einzelheiten nicht ersparen kann. Aber alle Fachleute sagen uns, es ist wichtig, dass Sie wissen, was sich genau zugetragen hat.«

Herbert Sikorski winkte ab.

»Konnte man denn gar nichts mehr für unseren Sohn tun?«, fragte Margot Sikorski.

Fogh übernahm: »Jan wurde nach Samedan geflogen, in das Spital Oberengadin. Damit er sich nicht selbst weiter verletzt, wurde ihm ein Antiepileptkum gegeben, und zwar, wie wir jetzt wissen, bereits während des Transports in das Krankenhaus. Die Kollegen nahmen eine Notoperation vor, weil ihre Diagnose auf verletzte Organe hinwies. Tatsächlich hatte Jan einen Milzriss. Eine Arterie im Magenbereich war lädiert, außerdem war die Lunge beeinträchtigt. Angesichts der Schwere des Unfalls waren das Routineeingriffe. Um Ihrem Sohn die Schmerzen zu nehmen und seinen Zustand zu stabilisieren, setzte man ihn in ein sogenanntes künstliches Koma.«

Die Mutter seufzte.

Elke Bahr sagte: »Auch das ist üblich und für sich genommen kein Problem.«

Fogh nickte. »Die Kollegen in Samedan zerbrachen sich allerdings … Sie machten sich Sorgen, aus zwei Gründen: Zum einen konnten sie angesichts der Röntgenaufnahmen eine innere Kopfverletzung nicht ausschließen. Zum anderen stellten sie sich die Frage, ob das künstliche Koma mit der Epilepsie Ihres Sohnes vereinbar war. Man entschied, ihn am nächsten Tag nach Zürich in das Universitätsklinikum zu überstellen.«

»Warum nicht nach Deutschland?«, fragte der Vater.

»Doktor Brogli ist eine Kapazität«, sagte Fogh. »Es ging darum, optimale Versorgung mit einem kurzen Transportweg zu kombinieren. Brogli hat die neueste Technik. Nicht ganz unser Stand, aber doch beachtlich.«

»Trotzdem hat alles nichts geholfen.«

»Nein, Herr Sikorski. Doktor Brogli setzte sich umgehend mit unserem Institut in Verbindung. Denn Jan hatte seinen Epilepsie-Ausweis dabei, und darin standen Hinweise für die spezielle Behandlung. Was die Erste Hilfe im Engadin nicht wissen konnte, war, dass Jan an einer Unverträglichkeit gegenüber bestimmten Antiepileptika-Medikamenten litt. Doktor Brogli setzte sich mit unserem Professor Lascheter in Verbindung.«

»Das ist der, der ihn behandelt hat?«, knurrte Sikorski.

»Richtig. Professor Lascheter sagte ihm jede Unterstützung zu. Er war bereit, sofort nach Zürich zu fliegen, um Jan zu helfen. Allerdings konnten die Ärzte schon Minuten später nur noch Jans Tod feststellen.«

Elke Bahr lächelte. »Er lag ja im Koma. Das heißt, er ist eingeschlafen, ohne noch etwas von all dem mitzubekommen.«

Die Mutter weinte.

Der Vater war ein Klotz.

»Herr Professor Lascheter hat die Untersuchung übernommen«, sagte Fogh. »Er will herausfinden, was genau zum Ableben geführt hat.«

Herbert Sikorski wollte irgendetwas tun. Er deutete mit der Handkante erst auf das Gletscherbild, dann auf Fogh. »Was war die Todesursache?«

»Eben«, entfuhr es Fogh von oben herab. Er sammelte sich. »Wir müssen feststellen, ob das Antiepileptikum eine Allergie ausgelöst hat. Auch das Sedativum, mit dem das Koma erzeugt wurde, könnte ursächlich sein.«

Elke Bahr hatte einen Kugelschreiber zu Hilfe genommen. »Natürlich war die eigentliche Ursache Jans epileptischer Anfall, der zu dem Sturz führte. Möglicherweise hat sein Kopf so viel abbekommen, dass er das ohnehin nicht überlebt hätte. Aber wir wollen ganz sichergehen. Es muss absolut transparent sein, damit wir Ihnen ehrlich gegenübertreten können und klipp und klar benennen können, wer womöglich einen Fehler gemacht hat. Es soll Sie nicht auch noch das Gefühl belasten, an irgendeiner Stelle würde etwas vertuscht.«

Herbert Sikorski grinste böse. »Lassen Sie's gut sein. Davon wird er nicht wieder lebendig.«

»Da haben Sie natürlich völlig recht«, sagte Fogh in der mildesten aller Tonlagen. »Lassen Sie es mich als Arzt sagen – als Arzt, der sich verpflichtet hat, jedes Menschenleben zu retten: Vielleicht helfen uns die Erkenntnisse, die zum Tod Ihres Jungen geführt haben, das Leben anderer

Menschen zu retten. Ein sehr schwacher Trost für Sie. Eigentlich gar keiner. Dennoch wäre es gut für andere, denen wir solches Schicksal ersparen können.«

Die Mutter des Toten nickte. »Ja, wenn Sie da so sicher sind ...«

»Moment!«, meldete sich ihr Mann. »Merkst du nicht, was hier abgeht, Margot? Wir sollen zustimmen, dass sie unseren Sohn auseinanderpflücken!«

»Das ist drastisch formuliert«, sagte Fogh. »Wir arbeiten hauptsächlich mit bildgebenden Verfahren und entnehmen beispielsweise Blutproben. Und auch sonst halten wir uns bei einer Sektion an alle Regularien. Die Würde eines Menschen wird von uns auch im Tod respektiert.«

»Komm, Herbert«, sagte seine Frau sachlich.

Elke Bahr faltete die Hände. »Lassen Sie sich nicht drängen, Herr und Frau Sikorski. Wenn Sie sich die Zeit nehmen wollen, tun Sie dies. Denken Sie in Ruhe darüber nach, wir können bis morgen warten, wenn Sie wollen.«

»Ich sehe da schon Ihre Papiere«, sagte Herbert Sikorski. »Geben Sie her.«

»Sind Sie sich sicher?«, fragte Elke Bahr.

Die Sikorskis berührten sich unter dem Tisch an den Händen und nickten.

Bei der dritten Unterschrift runzelte Sikorski die Stirn: »So viel? Was ist das alles? Wir stimmen der Obduktion zu, das ist das da. Und hier? Was ist das?«

Elke Bahr achtete darauf, dass die Papiere nach der Unterschrift nicht in seinem Blickfeld lagen. »Sie bestätigen damit, was wir besprochen haben. Dass wir Sie in Kenntnis setzen über die Ereignisse. Und wir bestätigen mit *unserer* Unterschrift – sehen Sie? –, dass wir Sie auf dem Laufenden halten. Sie versichern, dass alles seine Richtigkeit hatte, dass

Sie also Jan die Erlaubnis gaben, trotz der Epilepsie die Jugendreise mitzumachen und dass Sie sich vorbehalten, im Fall bestimmter Erkenntnisse gegen die Verantwortlichen vorzugehen. Ich meine, das ist Ihr gutes Recht.«

»Erlaubnis?«, fragte Herbert Sikorski. »Klar haben wir Jan die Erlaubnis gegeben. Sogar schriftlich.«

»Alles Formalien«, sagte Elke Bahr und verstaute die Papiere in ihrer Aktentasche.

»Von Epilepsie haben wir nichts gewusst.«

Fogh sah zu seiner Pressesprecherin. »Na ja«, sagte er, »Jan war bei Herrn Professor Lascheter in Behandlung. Und da ging es um Epilepsie.«

»Nein«, sagte der Vater, der kein Vater mehr war. »Jan war bei Ihnen das Testkaninchen. Irgendwann habt ihr herausgefunden, dass mit seinem Kopf etwas nicht stimmt. Aber das war keine Epilepsie. Es hieß immer, die Ursache sei nicht klar. Man müsse dies noch untersuchen und das noch untersuchen. Jan war ganz wuschig dabei geworden, seine Leistungen ließen nach. Jan hatte nie einen Anfall, oder, Margot? Jetzt sag mal!«

Sie weinte.

Ihr Mann gestikulierte heftiger. »In der Schule soll er einmal oder zweimal kurz weggetreten sein. Aber das war bei über 30 Grad, eine Ohnmacht beim Sport. Zu Hause hatte er das nie.«

Fogh deutete auf seinen leeren Schreibblock. »Wir haben hier die Diagnose Epilepsie. Natürlich muss es nicht immer zu solch heftigen Anfällen kommen wie in Graubünden, auf der Reise. Die anderen Jugendlichen haben uns übrigens mitgeteilt, dass Ihr Sohn schon einmal einen Krampf hatte und merkwürdig war, wie sie sagten. Professor Lascheter hat ihm deshalb alternative Medikamente gegeben, die …«

»Warum durfte er mitgehen auf diese Bergwanderung, wenn es vorher schon einen Anfall gab?«, fragte Sikorski.

»Wir sollten das in Ruhe besprechen und es erst einmal sacken lassen«, schlug Elke Bahr vor. »Bis dahin dürften wir genauere Informationen haben, um Ihnen konkretere Antworten geben zu können.«

»Wieso hast du die Einwilligung angesprochen?«, zischte Hans-Henrik Fogh.

»Weil sie wissen wollten, was sie unterschreiben. Wir können froh sein, dass sie nicht angefangen haben, jedes Blatt zu lesen.«

»Elke – lass *mich* so was künftig machen.«

»Ich habe mein Ziel erreicht«, sagte sie. »Sie haben die Entlastungserklärung unterschrieben.«

»Das ist aber erst der Anfang.«

»Das weiß ich«, sagte sie, schaltete den Beamer aus und nahm die Aktentasche.

11

J8 – Sprechstunde ab 11 Uhr.
Ich bin eine Viertelstunde zu früh, dachte Melina.

Wäre sie eine Bushaltestelle weitergefahren, hätte sie vor den dunkelgrünen Marmorstelen gestanden, die dicht an dicht einen Zaun um das *Institut Zucker* bildeten. Die Strecke war sie oft genug gefahren. Eine Haltestelle davor – das war das Nachbargelände des Instituts, das PALAU. Die Entfernung zwischen den Haupteingängen des Instituts und des PALAU war so groß, dass viele Jugendliche lieber den Bus nahmen als zu laufen. Zumal dann, wenn sie wenig Zeit hatten, um an Testreihen teilzunehmen.

Zeit vertrödeln, obwohl ich es sofort wissen will – ätzend.

Sie schlenderte am Informationshäuschen vorbei. Ein tuntiger Mann und eine tantige Frau stiegen in einen winzigen Eisenbahnwagen ein.

Adipös, würde ich bei beiden ankreuzen. Vielleicht Mutter und Sohn?

Die beiden waren die einzigen Fahrgäste des aus drei Waggons bestehenden Zwergzuges. Er war nur so breit, dass zwei Personen nebeneinander Platz hatten. Die beiden setzten sich lieber hintereinander. Melina warf einen Blick auf die Haltestellenübersicht. Sie wusste zwar, in welchem Bereich des Geländes die Jugendabteilung war, aber wo genau das Verwaltungsgebäude J8 war, hätte sie erst nach viel Suchen sagen können. Praktischerweise gab es eine Haltestelle mit dem Namen *J8*.

Wenn man mal Zeit hat … Der Zug setzte sich ohne Umschweife mit einem Klingeln in Bewegung. Die ersten Stationen waren *Krankenhaus, Ärztehaus* und *Gatower See*. Der See war genauso alt wie das Krankenhaus. Ende der 1980er Jahre. Manches hatte noch den postmodernen Flair mit Dächern in Rosa und Türkis. Das Krankenhaus war für die einfacheren Fälle gedacht, aber es gab eine Geburtsstation und Operationsräume für Notfälle. Am Ärztehaus ließen sich zwei Ärztinnen durch das kleine Nadelwäldchen mitnehmen und sprangen am See wieder ab.

»Enten!«, stellte die adipöse Mutter fest.

»Das ist der Ententeich«, wusste ihr Sohn.

»Soll ich nachher die Hühnchenbrust braten?«, fragte sie.

»Warum nicht.«

»Na, ich frage dich.«

»Jaa.«

»Kann man *gar nichts* mehr fragen?«

Eine Ente putzte ihr Gefieder.

Der See mündete in einen Kanal, und dieser entschloss sich, unter der Aula hindurchzufließen und dahinter vor dem größten Gebäude, dem Hotel, wieder ans Licht zu kommen und sich zu einem repräsentativen Becken zu weiten, in dem ein Schwan kontrollierte, ob von einer schwimmenden Coladose Gefahr ausging.

Der Zug kündigte mit einem Pfiff seinen Eintritt in den Dschungel an. Zwischen den Technikgebäuden und den Reitställen hatten die Planer einen Mischwald angelegt. Wahrscheinlich kamen die Planer aus Spanien oder Italien, und dies hier war Brandenburger Zuckersand. So hatten sich viele Bäume nicht gehalten. Immerhin war es ein dichtgrüner, tatsächlich teilweise verwildert wirkender Wald geworden. Melina hatte aber die Hypothese aufgestellt, dass die umgestürzten Bäume gezielt drapiert worden waren – sie wirkten allzu malerisch.

Mitten im Wald begann die Frau wieder zu reden. »Wenn man sich vorstellt, dass die schließen. Was wird dann mit all dem hier?«

»Die Bäume wachsen weiter«, sagte der Mann.

Die Alte stöhnte. »All die Arbeitsplätze, die alten Leute, wer kümmert sich danach um sie?«

»Irgend jemand wird das übernehmen und eine Menge Geld damit machen.«

»Du hast auf alles eine Antwort, wie, Horst?«

Horst schwieg.

»Ein Specht!«, befand die Mutter.

Der Zug stieß ins Licht, rechter Hand der Fußballplatz. Melina zog an einer Kordel und stieg an der Haltestelle *J8* aus. Der Zug bog Richtung Abenteuerspielplatz ab. Melina schloss das als Reiseziel der beiden Leute aus. Auf dem Spielplatz würden sie die große Kehre fahren und zurückkommen. Dann würde es zwischen einigen der 24 Hauptgebäude hindurchgehen. Die vorletzte Station war der *Hauptkanal,* danach wären sie wieder am Infohäuschen. Vielleicht wollten sie einfach Zeit vertrödeln, dachte Melina.

Erst vor dem J8-Gebäude schüttelte sie den Kopf. Warum hatte sie eigentlich auf die Sprechstunde gewartet? Die Leute würden sicherlich nicht erst um 11 Uhr in ihre Büros kommen. Sie umging den Warteraum und suchte das Schild *Direktion*.

Auf ihr Klopfen reagierte niemand. Sie trat ein. Der Raum war leer. Melina entschied sich zu warten. Man hatte einen guten Blick. Neben dem Fußballplatz konnte man einen Teil der Kuppel vom *Zucker-Institut* sehen. Akten, Schreibtisch,

Besucherstühle, Ficus benjamini, eine Reproduktion von Picassos *Kind*. Sie sah auf die Uhr.

Inzwischen sind die beiden Dicken mindestens zweimal im Kreis gefahren.

Sie ging an den Regalwänden entlang. Es gab Ordner mit den Aufschriften *Rüstzeit, Seminare, Ausflüge, Touren, Reisen* ... Die Aktenordner waren mit Daten versehen und bis auf das laufende Jahr vorhanden, auch die in der Rubrik *Reisen*.

Wie fühlt es sich an, das Ding rauszuziehen? Die Akte schnell öffnen, blättern. Wie lange brauche ich dafür? Letzte Reise Schweiz. Kann ja nicht dauern. Liste suchen. Lenas Name. Ja oder nein.

Eine Stimme auf dem Flur, ein Name wurde gerufen. Dann nichts. Ein Rasenmäher auf dem Fußballplatz, einer, der das Ding fährt und sich darüber freut.

Die Akte.

Wenn ich die Tür offen lasse, müsste ich hören ... Die schmeißen mich hochkantig raus. Melden es bei *Zucker*. Wenn ich nicht so ein Angsthase wäre!

Für einen Augenblick tippte Melina mit der Kuppe des Zeigefingers an den Aktenrücken, so als habe sie damit schon einen ersten Schritt getan. Gespür für die Beute aufnehmen.

Ohne Ankündigung flog die Tür auf, und eine Dame mit Dutt und in einem Kleid aus Gelb und Orange und Riesenblumen trat ein. Kurze Begrüßung, freundliche Erkundigung. Der Name Lena. Die Frau ging nicht zu der bewussten Akte im Regal, sie aktivierte ihren Computer.

»Lena, Lena ... Und weiter?«

»Hm?«

»Es gibt viele Lena heutzutage und hierzulande«, wusste die Dame mit dem Dutt. Die großen Blumen auf dem Kleid wagte Melina inzwischen in die Gruppe der Orchideen einzuordnen.

Melina überlegte. »Jenisch. Lena Jenisch.«

»Moment – nein. Tut mir leid, ich habe auf der Liste der Fahrt ins Engadin gar keine Lena. War sie schon mal bei uns?«

»Natürlich.« Sie überlegte, ob das wirklich so natürlich war. »Jedenfalls bei einigen Tagestouren müsste sie dabei gewesen sein.«

»Ich habe alle Namen, Augenblick. – Ja, stimmt. Hm. Hier steht: Lena Jenisch-Jones?! Ist ja ein richtiger Zungenbrecher. Kann das sein: Jenisch-Jones?«

»Ich weiß nicht. Kann sein. Bei mir hat sie immer nur Jenisch als Nachnamen angegeben. Sie meinen, es kann nicht sein, dass sie bei dieser Reise in die Schweiz dabei war? Vielleicht wurde sie nachgemeldet?«

»So oder so – dann stünde das in meiner Liste.« In die Antwort der Orchideenlady mischten sich erste Partikel der Abwehr unberechtigter Vorwürfe.

»Sie kennen Lena nicht persönlich?«, fragte Melina.

»Kindchen, wissen Sie, wie viele Jugendliche wir verwalten? Ich bin froh, wenn ich ein paar Namen behalte. In meinem Alter wird das Gedächtnis immer schlechter.«

»Wen könnte ich noch fragen? Wer hat die Reise geleitet?«

»Ich darf keine Auskünfte geben. – Moment mal, Lena … Ist das die mit den Schwererziehbaren?«

»Schwer- … – O ja, sie hat mir viel erzählt von den Jugendlichen hier. Sie muss bei ihnen gewesen sein und war richtig stolz auf die Verantwortung.«

»Und ich erinnere mich an den Papierkram, den das verursacht hat: eine Minderjährige, die bei Schwererziehbaren anpackt!« Die Empörung war offenbar nur gespielt. »Dann erinnere mich an sie. So eine Kleine mit bunten Haaren? Ja, ja, lief immer mit 'nem Schmollmund rum, aber ein aufgewecktes Kerlchen.«

Mehr noch als die Wortwahl verursachte die Vergangenheitsform *lief* ein Schaudern bei Melina. »In letzter Zeit haben Sie sie aber nicht auf dem Gelände gesehen?«

»Nein, ich habe sie überhaupt nur zwei- oder dreimal gesehen, denke ich. Sie brachte die Unterlagen, die ihre Eltern unterschreiben mussten.«

»Ihr Vater.«

»Wie auch immer. Und wenn sie in den letzten Wochen oder Monaten an einer Reise teilgenommen *hätte,* dann wüsste ich das. Sie hätte nämlich hier herkommen und mir erneut Formulare geben müssen. Ich bestehe darauf, die Leute zu sehen, die auf Tour gehen. Damit keiner mit dem Zettel von einem anderen von seinen Eltern verduftet. Alles schon vorgekommen, selbst hier in Preußen.«

»Noch mal zur Reiseleitung. Können Sie mir nicht doch einen Namen nennen?«

Die Frau schüttelte entschieden den Kopf, hatte aber offenbar einen anderen Gedanken gefasst, denn sie widmete sich dem Bildschirm. Setzte sich eine Lesebrille auf, die für die vorgesehene Nasenspitze definitiv zu schwer war. Schrieb eine Nummer auf einen Zettel. Griff zum Telefonhörer. »Sie ist seit Kurzem wieder in Berlin, hat sich aber krank gemeldet. In der Gruppe hat es einen Unfall gegeben, wahrscheinlich muss sie das erst mal verdauen. Aber das ist natürlich inoffiziell, das darf ich ... Ja, hallo? Hier Godehard aus der Administration. – Ja, genau. – Nein, nein. – Das sowieso. – Natürlich. – Wieso nicht?«

Melina sah aus dem Fenster.

Die Frau im Krankenstand hatte offenbar eine Menge zu erzählen. Endlich kam die Godehard wieder zum Zuge und erkundigte sich, ob Lena bei der Fahrt dabei gewesen sei. Wieder dauerte es.

Melina dachte an die Relativität der Zeit. Wenn ich es eilig habe, kommt mir alles langsamer vor. Aber es bestätigte sich: Die Begleiterin schloss Lenas Teilnahme definitiv aus. Damit waren auch die Hoffnungen geplatzt, die Pia mit den Bemerkungen über Lenas Reisetasche geweckt hatte.

Melina stocherte mit ein paar weiteren Fragen ins Leere. Als Frau Godehard ihrerseits mit Erkundigungen über Lena konterte, beschloss sie, sich zu bedanken und zu gehen. Schließlich stand ihr nächster Termin an, den sie eigentlich erst nach der Uni hatte wahrnehmen wollen: Neue Testreihen bei *Zucker* durchführen.

»Ein schönes Kleid.«

»Ja, nicht wahr? Ich liebe Sonnenblumen über alles.«

12

»Wir haben nun unsere Reiseflughöhe erreicht, wir bitten Sie aber, während des gesamten Fluges angeschnallt zu bleiben. In Kürze servieren wir Ihnen warme und kalte Getränke.«

So lange mussten die beiden nicht warten. Sie stießen miteinander an. Noëlle nahm einen guten Schluck, während er nur daran nippte. Symbolisch.

»Schließen Sie die Augen«, sagte er. »Lehnen Sie sich zurück. Denken Sie an etwas Angenehmes. Treiben Sie ein paar Minuten Power-napping. Das Fahrwerk wird Sie wecken.«

Mit der linken Hand drehte sie die Goldreifen des rechten Handgelenks, das mit dem Champagnerglas zu tun hatte. »Ich bin ja nicht zum Schlafen mitgekommen.«

»Ich brauche Sie im Moment nicht«, sagte er. »Sie sind wertvoller für mich, wenn Sie nachher hellwach sind.«

Sie schloss tatsächlich die Augen. Das Glas setzte sie im Blindflug auf dem Klapptisch ab – mit Hilfe der Radaranlage des Gehirns.

Dem Steward gab er ein Zeichen, den Alkohol wegzuräumen. Dann schaute er auf die Wolken hinunter. Die Maschine korrigierte ihren Flug sanft nach backbord. Er streckte die Beine aus und betrachtete Noëlle von der Seite. Eine blonde, große Frau, so groß wie er. Im Schlaf wirkte sie strenger als sonst, wenn die Lachfalten ihr Erwachsensein milderten. Er betrachtete ihre Hände mit den Sehnen auf dem Handrücken, die Finger, die Stellung der Fingerkuppen zueinander. Den Übergang von den Nasenflügeln zur Oberlippe. Das unter einer blonden Strähne hervorlugende Ohrläppchen.

Unsere Vorfahren bevorzugten angeblich Weibchen mit breiten Hüften, großen Brüsten und auch sonst einer Menge Fett, dachte er. Sicherung der Nachkommenschaft. Überleben in Zeiten der Kälte und der Entbehrung. Der männliche Blick auf den weiblichen Hintern – die Ursache dafür, dass es unsere Art noch gibt.

Weshalb aber finde ich dann eine Frau wie Noëlle attraktiv? Unter dieser Schönheit liegt ein Anteil Männlichkeit. Nein, nicht Männlichkeit – Härte, Zähigkeit. Unsere Vorfahren lebten nicht nur in Höhlen – die Männer auf der Jagd, die Frauen daheim bei der Sippe. Ein wichtiger Zweig unserer Vorväter durchstreifte die Steppe. Irgendwann mussten die Frauen und Kinder mitkommen, von einem Platz zum anderen. Wenn der alte Standort nichts mehr hergab oder ihnen streitig gemacht wurde. Es gab viele Gefahren in der Steppe. Nicht vor allen Gefahren schützte die Weitsicht des aufrechten Gangs. Es ist undenkbar, dass nur die Männer Ausschau hielten. Und die Frauen als dicke, dröge Hennen die Kinder hinter sich herzotteln. Nein, die Frauen dieser Zeit mussten ebenfalls wachsam sein, schnell und schlau. Ihr Überleben hing auch davon ab, dass sie sehnig und beharrlich waren. Sie mussten den Nachwuchs fassen und mit weiten, schnellen Schritten flüchten können. Notfalls einem Raubtier in die Augen blicken und einen Ast nehmen, um es zu erschlagen. Weil nicht immer die Männer dabei sein konnten. Eine solche Frau dürften schon die Männer von damals attraktiv gefunden haben, eine toughe Partnerin. Das könnte der Grund sein, dachte er und sah Noëlle an.

Als könnte sie Gedanken lesen, öffnete sie die Augen. »Wir fliegen noch?«

»Ja«, sagte er. Und es war sein einziges Lächeln während dieses Fluges.

»Was ist?«, fragte sie.

»Ich habe über das Gehirn und seine Entwicklung nachgedacht«, log er.

»Oh.«

Um nicht weiter zu lügen, machte er sich tatsächlich mit dem Gedanken vertraut. Er griff auf eine Eingebung zurück, die er zuvor, bei der Warterei auf dem Flughafen, nicht ausgesprochen hatte. »Ich denke über einen neuen Artikel nach. Es könnte darum gehen, dass wir jederzeit mit mehreren Gehirnen denken. Das eine ist das der Gegenwart, jedenfalls nehmen wir das an. Daneben gibt es Hirne aus der Vergangenheit. Wir denken auch mit ihnen.«

Sie verengte minimal die Augen. Zwischenfragen stellte sie nie, wenn ihr Chef einen Gedankengang erläuterte. Aber sie hatte diesen Reflex – einen Gedanken zu fixieren wie ein Beutetier.

»Wir sind in der Lage, mit den Gehirnen unserer Vorfahren zu denken.«

Eine Stewardess lächelte gequält, während sie ein Tablett feuchtwarmer Gesichtstücher vor ihrer Brust feilbot.

Er überging sie. »Mehr noch. Wir haben die Gehirne unserer tierischen Vorfahren, aus dem Beginn der Evolution, immer griffbereit dabei. – Die spinnen doch, warme Tücher auf dem Flug von Berlin nach Zürich. – Sie wissen, was mein Freund David J. Linden mit dem Eiskugelmodell meint?«

Noëlle ließ sich von Gedankensprüngen nicht irritieren. Sie zuckte nur mit einer Braue.

»Er meint, das menschliche Gehirn sei aufgebaut wie eine

Eistüte mit mehreren aufeinandergeschichteten Kugeln Eis. Die Natur hat einmal so etwas wie ein Allerweltshirn entwickelt. Gespeichert sind dort die Funktionspläne für das Atmen und die Nahrungssuche, die überlebensnotwendige Reaktionsfähigkeit. Dieses Standardhirn hat die Natur nie richtig überarbeitet. Es gibt eine Version 1.3 oder 1. 4. Sagen wir, bei uns ist es 1.9.2.«

Noëlle lächelte.

»Die Evolution hat es entweder nicht geschafft, eine komplett neue Version zu entwickeln. Oder – und das ist meine These – sie hat ihre Ressourcen schonend eingesetzt. Alle Energie floss in ein anders Projekt: eine neues Gehirn. Eines, mit dem höher entwickelte Lebensformen leben konnten. Einfache Problemlösung, Erinnerungsvermögen. Das neue Modell wurde einfach auf das alte draufgesattelt. Die Natur hat also die alte Pferdekutsche beibehalten und ihr einen Benzinmotor draufgebockt. Das ist für Linden die zweite Eiskugel.«

Noëlle nickte. Nicht bewundernd. Sie verstand.

»Und so ging es weiter. Die dritte Eiskugel, für Säugetiere. Jagen, Planen, räumliches und zeitliches Denken. Das Problem bei dieser Konstruktionsmethode ist zweifellos, dass mehrere Systeme, alte und neue, miteinander kooperieren müssen. Was machen wir, wenn die Räder des Pferdewagens zu wacklig werden für den Motor und die moderne Karosserie? Die Natur ist da nicht sonderlich erfinderisch, sie setzt auf das Altbewährte. Warum soll sie ein Wagenrad neu erfinden? Anstatt einen neuen Unterbau zu erfinden, mit Stoßdämpfern und Aquaplaning-Autoreifen, verwendet sie weiterhin die Holzräder. Aber sagen wir, sie entwickelt eine Methode, sehr viele Holzräder zu reproduzieren, die sofort ausgetauscht werden, sobald sie abgenutzt sind. Die Natur arbeitet mit Provisorien, soweit sie sich im Prinzip als tauglich erwiesen haben. Die letzte Eiskugel ... Folgen Sie mir?«

»Ja.«

»Die letzte Eiskugel, ganz obendrauf, ist erst kürzlich dazugekommen. Es ist die Großhirnrinde. In diesem Ausmaß nur beim Menschen zu finden. Sie verteilt sich über den ganzen oberen Hirnbereich, sie nutzt den Rest des Schädelraumes aus und faltet sich, um eine größere Oberfläche zu haben.«

»Ich habe mich immer gefragt, warum das Gehirn diese Falten hat«, sagte Noëlle.

»Ja, eben, um seine Oberfläche zu vergrößern. Der Schädel des Menschen kann ja nicht viel größer werden.«

»Wieso?«

»Denken Sie an die Geburt! Ein Ballonschädel passt nicht durch den Geburtskanal.«

Sie lachte.

»Dort in der Großhirnrinde findet das Entscheidende statt. In diesen paar Millimetern Schicht liegt das, was Sie und mich als Menschen ausmacht. Das ist das Reich der Ideen. Die Phantasie. Die Imagination. Unsere Träume. – Ich habe noch jedes Mal, Noëlle, wenn ich in ein Gehirn interveniere, wenigstens für Sekunden gezögert und mir vorgestellt, dass ich in die Gedankenwelten eines Menschen eingreife.«

Er nahm einen Schluck Wasser und fuhr fort, während unter ihnen Menschen in Münchner Biergärten ihre Mittagspause mit einem Radi, einer Brezel und einem freilich alkoholfreien Bier verbrachten.

»Das Bild von den übereinandergeschichteten Eiskugeln verdeutlicht sehr schön den Aufbau unseres Gehirns. Nur durch die Evolutionsgeschichte und das Prinzip, alte Teile weiter zu verwerten, ist zu verstehen, weshalb es die deutlich voneinander abgegrenzten Hirnareale gibt: Stammhirn, Kleinhirn, Großhirn ... Das ist alles andere als ein genialer Bauplan. Niemand würde ein Gehirn heute noch so entwerfen. Man würde einen einheitlichen Speicherraum bevorzugen, ausschließlich mit Supraleitern ausgestattet, das Neueste vom Neuen. Stattdessen – wie gesagt – fährt immer noch Großvaters Pferdekutsche mit. Worauf ich hinauswill, bei meinem Artikel, das ist der Vorteil, den wir uns aus diesem zusammengemurksten Haufen Gehirnmasse verschaffen können. Einer davon ist, dass wir die alten Gehirnareale getrennt voneinander aktivieren können. Die Forschung hat das vernachlässigt.«

Der Kapitän nuschelte Unverständliches über die Flughöhe und die Alpen. Das Einzige, was zu verstehen war, waren die Wörter »Zürich« und »Degrees«.

»Sie kennen das auch: Sie sehen etwas Appetitliches, und schon aktiviert Ihr Säugetiergehirn den Speichelfluss. Oder Sie hören ein beängstigendes Geräusch, richten sich auf, als stünden Sie im hohen Gras der Savanne, und spitzen die Ohren. Wir haben sogar ein zweites visuelles System zur Verfügung, wussten Sie das? Die Natur hat es für unsere Freunde, die Lurche, erschaffen. Sie können Beute fixieren, nutzen aber zur Umsetzung der Wahrnehmung andere als unsere Augen. In uns Menschen ist dieser Amphibien-Apparat, wir können ihn nur nicht nutzen. Wir können nur in Versuchen feststellen, dass mancher Blinde in der Lage ist, etwas zu erkennen, dass er gar nicht *sehen* kann. Wahrscheinlich wird er in diesem Moment zum Frosch. An der Stelle können wir ansetzen, um die Nerven mit einem künstlichen Sensor zu versehen. Vielleicht können Blinde dann wieder sehen. Aber nur, weil sie es jetzt schon können.«

Diesmal musste sie unterbrechen. »Das ist das, was Professor Zucker macht?«

»Bei allem Unsinn, den er verzapft … Mit seinen Technikern ist er vermutlich auf dem richtigen Weg. Wo er recht hat, werde ich nicht streiten. Allerdings kapiert er das mit dem Froschhirn nicht. Er versucht immer noch, unsere Sehnerven zu aktivieren, als wenn die nicht tot wären. Kein Wunder, dass er seit Jahren nicht vorankommt. Auf mich hört er nicht, das wissen Sie.«

Sie nickte und sah auf die Uhr.

»Ich möchte übrigens nicht, dass Sie bei der Sektion dabei sind.«

Sie sah ihn an wie einen Frosch mit Sonnenbrille. »Nicht?«

»Nein, organisieren Sie mir einen Wagen, damit ich vom Uniklinikum schnell ins Hotel komme. Suchen Sie die Unterlagen für die T44-Reihe heraus und bereiten Sie alles so vor, dass ich sie umkonstellieren kann. Sie müssen kein Protokoll fertigen. Es geht mir bei der Sektion nur um einen Ja-Nein-Befund. Detailbericht ist nicht notwendig.«

Der Steward stand neben ihnen und hatte die vorgebeugte Haltung einer Gottesanbeterin. »Professor Lascheter?«

»Ja …?«

»Wir würden Sie als Erstes hinausbegleiten. Unser Geschäftsführer würde sich geehrt fühlen, wenn er Sie und Ihre galante Begleitung zu einem Umtrunk in der VIP-Lounge begrüßen dürfte.«

»Ich habe nur zwei Wünsche, junger Mann. Erstens: Ich würde gern erstmal landen, bevor ich aussteige. Und zweitens, sagen Sie Alexander, ich nehme es ihm übel, dass er mich bei Angela versetzt hat. Schöne Grüße, ich schicke ihm demnächst eine Kiste aus dem Médoc.«

»Einen Moment, Herr Professor, ich glaube, das muss ich notieren.«

»Das mit dem Landen?«

Noëlle stand vor dem Waschbecken und kontrollierte die Mascaralinie.

Du bist eine Sekretärin ohne Sekretärinnenarbeit. Wer kann sich schon in die Badewanne eines Zürcher Hotels legen, bis der Chef fertig ist mit der Gehirnschnippelei, und bekommt das Wannenbad auch noch als Arbeitszeit vergütet?

Lascheter ... Schon ein cooler Typ.

Sie musste grinsen.

Ein bisschen zu cool. Im Grunde ein Block aus Eis, wenn man ihm tiefer in die Augen schaut.

13

Die vier Kernspintomographen waren im Halbkreis aufgebaut. Sie waren größer als die Geräte in den Krankenhäusern. Den meisten Platz beanspruchten die Schallisolatoren, von denen einige unterhalb des Fußbodens lagen. Im *Institut Zucker* lagen die Patienten und Probanden in nahezu lautlos arbeitenden Röhren.

Der vierzigminütige Intelligenztest war abgeschlossen. Den vier Testpersonen waren optisch und akustisch Aufgaben eingespielt worden wie bei einem üblichen IQ-Test. Gemessen wurde die Zeit zwischen Frage und Antwort, gemessen wurden aber auch die Herzfrequenz und der Blutdruck, die Atmung und die Körpertemperatur. Gemessen wurden der Anteil des Sauerstoffs in den Arterien des Gehirns und die Energieströme im Schädel. Am Ende ging es um die Frage, wie richtig eine Antwort war.

Melina prüfte noch einmal, ob sie den richtigen Jugendlichen vor sich hatte, als sie an die Röhre ganz links herantrat. Über das Headset-Mikrofon meldete sie sich bei ihm. »Jörn? – Hallo. Ich bin es wieder, Melina. Wie fühlst du dich? – Okay, das ist gut. Ich sage dir jetzt das heutige Prüfungsergebnis. Du hast – einen Augenblick ... Hm, du hast von allen 40 Probanden beim IQ-Test heute das schlechteste Ergebnis.« Sie kontrollierte, ob alle Systeme liefen. Das taten sie.

»Jörn ...«, unterbrach sie seinen stammelnden Protest nach zwanzig Sekunden. »Wie viel ist 555 mal 18? – Doch, das gehört noch zum Test.«

Als 40 Sekunden vorbei waren, sagte sie: »Warte mal, ich

habe dich verwechselt. Ich habe dich mit einem anderen Jörn vertauscht. Dein richtiges Ergebnis ist, du bist unter den besten drei. Herzlichen Glückwunsch.«

Alle Systeme funktionierten.

»Bleib noch ein paar Minuten ohne Bewegung liegen, bitte, du hörst Musik. Entspanne dich.«

Sie ging zur zweiten Röhre. »Robert? – Hallo. Ich bin es wieder, Melina. Wie fühlst du dich? – Okay, das ist gut. Ich sage dir jetzt das heutige Prüfungsergebnis. Du hast – einen Augenblick … Hm, du hast von allen 40 Probanden beim IQ-Test heute das schlechteste Ergebnis.«

Dann: »Wie viel ist 555 mal 18?«

»Warte mal, ich habe dich verwechselt. Ich habe dich mit einem anderen Robert vertauscht. Dein richtiges Ergebnis ist, du bist unter den besten drei. Herzlichen Glückwunsch.«

Nachdem sie alle vier durchhatte, ging sie zum Pult zurück und gab auf dem Touch-Screen »Testreihe abschließen« ein. Daraufhin fuhren die Tomographen herunter, von links nach rechts. Sobald ein Jugendlicher aus dem Gerät herausgefahren war, entfernte sie alle Sensoren. Die Kopfhörer zuletzt. Mit einem Handschlag wies sie ihnen den Weg. Sie sollten einander nicht begegnen, denn nebenan wartete der nächste Test.

Melina checkte, ob alle vier Aufzeichnungsreihen ohne Unterbrechung gelaufen waren. Soweit sie die Kurven inzwischen beurteilen konnte, hatten die vier Jungs normal reagiert. Keiner hatte sagen können, was 555 mal 18 ist, auch wenn die Rechenaufgaben zuvor schwieriger gewesen waren. Enttäuschung, Verletzung, Wut. Erleichterung, Zufriedenheit. Zuviel für den rationalen Schädel. Mit den simpelsten Gefühlsregungen der Welt konnte man das Hochleistungsgehirn ausbremsen.

Aber das durfte nicht der Zweck des Experiments sein. Wahrscheinlich geht es darum, wie man in welchem Alter auf Stress reagiert.

Man weihte sie als Hilfskraft nicht in alle Geheimnisse der Testreihen ein. Nicht aus Misstrauen, sondern weil man verhindern wollte, dass sie, wenn sie das genaue Ziel kannte, die Probanden unbewusst lenkte, besonders bei offenen Fragen wie: Was ist das für ein Gefühl gewesen, als du hörtest, dass …?

Sie schaltete den Strom ab und begann, die Liegeschlitten zu reinigen, auf denen die Jungen gelegen hatten. Dann kontrollierte sie die Monitore, wischte die Kopfhörer ab, sortierte den Kabelsalat der Sensorendrähte, legte die Messbügel sorgfältig an ihre Stelle zurück, fuhr die Programme auf null und wickelte einen frischen Kaugummi zum Eigengebrauch aus.

»Ah! Melina von Lüttich! Ein Augenschmaus!« Schwarze Haartolle, braungebrannt, weißer Kittel.

»Dr. Fogh, guten Tag.«

Er schüttelte lange und kräftig ihre Hand und suchte dabei in ihren Augen herum. »Wir sind uns schon eine ganze Weile nicht mehr begegnet, wie schön!«

»Ich bin eben dabei, die T20 abzuschließen. Vier kommen morgen noch, aber das sind die Letzten.«

»Ach, die T20 laufen noch? Sollten die nicht schon im Frühjahr abgeschlossen sein? Ach nein, das waren die Achtzehner. Ja, die Ergebnisse sind beachtlich. Also, so viel kann ich sagen: Wir sind auf einem guten Weg. Es läuft in den Parametern unserer Hypothesen, das ist ausgezeichnet. Optimal, besser kann es nicht sein.«

Noch eine Floskel?

Er sah sie an. »Aber genug der Floskeln. – Sind Sie so weit?«

Melina sah sich um. »Einen Moment.« Am Gerät Nr. 4 brannte noch Licht. Das knipste sie aus, denn jetzt brauchten sie nur noch die Nummer 1.

»Na dann, Gnädigste!« Er fuhr den Schlitten der ersten Röhre heraus und bot ihr die Liege an, als hätte er sie eben selbst abgewischt.

Melina legte den Kittel ab.

»Demnächst suchen wir Paare für die Röhre. – Ja, ja, es ist genau das, was Sie denken, Melina. Das Problem ist natürlich nach wie vor die fehlende Unvoreingenommenheit. Wer kann dabei schon vergessen, dass er in einer Röhre liegt und gescannt wird? Es ist leider immer das Gleiche: Wir erfahren nicht, was das Gehirn während eines bestimmten Gefühls macht. Wir erfahren nur, was das Gehirn während eines bestimmten Gefühls macht, *während es sich in einer engen Röhre befindet*.«

Melina legte sich und ließ sich vom schwatzenden Doktor mit Sensoren ausstaffieren.

»Demnächst suchen wir Freiwillige für eine optogenetische Reihe«, sagte Fogh. »Zunächst einmal müssen wir die Basis-Ergebnisse vergleichen: Ist die Optogenetik genauso verlässlich wie der Tomograf? Es sind also erst mal ganz simple Tests, um die Technik zu justieren. Überlegen Sie mal, ob das was für Sie wäre. Sie kennen das Verfahren?«

»Den Begriff habe ich gehört.«

»Professor Lascheter ist auf dem Gebiet *die* Kapazität. Er hat schon damit gearbeitet, als das *Institut Zucker* noch in der Schweiz beheimatet war. Auch in Afrika war das sein Schwerpunkt. Bei der Optogenetik werden zusammenhängende Gehirnzelltypen so präpariert, dass sie hernach von außen mit Licht aktivierbar sind – also quasi ein- und ausgeschaltet werden können. Man beobachtet, was die eingeschalteten Zellen bewirken. Auf diese Weise erkennen wir zuverlässig, wofür die Hirnareale zuständig sind.«

Melina setzte sich selbst die Sensoren am linken Arm. »Das wäre die erste direkte Messmethode?«

»Genau. Alle bisherigen Verfahren sind unzuverlässig. Die sogenannten Gehirn-Landkarten sind allenfalls so genau wie die ersten Atlanten der Menschheit. Nehmen wir eine der anerkannten Techniken, die fMRT. Mit der funktionellen Magnetresonanztomographie ist es wie mit allen anderen bisherigen Verfahren: Sie zeigt nicht 1:1, was im Kopf passiert. Sie misst nur den Wechsel des Sauerstoffgehalts im Blut von Gehirnarealen. Gleichzeitig zur Messung versuchen wir festzuhalten, was der Organismus währenddessen tut oder was er denkt. Aus der Kombination von Sauerstoff und Aktivität ziehen wir eine Information für unsere Gehirn-Kartografie. Das ist, als ob Sie beim Autofahren die Augen schließen und nach Gehör fahren.«

Sie lächelte.

Fogh überprüfte einen Sensor. »Die Optogenetik ist zielgenau. Wir brauchen keine Apparaturen mehr mit den Ausmaßen eines Busses. Das Empfangsgerät wird man bei sich tragen wie eine Handtasche oder ein Handy. Die Ergebnisse lassen sich sehen. Vorwiegend bei Ratten.«

»Und ich soll mich als Rattenersatz melden? Schmeichelhaft!«

Er lachte. »So ungefähr. Wenn das mit den optogenetischen Untersuchungen klappt, müssen wir Testpersonen nicht mehr zu zweit in einen Tomographen pressen, um die Hirnaktivitäten beim Sex zu messen. Sie können es einfach zu Hause tun, wie üblich.«

»Nur mit einer Handtasche um«, sagte Melina.

Fogh reichte ihr den Kopfhörer. »Alles klar?«

»Wenn ich mich recht erinnere«, sagte Melina im Liegen, »geht es um die Gene von Proteinen, die bei Algen auf Licht reagieren. Opsinproteine? Diese Gene werden mit einem Schalter versehen, einem Promotor. Und dann in einem Virus ins Gehirn des ... Versuchstieres injiziert. Stimmt's? Und das haben Sie mit mir vor?«

Er hielt inne. »Warum studieren Sie nicht weiter Medizin, Melina?« Er flüsterte theatralisch. »Sie haben mehr Durchblick als manche von den Herren mit Bart! – Wir sprechen noch drüber, okay? Gute Reise!« Er zeigte auf das Ding in ihren Händen.

Sie setzte den Kopfhörer auf.

Klaviermusik. Der Schlitten glitt in die Röhre. Trotz aller Schalldämpfer spürte Melina ein auf- und abschwellendes Brummen – unsichtbar hatte sich die Apparatur in Bewegung gesetzt und umkreiste ihren Körper.

»Die Reihe T39«, sagte Dr. Fogh. »Die kennen Sie noch nicht. Ich spiele Ihnen Geräusche ein, die mehr oder weniger mit Sex zu tun haben. Tierisch und menschlich. Das dürfen Sie bei diesem Test ruhig wissen. Wir schauen, wie Ihr Bewusstsein mit dem Unterbewusstsein ringt. Sie brauchen nichts zu beantworten, es geht nur um die Physiologie. Alles klar, Melina?«

»Ja.«

Toll. Sex-Geräusche! Fehlte gerade noch.

»Der Test läuft 75 Minuten. Sie haben in der Mitte zwei längere Entspannungsphasen, in denen Sie Musik hören. Falls Sie einschlafen, ist das kein Problem.«

»Gut, verstanden.«

»In der Zwischenzeit wird Dr. Arthenhuis für mich übernehmen, Sie kennen sie, oder?«

»Ja.«

»Deshalb, ähm ... Darf ich Sie etwas Persönliches fragen? – Ich habe mich bislang nicht getraut, Sie zu fragen, Melina«, sagte er über die Lautsprecher des Kopfhörers. »Könnten Sie sich vorstellen, mich in nächster Zeit einmal zu begleiten? Ein schönes Restaurant am Abend, nach Ihrem Geschmack?«

Melina öffnete die Augen und sah den ausgeschalteten Monitor über sich. »Gehört das schon zum Test?«

Er lachte. »Nein. Ganz und gar nicht.«

Sex-Geräusche, dachte sie.

»Na?«

Neuntausendneunhundertneunzig, dachte sie. 555 mal 18 ist 9990. Das ist aber auch alles, was ich weiß.

»Melina, leben Sie noch?«

»Was soll ich sagen, Dr. Fogh? Sie haben mich in eine Röhre eingesperrt, ich kann mich nicht bewegen.«

»Darf ich das als Ja werten?«

14

Die Uhr zeigte exakt 33:20. Mit dem Nachspann machte das 35:00 – genau wie vorgegeben.

Oskar Schroeter lehnte sich zum ersten Mal seit Stunden zurück und reckte die Arme, um sich zu strecken. Er hatte die Nacht hindurch gearbeitet, seit 22 Uhr. Zwei Flaschen Wasser und eine Thermoskanne Kaffee waren alles, was er brauchte.

Jetzt stimmt das Gleichgewicht. Vorher, die langen Spielfilmausschnitte, das war zu viel am Anfang. Jetzt ist es besser verteilt, es hat Rhythmus. Auch die *Talking Heads* sind nun genau auf dem Punkt. Der optische Zoom auf Lingens Augen war die beste Idee überhaupt.

Pia klopfte und öffnete wortlos die Fenster. »Und, Oskar, fließt es?«

Schroeter zog das Zeigen dem Reden vor. Er startete den Film auf dem Schnittbildschirm.

Pia las *Theophanes*. »Was? – Ich dachte, du bist an seinem *Ignoranz*-Projekt dran, Oskar.«

Schroeter stoppte den Film. »Er hat mich hiermit beauftragt.«

»Wann hat er das entschieden? Mir hat er gesagt, du sollst die ersten Testaufnahmen arrangieren.«

»Gestern, 21:30 Uhr. Daraufhin habe ich mich an den *final cut* für das Ding gesetzt. Und bin fertig.«

»Das Projekt ist mir neu. Warum buddelt er das alte Stück wieder aus?«

»Es ist nicht das Stück.« Er ließ den Film anlaufen. »Es ist eine Doku über Lingen.«

»Er wollte keine Dokus mehr machen.«

Schroeter zuckte mit den Achseln und genoss sein Meisterwerk. Das *Timing*, der Rhythmus, jeder Schnitt saß.

Pia ließ nicht locker. »Verstehe ich nicht. Mir hat er gesagt, er geht mit voller Energie an *Ignoranz*. – Ist das eine reine Doku über Lingen oder eine Doku über Jenissejs *Theophanes*?« Sie lachte. »Oder eine Doku über Theo Lingens *Theophanes*? – Mein Gott, da schaut ja keiner durch!«

»Von allem was«, sagte Schroeter knapp und zeigte auf den Bildschirm. »Schau hin!«

War eine Theaterszene. Zwei Schauspieler auf der Bühne, griechisches Ambiente, antike Toga. Plötzlich öffnet sich im Hintergrund ein Vorhang, und dahinter sitzt – ein weiteres Publikum. Die Menschen auf beiden Seiten der Bühne glauben, vor sich ein Publikum zu haben, das aus Schauspielern besteht. Und in der Mitte, zwischen ihnen auf der Bühne: die beiden einzigen wirklichen Schauspieler, die ihr Spiel unterbrechen und irritiert in die Ränge schauen.

Jenissejs amüsiertes Gesicht. Interviewpose. »Ja, das war 2000. Wir konfrontierten das eine Publikum mit dem anderen. Jeder dachte, nur seine Seite gehöre zum wirklichen, echten Publikum.« Er sprach weiter, während man die Schauspieler abtreten sah. »Die Männer taten, als habe man sie getäuscht, sie verließen die Bühne. Wir ließen das Publikum fünf Minuten mit sich allein.«

Kameraschwenks und Nahaufnahmen von Zuschauern. Irritiert, lachend. Manche riefen sich etwas zu. Programmhefte wurden zu Papiertauben. Nach einer Weile kam Jenissej, per Sprechchören herbeizitiert.

Sein Gesicht in Nahaufnahme. Wenige, stoppelige Haare, tiefe Falten, als hätten ihn die 50 Jahre seines Lebens schon gegerbt. »Dieser Augenblick damals hatte etwas von Brecht:

Die Zuschauer merken, dass sie Zuschauer sind und dass das Theater nur Theater ist. Das Problem an diesem tollen Gag war ...« – er lächelte verschmitzt – »... wir konnten das nicht oft wiederholen. Die Geschichte sprach sich herum.«

Porträts von Brecht. Bekannte und unbekanntere. Im Off Jenissejs Stimme: »Die ersten Kritiker behaupteten, ich hätte mich an Lingens *Theophanes* vergangen. Aber zum einen hatte ich durch den Effekt des Doppelpublikums einige Lacher. Damit waren wir schon ein Stück auf Theo Lingen zugegangen. Zum anderen hatte ich mit dem Brecht-Effekt das Portal bereitet für alles, was ich im Folgenden über das Verhältnis zwischen Theo Lingen und Bert Brecht zu sagen hatte.«

Ein anderer Sprecher kommentierte Fotos, die Lingen mit anderen Theatergrößen zeigten. Mit Gründgens – weil sie beide in Fritz Langs *M – Eine Stadt sucht einen Mörder* spielten. Flashlights aus der Karriere, nicht chronologisch.

Aufnahmen von Jenissej bei der Theaterprobe. Wie er eine Gruppe jugendlicher Tänzer empfängt und ihnen eine Figur vorführt. Beim Erläutern einer Lichtinstallation mitten im Bühnenraum. Verbeugend vor applaudierendem Publikum. Eingeblendet sein Kommentar.

»Für manche ist Theo Lingen eine Knallcharge. Ein Komiker der Nazizeit. Für mich war er eine prägende Gestalt. In meiner Kindheit – bis heute.« Jenissejs amüsiertes Gesicht: »Meine Hochachtung wuchs, als ich hörte, dass Theo Lingen Ursula, die Tochter von Bert Brecht, großzog. Er heiratete Marianne Zoff, Brechts zweite Frau. – Sie haben also auf der einen Seite den großen Brecht. Der sich nicht um seine Tochter kümmert. Und auf der anderen Seite Theo Lingen, der die Tochter eines anderen aufnimmt. Und eine Halbjüdin heiratet, mit ihr durch die Nazizeit balanciert. Als ich das hörte, wuchs meine Bewunderung für Lingen ins Unermessliche.«

Dann kam die Story, in der Lingen bei der Gestapo intervenierte, um seine Schwiegermutter zu retten. »Er zahlte dafür: Um die Nazis milde zu stimmen, trat er aus der Kirche aus.« Dagegen hatte Oskar Schroeter Schlagzeilen aus den fünfziger Jahren geschnitten, die Theo Lingen vorwarfen, Mitläufer gewesen zu sein.

Jenissej stand neben ihnen. »Und wie hat Oskar das hingestümpert?«, fragte er.

Pia sah sich um und umschlang Jenissejs Beine. »Was ich bisher gesehen habe – großartig. Und du bist gut getroffen.«

Schroeter setzte den Film auf null und startete ihn erneut.

»Gefällt mir nicht«, sagte Jenissej, nachdem sie alles gesehen hatten. »Wir können nicht mein eigenes Stück in einer Doku über ihn zeigen.«

»Es hat aber etwas Labyrinthisches«, sagte Pia.

»Nein, es hat etwas Redundantes. Es stört mich. Und mich stört außerdem mein Gesicht. Du kannst ein bisschen was von mir im Off lassen, aber ich will nicht in meinem eigenen Film interviewt werden.«

»Warum hast du's dann aufnehmen lassen?«, fragte Pia.

»Egal. Es passt nicht. Schneide es raus. Die Bilder sprechen für sich. Das mit Brecht wird im Verlauf klar genug.«

»Dann muss ich zehn Minuten rausnehmen«, sagte Oskar Schroeter trocken.«

»Tu das, du Idiot!«, sagte Jenissej leise.

»Du kannst mich mal«, schnarrte Schroeter.

»Der Typ sitzt die ganze Nacht dran und baut dabei nur Mist«, sagte Jenissej zu Pia und zeigte auf seinen Cutter.

»Ignorantes Schwein«, warf Schroeter ein.

»Unfähiger, nichtsnutziger Tagelöhner! Hat acht Stunden Material! Schnipselt alles Brauchbare raus und fügt genau den Müll ein, den jeder andere unterm Tisch liegen lässt!«

»Du bist einfach nur *traurig*, Jenissej!«

»Jedes Stück Schwarzfilm hat mehr Charakter als dein Rumgemurkse.«

»Sagt das größte Stück Schwarzfilm der westlichen Hemisphäre!«

»Du bist gefeuert.«

»Und du bist ein blasiertes …«

»Jungs –«, mahnte Pia.

Aber die Jungs klatschten sich in die Hände und grinsten. Sie verstanden sich prächtig.

Jenissej knuffte Oskar Schroeter auf die Schulter und verschwand in Richtung Bühnentrakt.

»Ich find die Doku eigentlich gut, wie sie ist«, sagte Pia.

Schroeter nickte.

»Es tut mir leid für dich, Oskar. Mal will er es so, mal so. Launisch und ruppig ist er.«

Schroeter sah sie an. »He, das ist doch nur gespielt zwischen uns.«

»Ich weiß, wie ihr eure Aggressionen rauslasst. Aber dahinter ist mehr. Da steckt dein Herzblut drin, und er macht alles mit einer Bemerkung kaputt. Sicherlich, wahrscheinlich ist es besser, wenn man es so macht, wie er vorgeschlagen hat.«

»Das werden wir sehen.«

»Ja«, sagte Pia. »Und er ist der Boss.«

Oskar Schroeter nickte und löschte mit einem Knopfdruck die gesamte, einzige Kopie.

15

Jan Sikorskis Gehirn war nicht leichter und nicht schwerer als das jedes anderen Sechzehnjährigen, das Professor Eugen Lascheter in der Hand gewogen hatte. Die elektronische Wiegung brachte nur die Bestätigung dieses Eindrucks – und eine pseudowissenschaftliche Genauigkeit.

Beim Betasten war das schon anders. Zwar fühlte sich die Großhirnrinde vertraut an. Aber wenn Lascheter am vorderen Kortex drückte, gab die Struktur nach und sonderte ein flüssiges bis mehliges Sekret ab.

Die Färbung lag aus Lascheters Sicht im Normbereich, auch der Geruchstest wies nicht auf eine Anomalie hin. Blieb aber das Sekret, das der Gehirnmasse ähnelte.

Merkwürdig. Als ob sich das Hirn verflüssigt.

Er erinnerte sich an die Organe von Ebola-Patienten. Auch bei ihnen beschleunigte sich der Verfall in Form von Zersetzung hin zum Flüssigen.

Lascheter legte das Gehirn von Jan Sikorski an eine Art Brotschneidemaschine und schnitt es routiniert, in der üblichen Weise.

Verflucht. Das ist alles grau.

Er sah die Scheiben einzeln durch. An keiner Stelle gab es viel mehr weiße Hirnsubstanz als üblich, die Mischung mit der grauen Masse entsprach etwa derjenigen anderer Jugendlicher in Jans Alter.

Eine der Scheiben unterzog er einem weiteren Drucktest. Schon beim zweiten, stärkeren Fingerdruck brach die Hirnstruktur ein und war matschig wie ein überreifer Pfirsich.

Eine andere Scheibe war widerstandsfähiger, gab aber nach wie gesundes Gewebe.

Er nahm eine Probe der Flüssigkeit an der matschigen Stelle und legte sie unter das Mikroskop. Ach! Kristalline Strukturen. Das war die Ursache für den ersten Eindruck von Mehligkeit. Die Flüssigkeit zwischen den Kristallen war farblos.

So tritt Myelin sonst nicht auf.

Er ließ sich an mehreren hintereinandergeschalteten Bildschirmen noch einmal die Ergebnisse der Testreihe T44 anzeigen. Um sich die Effekte zu verdeutlichen, schaltete Lascheter auf eine Zeitrafferdarstellung.

Das Problem ist: Alle Probanden weisen nach drei Wochen eine höhere Myelinkonzentration auf. Dann gibt es lange Zeit nichts, pure Stagnation. Danach reagieren die Hirne unterschiedlich. Bei der einen Gruppe passiert nichts. Eine andere neigt zu epileptischen Anfällen. Bei der dritten Gruppe lassen frühere epileptische Anfälle sogar nach. Das heißt – stimmt das? Hm, das muss ich noch mal prüfen. Die Auflösung der Hirnmasse jedenfalls hatte ich noch bei keinem. Wie viele Injektionen hatte er? 23 insgesamt. Gut. Dann muss ich mir die anderen herausgreifen, die – sagen wir – mehr als fünfzehn bekommen haben. Wäre nicht schön, wenn bei denen die gleichen Symptome eintreten.

Er betrachtete noch einmal die glitschigen Hirnscheiben.

Das Umfeld hätte viel früher was merken müssen. Bei einem so großen Befall müssten die Aussetzer gravierend sein. Nicht nur ab und zu ein epileptoformer Anfall.

Er suchte auf dem Display Jugendliche mit den gleichen Grunddaten, wie Jan Sikorski sie bot.

Komplett unverständlich, dachte er. Bei dem war ich absolut sicher, dass er myelinisiert. Seine Werte hatten es bestätigt. – Oder gibt es ähnliche Umstände, in denen Myelin zur Verflüssigung neigt? So früh? Und in solcher Menge?

Er klickte sechs Jungennamen an, deren Daten stimmten. Allerdings litten sie nicht unter Epilepsie und hatten auch noch keine vergleichbaren Symptome gezeigt. Das machte es schwieriger, die Eltern zu überzeugen.

Wenn man Eltern überzeugt, alles zu tun, damit die schrecklichen Krampfanfälle nicht mehr eintreten, dann sind sie einfach dankbar. Sie murren nicht, auch wenn man ihre Kinder täglich impft oder bestrahlt oder punktiert. Alles ist dann gut. Sie sind ja Helden der Wissenschaft. Man darf es ihnen nur nicht sagen.

Noëlle hatte wunderbar vorgearbeitet. Alle Daten der T44-Reihe waren so gut konfiguriert, dass er jede beliebige Variable verändern konnte, und alle vernetzten Informationen zogen mit. Das galt rückwärts gewandt für bislang erhobene Daten und ebenso für prognostische Eingaben.

Lascheter entschied sich, die Dosis der Infusionen nicht zu ändern. Die Gruppe der sechs in Frage kommenden Jugendlichen teilte er in zwei. Bei der ersten sollte das Medikament nicht mehr wöchentlich verabreicht werden, sondern monatlich. Bei der zweiten sollte die Infusion täglich erfolgen.

Gefährlich, aber nur so wird schnell klar, was es mit dem ersten, positiven Myelinschub auf sich hat.

Bleibt die Frage, wie ich die Ergebnisse sicherstelle. Die bildgebenden Verfahren sind trotz unserer Optimierungen offenbar zu ungenau. Sie gaukeln uns die weitere Myelinisierung nur vor. Ich kann nicht auf den Glücksfall setzen, jedes Hirn bald darauf in der Hand zu halten.

Wenn wir mit der Optogenetik weiter wären … Bis das zugelassen ist, feiere ich meinen 200. Geburtstag. Wir könnten es ohne Genehmigung machen. Aber Deutschland ist nicht Afrika.

Ich muss mir was einfallen lassen.

16

Melina trug ein schwarzes, für ihren Geschmack eng geschnittenes Kleid ohne jegliche Applikation. Dafür ließ es aber die linke Schulter frei, und sie fand es angenehm, ihr nun offenes Haar auf der Haut zu spüren, wann immer sie den Kopf bewegte. Im Spiegel am Eingang des Restaurants erschrak sie: Obwohl es ein einfaches Kleid war, wirkte es elegant. Die Frage war, ob sie das bei einem ersten Rendezvous mit Dr. Fogh sein wollte.

Passend zum Berliner Bezirk Spandau, der an der Havel lag, spezialisierte sich der *Kolk-König* auf Havelzander. Dass sie sich aus Fisch nichts machte, wollte sie nicht thematisieren. Immerhin war da nicht mehr der Ekel vor allem, was glitschig aus dem Wasser kam. Fischstäbchen waren die einzige Ausnahme gewesen. Manche Gerichte werden im Laufe des Lebens unmodern.

»Du siehst blendend aus, Melina.« Er hatte am Eingang das Duzen beschlossen und ihr den Beschluss mitgeteilt.

»Vielen Dank.«

»Die Königin des Abends. Deine Haare haben einen rötlichen Schimmer.«

»Wenn ich es offen trage, wirkt es röter. Und neben Schwarz sowieso.«

Ich habe mir vorgenommen, ihn noch vor dem Hauptgang zu fragen, was das plötzlich soll, mich einzuladen. Und das werde ich auch tun.

Eine Kellnerin brachte die Karten und fragte nach ersten

Getränkewünschen. Nach der Prozedur fasste sie sich ein Herz und wollte ihn fragen.

Doch er kam ihr zuvor: »Was ich noch einmal fragen wollte, Melina: Weshalb studierst du Latein auf Lehramt? Ich meine, nichts gegen Latein und nichts gegen Lehrer – obwohl ... Nein, wahrscheinlich wirst du eine sehr gute Lateinlehrerin sein. Aber ehrlich gesagt, fände ich es konsequenter, wenn du mit Medizin weitergemacht hättest. Warum hast du das abgebrochen? An schlechten Noten hat es bestimmt nicht gelegen.«

Ich werde rot. Herrje, auch das noch. Immer wieder, immer wieder.

»Meine Noten ... Das ging so. Die waren nicht das Problem. Meine Eltern unterstützten mich sehr, und das war schon eher das Problem. Mein Vater leitet eine Kinderklinik in Schleswig-Holstein. Und meine Mutter ist Krankenschwester.«

»Willkommen im Club«, sagte Fogh. »Ich stamme auch aus einer Ärztefamilie. Das kann ganz schön an den Nerven zehren.«

»2006 habe ich mit dem Studium begonnen. 2007 hatte ich das erste Praktikum am *Institut Zucker*. Das hat mir alles großen Spaß gemacht, ich war neugierig und fasziniert. Im Grunde habe ich alles gleichzeitig belegt: Biochemie, Kinderchirurgie, Genetik ... Nur mit den Grundlagen hatte ich es nicht so.«

Fogh schmunzelte. »Das kommt ja auch automatisch.«

»Na ja, automatisch ... Anatomie fand ich nicht ganz so prima, aber Auswendiglernen fällt mir schon immer leicht. Ich bin strahlend nach Hause gelaufen und habe meinen Eltern erzählt, welche neuen medizinischen Welten ich tagsüber entdeckt hatte. Und jedes Mal hieß es: Ja, ja, kennen wir. Das verhält sich soundso. Das musst du soundso einordnen. Einer von beiden hatte immer längst davon gehört oder kannte sich sogar bestens damit aus. Es war egal, wie exotisch es war, was ich da machte. Forensik ... Papa: Klar, mein Kind, habe ich drei Jahre in Wien bei Professor Superschlau gemacht. Hautkrankheiten von Außerirdischen? Selbstverständlich, meine Tochter, das hat deine Mama schon behandelt, da hast du noch Buchstubensuppe gelöffelt.«

Fogh lachte und sah sie zärtlich an. »Das hat wahrscheinlich auf die Dauer wehgetan.«

»Irgendwie habe ich die ersten drei Semester gar nicht darüber nachgedacht. Vor mir war der Weg. Alle erwarteten, dass ich ihm folge. Ich auch. Das war nicht zu hinterfragen. Immer geradeaus. – Dann hatte mein Vater ein ernstes Vater-Tochter-Gespräch. Ich sollte mich auf Kinderheilkunde spezialisieren, meinte er. Da merkte ich, dass für ihn wie in Stein gemeißelt feststand: Melina übernimmt meine Klinik. Wir hatten nie zuvor darüber gesprochen. Von dem Moment an fühlte ich mich eingeengt. Offenbar hatte ich nie darüber nachgedacht, wie ich trotz meiner Eltern eine eigene Richtung einschlagen konnte.«

»Und deshalb hast du Medizin gleich abgebrochen?«

»Nein, ich habe noch das vierte Semester durchgezogen. Mit Widerspruch und Brüchen hatte ich keine Erfahrung. Ich hab immer den Eindruck, dass ich keine eigene Pubertät durchlebt hatte – im Sinne von: Konflikt mit den Eltern, Streit, Distanz, Abnabelung.«

»Du arbeitest an einem Institut für Pubertätsforschung!«

»*Zucker*? Ja, klar. Obwohl ich's eher, im Sinne von Professor Zucker, als allgemeines Hirnforschungsinstitut verstehe«, sagte Melina. »Und Jugend als einen der Schwerpunkte.«

Fogh verschluckte sich am Grauburgunder, hatte sich aber schnell wieder im Griff. »Warum ausgerechnet Latein?«, japste er.

»Alles okay? – Ich erzähle das nicht gern. Die meisten Leute hören nur, was sie hören wollen. Sie stecken mich in die Schublade der Streberin. Dabei ging es mir nie um gute Noten oder um meinen Rang innerhalb einer Klasse. Manche rechnen gern mit Zahlen. Andere mögen Sport. Oder sie malen, spielen Cembalo oder fühlen sich hingezogen zur Literatur. Bei mir war es die lateinische Sprache. Ich habe die ersten Sätze gehört und gelesen und dachte, sie hat etwas – Magisches.«

»Eine Zaubersprache?«

»Hmmm ... Eine verzauberte Sprache.«

»Aha.« Er lächelte verlegen.

»Ich mochte die Vokabeln. Dass es keine richtigen Artikel gab, sondern dass man an jedes Wort eine Endung anhängt, um den Fall festzulegen, das war Spannung pur. Für mich hatte Latein etwas Klares, Frisches. Wie ein Frühlingsmorgen. – Oh. Ich monologisiere. Entschuldigung.«

»Nein, nein. Ich wusste gar nicht, dass du das kannst: monologisieren. Du wirkst im Labor immer so still. Fast verschüchtert.«

»Was? Ich?«

Dieses dauernde Rotwerden. Besser kein Wort mehr sagen.

Fogh sah sie herausfordernd an. »Als Medizinstudentin hattest du auch ständig mit Latein zu tun.«

Sie rümpfte die Nase. »Das ist doch Baukastenlatein! Die Römer haben keine Medikamente gehabt, die *Dolorisam* oder so hießen! Das ist ein Pseudolatein, das sprachlich keinen Sinn ergibt. Das denken sich Leute in den Werbeabteilungen von Pharmakonzernen aus, das hat mit eigentlichem Latein nichts zu tun.«

»Verstehe. Und du wärst gern Lehrerin. Grundschule? Gymnasium? Uni?«

Wenn die Geste nicht schon verbraucht gewesen wäre, hätte sie gern die Nase gerümpft. »Ich hab ... Es ist ... Na ja, also da ist sozusagen mein wunder Punkt.«

»Weshalb?«

»Ich ... habe noch nie vor einer Klasse gestanden. Und ich weiß auch nicht, ob ich es mir wünsche.«

»Aber du hast im Institut immer wieder Jugendgruppen.«

»Ja. Und ich hasse es. Ich mag es, mit einem Mädchen oder mit einem Jungen unter vier Augen zu sprechen. Das ist meine Form der Kommunikation, da fühle ich mich wohl. So wie ich Latein liebe und Englisch nicht. Spanisch schon gar nicht. Das ist so exaltiert.«

Er grinste. »Du hast die Dinge gern unter Kontrolle, hm?«

»Vielleicht. Jedenfalls: Das mit dem Probeunterricht muss ich demnächst angehen, sonst gibt es irgendwann ein Desaster.«

Kauend stimmte er ihr zu. »Es ist kein Gerücht: Es gibt Medizinstudentinnen und -studenten, die erst in der Praxis kapieren, dass sie kein Blut sehen können. Habe ich selbst erlebt. Und so gibt es bestimmt auch Lehramtskandidaten, die keine Schüler aushalten.«

»Ganz so schlimm ist es bei mir hoffentlich nicht.«

»Ich finde, Melina, du machst das hervorragend.«

»Hervorragend? Was denn?«

»Na, alles! Du hast den Mut, dein Medizinstudium nach der Hälfte abzubrechen und komplett neu anzufangen. Respekt! Meine Alten waren auch Ärzte, und mir wäre das bis zur Approbation nicht eingefallen, ihnen zu widersprechen.

Ich bewundere, wie du dich in Latein reinkniest. Und was du da für eine Leidenschaft entwickelst. Auch wenn ein Pennäler das Fach nicht mag, wirst du bestimmt bei vielen von ihnen Begeisterung auslösen mit deinem Feuer und deiner Liebe für die alte Sprache.«

Mir hat lange keiner mehr so vehement zugestimmt in dem, was ich mache.

»... Und was man ja auch nicht vergessen darf: Das ist dein Einsatz bei uns am Institut! Es gibt da Kollegen, deren Namen nenne ich jetzt mal lieber nicht, die glauben allen Ernstes, dass du Ärztin bist und fest bei uns arbeitest. – Doch, ehrlich! Ist toll, wie professionell du das machst. Vielleicht sollten wir uns demnächst mal über die Bezahlung unterhalten. Was immer du jetzt bekommst, es ist zu wenig.«

Ich kann ihm unmöglich sagen, dass ich am Institut aufhören will.

Er sprach weiter, machte aber keine Anstalten, in puncto Vergütung konkreter zu werden. Stattdessen wischte er sich den Mund und fragte Melina, wie ihr Fisch gewesen sei.

Sie sah auf ihren Teller.

Sie hatte eine Portion gegessen, konnte sich aber nicht genau erinnern.

Doch, es war länglich. Zander sicherlich. Aber wie hat es geschmeckt? Ich war nur im Gespräch.

»Ähm ... ziemlich gut.«

»Mein Fisch war auch grandios. Auf den Punkt genau. Den können die hier einfach. Ich sage immer: Einfach, aber gut, das ist die Formel. So ein Zander wirkt einfach, aber den so hinzubekommen, dazu muss man begeistert sein. Da haben wir's wieder, siehst du?«

Sie nickte.

Irgendwas schmeckte fade. Vielleicht waren es die Komplimente.

Sie nahm einen Schluck Grauburgunder. Was wollte sie ihn fragen?

»Melina? Was ist dein Zweitfach? Man muss im Lehramt doch mindestens zwei Fächer haben, oder?«

Treffer. Versenkt.

»Ja«, sagte sie. »Das ist der zweite Schwachpunkt meines genialen Planes. Es gibt keines.«

»Kein Zweitfach.«

»Genau. Ich muss eines belegen, habe aber keins. Ich kann mich nicht entscheiden. Ich würde gern Latein unterrichten. Überall. 40, von mir aus 50 Stunden die Woche. Aber mich interessiert kein anderes Fach so sehr. Die Regeln sind unerbittlich, und die Zeit verstreicht. Ich bin schon 23. Ich meine, es gibt zu wenig Lateinlehrer. Die Nachfrage steigt. Vor allem, weil die Schüler von heute Latein auch *sprechen* wollen, nicht bloß ins Deutsche übersetzen. Die finden es cool, untereinander Latein zu sprechen, weltweit sogar, und ihre Eltern kommen nicht mit. Also ist der Bedarf vorhanden. Warum muss ich ein zweites Fach belegen?«

»Nimm doch Medizin! Mit den Scheinen aus deinen ersten Semestern brauchst du jetzt bestimmt nur noch ein paar Kurse.«

»Das geht nicht. Medizin auf Lehramt gibt es nicht.«

»Wie bescheuert ist das denn?«, sagte Fogh und sah auf die Uhr.

Ich wollte ihn etwas anderes fragen. Aber egal.

»Sag mal, Fogh ... Hast du eine Ahnung, wo Lena steckt?«

»Le...? Welche ... Wen meinst du?«

»Die Lena, die im Institut jobbt. Seit einigen Monaten als Testperson dabei, in letzter Zeit assistiert sie mir gelegentlich. Unter anderem bei den Gruppenführungen, die ich nicht so mag.«

»Ist das so eine Kleine mit verrückten Haaren?«

»Ja, wahrscheinlich meinen wir beide Lena.«

»Und sie ist verschwunden?«

»Das weiß ich nicht. Jedenfalls war ich mit ihr verabredet. Sie ist nicht erschienen. Und ihr Vater hat auch keine Ahnung.«

Er überlegte. »Muss man sich um eine fast Erwachsene Sorgen machen?«

»Ihr Vater macht sich auch keine, das stimmt. Andererseits war sie wohl auch nicht in der Schule. Und so ganz von der Bildfläche zu verschwinden, das ist nicht ihre Art.«

»Sag mir, wie ich dir helfen kann.«

»Wenn du nichts weißt, kannst du mir nicht helfen. – Warum? Warum willst du helfen?«

»Na, weil ich dich nicht allein lassen will in deiner Sorge.«

»Das ist nett.«

Nein, dachte sie, das ist nicht nett.

»Lust auf einen Nachtisch?«, fragte Dr. Hans-Henrik Fogh.

»Ich bin satt«, sagte Melina.

Oh, das war nicht romantisch. Muss ich romantisch sein?

»Die haben hier ein ganz leichtes Waldbeerensorbet. Was meinst du? Zweimal? Gut! – Maître!«

Maître!

Er legte seine Stirn in Falten. »Lena ... Wo könnte sie sein? Hast du eine Idee, Melina? Einen Anhaltspunkt? Eine bestimmte Befürchtung?«

Eben noch war Melina kurz davor gewesen, Fogh von der Bilddatei zu berichten, die Lena ihr zugespielt hatte und die offensichtlich für Jenissej bestimmt war. Doch irgendwo in ihrem Innern schrillte eine Alarmglocke. Auch wenn sie nicht wusste, warum.

»Nein«, sagte sie. »Ich habe nicht die geringste Ahnung.«

Das Sorbet war gut, aber es dauerte eine Ewigkeit, bis es gegessen war, obwohl es in einem so kleinen Napf mit einer Brombeere und einem hübschen Pfefferminzblatt serviert wurde. Auch alles andere dauerte lange und war ihr quälend bewusst, bis hin zum Bezahlen und zum Eingeladensein und zum Abschied.

Was hat er mit Lena zu tun?

17

»Die Unverschämtheit fängt schon damit an, dass Sie eine Veranstaltung wie diese auf einen frühen Vormittag legen! Die meisten Eltern sind schließlich *berufstätig*!«

Elke Bahr griff nach dem Mikrofon. »Ich darf das mal beantworten? Also, natürlich freuen wir uns, dass so viele Eltern gekommen sind. Einige von Ihnen unterstützen sehr aktiv unsere Forschung, allein dadurch, dass Sie Ihre Kinder zu uns schicken, um an der wissenschaftlichen Arbeit teilzunehmen. Andere engagieren sich direkt bei PALAU, unserem Kooperationspartner. Schon deshalb ist es uns wichtig, auch die Eltern unter Ihnen mit unserer heutigen Podiumsdiskussion anzusprechen. Allerdings sind die vier Herren auf dem Podium zu dem Zweck hergekommen, wissenschaftlich geprägt zu debattieren. Wir möchten uns also heute hauptsächlich an ein Fachpublikum wenden, und ich sehe auch eine Reihe mir wohlbekannter Gesichter: Pädagogen, Physiologen, Damen und Herren aus der Politik und den Medien. Ich sage noch einmal: Herzlich willkommen im Audimax des *Instituts Zucker*!«

»Und wir sind unwichtig!«, rief der Mann.

Allgemeines Murmeln, einige schauten sich zu ihm um. Nicken und Kopfschütteln.

»Keinesfalls ist jemand unwichtig. Seien Sie dabei, diskutieren Sie mit! Die Ergebnisse des heutigen Podiums stellen wir in einem allgemein verständlichen Text ins Internet. Außerdem laden wir in den nächsten Wochen zu einem Tag der offenen Tür ein und werden uns allen Fragen der allgemeinen Öffentlichkeit stellen, speziell natürlich denen der Eltern.«

Auf dem Podium beugte sich der zweite Mann von links, ein Vollbartträger, vor und sprach lächelnd in das Mikrofon. Auf dem Namensschild hieß er *Prof. Kraniotakes*: »Liebe Elke, danke schön. Wir sollten natürlich die Eltern auch nicht pauschal unterschätzen. Ich denke, die verstehen eine Menge.«

Händeklatschen hier und da, dann ein nicht überwältigender, aber deutlicher Beifall.

Elke Bahr winkte ihm freudig mit dem Handmikrofon zu. Du Penner!

Als die Elternfreunde sich beruhigt hatten, sagte Elke Bahr: »Jetzt überlasse ich aber *wirklich* den Herren das Wort und übergebe an Herrn Professor Rachesch für den ersten Beitrag.«

Rachesch war ein Mann mit vollem weißen Haar und einer donnernden Stimme. Nach seinen Eingangsfloskeln sagte er: »Viele von Ihnen kennen meine Haltung nur als ein Surrogat, das in eine einzige Schlagzeile mündet: *Ein Jahr schulfrei für alle Kinder!* Ich weiß, damit werde ich immer zitiert. Ich weiß, dass ich damit einerseits eine Popularität erlangt habe – die ich mir übrigens so gar nicht gewünscht habe. Und andererseits habe ich einen Hass auf mich gezogen – den ich mir übrigens auch nicht gewünscht hatte.«

Lacher.

»... Sie sollten wissen, dass ich niemals für *ein Jahr ohne Schule* plädiert habe, wohl aber für *ein Jahr ohne den bislang üblichen Unterricht.*«

Schon gingen die Meinungen im Audimax auseinander. Auch einige der Lokalpolitiker rutschten auf ihren Klappsitzen.

Mitten im Saal schien sich eine Grafik zu materialisieren. Eine animierte, aufsteigende Kurve.

»Sie sehen die durchschnittliche Leistungsfähigkeit von Schülerinnen und Schülern seit der ersten Klasse. Mit Leistungsfähigkeit meine ich jene Möglichkeit, die heute schulisch an sie gestellten Aufgaben zu bewältigen. Sie sehen, dass die Kurve – jetzt! – abfällt, und zwar rapide. Es ist eine Durchschnittskurve. Der Effekt ist unter anderem geschlechts-, entwicklungs- und umweltabhängig. Aber eines können wir wissenschaftlich fundiert sagen: Bei fast allen Jugendlichen lässt die Leistung etwa zwischen den Klassen acht bis zehn erheblich nach. Sie kennen das vielleicht von Ihrem eigenen Sohn oder Ihrer eigenen Tochter: Das bislang strebsame, schulbegeisterte Kind hat plötzlich Probleme. Die Noten werden schlechter. Das Lernen wird zur Qual. Vokabeln gehen verloren, obwohl sie zuvor parat waren. Die Kinder konzentrieren sich nicht mehr auf die Matheformel, die sie längst beherrscht hatten. Ich habe das bei meinen eigenen Söhnen erlebt.«

Einige im Saal legten unbewusst die Köpfe schräg.

»… Ich machte ihnen Vorwürfe: Immer denkt ihr nur an Fußball! Oder Rockmusik. Oder Mädchen! Jetzt gibt es Stubenarrest, setzt euch auf den Hosenboden und lernt! Seid nicht so faul! – Kennen Sie das? – Aber warum wohl kennen so viele von uns das?«

Mehrere bunte Kurven leuchteten neben der ersten auf. Sie stiegen auf oder blieben wenigstens stabil waagerecht.

»Das Rote ist die durchschnittliche Leistungsfähigkeit derselben Jugendlichen, wenn Sie Leistungsfähigkeit als Kraftzunahme definieren. Erlauben Sie mir, es etwas flapsig zu sagen: Die Kids werden stärker und dümmer.«

Gelächter. Einzelne Salzsäulen.

»Die blaue Linie markiert die Zunahme dessen, was wir umgangssprachlich *Mut* nennen. Andere sagen kritisch: Mut ist eine besondere Form der Dummheit gegenüber dem eigenen Körper …«

Regung im Saal.

»Das Grüne symbolisiert die dramatische Zunahme an Selbstbewusstsein und an der Bereitschaft, Verantwortung zu übernehmen. Sie können noch eine Reihe ähnlicher Eigenschaften hinzufügen, alle diese Kurven weisen steil nach oben, und das genau in der Pubertät! – Und trotzdem empfinden wir unseren Nachwuchs und unsere Schüler in dieser Zeit als lustlos, faul, unnütz, aufmüpfig und dumm. Weshalb?«

Kraniotakes neben ihm kraulte sich nervös den Bart.

»Der Grund ist einfach, meine Damen und Herren! Just in dem Moment, in dem alle anderen Leistungskurven nahezu explodieren, nach oben rasen, der Jugendliche erwachsen wird, konzentrieren sich die Schulen auf eine einzige, ganz andere Leistungskurve. Sie interessiert, ob ein Mensch in dieser Phase das Plusquamperfekt von *amare* konjugieren kann.«

Amüsement.

»Es ist ernst! Wir, die Pädagogen und Lehrer, auch wir Eltern, tragen Scheuklappen. Wir wollen keine der überragenden Leistungsentwicklungen der Jugendlichen sehen. Unwichtig, dass sie plötzlich einen zuvor fremden Menschen *lieben* können. Unwichtig, dass sie sich plötzlich für *Gedichte* interessieren. Unwichtig, dass sie plötzlich einen *Ball* mit der mehrfachen Energie kicken können! Wir schauen nur darauf, ob sie weiterhin Formeln und Jahreszahlen lernen können.«

»Und was wollen *Sie*?«, rief eine Frau.

»Das ist eine gute Frage. Und eine schlechte. Entschuldigung. Gut, weil wir wissen müssen, was *wir* wollen. Nicht so gut, weil wir das Interesse unserer Kinder vergessen! – Aber zuerst einmal muss ich Ihnen zeigen, weshalb diese erste Kurve so dramatisch abstürzt – auch wenn sie sich nach ein, zwei Jahren wieder einpegelt und sogar steigt, jedenfalls bei den meisten.« Bei dem letzten Halbsatz blickte er so gewollt zufällig zu dem Vollbart-Kollegen hinüber, dass man ein vereinzeltes »Ho-ho-ho!« hörte.

»Es ist nicht so, dass die Jugendlichen uns mit ihrer plötzlichen Unlust an der Schule ärgern wollen. Es macht zwar den meisten von ihnen auch Spaß, uns zu ärgern, aber das gehört zum Distanzprogramm der Pubertät. – Entscheidend ist, dass sie gar nicht anders *können*. Sie *müssen* schlechter werden.«

»Meine Tochter hat durchweg vernünftige Noten nach Hause gebracht«, rief der schon eingestimmte Zwischenrufer vom Anfang.

»Das mag sein. Es gibt eben immer Ausnahmen, Wunderkinder und Spätentwickler. Machen Sie sich keine Sorgen, das kommt bei ihrer Tochter noch.«

Lachen bis Johlen.

Anstelle der Kurven erschien der Querschnitt durch ein Gehirn. »Dies ist – schematisch – das Hirn einer Elfjährigen. Was Sie hier sehen, sind die berühmten grauen Zellen. Das Mädchen hat elf mühevolle Jahre damit zugebracht, sich diese graue Substanz anzueignen. Sie hat so viel gespielt, beobachtet, gelernt, empfunden und gegrübelt, dass das Gehirn immer komplexer geworden ist. Und viele haben ihr dabei geholfen, also Sie sehen, ich vergesse die Eltern nicht … Allerdings haben auch die Nerven ein bisschen was geleistet, sie haben sich vernetzt, Milliarden von

Synapsen sind entstanden – das gesamte Gehirnaufbauprogramm. – Die Natur hat sich nun aber etwas geradezu Grauenhaftes ausgedacht, vielleicht haben Sie von diesem Frevel schon einmal gehört: Mit einem Mal rücken Abrissunternehmen an. Hunderte, Zehntausende. Sie reißen viele der mühsam aufgebauten Leitungen, die für unser Wissen und unsere Gedanken verantwortlich sind, wieder ein! Stellen Sie sich vor, Sie hätten gerade Ihr Bad alleine gefliest. Und sobald der Fugenkitt getrocknet ist, kommt einer mit dem Presslufthammer reinspaziert – das ist nicht schön.«

Unisono Lachen.

»Die Abrissarbeiten gehen sehr wild vonstatten. Zum Beispiel haben Sie eine ganze Zeitlang kein Bad mehr … Aber der Abbruch geschieht keinesfalls blindwütig, auch wenn es so aussehen mag. Die Hirnverbindungen, die besonders wichtig zu sein scheinen und oft genutzt werden, erhalten einen Ausbau. Hier muss ich ein anderes Bild bemühen: Aus der analogen Telefonleitung wird ein Datensuperhighway. Aber andere Telefonleitungen, die Sie lange nicht benutzt haben, die werden gekappt. Sie haben also keinen brüchigen Direktdraht mehr zu Onkel Fritz und Tante Erna, aber Sie können in Lichtgeschwindigkeit mit Tokio kommunizieren. Und von dort übrigens auch Tante Erna anrufen.«

Das Hologramm zeigte nun eine dünne, schwarzgraue Leitung. Sie wurde von einer weißen Isolierschicht umhüllt. Einmal, zweimal, dann immer schneller und immer öfter.

»Sie alle wissen, dass Neuronen, also die Nervenzellen, die Form langer Fäden haben. Falls so ein Nervenfaden als wichtig eingestuft ist, wird er isoliert mit weißer Schicht. Wie bei einem Kabel steigt die Leitfähigkeit, wenn es gut isoliert ist. Auf diese Weise webt die Natur ein neues Netz von superschnellen Datenautobahnen. Gleichzeitig zerstört sie – wie gesagt – viele ungenutzte Kopfsteinpflasterstraßen. Das Gehirn wird durch diesen Umbau unglaublich leistungsfähig, denn nicht nur wenige Strecken werden mit dieser weißen Schicht aus einem Kristall namens Myelin isoliert. Nein, *alles* wird weiß! Das Gehirn nimmt eine weiße anstelle einer überwiegend grauen Farbe an.«

Man sah dazu den Trickfilm.

»Unser Gehirn wird ein Superrechner! Es wird erwachsen! – Das Dumme ist nur: Denken Sie an Ihr winziges, selbst gefliestes Bad. Bis Bob, der Baumeister, daraus einen riesigen Wellness-Bereich gebastelt hat, dauert es ein bisschen. Sie leben auf einer Baustelle. – Oder wenn Sie das Bild vom Straßenbau bevorzugen: Das ganze Gehirn ist ein enorm verzweigtes Straßennetz, aber überall stehen jetzt Bagger und Asphaltiermaschinen. Sie kommen nirgends mehr durch. – Diese Zeit, meine Damen und Herren, nennen wir die *Pubertät*.«

Vollbart Kraniotakes gab sich leicht gelangweilt.

Rachesch fuhr fort: »Wenn mein Sohn einige französische Vokabeln nicht mehr wusste, dann lag es daran, dass das Abrissunternehmen in seinem Schädel die entsprechenden grauen Zellen entfernt hat. Was konnte er dafür? Er war in dieser Zeit – wie wir alle – tatsächlich dümmer geworden. – Zum Glück ist er heute ein kluger junger Mann, aber der Übergang von der Neunten zur Zehnten war ein Chaos für ihn.«

Die Hologramme verschwanden.

»Festzuhalten ist also: In der Pubertät werden wir dümmer. Das hat biochemische Gründe, die sich belegen lassen. Das Gehirn selektiert Wichtiges von Unwichtigem. Was zum Überleben wichtig ist, wird modernisiert. Was hingegen unwichtig scheint – etwa die Binomische Formel – fällt erstmal raus. Das alles muss uns zu der Erkenntnis führen, dass für die meisten Kinder mindestens ein Schuljahr völlig vergeudet ist. Denn ihr Gehirn wird gerade komplett umgekrempelt, es gibt gar keine Ressourcen für die Pläne der Schule.«

Kraniotakes hielt es kaum noch aus.

»Einen Moment noch, lieber Kollege!«, sagte Rachesch. »Die meisten Bundesländer haben die Schulzeit bis zum Abitur von 13 auf 12 Jahre verkürzt. Es wird niemanden hier überraschen, dass ich davon abgeraten habe. Denn es setzt die Schüler gerade während der Chaos-Phase des Gehirns noch mehr unter Druck. Es ist ja schon schlimm genug, dass sie und ihre Eltern nicht wissen, weshalb sie plötzlich schwächer werden. – Eine Kompromissformel könnte doch also lauten: Unterricht bis zur 13. Klasse, okay. Konzentrierter als bisher, auch okay. Aber in der 9. Klasse keine klassische Büffelei mehr! Keinen typischen Unterricht.«

Unmut.

»Warum quälen wir Kinder, obwohl wir von der Sinnlosigkeit wissen? Aus unserem eigenen Ehrgeiz heraus? Weil wir in dieser Phase damals auch gequält wurden? Also aus Rache?«

Unmut.

»Ein Letztes, dann stehe ich zur Zerfleischung zur Verfügung ...«

Noch einmal war die Animation des Gehirns zu sehen, das von Grau nach Weiß wechselte.

»Ist Ihnen aufgefallen, dass der Umbau des Gehirns nicht gleichzeitig in allen Arealen stattfindet? Sehen Sie, zunächst wird es weiß in den unteren, älteren Hirnarealen, hier, hier und hier. Halten wir mal an. – Das sind die Bereiche, die aus meinem Sohn plötzlich einen Spitzenfußballer und einen Romantiker gemacht haben. Ein Junge, mit dem man Pferde stehlen konnte. Er wurde also stärker, leidenschaftlicher und mutiger. – Weiter! – Und jetzt, erst zum Schluss, wird auch der vordere Bereich des Gehirns, der präfrontale Kortex, mit weißen Isolierschichten rundum erneuert. Das Drama besteht darin, dass genau dort vorn, hinter der Stirn, das Zentrum unseres Verstandes angesiedelt ist. Und genau das ist das letzte Zimmer, das renoviert wird!«

Viele lachen.

»Wann ist dieser Umbau abgeschlossen? Nun, das ist von Mensch zu Mensch unterschiedlich. Im Durchschnitt erst mit dem 21. Lebensjahr. Bis dahin, meine Damen und Herren, dauert in diesem Sinne die Pubertät. Bis dahin müssen wir bei einem Menschen damit rechnen, dass alle seine Hirnleistungen besser ausgebildet sind als sein Verstand. – In der neunten Klasse etwa ist die Verstandesleistung am deutlichsten heruntergedimmt ... Deshalb plädiere ich in dieser Zeit für eine Schule, die Sport in den Vordergrund stellt, Musik und Kunst, aber beides nur praktisch. Die Jugendlichen müssen in dieser Zeit Abenteuer erleben. Sie wollen sich beweisen. Und Sie wollen echte Verantwortung übernehmen. Nicht nur den Mülleimer herunter tragen, das eher gar nicht, sondern: die Welt retten.«

Raunen.

»Über die Details sollen andere sich den Kopf zerbrechen, die Pädagoginnen und Pädagogen, die alle über ausgesprochen viel weiße Hirnsubstanz verfügen. Aber, meine Damen und Herren, lassen Sie uns unsere Kinder retten, weil sie die Welt retten wollen! – Vielen Dank!«

18

Einmal mussten sie sogar beide lachen: Jenissej hatte die kurze Aufnahme von Lenas Gesicht mehrfach hintereinander geschnitten. Die schnell wiederholte Bewegung ihres Kopfes wirkte nun, als schüttele sie ihn im schnellen, harten Takt.

Wie bei ihrer komischen Pagan-Musik.

Melina musste immer noch in sich hineinkichern.

Plötzlich tauchte Jenissejs Kopf vor ihrem Gesicht auf, und mit der besorgten Miene eines Chefarztes auf Stippvisite fragte er: »Alles wieder in Ordnung?«

Sie lachte schallend. Hielt sich die Hand vor den Mund. »Entschuldigung!«

»Wer sich fürs Lachen entschuldigt, gehört gefoltert«, sagte er streng und stellte Lena auf Zeitlupe.

Melina räusperte sich und sagte leise: »Durch das ständige Ansehen bekommen wir auch nichts über sie raus.«

»Bitte?«, fragte er.

»Ich habe nichts gesagt.«

»Du schaust so skeptisch.«

»Na ja, diese Variationen des Videos sind wirklich interessant. Aber wir sind kein Stück weiter gekommen.«

»Abwarten. Die Einzelstücke sagen gar nichts: Lena, ihre Hand, die Kreise im Sand … Aber zusammen genommen müssen sie etwas haben.«

»Ich bin dafür, wir wenden uns an die Polizei.«

»Och je!« Er sah sich zu ihr um. »Damit so ein Sheriff das Filmchen entschlüsselt?«

»Nein. Damit sie eine Suchanzeige aufgeben können.«

»Eine Fahndung machen die nicht. Sie hat ja nichts verbrochen. Jedenfalls hoffe ich das. Die heften das ab, fertig. Oder stellst du dir vor, dass sie mit Hundertschaften Wald und Flur durchstochern, o treuherzige Melpomene?«

»Vom Videogucken wird's auch nicht besser!«

Seine Lachfalten – wie ein Sonnenaufgang. »Hübsch gesagt. Ich weiß, dass wir etwas finden. Lena sendet nicht eine Datei an mich und auch noch eine Kopie an dich, bloß um Dadaismus zu fabrizieren. Da steckt was drin. Ich sehe es nur noch nicht, weil –«

»Weil?«

»Keine Ahnung. Vielleicht bin ich zu nah dran. Muss Abstand nehmen, um das Ganze zu sehen.« Wie schon die ganze Zeit, seit Melina neben ihm im Keller seines Theaters saß, huschten seine Finger über das Trackpad und schnitten weitere Kopien des Filmchens.

Sie betrachtete seine Hände, wie sie mit der Geschwindigkeit einer Sekretärin beim Tippwettbewerb arbeiteten und zwischendurch ruhten, damit sich Jenissej auf das Ergebnis konzentrieren konnte.

Diesmal waren es Sekundenschnitte, alles war wild durcheinander.

»Fehlt nur noch die Musik, dann haben Sie ein Musikvideo.«

Er nickte. »Gut erkannt, Melpomene. Ich habe einen Rhythmus eingegeben, der Rest ist Zufall.« Er stieß sich mit dem Drehstuhl ein Stück vom Schnittpult ab und ließ die Augen über das Bildschirm-Triptychon blitzen.

Dann rollte er zurück, drückte mehrere Tasten und nahm wieder Abstand. Jetzt waren auf allen drei Schirmen sowie auf dem darüber hängenden vierten die schnell zappelnden

Bilder zu sehen. Im selben Rhythmus, aber zeitversetzt. Ein hektisches Gewusel ohne Zentrum und Prinzip.

Melina stand auf und lief im Kellerraum hin und her. »Durch Kleinhecksen bekommen Sie erst recht kein Bild vom Großen und Ganzen.«

Er ließ sich mit dem Drehstuhl zu ihr herumschleudern und sah böse aus, aber nur, um während des ersten Satzes auf gewitzte Freude umzuschalten. »Man muss die vielen kleinen Teile aufnehmen und das Gemeinsame in ihnen verstehen, das wahrscheinlich nur im Zusammenklang aller zu erkennen ist.«

»Aha. Was ist das denn für eine Theorie?«

»Barock«, sagte er und wandte sich seinen Schirmen zu. »Der Zusammenklang verschiedenster Ausdrucksformen. Das Gesamtkunstwerk. Mit dem Ziel, alle Sinne anzusprechen, ja sie geradezu zu überwältigen. Das ist Barock.«

»Barock fällt mir dabei nicht ein.« Melina zeigte auf die Flackerschirme. »Wollen Sie da noch einen Vivaldi-Soundtrack drunterlegen?«

Er bewegte sich nicht. »Nicht schlecht. – Wieso fehlt der Ton, Melpomene?«

»Weil Lena keinen aufgenommen hat. Kein Mikrofon.«

»Jede winzige Kamera hat heute ein Mikro. Mein *F3L*-Format habe ich extra dafür entwickelt, dass mehrere Kanäle optimal nebeneinanderlaufen.«

»Ich habe keinen Ton gehört.«

»Und ich auch nicht. Sekunde...« Er checkte die Tonspuren. »Nein, da ist nichts. Sie hätte doch einfach in die Kamera sprechen können.«

»Auf jeden Fall müssten wir nicht hier sitzen und Rätsel lösen«, sagte Melina.

Was ist, wenn Lena wollte, dass wir die Szenen mit Musik

unterlegen? Nicht unbedingt Vivaldi. Aber etwas von dem, was sie hört.«

»*Pagan*-Pampe«, murmelte Melina.

Jenissej schien es zu überhören.

»Ich habe hier eine Datei mit ihren Lieblingssongs«, sagte er und öffnete selbstverständlich eine Liste, die er abscrollte.

Melina trat näher. »Sie haben die Lieblingslieder Ihrer Tochter?«

»Ja. – Und? Man muss doch wissen, was die Kleinen so treiben.«

Sie setzte sich neben ihn. »Sicher … Wo haben Sie die Liste her?«

Er sah zu ihr. »Na, von Lena. – Nein, nicht heimlich vom Server gemopst, keine Sorge! – Ich bin Dramaturg, schon vergessen? Medienchoreograph, wie es so schön heißt. Da kann ich doch meine Tochter fragen, was sie so hört?!«

»Und sie hat Ihnen diese Liste erstellt?«

»Genau.«

»Für ein Stück?«

»Nein. Als Information. Und Inspiration. Für ein Stück habe ich es nicht verwendet. Aber auch diese Idee werde ich im Hinterkopf behalten, o Melpomene!«

»Ich dachte, Sie haben keinen rechen Draht zu ihr.«

»So ist es ja auch. Das mit der Liste war ein Versuch. Ich habe mir einiges von den Sachen durch den Kopf spülen lassen, aber erfolgreich war es unter keinem Gesichtspunkt.«

Melina überlegte. »Und … Sie meinen jetzt, wenn man zu dem Film von ihr ein passendes Musikstück findet, wäre das eine Lösung? Einen Titel, der uns eine Auskunft gibt über ihren Aufenthaltsort?«

»Ich meine gar nichts. Ich taste mich voran.«

»Gut«, sagte sie. »Drucken Sie mir die Liste aus. Ich werde

mir unterwegs die Titel durchlesen, vielleicht stoße ich auf etwas. Den Film braucht man womöglich gar nicht. Oder wenn, denn habe ich ihn ja jetzt gut genug abgespeichert, in allen erdenklichen Variationen.«

»Unterwegs?«

»Uni. – Heute muss ich unbedingt hin. Ich habe gestern schon geschwänzt.«

»Latein!«, sagte er, während er auf den Ausdruck wartete.

»Was gegen Latein?«

»Es ist ausgemachter Schwachsinn! Das Hirnverbrannteste, das du machen kannst, Melpomene.«

Sie riss ihm das erste Blatt aus der Hand. »Latein ist im Aufwind. Latein wird wieder cool und in einigen Regionen der Welt, die nicht auf Englisch setzen wollen, so etwas wie die *lingua franca*.«

»*Errare humanum est*«, sagte er und reichte ihr über seine Schulter die beiden anderen Seiten der Musikliste.

»Wenn man sein Latein aus Asterix-Heften hat, kann man wohl kaum darüber urteilen!«

Er wandte sich zu ihr um und grinste. »Du kannst ja richtig zornig werden. Ich dachte bis eben, du bist zu erwachsen für solche Gefühle.«

»Machen Sie sich lustig oder nicht. Es ist mein Weg, und der ist richtig!«

»Nein«, sagte er ruhig. »Der Weg ist komplett falsch. Latein mag wunderbar sein. Für dich ist es ein Irrweg.«

Melina faltete die Blätter und stopfte sie in ihren kleinen Rucksack.

»Du hast ein musisches Grundverständnis, Melpomene. Du solltest etwas Kreatives machen. Außerdem scheinst du die Arbeit an diesem merkwürdigen Institut gut zu finden.«

»Das wollte ich abgeben!«, sagte sie und spürte, wie sie kochte. »Ich wollte das alles übertragen. An Lena!«

Mit einer schnellen Bewegung stand Jenissej hinter ihr und hielt sie an beiden Schultern vor sich. Fest, aber nicht zu nah an sich herangezogen.

Sie konnte fühlen, wie die Pulsfrequenz abbremste.

Melina wollte etwas sagen. Tat es aber nicht.

»Es tut mir leid«, sagte er. »Ich bin manchmal zu direkt. Aber ich meine, was ich sage.«

»Vielleicht ist es falsch, aber ich muss es durchziehen. Irgendetwas muss ich ja mal zu Ende bringen.«

Seine Augenbrauen gingen maximal nach oben. »Aha, den falschen Weg bis zum Ende gehen. Verstehe.«

»Und ich muss das möglichst schnell machen, weil ich mit dem Zweitfach in Verzug bin.«

»Welches Zweitfach studierst du denn?«

Sie stöhnte. »Weiß ich noch nicht. Wahrscheinlich Geschichte.«

Seine Augenbrauen blieben, wo sie waren.

Lena zappelte über alle Bildschirme, während Jenissej Melina an den Schultern hielt.

»Mach einen scharfen Schnitt«, sagte er.

»Das habe ich schon mit dem Medizinstudium gemacht.«

Irgendwann musste sie ihr Vater auch einmal so gehalten haben. Aber wann sollte das gewesen sein? Sie konnte sich beim besten Willen nicht daran erinnern.

19

Fogh war so spät dran, dass er nicht einmal die Gegenrede von Professor Aristoteles Kraniotakes miterlebte. Er fand nur einen Platz in der dritten Reihe außen und sah sich nach bekannten Gesichtern um.

Kraniotakes hatte anders als sein Kollege Rachesch kein Hologramm eingeschaltet und auch sonst auf alles Visuelle verzichtet. Er vertraute ganz dem Wort. Den Anfang machten seine Gesten der Zustimmung: Rachesch habe korrekt dargestellt, wie in der Jugend das Gehirn umgebaut werde. Es sei auch zutreffend, dass das Lernen in dieser Zeit sehr schwer sei. Dann kam sein großes Aber: Eben weil in dieser Phase im Hirn neue leistungsstarke Vernetzungen aufgebaut werden, dürfe man die Jugendlichen nicht aus der Schule nehmen und dürfe nicht auf die Fächer verzichten, die Rachesch so gescholten habe. Sondern man müsse auf Disziplin drängen, damit die Pubertierenden das Rechnen, die Logik, die Sprachen und so weiter in sich als neue Kompetenzen aufnehmen. Man wisse, dass die wichtigen Nervenleitungen je nach Gebrauch ausgebaut werden. Verzichte man in dieser Zeit auf konzentriertes Lernen, so stürben diese Leitungen ab – das Gehirn verlerne das schulische Lernen.

Im Nachgang hatte sich Rachesch zu einigen »Verständnisfragen« gemeldet. In der Diskussion teilte sich das Publikum in zwei Lager, die bereit waren, je den einen mit Applaus zu bedenken und den anderen mit Murren abzulehnen.

Da alle im Saal sich auf eine der Seiten schlugen, hatte der sich zaghaft meldende Dritte wenig Chancen, auf Anhieb Freunde zu finden. Das war der Moment, in dem Fogh in den Saal gekommen war, sich setzte und sich umschaute.

Der ältere Herr mit den fadenscheinigen, notdürftig zu einem Scheitel geformten grauen Haaren saß ganz links und hatte bislang entweder gelächelt oder ängstlich dreingeschaut, aber durchweg geschwiegen. Jetzt kämpfte er mit dem Knopf für die Mikrofonanlage und dann mit einem Kloß im Hals. Leise und freundlich sagte er: »Die feurigen Kollegen in allen Ehren – lassen Sie mich auf einen ganz anderen Punkt eingehen, der dennoch ungemein entscheidend ist: das Dopamin.« Er sah sich um, aber nichts passierte.

Fogh trommelte mit den Fingerspitzen auf den Holztisch.

Jemand wandte sich an Elke Bahr, die daraufhin von ihrem Platz hochschoss und beinahe ihr tragbares Mikrofon fallen gelassen hätte. »Wenn ich kurz … Danke. Meine Damen und Herren, im Eifer des Gefechts hatte ich vergessen, Ihnen den Herrn ganz links vorzustellen: Professor Doktor Richard Zucker, der Leiter unseres Instituts.«

Applaus, pflichtbewusst, kurz angebunden.

»Professor Zucker hat dieses Institut im Jahr 1984 in St. Gallen gegründet.«

»*Bei* St. Gallen«, rief er ohne Mikro dazwischen, freute sich über seine Bemerkung und erwartete offenbar, dass jeder akademisch gebildete Mensch ob dieses Einwurfes in wissendes Lachen verfiel.

Nichts.

»Er erwarb sich binnen kürzester Zeit den Spitznamen *Blade Runner*. Jeder, der diesen Film von Richard Scott kennt …« – niemand schien den Namensfehler zu registrieren – »… wird sich wundern. Es soll ein Ehrenname sein, denn Prof. Zucker wirkte maßgeblich an den ersten implantierten Hirnschrittmachern mit, wie ich es als Laie einmal nennen darf. 1994 erkannte er die Zeichen der Zeit und gründete hier in Berlin-Gatow eine Zweigstelle, die bald die neue Zentrale wurde. Seit 2006 kooperiert das *Institut Zucker* mit der Ihnen allen gut bekannten Organisation PALAU, hier gleich nebenan. Seit dieser Zeit ist die Pubertät einer der wichtigsten Forschungsschwerpunkte bei uns.«

Zucker dankte artig. »Eines, nicht wahr, liebe Frau, ähm, Frau Bahr … Also, was man nicht außer Acht lassen darf, ist Folgendes: Ich habe mit dem Forschungsschwerpunkt Multiple Sklerose angefangen, nicht wahr, das hat mich sozusagen gelenkt und geleitet. Sie wissen, dass der Mangel an Myelin eines der Kernprobleme bei Multipler Sklerose ist. Myelin ist immer noch mein altes Steckenpferd, wenngleich …«

Fogh schüttelte den Kopf.

»Ja, aber gut, was ich sagen wollte, bevor ich unterbrochen wurde …« Zucker lächelte. »… so charmant von dem Fräulein Bahr, nicht wahr – ähm … Also, Dopamin. Was hat es damit auf sich? – Dopamin ist, sagen wir mal, vereinfacht gesagt, ein Hormon, das unser Gefühl für Glück steuert. Also, wenn ich eine schöne Blume sehe, zum Beispiel. Oder wenn ich einen Walzer tanze, ja? Sagen wir, mit dem bezaubernden Fräulein Bahr, nicht? Dopamin löst das Gefühl aus. Ich bin glücklich. In der, äh, Pubertät nun passiert Folgendes: Der Dopaminspiegel fällt dramatisch ab. Derselbe Jugendliche, der eben noch zufrieden war, einen Sonntagnachmittag mit seinen Eltern verbringen zu können, langweilt sich in der selben Situation plötzlich zu Tode. Die Eltern haben nichts falsch, nichts anders gemacht, nicht wahr? Der Junge eigentlich auch nicht. Aber der Nachmittagsspaziergang und das gemeinsame Kaffeetrinken bringen jetzt einfach zu wenig Schub an Dopamin. Also, nicht wahr, weniger Glücksgefühl. Der Junge erlebt es als etwas, das er Langeweile nennt, nicht wahr?«

Ein, zwei Gesichter im Audimax lächelten, schon aus Solidarität. Fogh nicht.

»Das ist des Rätsels Lösung für die angebliche Lustlosigkeit unserer Jugendlichen. Gleichzeitig suchen sie den sogenannten Kick. Was sie dabei unbewusst medizinisch – oder sagen wir physiologisch – anstreben, ist, dass der geringe Pegel an Dopamin sich wieder so weit erhöht, dass sie quasi Glück empfinden. Weil aber so wenig Dopamin vorhanden ist, müssen sie nach immer aufregenderen Situationen suchen: Sie rasen mit dem Moped, ohne Helm, sie rauchen verbotene Substanzen, sie legen sich mit Halbstarken an … Verstehen Sie? Die Pubertierenden machen etwas, das ganz und gar von ihrem Hormonspiegel gesteuert wird: Sie suchen nach demselben Glück wie Sie und ich. Aber sie brauchen mehr Gefahr und mehr Risiko, um das zu erreichen, als Sie und ich viel leichter bekommen. Verstehen Sie? Wir haben also verträgliche Präparate entwickelt, die den Hormonspiegel auf ein gutes Level bringen. – Manche sagen nun: Professor Zucker, das ist Teufelszeug. Aber ich sage Ihnen: Erhöhen Sie den Dopaminspiegel des Pubertierenden, und er wird aufhören, auf dem Mofa dem Tod hinterherzujagen. Oder sich mit dem Taschenmesser Wunden zuzufügen, um überhaupt noch etwas zu spüren.«

Raschesch griff das überraschend auf. »Vielen Dank, Herr Direktor Zucker, für diesen sehr wesentlichen Gesichtspunkt! Der Dopaminmangel ist auch einer der Gründe, weshalb Neuntklässler von ihrer Schule so gelangweilt sind.

Gleichzeitig suchen sie – Herr Professor Zucker hat es erwähnt – die Gefahr. Sie wollen das Abenteuer, die körperliche und mentale Herausforderung. Und da reicht Hormontherapie allein eben nicht aus, sie ist meines Erachtens nur die *ultima ratio*. Wir müssen echte Abenteuer bieten, aber auch echte Verantwortung. Deshalb bin ich so froh über die enge Zusammenarbeit mit einem Projekt wie dem PALAU. Dieser Name ist bekanntlich eine Abkürzung, und die ist programmatisch: *Pädagogische Angebote: Leben – Abenteuer – Unterstützung.* Deshalb an dieser Stelle noch einmal: Danke an alle, die beim PALAU mitmachen. Manche sehen das ja schon als eine richtige Ehe an: *Zucker* und PALAU – und arbeiten konsequent in beiden Einrichtungen. Ich glaube, nein, ich weiß: Das ist die Zukunft.«

Bevor jemand applaudieren konnte, griff sich ein Mann das Mikrofon von Elke Bahr: »Mir wurde vor dieser Veranstaltung gesagt, man darf hier Fragen stellen. Ich frage Sie nun: Steht das PALAU nicht vor dem finanziellen Ruin? Ich meine: eine Sozialeinrichtung, die über 80 Hektar Grundstück einnimmt, wie will die sich überhaupt tragen?«

Elke Bahr übernahm. »Vielen Dank für Ihre Frage. Könnten Sie sich noch kurz vorstellen?«

Der Mann nahm ihr das Mikro wieder weg. »Mein Name tut nichts zur Sache. Wir sind besorgte Eltern, die ihre Kinder in dieses PALAU schicken. Die verbringen da ihre Tagesfreizeit, sie unternehmen Reisen, sie machen mit bei irgendwelchen Tests, für die sie Taschengeld bekommen, und jetzt sollen sie auch noch ein Jahr ihrer Schulzeit dort verbringen. Da darf man doch wohl mal fragen, wer hinter dieser Einrichtung steht und ob es dieses ominöse Ding auch morgen noch geben wird.«

Zucker sah besorgt aus, Kraniotakes konnte mehr als einmal kaum an sich halten, der vierte Mann auf dem Podium war weiterhin eine Wachsfigur. Rachesch bot sich an, indem er als Erstes den Buzzer für das Mikro drückte: »Zunächst mal: Das PALAU wurde als Spekulationsobjekt gebaut, das sage ich ganz deutlich. Die privaten Investoren setzten darauf, dass im Falle einer Insolvenz der Staat und die Kirche das Projekt nicht fallen lassen würden. Und richtig: Die Evangelische Kirche übernahm, kräftig unterstützt vom Land Berlin und teilweise auch von Brandenburg sowie einigen privaten Trägern und Sponsoren. Inzwischen brechen der Kirche die Gelder weg, sie wird über kurz oder lang aufgeben müssen. Es ist wahr, dass der Vorstand des *Instituts Zucker* überlegt, sich finanziell stärker zu beteiligen.«

Professor Zuckers Gesicht sah aus wie das des Eigentümers der *Titanic,* dem man eröffnet hatte, das Schiff könne geborgen werden, es müsse aber aus eigener Kraft zurück nach Southampton fahren.

Rachesch fuhr fort: »Wir müssten alles verkaufen, unsere Geräte, unser Personal, unser Anliegen – nur um die Hälfte von PALAU dauerhaft zu finanzieren. Wir sind guten Willens, aber allein werden wir es nicht stemmen.«

Der Mann aus dem Publikum war laut genug, um sich auch ohne Lautsprecher verständlich zu machen: »Was ist mit diesem amerikanischen Investor: *Enceladus Inc.* oder so? Ist Ihnen bekannt, dass *Enceladus* zu einem Mutterkonzern in den USA gehört, der Psychopharmaka herstellt?« Das Wort, das er mit dem meisten Ekel aussprach, war *USA*.

»Ich weiß nur«, sagte Rachesch, »dass Enceladus ein Mond des Saturn ist.« Demonstrativ schob er das Tischmikrofon von sich. Langsam, aber kräftig kamen die Lacher und der Applaus. Rachesch zog das Mikro wieder zu sich heran. »Übrigens ein ziemlich ungemütlicher Mond.« Mikrofon weg. – Und wieder zu sich heran: »Mit viel Eis und kalten Vulkanen, die Wasser ins All spucken. – Das habe ich gehört, als ich in der neunten Klasse war. Ich habe es nicht in der Schule gelernt, sondern auf einer Abenteuerreise mit nächtlichen Ausflügen – bei den Pfadfindern.«

Großes Pow-Wow bei seiner Fraktion.

Fogh verließ das Audimax und steuerte im Foyer auf *Die Pubertät* zu, das reproduzierte Gemälde von Edvard Munch über dem Ledersofa. Keiner sonst war da. Er nahm Platz und telefonierte.

»Ich bin's. – Diese Melina. Melina von Lüttich – sie macht sich Sorgen um Lena, die beiden kennen sich von den Testreihen und sind befreundet. Sozusagen. – Genau. Macht sich Sorgen. Aber sie weiß nichts, das ist der Punkt. – Richtig, einerseits ist es gut, andererseits hilft sie uns nicht, Lena zu finden. – Nein, nein, die Romantik-Nummer. – Klar. Bitte? – Nein, keine Sorge, du kennst mich. – Wir müssten sehen, ob wir diese Melina nicht gezielter bei PALAU platzieren, was meinst du? – Eben. Na gut … – Ja, Schatz, ich dich auch. Weißt du doch.«

20

Ein Kreis mit einem Kreuz unten dran: das Symbol für Weiblichkeit.

Lena filmte es anders herum. Oder hatte es absichtlich auf den Kopf gestellt.

Er griff zum Hörer. »Pia, meine Pia, bist du im Hause? – Schau doch auf einen Sprung bei mir vorbei, ja? – In Oskars Schnippelbude. – Ja.«

Diese acht Linien, die wie Ringe um den Kreis laufen …

Pia war so plötzlich im Raum wie eine Sturmböe. Sie trat hinter ihn und küsste ihn auf den Kopf. »Du hast mich, Herr, gerufen?«

»Was ist das da?«

»Das? – Eine Malerei im Sand.«

»Das ist ein Kreis mit einem Kreuz drauf, oder? Was sagt die Meisterin der Schriften und Zeichen dazu?«

»Was soll ich dazu sagen?«

Jenissej malte mit dem Zeigefinger die Linien am Computerbildschirm nach. Kreis mit Kreuz. Hat das irgendeine Bedeutung?

Sie schnappte sich den Hocker neben ihm, zog ihn heran und starrte ihm ins Gesicht: »Sag mal, Jenissej, willst du mich verarschen?« Das Wort kam mit aller Leidenschaft und schöner Schweizer Lautmalerei.

»Nein, sag, wenn du was weißt.«

Sie brauchte noch einen Moment, um zu erkennen, dass er es wirklich nicht wusste und sie nicht nur auf die Probe stellte. Das war ein Nachteil ihrer so sehr auf Neckereien basierenden Beziehung: Den Ernst einer Situation manchmal zu unterschätzen.

»Jenissej, Kreis mit Kreuz oben ist das Symbol für die Erde.«

Er lachte auf. Ungläubig. »Die Erde …?«

»Unsere *magna mater*.«

»Und die acht Ringe?«

»Da muss ich passen. Hat nicht der Saturn so was?«

»Ja. Kennst du so ein Symbol? Die Erde mit Ringen?«

Pia schüttelte den Kopf.

»Eine Phantasie, Pialein?«

Sie legte den Kopf schräg, malte lautlos die Figur in der Luft nach und schien mit sich zu sprechen. »Nein«, sagte sie. »Es ist kein bekanntes Zeichen. Es könnte zu einem Verein gehören, ein Geheimzeichen, ein selbst kreierter Gaunerzinken …«

»Denk dran, es muss mit Lena zu tun haben«, mahnte er.

»Lena malt normalerweise nicht im Sand, seit sie vier oder fünf ist, nehme ich an. Also bitte, Jenissej!«

»Warum *acht* Ringe? Hat die 8 eine Bedeutung?«

»Hm. – Die 8 ist das Symbol für den Kosmos. Liegend ist sie das Zeichen für Unendlichkeit. In einigen Religionen ist sie eine heilige Zahl, steht für Taufe und Auferstehung. Darum sind Baptisterien achtseitig gebaut. Noah hat acht Menschen in seiner Arche mitgenommen. Acht Arme Vishnus. Spinnen haben acht Beine, und Kraken acht Tentakel. Es gibt acht Planeten, ohne den Pluto. Und sprachlich erinnert die 8 an *Achtern*.«

Er vergrößerte den Bildausschnitt. »Oder an *Achtung*.«

Sie sprang auf und fuhr sich durch die Haare. »Mehr kann ich da nicht sehen, tut mir leid. Die Erde mit Saturnringen.«

»Ist der Kreis mit dem Kreuz nicht auch ein religiöses Zeichen?«, fragte Jenissej. »Evangelische Kirche oder Jugend in der Kirche oder so was?«

Pia setzte sich wieder. »Lena hat mit Kirchen nichts am Hut. Außerdem ...«

»Und wenn sie in einer Kirche ist?«, fragte er schroff.

Sie legte ihm die Hand auf die Schulter. »Dann muss es eine Kirche mit Saturnringen sein.« Kuss auf ein Ohr. »Ich lasse dich besser noch allein. Du hast mehr Ideen, wenn ich nicht da bin.«

Er streichelte ihre Hand, konnte aber von dem Bildschirmfoto nicht lassen.

Bei den Experimenten, den Film mit verschiedenen Stücken aus Lenas Repertoire zu unterlegen, waren nette Clips entstanden. Aber eine Erkenntnis gab es nicht. Melina hatte ihm eine SMS geschickt – mit gleichem Resultat aus ihrer Suche nach Titeln von der Lieblingsmusikliste, die etwas über ihren Aufenthaltsort aussagen könnten.

Man müsste alle Liedtexte nach etwas Religiösem durchgehen, dachte er. Vielleicht hat sie eine neue Ader an sich entdeckt. Aber dann sind da noch die Ringe ... Der Aachener Dom ist achteckig. – Das Kreuz auf dem Kreis ...

Jenissej dachte an Orgelmusik.

Eine Tonleiter hat sieben Töne, aber der erste taucht noch einmal am Ende auf: c, d, e, f, g, a, h, c. Also acht. Die verminderte Tonskala, beim Jazz, hat generell acht Töne ...

Adrenalin löste in seinem sitzenden Körper Kampfebenso wie Fluchtbereitschaft aus, aber die Entwarnung des Gehirns kam umgehend: Ich denke aus irgendeinem Grund immer wieder an Musik. Das muss eine Ursache haben. Acht – Achtung!

Oskar Schroeter kam über die Wendeltreppe. Er warf sein

Schlüsselbund in eine Ecke des Schneidepults. »Du lebst ja, Jenissej!«

»Moin, Schroeter, was sagt dir dieses Symbol im Sand?«

Schroeter ließ seine Lederjacke auf den Boden fallen. »Das ist ganz eindeutig.« Er beugte sich über Jenissej und zeigte auf den Schirm: »Da steht in großen Lettern: ABGABETERMIN HEUTE. – Was ist jetzt mit *Theophanes*? Hast du in der Nacht einen neuen Schnittplan gemacht? – Hm, vermutlich nicht. – Das Festival startet in einer Woche, die werden nicht auf dich warten.«

Jenissej drehte sich langsam zu seinem Cutter. Das Adrenalin vom letzten Schub war noch nicht verbraucht. »Du bist eine verkommene Krämerseele, Schroeter.«

»Nutzlos! – Du musst noch den Begriff ›nutzlos‹ in deine Beschimpfung einbauen.«

Jenissej musste lachen, auch über Schroeters leise, trockene Art. »Ich fahnde nach meiner Tochter, Mann.«

»Da? – Haben die Ameisen sie im Sand verschleppt?«

»Ich suche nach der Botschaft.«

»Das wird zur Obsession. Lena ist mal wieder unterwegs. Punktum. Was machen wir mit *Theophanes*? Der Abgabetermin ist heute.«

Jenissej stöhnte. »Ich habe das noch nie gemacht, Schroeter, aber … Würdest du das zu Ende bringen? Ich meine, du kennst den Plan, du kennst mich, du weißt, wie es aufgelöst werden muss …? Ich kann nicht, ich bin mit Lena beschäftigt. Selbst wenn es hier keine Lösung gibt, kann ich mich nicht aufs Projekt konzentrieren. Mach du das, ja?«

Schroeter nickte nachdenklich. Dann sagte er: »Auf keinen Fall. Es ist *dein* Projekt. Ich bin der *Cutter*. Du bringst das zu Ende, und zwar heute. Soll ich dir bei deiner Botschaft und den Sandmännchen helfen?«

»Ach, schleich dich!«

»Gut.« Schroeter hob seine Jacke auf und griff nach dem Schlüsselbund. »Um vier bin ich wieder hier, dann machen wir *Theophanes* fertig und schicken ihn ab. Bis dahin findest du mich im Bordell. Geht auf deine Rechnung.«

Es war sehr still im Schneidekeller.

Saturn. Erde. Musik. Die Erde, in die Lena da greift – das ist noch einmal: die Erde, der Planet. Aber was ist mit Lenas Gesicht? Wo ist der Bezug zwischen Planeten und ihr? An Astrologie glaubt sie nicht, das ist vielleicht das einzige Vernünftige an ihr. Eine Sternguckerin war sie auch nie. Glaube ich.

Jenissej entschied sich, einen alten Trick anzuwenden. Er half nicht immer, aber oft. Er stand auf und rannte über die Stufen und Gänge hinüber in den Bühnentrakt. Auf der Bühne standen zwei Leitern mit je einem Beleuchter. Jenissej nahm Anlauf und legte einen Handstand mit Überschlag hin. Sprang auf, lief vor zum Orchestergraben und lief erneut los. Salto vorwärts. Stand. »Moin!«, sagte er zu den verdutzten Männern mit den Scheinwerfern.

Hinter der Bühne riss er eine beliebige Tür auf.

Die Frau mit der Nähnadel erschreckte sich zu Tode. »Ui! Mei!«

Jenissej stellte sich vor sie. »Was machen Sie, Frida?«

»Sie können einen aber auch … na, ich nähe. Für die Buchstabenkulisse. Pia meint, die Großbuchstaben müssen größer sein, auf dem blauen Hintergrund.«

Er kniete sich vor sie und betrachtete die Hand mit ihrer Nadel. »Wie machen Sie das?«

»Wie ich … na, so!« Sie machte ein paar Stiche. »Was meinen Sie, Jenissej?«

»Ich kann nicht nähen. Zeigen Sie es mir.«

Tatsächlich zeigte sie ihm, wie sie das große goldene R auf die Fahne nähte. Er übernahm die Nadel und den Fingerhut. »Ich habe früher mal meine Kostüme selbst gemacht. Ist eine Weile her.« Er nähte beinahe so schnell wie Frida, aber die Stiche waren nicht sauber gesetzt. »Danke!«, sagte er, gab ihr alles zurück und ließ sie verblüfft zurück.

Wenn du mit einer Sache nicht weiterkommst, treibe etwas ganz anderes. Irgendwie ist unser olles Hirn so gepolt. Nach dem Konzentrationswechsel ist es wie nach einer guten Dusche.

Er ließ die Sequenz mit dem Sandplaneten laufen.

Sie will ja *mir* etwas sagen. Also muss sie etwas gesucht haben, das *ich* verstehe. Meine Konzentration auf Lena ist also falsch. Was sagen mir *Planeten*? Und diese Linien? Vielleicht sind das keine Ringe, sondern Umlaufbahnen. Achtmal.

Wann hatte ich ... Klar! Kepler. Ich habe ihr – das war aber vor *Jahren* ... Ich habe ihr von Keplers Sphärenharmonik erzählt. Aus dem Stück ist bis heute nichts geworden, die Ausgangsidee ist aber weiterhin brauchbar. Genau, sie hat sich damals die Bilder angesehen. Wahrscheinlich eines der letzten Male, dass sie sich für eins meiner Projekte interessiert hat.

Keplers Sphärenharmonik. Was sind die Bestandteile? Erde, Saturn, Umlaufbahnen. Und meine Assoziation mit der Musik war auch nicht falsch. Wie war das noch? Der Saturn steht für die Terz, Jupiter ... Nein: Saturn – große Terz. Jupiter – kleine Terz. Mars ... Quinte? Die Erde – Halbtonschritt. Komisch, den Halbton für die Erde vergesse ich wahrscheinlich nie.

Offenbar hat sie davon einiges behalten. Sie hat sich endlich einmal nicht selbst in den Mittelpunkt gestellt, das dumme Lenchen, sondern sie war ein schlaues Lenchen und hat eine Ebene gesucht, auf der sie mit *mir* kommunizieren kann. Jetzt muss ich nur noch kapieren, wie sie das hier à la Kepler verschlüsselt. Eine Erde mit acht Ringen hat auch der nicht im Repertoire gehabt.

21

Dr. Hans-Henrik Fogh betrat sein Büro und schloss hinter sich ab. Auf dem Laptop suchte er die Systemverbindungen zu den Computern der Testreihen. Über die Testreihennummer und die Zugriffszeiten konnte Fogh schnell herausfinden, dass Melina unter dem schönen Usernamen I568LKG180B firmierte.

Dann lautet ihr Passwort bestimmt nicht *Schneewittchen*.

Glücklicherweise hatte sich das Institut vor geraumer Zeit eine Strategie der Eigensicherung zugelegt. Das Problem waren die häufig wechselnden Praktikanten. Sie alle hatten fest zugewiesene Speicherräume für ihre Daten, aber einige legten eigene Ordner an, in denen sie die obligaten Computerspielchen versteckten, in denen sie aber manchmal auch wichtige Ergebnisse parkten und vergaßen. Als Praktikanten waren sie bald wieder über alle Berge. Um einerseits unnützen Speicherraum freizufegen und andererseits manch bedeutende, aber versteckte Datei zu finden, gab es für einige wenige am Institut einen Weg, die Passwörter einzusehen.

Fogh gehörte nicht zu diesem Kreis, aber er war immerhin festangestellter Wissenschaftler bei *Zucker*. Viele Testreihen liefen unter seiner Verantwortung. Und er konnte überzeugend sein, wenn er wollte.

Melina war keine Praktikantin, aber als nicht fest Angestellte hatte man sie in diese Kategorie gesteckt. Fogh konnte also ihr Passwort sehen. Es lautete – ähnlich wie erwartet – J679MLH291X.

Als er sie am Vorabend nach Hause fuhr, hatte sie etwas

von einem Film erzählt. Auf Nachfrage wollte sie aber nicht mehr dazu sagen.

Ich bin zu forsch rangegangen. Hätte meine Neugierde zügeln müssen. Und sie war von den zwei Gläsern Wein eben doch nicht beschwippst.

Er überflog die Ordner ihrer Übersichtsseite. Durchweg Testreihenergebnisse. Nichts Auffälliges. Kein Ballerspiel, kein Latein-Grammatikprogramm. Dann ging er in ihr E-Mail-Postfach.

Offenbar war Melina diszipliniert, was das Löschen alter Mails betraf. Sie hatte nur drei Nachrichten im Ausgangskorb. Eine Materialbestellung und zwei Terminerinnerungen an Lena für Samstag. Vorsorglich notierte er Lenas private Mailadresse.

Im Eingang gab es etwas mehr, aber auch hier war nichts älter als eine Woche. Keine Post von Lena. Eine Werbung für einen *Club der Numismatiker,* noch nicht geöffnet.

Was trotz aller Filter so durchkommt!

Und dann war da noch eine Mail, die keinen Text enthielt, nur einen Dateianhang mit der Bezeichnung »alma«. Absender: anonym. Die Datei ließ sich nicht öffnen, auch nicht mit einem seiner anderen Programme.

Mal sehen, ob du gut verschlüsselt bist oder ob jemand nur einfach die Absenderzeile frei gelassen hat.

Anonyme Mails waren Foghs Spezialität. Er sandte die Mail an den unbekannten Absender zurück, automatisch und mit einem kleinen Trojaner.

Sekunden später erhielt er eine ebenfalls automatische Rückantwort mit seiner gespiegelten Mail. Diesmal war eine codierte Adresse im Absender erkennbar. Er ließ diese Adresse wie einen Suchtext über alle anderen im Institut jemals benutzten Adressen laufen.

Das Suchprogramm fuhr reiche Ernte ein.

Über die Adresse gingen viele der Instituts-Mails. Aus den Texten und Rubren ging hervor, dass es sich um einen Ort mit dem eigentümlichen Namen *Alp Grüm* handelte. Fogh erinnerte sich, dass das PALAU in Kooperation mit seinem Institut Jugendreisen unter anderem in die Schweiz durchführte. Er hatte schon öfter von der *Alp Grüm* in Graubünden gehört.

Lena war also vor einigen Tagen dort und schickte Melina diese Datei. Was auch immer deren Inhalt war, es half Melina nicht wesentlich weiter. Aber würde sich Melina überhaupt Sorgen machen, wenn sie annähme, dass Lena bei einer der Jugendreisen in der Schweiz ist?

Welchen Grund hatte Lena, die Mail anonym zu senden?

Er jedenfalls wusste, was zu tun war.

Er schloss alle Wunden der Datensicherheit sorgsam, markierte seine Wege als »ungelesen« und fuhr den Laptop herunter. Empört stand er vor der verschlossenen Tür, aber nach Millisekunden war die Erinnerung wieder da, dass er sich selbst eingeschlossen hatte.

22

Aristoteles Kraniotakes schleppte zwei Pilotenkoffer. Er peilte einen Kräfte schonenden Slalom zwischen den Säulen des Foyers hindurch an. Eine gerade Strecke direkt zum Ausgang gab es nicht. Den Architekten verfluchte er nicht zum ersten Mal.

Eugen Lascheter betrat das Foyer gänzlich ohne Tasche. Koffer hasste er sowieso. Um die Utensilien für den Flug und die Übernachtung kümmerte sich Noëlle, aber auch wenn er ohne Assistentin unterwegs war, verzichtete er nach Möglichkeit auf alles, was er in Händen herumtragen musste.

Kraniotakes zog einen Mundwinkel herauf und grüßte mit »Salve!«.

Lascheter nickte ihm pflichtschuldig zu und ging weiter.

Kraniotakes hielt an und wandte sich um. »Ach, Herr Kollege ... Sieht man Sie auch mal? Warum waren Sie denn vorhin nicht dabei?«

»Zürich!«, rief Lascheter, ohne sich umzudrehen.

»Das Podium ohne Sie ... Dass Sie die Chance auslassen, wundert mich ...«

Lascheter hielt inne und kam langsam zurückgelaufen: »Das Po- ... Was für ein Podium? Doch nicht das mit Ihnen und Rachesch?«

»Freilich!« Kraniotakes grinste und freute sich mit seinen schweren Pilotenkoffern auf Lascheters Reaktion.

»Und mit Zucker?«

»Genau das.«

»Das sollte am Freitag stattfinden.«

»Ja. Das ist stimmig, Mylord. Aber leider hat's den Lordschlüsselbewahrer Zucker geritten, die Sache vorzuziehen. Weil ansonsten die Frau Bahr ...« – er schloss diesen Satz mit Genuss ab – »verhindert – gewesen – wäääre.«

»Aber ich nicht!« Lascheter tobte.

Kraniotakes nahm die Körperhaltung eines betroffenen Menschen an, aber seine schwarzen Augen folgten belustigt jeder Bewegung des hin- und herlaufenden Professors Lascheter.

»Das macht er doch mit Absicht! Er wusste genau, dass diese Diskussion meine Idee war. Warum hat er mich nicht informiert? Ich hätte die Sektion in Zürich verschoben. Mann ...!«

»Er ist auch nicht mehr der Jüngste!« Kraniotakes freute sich.

»Irgendjemand hätte Noëlle anrufen können! – War Fogh wenigstens dabei?«

»Ich habe ihn nicht gesehen. Auf dem Podium jedenfalls nicht. – Nehmen Sie es nicht schwer. Es war ohnehin, na, sagen wir: nicht ganz Ihr Metier. Der Schwerpunkt lag auf der Pädagogik. Und das Ganze bestand aus einem aufgekratzten Publikum, das sich hauptsächlich für die Zukunft dieses Kinderheims interessierte.«

»Das ist kein Kinderheim!«, zischte Lascheter. »Genau deshalb wollte ich diese Veranstaltung. Aufklärung, weshalb wir dieses PALAU brauchen. Die Leute mitnehmen auf unserem Weg. Ihnen sagen, warum wir die Jugendlichen brauchen und die Unterstützung der Eltern. Ich wollte darlegen, wie künftig alles zusammenpasst. Wo das Ziel ist. – Warum haben Sie mich nicht angerufen, Kraniotakes?«

»Ich? – Ich bin selbstverständlich davon ausgegangen,

dass der Star des Abends von der Festspielleitung als Erster informiert wurde.«

Lascheter klatschte mit der flachen Hand gegen eine der Säulen. »Sie sind doch froh! Ich war nicht da, und Sie hatten die Bühne für sich.«

»Immer zu! Besser, Sie verprügeln die Säulen hier als mich, Herr Kollege. Nicht nur, dass ich meinen eigenen Stiefel durchgezogen habe, ich habe Sie auch in einem fort beleidigt und Ihren Namen wie den Ihrer Kinder und Kindeskinder in den Dreck gezogen.« Er lachte. »Kommen Sie, machen Sie sich nicht lächerlich! Ich habe nur ein bisschen Freund Rachesch auseinandergenommen, und Zucker hat Stilblüten zur Dopamintherapie beigetragen. Ihre Themen haben wir gar nicht gestreift. Es ging nachher wirklich nur noch um die Übernahmegerüchte.«

»Der Alte hat das Dopamin angesprochen? Ich habe ihm ausdrücklich gesagt, er soll das unterlassen. Das Thema Dopamin führt die Aufmerksamkeit in die falsche Richtung, es schadet unserer Sache.«

»Ihrer vielleicht. Meine Sache ist das nicht. Das Dopamin gehört ja niemandem. Warum soll nicht jeder darüber reden? In jeder Illustrierten finden Sie was über das Glückshormon.«

»Es passt nicht in unsere Argumentationskette. Aber gut, Kraniotakes – Sie interessiert ja sowieso nicht, was wir hier eigentlich machen. Sie ziehen ihre eigenen Hypothesen durch und verkaufen sie als bewiesene Thesen. Wenn es sein muss, fallen Sie noch jedem in den Rücken.«

Kraniotakes setzte die Pilotenkoffer ab.

Dann stemmte er die Fäuste in die Seiten.

Lascheter setzte nach. »Haben Sie *einmal* einen Kollegen hier unterstützt? Sie sehen lieber zu, was jemand macht, und wühlen dann darin rum wie die wilde Sau. Ich nehme an, bei Rachesch haben Sie das auch wieder probiert! So etwas nenne ich unethisches Verhalten, auf solche Diskutanten verzichte ich.«

»Unethisch?« Kraniotakes lachte. »Unethisch! Das sagt ein Eugen Lascheter, der Optogenetik an Menschen ausprobiert!? Sie sitzen im Glashaus, Laschi!«

»Glauben Sie nicht jede Latrinenparole. Ich sage es ja, Sie warten nur darauf, dass Sie ein Stichwort bekommen, dann fangen Sie an, sich wie eine Sau aufzuführen.«

Kraniotakes grinste. »Latrinenparolen? Die humane Optogenetik? Lascheter, ich weiß, was Sie in Zaïre gemacht haben, zwischen 1988 und 1990. Und in Burundi. Ich habe mir die Forschungsberichte aus dieser Zeit angesehen. Und zwar genau. Und nicht nur Ihre!«

»Und? Was gelernt?«

»Joho, kann man sagen! Zum Beispiel habe ich gelernt, wie man billig an Testpersonen herankommt. Die nicht kapieren, was mit ihrem Schädel angerichtet wird. Und die vielleicht eines Tages aus heiterem Himmel umkippen und tot sind.«

»Dann haben Sie hoffentlich auch gelernt, wie viele Familien sich dort auf einmal Medizin leisten können, Bücher für die Kinder, eine Nähmaschine für die Mutter. Und die alle, auch die Testpersonen, mit dem Programm ein besseres und längeres Leben haben, sofern sie nicht vom Lastwagen überfahren oder vom letzten Löwen in Afrika verspeist werden.«

»Ich sehe es vor mir«, sagte Kraniotakes und holte mit den Armen aus: »*Professor Dr. Dr. med. Eugen Lascheter – Retter der Afrikaner. Bestrahlte zwei Jahre lang unsere Gehirne, weil er das in Europa nicht durfte. Er tat zu unserem*

Wohl und seiner Ehre, was überall sonst auf der Welt streng verboten war. Heil und Lob ihm!«

»Sie wissen nicht das Geringste von den mikroinvasiven Eingriffen, die wir dort vorgenommen haben. Ich gebe Ihnen mal einen richtigen und zwar wissenschaftlichen Bericht meiner Arbeit. Lesen Sie das und nicht Ihre geklauten Readers-Digest-artigen Versionen aus dem Internet. Wir haben dort unten eine Grundlagenforschung angestoßen, auf die die Hirnforschung der kommenden Jahrzehnte aufbauen wird.«

»Ach, heben Sie sich den Murks für Ihre Rede in Stockholm auf! Ich sag es rundheraus, ob es Ihnen gefällt oder nicht – und ich sage es nur unter vier Augen, darauf können Sie sich verlassen: Für mich sind Sie ein Arzt, der bei den Nazis Grundlagenforschung betrieben hätte. Es gibt keinen moralischen Unterschied zwischen einem Doktor, der Menschen in Eiswasser wirft und misst, wann der Tod eintritt, und einem, der die Köpfe Unschuldiger markiert und mit Strom manipuliert.«

Lascheter lächelte. »Das ist primitiv. Ich habe nichts *mit Strom manipuliert.* Sie sprechen wie ein Reporter. Sie sind angeblich einer der führenden Neurologen. Was soll die billige Polemik? Wenn Sie mehr nicht zu bieten haben, lassen wir das hier sein! – Guten Tag!«

Kraniotakes sah dem barhäuptigen Lascheter nach, schüttelte den Kopf und nahm seine Pilotenkoffer.

Lascheter wählte den Lift.

Zucker, der senile Trottel, macht meine Podiumsdiskussion ohne mich. Der lässt sich was einflüstern, ist manipulierbar. Kraniotakes hat sich über Burundi und Zaïre informiert. Wozu? Will er mir nur schaden, durch üble

Nachrede? Oder ist er tatsächlich an Ergebnisse herangekommen?

Ich muss aufmerksamer planen und strategischer vorgehen. Sonst sind die Handlungsspielräume des Instituts eingeschränkt. Und meine auch.

23

Sie sah aus dem Fenster. Kiefern im Nebel, zum Greifen nah. Schemenhafte Elfenkönige.

Riccarda öffnete das Fenster und lehnte sich hinaus in den leichten, feuchten Fahrtwind. Es war viel kühler als eben noch unten in Tirano. Der Zug ging in eine Kurve und nahm Zuflucht unter einem Holzverschlag, einer Galerie, die vor Steinen und bei Schnee vor Lawinen schützte.

Dienstags und mittwochs begann Riccarda erst zur Nachmittagsschicht auf der Alp Grüm. An beiden Vormittagen half eine Studentin aus Graz in dem Gasthaus aus, aber Riccarda hoffte, nach den Semesterferien die ganze 40-Stunden-Stelle zu bekommen.

Es waren einfache Arbeiten: die Gästezimmer fegen und wischen, die Laken und Handtücher waschen, bei der Übernahme der Lebensmittel vom Zug helfen und die Müllsäcke auf den Morgenzug zu werfen. Aber es war eine gute Arbeit. Nette Wirtin, solide Bezahlung. Besser als alles, was sie unten in Italien, in Tirano je machen durfte.

Die Fahrt durch das Puschlavtal hinauf dauerte eine Stunde. Sie wusste, dass andere Menschen täglich in überhitzten Straßenbahnen pendeln mussten, in vollen U- und S-Bahnen, oder im Auto durch stockenden Großstadtverkehr, wo sie noch nicht einmal etwas während der Fahrt lesen konnten. Sie hingegen durfte durch eine der schönsten Landschaften Europas fahren. Mit einem Paar Gummihandschuhen im Gepäck, aber was machte das? Die Bahn brachte sie von Tiranos Straßen einen Kilometer höher, durch Haine und Wiesen mit Kühen, durch Wald – und heute durch dichten, weißen Nebel.

Das letzte Stück zur Alp Grüm hinauf mochte Riccarda besonders. Durch die Nadelbäume sah sie, dass sie unterhalb des grauen Felssteingebäudes entlangfuhren. Die Schmalspurbahn legte sich in eine enge 180-Grad-Kurve und stieg weiter. Unmittelbar hinter der Kurve war der Bahnhof. Abgesehen von einem Abstellgleis und ebenerdigem Bahnsteig bestand er aus dem Gasthof, der zugleich Restaurant, Hotel und Bahnhofshalle war. Es was das wichtigste Gebäude des Ortes. Der Ort bestand aus vier Gebäuden.

Der Zug 15:07 Richtung St. Moritz führte diesmal nur zwei Waggons, außerdem drei Wagen mit Baumstämmen. Die Zugfolge wurde jeden Tag nach Bedarf zusammengestellt. Aufenthalt: zwei Minuten. Der Lokführer und die Kondukteuse, die einen schwarzen Cowboyhut trug, grüßten Riccarda und traten mit ihr in die hölzerne Gaststube. Sie ließ den beiden den Vortritt, denn sie wusste, dass sie Espressi bestellten, ein, zwei gemütliche Sätze sagten und dann, als hätten sie alle Zeit der Welt, wieder hinaus schlenderten und auf den Zug stiegen, noch ehe die Schweizer Präzisionszeiger der Bahnhofsuhr die zweite Minute abgeschlagen hatten.

Die Wirtin unterhielt sich mit Gästen, das restliche Personal bediente auf der Außenterrasse. Aber Riccarda wusste, was sie zu tun hatte. Sie kontrollierte als Erstes, ob im Lager etwas fehlte. Dann nahm sie die Steinstiege nach oben, die für sie so aussah, als sei sie in den Fels gesprengt. Ein kleines Fenster wies auf den Bahnsteig. Im Personalraum zog sie sich für den Dienst um.

Sie nahm den Belegungsplan. Die letzten Logiergäste

waren am Vormittag abgereist. Man erwartete auf der Alp Grüm eine Gruppe Wanderer. Riccarda ging in eines der Zimmer. Sie sah sofort, dass die Betten bezogen werden mussten. Zuerst jedoch öffnete sie weit das Fenster. Unter ihr Bäume. Vor ihr: der Palü-Gletscher.

Heute hatte er schon wieder eine andere Farbe. Er war grau und kam nur fadenscheinig aus den Nebelschwaden hervor. Das Rauschen klang auch jedes Mal anders, mal wie ein Glucksen, mal donnerte es. Zu sehen war bei diesem Wetter keiner der Wasserfälle. In den letzten Wochen war Riccarda auf neun kleine Wasserfälle gekommen, die man mit guten Augen von den Zimmern aus sehen konnte.

Sie bezog die Betten, säuberte das Waschbecken und erinnerte sich daran, dass man es hier *Lavabo* nannte. Sie kontrollierte den Zustand des Gemeinschaftsbades auf dem Flur. Sie ging durch alle Zimmer und tat überall, was notwendig war. Unten, am Eingang des Restaurants, sah sie das Informationsmaterial durch. Manches war abgelaufen, anderes unsortiert.

»Ah, Riccarda!« Die Wirtin begrüßte sie mit Handschlag. »Eine neue Bluse? Hübsch! – Wenn Sie nachher den Schüttstein übernehmen? – Den Abwasch an der Spüle, meine ich. – Nehmen Sie einen Kaffee und ruhen Sie sich aus. Denn wir erwarten heute Abend eine Tafel mit 40 Erwachsenen und vielen Kindern. Wir brauchen jede waffenfähige Frau!«

Der Computer in der Ecke neben dem Tresen war frei. Man hatte ihr sogar einen eigenen, alten Rechner aufs Zimmer gestellt, doch dieser hier war jetzt näher.

Riccarda sah sich die Website der Alp Grüm an. Das gehörte nicht zu ihren Aufgaben, aber es konnte nicht schaden, auch hier immer mal wieder nach kleinen Unstimmigkeiten zu schauen. Außerdem konnte sie per Passwort bequem ihre Mails abrufen. Mit einigen Jugendlichen hatte sie sich angefreundet, wenn sie für eine oder maximal zwei Nächte im Gruppenraum schliefen. Ein paar »Fans« hatte sie, die mailten ihr jetzt regelmäßig. Die Geschäftsleitung wusste davon und buchte es unter *Stammkundengewinnung* ab.

Allerdings war unter den Kontakten in den letzten Tagen auch etwas Merkwürdiges gewesen. Eine Lena aus Berlin hatte sich an Riccarda erinnert. Sie gehörte offenbar zu einer der Gruppen, die regelmäßig von einer Organisation namens PALAU geschickt wurden.

Lena hatte sie erstmals angerufen, als sie in Tirano war und ihrem Vater dabei half, den Komposthaufen von einer Ecke des Grundstücks in die entgegengesetzte zu verlegen.

Es ginge um eine lebenswichtige Sache. Eine Datei müsse an zwei Personen weitergeleitet werden. Nichts daran sei illegal oder verwerflich. Das schwöre sie bei allen heiligen Eidgenossen. – Riccarda nahm an, dass Lena keine Ahnung hatte, was Eidgenossen sind. – Aber sie mochte sich der Bitte Lenas auch nicht entziehen. Was sollte schon passieren? Riccarda wusste, dass einer der Adressaten Lenas Vater war. Lena war auch so ehrlich gewesen, Riccardas Frage, ob es ein Scherz oder eine Überraschung für ihren Vater sei, zu verneinen.

»Es ist ernst«, hatte sie gesagt. »Aber je weniger du weißt, desto besser.«

Sie könne die Datei nicht öffnen, weil sie verschlüsselt sei. Das Einzige, was sie tun sollte, war, Lenas Absenderadresse vollständig zu löschen und nach Lenas Angaben einen neuen Unter-Account bei dem Mailserver anzumelden. Sie, Riccarda, würde die Datei nicht völlig ohne Absendercode senden können, aber mit dem leeren Namensfeld könnte zumindest ihr Vater die Mail niemandem zuordnen.

Unter dem Namen »alma« ging die Datei an eine Melina von Lüttich an einem Berliner Institut. Und dann noch einmal an Lenas Vater, diesmal ohne die Bezeichnung »alma«, darauf hatte Lena mehrfach Wert gelegt.

Das war vor einer Woche. Riccarda ging die Maileingänge durch, löschte Werbung für billige Reisen nach Österreich und Werbung für eine Sekte, die Zugang zu Gott über Sex und vegane Kost versprach, sofern man nur das dafür erforderliche Handbuch erwirbt. Und die Audio-CDs.

Da war eine neue Mail von Lena!

Wieder kein Text, wieder eine für einen normalen Rechner ziemlich große Datei, die Riccarda nichts sagte.

Sie folgte dem Prozedere der ersten Übertragung, löschte Lenas Mail – und nach dem erfolgreichen Absenden auch die verschlossene Datei.

Dann sah es nach Arbeit aus. Riccarda loggte sich aus, rief die Begrüßungsseite der Alp Grüm auf und ging in die Küche.

24

»Warum legst du dir kein Auto zu?«, fragte Ehmi, die immer strickte, wenn Melina sie im Bus traf.

»Das Geld vom Institut reicht gerade mal für meine Wohnung. Mehr ist nicht drin. Obwohl ich heute gut eins gebraucht hätte.«

Ehmi hielte inne mit ihrem weinroten Schal. »Sonst treffen wir uns nur morgens, oder? Das ist das erste Mal, dass wir uns abends begegnen.«

»Ja«, sagte Melina.

Links von der Gatower Straße lag der Landschaftsfriedhof. Ehmi begann, ihr Zeug einzupacken. »Ich bin jetzt direkt bei Professor Zucker«, sagte sie.

»Glückwunsch«, kommentierte Melina, nicht ganz bei der Sache.

»Heute früh haben wir die Gedopten getestet. Und jetzt müssen wir sehen, was sich in den Reagenzgläsern abgesetzt hat.«

»Die *Gedopten*?«, fragte Melina.

Haltestelle PALAU. Jugendliche stürzten gruppenweise aus dem Bus.

»Ja, so heißt das. Sie haben Dopamin bekommen, darum heißen sie so.«

Melina lachte. »Klar, ein Scherz von Zucker.«

»Nein«, beharrte Ehmi und verstaute ihre Nadeln. »So heißt das wissenschaftlich.«

»Ach so.« *Stricken macht doof.*

Wahrscheinlich verdient sie auch noch mehr als ich.

»Gehst du vor?«, forderte Ehmi Melina an der Treppe vom Oberdeck nach unten auf.

Stricken macht doof – sagt mein *Über-Ich?* Nein, mein *Es.* Oder sagt mein *Es:* Ignoriere diese dämliche Konkurrentin!? Nein, das *Es* sagt: Mach sie kalt! Das *Über-Ich* sagt: Das tut man aber nicht. Und das *Ich* entscheidet, Ehmi am Leben zu lassen, sie aber nicht weiter zu beachten.

Melina musste grinsen beim Aussteigen.

»Ich will pünktlich sein«, sagte Ehmi streng.

Weil Melina nicht mitrannte, winkte Ehmi ihr nach. »Tschüs dann!«

In welchen Gehirnarealen sind die drei eigentlich zu Hause? Das *Es* im Stammhirn, das *Über-Ich* – tja, wo sitzt die Moral? Das *Ich* auf jeden Fall im vorderen Kortex, in den Hirnlappen hinter der Stirn, als Stimme der Vernunft.

Sie gähnte.

Sonderbar: Ich denke darüber nach, wie mein Gehirn strukturiert ist. Hab bei Freud nicht richtig aufgepasst, aber egal. Denke über mein Gehirn nach. Mein Gehirn grübelt also über sich selbst. Aber es hat keine Ahnung von sich selbst. Alles, was ich vom Gehirn weiß, weiß ich aus Büchern, Vorlesungen oder Anatomiestunden.

Ohne bewusst über ihren Weg nachzudenken, schlurfte Melina durch das Foyer zu ihrem Büro.

Mein Gehirn weiß sogar gerade jetzt, dass es über sich selbst nachdenkt. Ich kann über meine Situation und über mein Gehirn reflektieren, mit Hilfe dieses Gehirns. Gut. Immerhin. Das können die meisten Hirne nicht. Tiere zum Beispiel. Oder Ehmi.

Wie automatisch schloss sie die Tür auf, ganz in ihren Abendgedanken versunken.

Ich habe ungefähr eine Vorstellung, dass meine Gedanken mit Impulsen, Synapsen und Transmittern zu tun haben. Aber was genau einen Gedanken wie gerade diesen hier entstehen lässt, wie er als chemische Formel aussieht oder als Spannungszustand, nicht nur als Impuls, sondern als verbalisierter Gedanke, davon habe ich keine Ahnung. Und die anderen hier am Institut auch nicht. Wenn irgendjemand sagen könnte, was einen Gedanken zum Gedanken macht, wäre wohl der Nobelpreis fällig.

Wieso bin ich eigentlich in meinem Büro? Ich wollte doch zu den Kids in der H-4. Unglaublich, dieses dusselige Hirn! Mit dem Rückenmark zu denken ist keine schlaue Alternative.

Na gut, plauderte sie stumm weiter drauflos, während sie ihren Kittel überzog. Es steuert meine Atmung, es lässt mich aufrecht gehen und mich zurechtfinden. Ich erkenne das Institut wieder, meinen Weg und mein Büro. Und mich selbst. Was auch nicht selbstverständlich ist.

Melina hatte es richtig in Erinnerung: Genau zu diesem Zeitpunkt saßen im Haus H-4 ein Dutzend Jugendliche im Wartebereich und vertrieben sich die Zeit. Sie ging am offenen Eingang des Clubraums vorbei und verschaffte sich mit der PIN Zutritt zum angrenzenden Abstellraum. In Regalen stapelten sich Testbögen, volle und leere Getränkekisten und Lehrbücher. Außerdem ein Tennisball und zwei Pornohefte.

Die hat wohl jemand bei den Kids konfisziert, dachte Melina. Hoffentlich ist es so.

Sie hatte es einmal durch Zufall gemerkt: Von dem schmalen Raum aus konnte man durch einen Lüftungsschacht hören, was im Warteraum gesprochen wurde. Man musste das Ohr nicht irgendwo andocken, man musste nur still sein.

»He, Helen! Kein Wort reimt sich auf Uschi …«

»Ha – ha, lustig, Sven. Hast du auch was Neues?«

»He, Bülent! Kein Wort reimt sich auf Uschi!«

Gekicher.

Dann eine andere Mädchenstimme: »Wann bist du dran, Helen?«

»Last – but not least. Von mir aus gammle ich drei Stunden rum, die löhnen ja dafür!«

Melina zog ihre zu einem Zopf gebundenen Haare strammer, betrachtete sich im Spiegel neben dem Türrahmen, suchte im Regal nach einem Klemmboard, griff sich einige Testbögen und ging nach nebenan.

»Wer von euch ist Helen?«

Elf Jugendgesichter. Verblüfft.

»Äh – ich.«

»Gut, dann komm. Du bist dran.«

»Ich dachte …«

»Wir arbeiten heute Abend im Parallelbetrieb. – Hallo, Helen. Ich bin Melina. Dann komm mal mit.«

Sie ging zackig vor und brachte das Mädchen mit den auf Hellblond gefärbten kurzen Haaren in ihr Büro.

»Du warst neulich in der Schweiz? Mit der Gruppe vom PALAU?«

Helen nickte.

O Gott, ist die jung!

»Du schaust so ängstlich, Helen. Ist etwas nicht in Ordnung?«

»Ich dachte, ich komme als Letzte heute dran.«

»Ist das ein Problem? Sei froh, dann ist es nicht so langweilig. Gleich zwei Fragerunden an einem Abend.«

»Hm.«

»Komm, leg die Sachen da hin und entspanne dich! – Bei dieser Reise, da ist auch der Unfall passiert?«

Helens Augen flackerten kurz. »Was für ein Unfall?«

»Jan Sikorski. Der epileptische Anfall und sein Sturz.«

»Klar.«

»Klar? Also du warst dabei?«

»Ja. Wieso?«

»Beantworte einfach meine Fragen.«

»Ist das schon der Test?«

»Ja. Erinnerst du dich an Einzelheiten?«

»Ich war nicht bei der Wanderung dabei.«

»Du musst dich nicht verteidigen, Helen. Es sind nur Fragen.«

»Ich habe nichts gesehen. Ich habe nur gehört, dass es passiert ist. Ich hatte mit diesem Jan auch vorher keinen Kontakt.«

»Okay, Helen. War bei eurer Reise eine Lena dabei?«

»Das sind doch nie und nimmer Fragen für den Test!«

»Komm, setz dich. – Sag mir einfach, ob eine Lena dabei war, dann kommen wir zu den anderen Fragen.«

»Ich kenne keine Lena«, sagte sie und kramte in ihrer Handtasche.

»Könntest du das weglegen, bitte? Bei den Fragen sollt ihr still sitzen oder liegen und euch auf die Fragen konzentrieren.«

»Das sind aber keine Testfragen. Sie sind gar nicht befugt.«

»Gut, dann sag mir deinen IQ.«

»103.«

Melina schrieb die Zahl auf einen der Testbögen. Er war für Hämoglobin-Werte gedacht. »Dein Alter?«

»Drei – zehn! – Wollen Sie auch die Körbchengröße?«

Melina schaute streng. »Wenn du darauf bestehst …«
Nach ein paar Standardfragen schickte sie das Mädchen zu-

rück. »Wann ist Bülent dran? Ich habe ihn gar nicht auf meiner Liste.«

»Der kommt immer kurz vor mir«, sagte Helen.

»Okay. Dann schicke ihn mir bitte. – Und: Wie immer bitte keine Gespräche untereinander über die Testfragen.« Das war der Standardsatz, alle Jugendlichen kannten ihn auswendig.

»Also, Bülent«, sagte Melina, nachdem sie sich vorgestellt und Floskelfragen gestellt hatte. »Wir kommen zur Sparte Erinnerungsvermögen. Du warst bei der Gruppenreise in die Schweiz dabei?«

Er nickte.

»Bitte antworte verbal.«

»Ja.«

»Wie hieß deine Gruppenleiterin?«

»Christine.«

»Und weiter?«

Er zuckte mit den Schultern.

»Weißt du es nicht, oder hast du es vergessen?«

»Ich habe ihren Nachnamen nie gehört. Glaube ich.«

»Wie heißen die anderen aus der Gruppe, die dabei waren?«

Er zählte Namen auf, erst schneller, dann langsamer. Melina notierte alle.

»Hast du nicht jemanden vergessen?«

»Nee. Hatte ich schon … Pit, Sven … nee.«

»Was ist mit Lena?«

Seine Augen gingen nach unten. Aus dem Fenster. Zur Decke. »Nein.«

»Was heißt nein?«

»Kenne ich nicht.«

»Eine Kleine, mit bunten Strähnen. Blaue Haarsträhnen.«

Er verschränkte die Arme vor der Brust.

»Antworte bitte verbal.«

»Ja, Mann, mach ich ja!«, rief er. »Kenne keine Lena, klar?«

»Bülent, konzentriere dich.«

»Wassollichnnochalles, Mann?«

Melina schloss für einen Moment die Augen. »Ich stelle einfache Fragen, du antwortest. Du kennst die Spielregel. Dafür bekommst du Geld. Wenn du dich nicht an die Spielregel hältst, bist du raus, und zwar heute Abend. Jetzt sofort. – War das für dich verständlich? – Bist du bereit, ohne Aggression weiterzumachen?«

»Sie haben mich nicht mal an so ein Dingsda angeschlossen!«

»Das ist bei diesem Vortest nicht erforderlich. Es geht um deine Erinnerungen. Bisher ist dein Erinnerungsvermögen nicht gerade berauschend. Ich glaube nicht, dass du das nicht kannst, also konzentriere dich. Ich will dich nicht nachher ganz unten auf die Liste setzen müssen.«

Er nickte.

»Also, welche Farbe hatte dein Rucksack?«

»Blau. Mit so grüne Dingers. Sprücheaufkleber.«

»Gut. Wie hieß eure erste Station, auf der ihr während der Reise Rast gemacht habt?«

»Übernachtung? – Also, das war Alm Grün oder so.«

»Gut. Wie hieß der Junge, der den epileptischen Anfall hatte?«

»Der Zappler? Jan, glaube ich.«

»Wieso Zappler? Hat er schon vor dem Unfall gezappelt?«

»Nee, aber dabei halt.«

»Hast du es gesehen?«

»Ja. Krasse Sache, Alter.« Er wirkte ernst.

»Du hast gehört, dass er gestorben ist?«
»Ja.«
»Wart ihr befreundet?«
»Nee, kein Kontakt.«
»Hatte er Freunde? Mit wem hing er so zusammen?«
»Keine Ahnung, es war ja der erste Tag oder so.«
»Wer war Lena?«

Plötzlich war er wieder aufgebracht. »Wassollndasalleshier? Hab ich 'ne Ahnung, ey, wer diese ver ... wer diese Lena sein soll? Kenne ich nich.«

»Deine Reaktionen zeigen, dass das nicht stimmt.«

Kühne Behauptung.

»Ich sage doch, ich kenne keine Lena-Tussi.«

»Hey, Bülent, sprich anständig!«

»Ja.«

»Lena war dabei. Warum lügst du?«

»Ey ...« Er haspelte, wusste aber nichts zu sagen. Gesten der Unschuld.

Melina lehnte sich zurück und blätterte in den zufällig gegriffenen Testbögen. »Eigentlich brauchen wir nicht weitermachen«, sagte sie langsam. »Den Punktestand holst du nicht mehr auf. Schade, eben sah es noch gut aus.«

»Was denn für'n Punktestand?«

»Zum Weitermachen. Ich brauche klare, ehrliche Antworten. Wenn ich die schon bei den simpelsten Fragen nicht bekomme, müssen wir uns leider trennen.« Sie stand auf.

»Moment mal! Was heißt jetzt *trennen*?«

»Du brauchst nicht wiederzukommen. Geh nach Hause, mach, wozu du Lust hast. Die Zusammenarbeit mit dem *Institut Zucker* endet damit.«

»Alter!« Er war den Tränen nahe und kämpfte mit lauter Stimme. »Und was ist mit dem Geld?«

»Für heute Abend wirst du selbstverständlich noch bezahlt. Danach musst du keine blöden Fragen mehr beantworten, und wir müssen nicht mehr bezahlen. Klare Sache.«

Er sank zusammen. »Ich spare auf Motorrad ... Wie soll ich denn ...? Ich hab meine Brüder versprochen, Alter ...«

O je, der Ärmste.

»Das hättest du dir vorher überlegen sollen. Meine Geduld hat ihre Grenzen. Schickst du mir mal den Pit rein?«

Er erhob sich, schicksalsergeben. Dann wandte er sich noch einmal um. »Können Sie mir nicht noch eine Chance geben, Frau Doktor? Ich hab meinem ältesten Bruder versprochen, dass ich das hier gut mache. Damit die Familie wieder Respekt vor mir hat.«

Sie sah ihn kalt an.

Halte noch einen Moment durch.

Sie setzte sich. Zeigte auf den Stuhl vor ihr. »Du antwortest auf *jede* Frage. Bei der ersten Gegenfrage von dir packst du endgültig deine Sachen.«

»Ja, Frau Doktor. Danke sehr!«

»Also – erinnerst du dich an Lena?«

»Ja.«

Was?

»Du erinnerst dich an Lena? Sie war auf der Reise dabei?«

»Ja.«

»Als was?«

»Sie war so was wie die Co-Leiterin. Ich weiß nicht, wie man das nennt. Nicht richtig Leiterin, nicht richtig Jugendliche. So was dazwischen.«

»Gut. Na also. – Wo war Lena während des Unfalls?«

»Weiß ich nicht. Ehrlich.«

»Und danach?«

»Als wir wieder zurück in der Unterkunft waren, war Lena nicht mehr da.«

»Sie tauchte nicht mehr auf.

»Nein. Ähm, ja. Also, ja, sie tauchte nicht mehr auf, sozusagen.«

»Warum hast du vorhin gesagt, Lena war nicht dabei?«

»Kann ich nicht sagen.«

»Wieso nicht?«

Er schüttelte den Kopf. Offenbar gab es einen inneren Konflikt.

»Du verweigerst also die Antwort …«

»Nein!«

»Erst war Lena nicht dabei, jetzt war sie dabei. Welches davon war eine Lüge?«

»Nicht Lüge, Mann!« Ihm liefen keine Tränen, aber das Gesicht wirkte schon so.

»Ich finde, dass du mir keinen Respekt entgegenbringst. Vielleicht sollte ich mal einen Brief an deine Familie schicken.«

Er schrak auf. »Meine Familie? Wieso?«

»Oder ist es besser, ich rede mit deinem Bruder? Ist er für deine Erziehung verantwortlich?«

»Frau Doktor, ich schwöre … Lena … Doktor Fogh hat gesagt, dass wir nichts über sie sagen sollen. Wenn wir gefragt werden, sollen wir sagen, dass sie nicht mitgereist ist.«

»Doktor Fogh?«

Der Junge saß mit vornübergebeugtem Oberkörper da und starrte auf den Fußboden.

Melina wechselte in eine verständnisvolle Tonlage. »Gut, Bülent. Ich glaube dir. Ich verstehe, du hattest ihm dein Wort gegeben. Ich werde es für mich behalten, keine Sorge. Bitte sage mir noch eines: Hatte mein Kollege Dr. Fogh dir gesagt, *warum* es besser ist, Lenas Teilnahme zu verschweigen? Kannst du dich erinnern? Es wäre sehr hilfreich für mich.«

»Es ging um die Medikamente. Lena hatte Jan irgendwie die Tabletten nicht gegeben, die er brauchte. Wegen seiner Zappelei. Er sagte: Lena bekommt große Schwierigkeiten. Mit dem Institut, vielleicht mit der Polizei, wenn das rauskommt. Und mit den Eltern, damit die nicht wütend werden und noch trauriger.«

»Das alles hat Dr. Fogh gesagt?«

»Ja.«

»Nur dir? Oder allen in der Gruppe?«

»Weiß nicht.« Schnell schob er nach: »Ich glaube, er hat es allen gesagt. Hätte ja sonst keinen Sinn.«

Melina lächelte. »Ja, sonst hätte es keinen Sinn.« Sie reichte ihm die Hand. Die war schwach und schwitzig. »Danke, Bülent. Du warst sehr gut am Schluss. Zerbrich dir nicht den Kopf, ich regle das alles. Mit Dr. Fogh und so. Alles ist in Ordnung.«

Sie wartete, bis der Junge leise das Büro verlassen hatte, dann wählte sie die Nummer von Fogh. Nach etlichen Klingelzeichen ging der Anrufbeantworter an. Melina legte auf.

25

Dieser kleine Baum ohne Laub und ohne Nadeln muss doch umzuknicken sein. Ich kann ihn mit meinen Händen umfassen und an ihm rütteln. Ihn nach hinten biegen und zu mir nach vorn ziehen, nach links und rechts. Langsam hebt sich auch sein Wurzelwerk, es bricht durch das Eis, von dem er eingeschlossen ist.

Das ist nicht einfach Schnee, der den Baumstamm umgibt, er ist richtig eingefroren. Das Eis splittert weg, wenn ich das Bäumchen bewege. Aber es ist noch nicht genug weggesplittert.

Andere Bäume gibt es nicht, auch keine Sträucher, höchstens ragt gelbes Gras aus dem Weiß heraus.

Ich versuche es noch einmal mit diesem Bäumchen. Abzubrechen ist es nicht. Ich muss es doch wenigstens entwurzeln können. So lange kann das nicht mehr dauern. Noch etwas kräftiger zerren, dann bricht schon ein Stück Wurzel.

Ach ja, die Eltern, die stehen und warten, bis eben. Aber jetzt wollen sie weitergehen.

Es dauert nur noch einen Moment! Ich habe doch dieses kleine, tote Bäumchen gleich umgelegt!

Sie gehen einfach weiter. Warum warten sie nicht, wenn mir etwas wichtig ist?

Das Bäumchen steht schon schräg. Es verzweigt sich nur oben ein wenig, ansonsten hat es keine Äste. Es ist zwei-, nein, dreimal so hoch wie ich, aber viel dünner. Noch einmal mit dem ganzen Körper!

Die Eltern sind schon so weit weg. Ich kann das hier aber

nicht so lassen, ein halb entwurzelter Baum, das Eis nur zur Hälfte gebrochen, die Wurzeln teils in der Luft und teils noch in der Erde. Und sie gehen einfach, sie lassen mich allein! Jedenfalls werden sie nicht so weit laufen, dass ich sie nicht mehr sehen kann.

Noch einmal – hin, her – hin, her. Ah, er gibt nach. Nein, er ist zäh. Ein zäher, blöder, junger, toter Baum.

Was mache ich eigentlich mit ihm, wenn er umgefallen ist? Ich will sehen, wie das geht. Einfach das hier schaffen, ihn entwurzelt sehen. Ist doch sowieso eingeeist und tot. Ja, stimmt, seine Rinde ist weiter oben vereist.

Ich schaue mich um. Vom Baum aus. Keine anderen Bäume, kein Wald, keine Häuser, eine weiße Landschaft.

Die Eltern kann ich nicht mehr sehen. Aber so weit können sie unmöglich sein. Wenn ich ihnen gleich nachlaufe, habe ich sie im Nu eingeholt.

Dieses bisschen noch. Ein Stück.

Der Baum steht schräg. Seine Wurzeln ragen schwarz aus dem Eis. Ich schaffe das nicht. Ich kann ihn allein und in der kurzen Zeit nicht umlegen.

Und die Eltern, sie sind nicht mehr zu sehen. In welche Richtung muss ich laufen? Wo sind wir hergekommen? Wie haben sie mich hergeführt? Warum warten sie nicht, zeigen sich?

Sie sind weg.

26

Die Leute sind *verrückt* nach Morden.

Wenn zum Beispiel die Isländer da auf ihrem Vulkan so viele echte Ermordete hätten, wie sie Krimis auf der Insel haben, na dann gute Nacht! Oder die Schweden, wo Gevatter Tod angeblich in jeder Kleinstadt volle Auftragsbücher hat – wenn's nach den Autoren ginge. Träfe das zu, würde kein Schwede mehr Bäume fällen oder Möbel bauen. Sie wären alle bei der Polizei.

Jetzt lässt man schon *Schafe* Mörder und Gendarm spielen, in den Büchern.

Und die *Realität,* liebe Leute: Wenn man mal meinen Job verfilmen würde – die Zuschauer würden denken, es wäre die Webcam von einer Wanderdüne.

Ich hätt gern mal wieder was Kniffliges, einen echten Mord. Geplant, nicht so'n Affekt-Wischiwaschi. Aber ich kann ja schlecht inserieren: *Vor Langeweile verwelkender Hauptkommissar sucht zwecks Ausleben seiner kriminalistischen Triebe ausgewachsenen Mord. Spätere Serienmorde nicht ausgeschlossen.*

Stattdessen kommen irgendwelche Freundinnen und beklagen sich, dass eine ihrer Handy-Partnerinnen seit zwei Tagen keine SMS mehr geschickt hat. Nachher stellt sich raus, die Freundin hat bloß den Telefonanbieter gewechselt. Vermisste – diese Zuständigkeit ist bei der Polizei komplett falsch angesiedelt. Vielleicht sollte man die Sparte privatisieren. Outsourcen. Es kann doch keine hoheitliche Aufgabe des Staates sein, entlaufene Ehepartner und Hunde zu suchen!

Weil auch Selbstmitleid irgendwann langweilig wird, tippte Lothar Melchmer auf die Tastatur. Das Baby-Bild verschwand. Anstelle seines neugeborenen Enkels, der in Wirklichkeit inzwischen zur Schule ging (doch in dieser Funktion war er nicht als Bildschirmschoner verfügbar), sah er nun wieder das Bild von Lena Jenisch.

Eine Vierzehnjährige. Auf dem Foto hatte sie schwarze Haare mit blonden Strähnen.

Momentan hat sie die Haare angeblich blau gefärbt.

Karneval in Berlin! Soll ich die Haare auf dem Foto blau streichen, das Bild kopieren und als Fahndung an jeden Saloon in der Stadt nageln? Kommt diese Medusa oder Melina *von und zu* hier reingeschwebt und will eine Anzeige aufgeben! Kleinanzeige? Der Vater könne nicht kommen, er sei *verhindert*! Künstler! Als ob das eine Erklärung dafür ist, dass man sich nicht kümmert. Der Staat füttert die Künstler durch, und dann soll er auch noch ihre Kinder suchen. – Na gut, genug gemotzt. Woll'n wir mal wieder!

Er gab die restlichen Daten in das Bildschirmformular ein. Er mochte es nicht, während einer Aussage oder einer Anzeigenannahme auf etwas einzutippen, daher musste er jedes Mal den einen Teil von seinen Notizen übertragen, was nicht allzu leicht war angesichts seiner Schrift, die sich von selbst zu kryptografieren schien. Den anderen Teil merkte er sich. Jedenfalls hoffte er das. Dieser Teil war noch beschwerlicher.

Von Lena gab es nur einen Schülerausweis. Hauptkommissar Melchmer prüfte, wie es mit den Daten von Melina von Lüttich und Lenas Vater stand.

Der Vater hieß Hans-Joachim Jenisch-Issenschmid, 49.

Bei dem Namen würde ich mir auch einen Künstlertitel zulegen. Wie war der gleich: Jenni-sej?

Aber es stand sogar in den Einwohnermeldedaten.

Großer Strom in Sibirien mit acht Buchstaben. Der *Ob* kann's ja nicht sein! – Aber Jenissej, Jenissej ... Sie hat gesagt, Lena wohnt bei ihm im Theater. Irgendwie klickt's da bei mir. Mal sehen, was das Internet sagt. Ich nehme an, der macht so modernes Theater. Mann setzt sich in einen Kaktus. Einpersonenstück, fünf Stunden. Topp, die Wette gilt ... Ha! Lothar hat das Näschen, Leute! – Melanie würde mir ja um den Hals fallen, wenn ich sie ins Theater ausführe. Die liebt solchen Quatsch. Die Frau von Welt. Aber will ich mir das antun? Andererseits: Irgendwann ist Hochzeitstag. In drei Jahren oder so. Wär 'ne Gelegenheit für ein Geschenk. Vorausgesetzt, dieser sibirische Fluss ist zugänglich und verkauft mir zwei Karten.

53 Minuten später schüttelte Melchmer einem Mann mit Haarzopf und Latzhose die Hand – Jenissejs Caller. »Ich dachte, ich tue Ihrem Chef etwas Gutes, indem ich ihm seine verlorene Tochter besorge. Aber wenn Sie sagen, er hat zu tun, dann komme ich nächstes Jahr wieder, kein Problem.«

»Ich habe nicht gesagt, dass er Sie nicht sehen will, sondern dass es zeitlich ungünstig ist. Wenn es um Lena geht und um die Polizei, ist er zu sprechen.«

»Moment, Moment! Vielleicht sind Sie ja auch nicht ganz dumm.«

»Danke für die Schmeichelei. Worauf wollen Sie hinaus?«

»Ähm ... Was genau ist das für ein Theater, das Ihr Chef hier veranstaltet?«

»Sehen Sie es sich an. Sehr vielseitig!«

»Kann sein. Aber leider bin ich noch nicht pensioniert, um so viel Zeit zu haben. Und meine Abende sind alle belegt mit Fernsehen und Kreuzworträtsel. – Ihr Jenissej, ist das so einer, der Kühe auf der Bühne zersägt, damit das Blut nur so spritzt? Schauspieler, die in den Orchestergraben urinieren? Rammeleien mit Aktenkoffer in der Hand?«

»Wenn es das alles noch nicht gegeben hätte, könnte es für ihn interessant sein. Aber so ... Wissen Sie ein bisschen was vom Theater, Herr Inspektor?«

»Comme ci, comme ça, mein Lieber. Den Faust würd ich noch jederzeit ertragen, fürwahr, des Kudamms Boulevard'sche Säle kannt ich besser.«

»Aha. Aber es ist wohl weniger von Belang, was hier am Theater abgeht, wenn es sich um die Suche nach Lena dreht?«

»Da irren Sie, getreuer Vasall! Wenn dieses Lena-Kindchen über alle sieben Berge ist, dann gibt es einen Grund dafür. Oft werde ich bei den Eltern fündig. Und das hier scheint mir eine Fundgrube.«

Der Latzmann nickte. Er kramte im Spind und zog eine Broschüre hervor. »Hier, nicht ganz heutig, aber solide. Das ist das Heft zu seinem letzten Stück, *Suff*. Aber da ist eine Kurzbiografie drin und ein Abriss seiner wichtigsten Arbeiten. Vielleicht hilft Ihnen das.«

»*Suff*? Der Mann wird mir sympathisch. Arbeitet er autobiografisch?«

Der Caller deutete auf die Broschüre: »Lesen! Ich erklären weißer Mann.«

»Na, mit Ihnen möchte ich aber auch nicht das Kriegsbeil rauchen müssen! – Also, was haben wir denn da Schönes? Das ist die Werksliste?«

»Ja, das Wichtigste.«

»Oh, verstehe, er hat eigentlich noch viel mehr Talente! Also: *Verrat (1990), Turmfalke (1991)* ... – Kommt Ihr Chef aus dem Osten?«

Der Caller wirkte wie vom Donner gerührt. »Nein. Seine Mutter hat die DDR verlassen, als sie hochschwanger war.«

»So. – *Die Alpträume des Herrn Idi Amin (1992, Gastspiele vor allem in New York). Odysseus und die Spin-Offs (1993, Gastspiele auch in Moskau)* – Äh, was für Spin-Offs? Odysseus als Fernsehserie?«

Sein Gegenüber verdrehte die Augen. »Sie müssen es *sehen*! Jenissej ist kein Theaterregisseur, er ist Medienchoreograph!«

»Moment! Ein Beamtenhirn muss man Schritt für Schritt füttern, nicht alles auf einmal! Also, was für Spin-offs?«

»Homer stellte fest, dass sein *Trojanischer Krieg* ein Bestseller wurde. Sein Verleger konnte ihn überzeugen, eine Fortsetzung zu schreiben. Blöderweise war der Krieg um Troja aber schon gewonnen. Also griff er eine Hauptfigur aus dem ersten Roman auf und entwickelte mit ihr eine neue Geschichte. Er schickte den Mann auf eine Reise, die länger dauerte als erwartet, weil seine Leute Wind in den Beuteln gesammelt hatten und …«

»Halt, mein ehrenwerter bezopfter Freund! *Die Odyssee* ist's, der Polizist begreift's. – Und Ihr Jenissej hat wahrscheinlich weitere Handlungen dazu erfunden?«

Der Caller nickte huldvoll.

Melchmer las weiter. »*Die Philosophin (1994, London). By Appointment of Her Majesty the Queen (1995, London). Georg Friedrich (1996, London).* – Gehe ich recht in der Annahme, dass der Meister in diesen Jahren in Großbritannien weilte? Nein, sagen Sie nichts! Und *Georg Friedrich*? Das ist *der? Messias* und so?«

»Richtig. Händel war ein Barockkünstler …«

»Was Sie nicht sagen! – Kennen Sie Georg Thomalla?«

Der Caller atmete schwer und wusste nicht, wie er sich

verhalten sollte. Aber bevor Melchmer reden konnte, sagte er: »Das Barock ist für Jenissej zentral. Natürlich macht er keine Musik wie Händel, aber er schätzt die Idee vom Gesamtkunstwerk, und Händel war ein großartiger Intendant. Er hatte ein Händchen für die großen Diven seiner Zeit.«

»Horri ... Horribus ... Nein, *Horribilicribrifax (1996, London)*. Was ist das?«

»Immer noch die Barockphase, *Horribilicribrifax* ist ein Stück von Andreas Gryphius. 1663, glaube ich. Anders als viele düstere Sachen von Gryphius ist das eine Komödie. Es geht um verschiedene Sprachen und Menschen, die sich nicht verstehen.«

Melchmer winkte ab. »*Treachery (1997, London)* ...«

»... eine Neuaufführung von *Verrat* ...«

»*Hunger (1999), Theophanes (2000), Der 12. September (2002), Publikums Geschmack (2003), Essenstechnik, Essenztechnik (2005), Différence – das A (2006).*« Er sah auf. »Das A!«

»Ja, das sind die ersten ausschließlichen Medienchoreografien.«

»... *Eine Million Kameras (2007), Pünktchen und Kommalein (2007), Kriegskauf (2007), Tochter der Taliban (2008), Hesther (2009), Suff (2010).* – Also gut, was ist Medienchoreographie?«

»Choreographiert wird in solchen Arbeiten nicht nur der Tanz. Jedes Medium kann inszeniert werden: die Theaterbühne, der Film, projizierte Bilder, das Internet. Wir experimentieren gern mit Interfaces, also Schnittstellen. Wir mischen.«

»Zu hoch für mich.«

»Gut, lassen Sie es mich an einem Beispiel sagen: Was für Stücke sehen Sie gern?«

»Bundesliga.«

»Okay. Nehmen wir ein anderes Beispiel ...«

»Woran arbeitet er jetzt gerade?«

»*Theophanes.* Er greift sein altes Thema auf und macht einen Dokumentarfilm über Theo Lingen.«

»Theo Lingen? – Hans Moser, Heinz Rühmann und Theo Lingen. – Dieser Theo Lingen?«

»Ja.«

»Verstehe«, näselte Melchmer. »Aber warum?«

»Lingen hat ihn als Stückeschreiber und als Regisseur inspiriert, vor allem aber, weil er so etwas wie ein Doppelleben hatte: Nach außen hat er exaltiert gespielt, war aber eher verschlossen, wenn es um ihn und seine Familie ging. Er wollte sie schützen. Privat hingegen war er ein leidenschaftlicher Schmalfilmer. Jenissej hat dieses Material gesichtet. Er darf es nicht verwenden, aber er hat es verarbeitet, und so war das Stück *Theophanes* vorwiegend von fiktiven privaten Filmszenen getragen.«

»Und wie lebt es sich mit so einem Genie?«

»Och, ich finde es immer wieder berauschend, mit Jenissej neue Dinge zu probieren.«

»Ich meinte Lena. Wie erträgt sie so einen Vater?«

Lothar Melchmer ließ sich vom Caller in groben Zügen über die Familienverhältnisse unterrichten. Lenas schizophrene Mutter, die Zeit der Trennung, die Mutter in der Klinik, dann der Suizid. Pia als eine Art Ersatzmutter, aber nur distanziert, weil Lena Teile ihres Lebens komplett abschottete.

»Noch mal zur Mutter! Hesther Jones, sagten Sie? Londoner Opernsängerin? – Lena hängt an ihrer Mutter wie alle Mädchen. Sie will sie nicht verlieren. Die Mutter ist in einer Irrenanstalt – wie soll das Kind das verkraften? Sie ist acht, als die Mutter stirbt. Der Vater wird nicht damit fertig …«

Der Caller sah den Kommissar fragend an.

»Vier Jahre später macht er ein Stück mit dem Namen *Hesther*. Ich bitte Sie! – Ich nehme an, Lena ist eine ziemlich selbständige junge Dame, die sich in nichts reinreden lässt und ihrer eigenen Wege geht. Sie unternimmt sogar Reisen in die Schweiz, ohne ihn zu fragen. Ihr Vater ist irgendwie da, aber es gibt eine unsichtbare Mauer zwischen ihnen? Wenn sie sich irgendjemandem anvertraut hat, dann eher Ihnen als ihrem Vater?«

»Mir weniger, Herr Inspektor. Gut, stimmt schon, das eine oder andere hat sie mir gesagt. Aber dann schon eher Pia Rorschach. Manchmal laufen sie Arm in Arm.«

»Was genau hat Sie *Ihnen* erzählt?«

Eine halbe Stunde später saß Hauptkommissar Melchmer in der ersten Reihe vor der Bühne und sah den Bühnenarbeitern zu. Sie waren dabei, einen überdimensionalen Salzstreuer hochzuhieven, der über allem schweben sollte. Er sollte funkeln, aber jedes Mal, wenn er damit begann, fielen die Sicherungen raus.

Dazwischen verhakelten sich fünf Frauen, die altrosafarbene Ballettröckchen trugen. Weit im Bühnenhintergrund schienen Hunderte von Menschen von links nach rechts zu gehen. Es waren ihre Schatten, und es dauerte eine Weile, bis Melchmer begriff, dass sie nicht von der Straße hierher gespiegelt wurden, sondern dass Projektoren sie als künstliche Bilder erzeugten.

Ein Mann mit schwarzem Jackett setzte sich neben ihn. »Sie sind von der Polizei?«

»Meine Frau glaubt's auch nicht. Melchmer, Kripo Berlin.«

»Sie wollen mich sprechen.«

»Ja? Sind Sie hier der Geschäftsführer?«

Er lächelte. »So ähnlich. Ich bin Jenissej.«

»In so feinem Zwirn? Alle Achtung! Wer bezahlt das? Der Steuerzahler?«

»Es geht um Lena.«

»Ja … Wenn es um Kinder geht, geht es immer auch um die Eltern. Ihre Tochter lebt seit dem Tod Ihrer Frau hier bei Ihnen, und Sie bekommt alles das hier …« – er zeigte auf die Bühne – »… hautnah mit? Ich stelle mir vor, wie das ist, für eine Vierzehnjährige.«

»Sie schläft nicht auf der Bühne. Sie hat ein Zimmer.«

»… das ich mir mal ansehen darf? – Stimmt es, dass Sie ein Stück geschrieben haben und es nach Ihrer Tochter Lena benannt haben?«

»Nein. Es gibt ein Stück, *Hesther,* in dem ich mich mit der Krankheit und dem Tod meiner Frau auseinandergesetzt habe.«

»Ach, dann habe ich das verwechselt. – Wie fand denn Lena das Stück?«

27

Zweieinhalb Stunden war der Kommissar geblieben.

Wollte partout nicht glauben, dass die fünf Mädel vom Bolschoi sind.

Jenissej beugte sich vor, berührte mit den Händen den Bühnenboden und schwang sich zu einem Handstand auf. So blieb er.

Die Welt mal wieder auf die Beine stellen.

Das Jackett war ihm übers Gesicht gefallen. Bemerkungen von allen Seiten. Er stand auf, zog es aus und warf es in die Menge seiner Leute.

Im Medienkeller checkte er seine Mails.

Das mache ich jetzt schon stündlich. Ich sollte einsehen, dass von Lena nicht mehr kommt. Kann sie wirklich in der Schweiz gewesen sein, wie Melina meint? Am besten sperre ich meinen Account und übertrage alles auf Pia oder Gert. Die können das filtern und ich …

Da war wieder die *F3L*-Datei. Oder war es eine neue? Abgesandt war sie wie die erste anonym. Aber sie musste von Lena stammen. Er zog den Anhang auf seine Festplatte, drückte F7 und öffnete die erste Kopie.

»Ja!«, brüllte er und reckte die Faust.

Das erste Filmbild zeigte einen Kreis von Sternen. Er fühlte sich in seiner Theorie bestätigt, dass Lena die *Himmelsharmonik* von Johannes Kepler als Schlüssel verwendete. Sie wusste, dass er Keplers Modell kannte, also hatte es Sinn.

Es waren neun Sterne, schwarz umrandet, und mit einem

simplen Layout-Programm im Kreis angeordnet. Lenas Kamera war lange darauf gerichtet. Sonst geschah nichts.

Die zweite Szene bestand ebenfalls nur aus einem Standbild. Ein alter Kampfhelm, eine schematische Zeichnung, die wahrscheinlich auch aus einem Netzarchiv stammte, darunter stand in Katalogschrift *Italia*. Die Kamera flackerte einige Male.

Ein Kurzschluss?

Die dritte Szene der Filmdatei präsentierte einen großen Kreis, und auf einer Linie vor ihm waren mehrere kleine Kreise angeordnet. Die Linie setzte sich in Punkten fort. Ein einzelner Kreis tanzte aus der Reihe und war Teil des großen. Wieder flackerte das Bild an einer Stelle.

Dann war alles schwarz.

Das war's also.

Es ist, als ob zwei Flüsse in mir sich vereinigen. Der eine mit warmem, klarem Wasser: Das gute Gefühl, ein Zeichen von Lena zu haben. Ich werde es entschlüsseln können. Der andere stechend kalt: Was ist, wenn ich nicht verstehe, was sie mir mitteilt?

Diesmal zögerte Jenissej nicht. »Pia, komm runter, du bist die Deuterin der Zeichen.«

»Was von Lena?«

»Ja, ein neuer Film.«

»Ich fliege.«

Er ließ den Film noch einmal laufen.

»Quatsch!«, sagte sie, als sie vor den Bildschirmen hockte. »Die Europaflagge hat zwölf Sterne. Das hier sind neun.«

»Ja. Warum eigentlich? Es sind doch mehr Staaten. 27? Oder 29?«

»Die Zwölf ist halt eine symbolische Zahl. Wahrscheinlich wollen sie nicht dauernd ihre Fahne aktualisieren. – Komm, bleib bei der Sache, Jenissej! – Spul weiter!«

Er schaltete auf schnellen Vorlauf, weil nichts weiter passierte.

»Na gut, der Mars ist klar, aber der Kreis ...«

»Mars?«

»Na, das ist der Helm von Mars, dem Kriegsgott. Warum Italien druntersteht, weiß ich nicht, müsste Rom heißen, vielleicht. Scheußliche Schrift, schau mal! – Der Kreis ...«

»Wir sind bei Planeten«, sagte Jenissej. »Dann ist das hier die Sonne mit dem Planetensystem.«

Pia nickte. »Möglich. Aber es ist so eine reduzierte Darstellung. Da wird sie nichts Zufälliges dringelassen haben. Diese Punkte hier, neben den kleinen Kreisen, was ist das?«

»Asteroidengürtel?«

»Der wäre nicht auf gleicher Ebene wie die Planeten, sondern zwischen ihnen, Jenissej. Wie gut kennt sich Lena in Sternkunde aus?«

Er lachte. »Sie schaut diese Raumschiffserien.«

»Das ist nicht die Sonne!«, rief sie. »Dieser eine Kreis inmitten des großen Kreises – das ist schematisch das Auge des Jupiters. Und das hier vorn sind die vielen Monde des Jupiters! Wie viele hat der?«

Jenissej zuckte die Schultern.

»Geh ins Internet!«, sagte Pia und machte es schon selbst. »Na los! – Da, Jupiter hat – ungefähr 63 Monde. Zum Teil winzige. Möglicherweise noch mehr. – Komm, zähle die Kreise und die Punkte.«

Er kam auf 27.

»Pffffff ... Dann weiß ich auch nicht«, sagte sie. »Siebenundzwanzig. Hast du nicht gesagt, zu Europa gehören 27 Staaten?«

»Zur EU, ja. Aber das hat ja nichts mit den Punkten zu tun, oder?«

»Schau mal, einer der kleinen Kreise ist nicht weiß, sondern schwarz ausgemalt. Vielleicht heißt das was.«

28

Der letzte Zug Richtung Tirano hatte die Station Alp Grüm soeben verlassen, Kondukteur Guido Saß hatte mitgezählt: Zwei Reisende waren ausgestiegen, drei Personen zugestiegen – ein Pärchen mit einem Hund und eine einzelne Frau.

Tagsüber standen manchmal Touristen in der Gleiskehre. Sie staunten oder winkten. Jetzt war niemand zu sehen. Und das, obwohl es ein klarer, nicht zu windiger Abend war. In das ganze Puschlav-Tal konnte man hinunterschauen, und in den Bergspitzen schimmerte das Orange-Grau der untergehenden Sonne.

Während der Zug durch Tannen fuhr, musste man drinnen Licht einschalten. Guido Saß erledigte das und sah sich nach dem Pärchen um. Sie saßen im ersten Abteil des ersten Waggons. »Grüessech. Die Billetts, bitte!«

»Grü-ezzi«, sagte der Mann. Er strengte sich sehr an. Dann nickte er seiner Frau zu – ein Zeichen, dass sie die Fahrkarten zeigte, die sie längst in der Hand hielt.

»Ja, meci. – Nach Tirano am Abend? – Geht's zum Essen?«

»Ein Geschenk für meine Frau.«

»Unser Goldener Hochzeitstag«, sagte sie leise.

»Nein, der war gestern«, sagte er und winkte sie weg. »Aber sei's drum, jedenfalls haben wir heute was bestellt. Haben Sie eine Idee, wo man hinterher noch schön weggehen kann?«

Saß schmunzelte, knipste zweimal und gab der Frau die Tickets zurück. »In Tirano? Nach dem Nachtessen weggehen? Da fällt mir nur das Hotel ein.«

Der Mann lachte, und die Frau war auch nur gespielt geniert. »Na, Sie sind mir einer!«, sagte der Ehemann.

»Ich meinte eigentlich: So viel bietet sich an einem späten Mittwochabend in Tirano wahrscheinlich nicht an. Ich komme nicht von dort ...«

»Woher sind Sie denn?«, wollte die Frau unbedingt wissen, und es schien, als warte sie auf ein Autogramm.

»Lebe in Chur. Früher ...«

»Kur?«

»Chur, meint er. Nicht Kuur. Chur ist eine Stadt ... – Hm, dann kennen Sie nichts da, ist klar ...«

»Aber ... Ich werde Timo fragen«, sagte Saß. »Timo fährt die Lok. Er ist nicht direkt aus Tirano, aber aus einem Dorf oberhalb, in der Nähe der Burg.«

»Machen Sie sich keine Umstände«, sagte die Frau und war ganz begeistert von der Schweiz.

»Ich muss nur noch durch den Zug gehen und knipsen, dann frage ich Timo, und dann schaue ich vorbei und sage Ihnen, was er meint. In dieser Reihenfolge, so machen wir es, einverstanden?«

Die beiden hatten den Höhepunkt ihres nachgeholten Hochzeitstages erreicht.

Nur der Hund begann zu kläffen.

»Ja, Mauseli, jetzt lass mal den Onkel schön vorbei«, schlug die Jubilarin ihrem Hund vor. Der zerrte an der Leine und wollte sich partout im Beinkleid des Bahnbeamten verbeißen.

»Na komm, Hundchen, mach schön Platz«, sagte Guido Saß und verließ die beiden.

»Siehst du, Irmgard, so was hast du in Deutschland eben nicht«, hörte er noch.

Der zweite Waggon war jetzt komplett leer. Guido nahm

eine zerfetzte Zeitung und stopfte sie in den Mülleimer. Die Schlagzeile »… im Blutrausch …« schaute noch heraus.

Im dritten Waggon war das Licht nicht eingeschaltet.

Habe ich das vergessen?

Er knipste das Licht an und sah auf dem kleinen Sockel unter dem Schalter zwei tote Fliegen.

Im vorletzten Waggon saßen ein Mann und ein Frau einander schräg gegenüber. Der Mann legte den Finger auf den Mund und deutete auf die Frau. Dann zeigte er nach oben, zur Lampe.

»Ich mach's gleich wieder dunkel, der Herr«, flüsterte Guido Saß. »Das Billett, bitte.«

»Ich zahle gleich für die junge Dame mit. Sie scheint mir sehr müde zu sein. Wissen Sie, wie weit sie fährt?«

»Tirano«, flüsterte Guido. »Oh, das ist zu viel, der Herr.«

»Stimmt so.«

»Nein, nein, das ist mir nicht erlaubt. Moment. Hätten Sie eventuell noch fünf Rappen? Ja, so passt es, me'ci vilmols. Ich habe Sie gar nicht einsteigen sehen.«

Der Mann zuckte mit den Schultern und lächelte.

»Na dann. Gute Fahrt!«

Der Vollständigkeit halber schaute Saß in das letzte Abteil. Wie erwartet war niemand dort. Aber eine Flüssigkeit war aus dem Papierkorb ausgelaufen und bildete eine Lache.

Na wunderbar! Und niemanden, den man dafür behaften kann. Ist aber nicht meine Sache. Klebrige Limonade. So, was wollte ich? Ach ja, das Hauptlicht dimmen.

Er nickte dem Mann noch einmal zu und lief zum ersten Waggon vor. Bevor er zur Lok gelangt war, kam eine Hand aus dem Abteil geschossen.

»Wir haben uns gerade gefragt, wie eine Fahrt mit dem Glacier-Express sein würde.«

»Ich bin gleich bei Ihnen, die Herrschaften.«

Das ist doch diese kleine Italienerin. Ricca ... Riccarda, ja. Die neue Lehrtochter auf der Alp. Nettes Mädchen. Und schuftet offenbar 'ne Menge. Fährt jetzt bestimmt auch schon seit gut einem Monat mit uns. Ganz erschöpft, die Arme.

Guido Saß wollte gerade die Tür zum Fahrerstand öffnen. Die Lok war gleichzeitig zur Hälfte Personenwaggon.

Aber Riccarda hat ein Monatsticket. Der Mann hätte gar nicht für sie zahlen müssen!

Er kehrte um.

Der Hund bellte.

Die Frau wünschte sich dies und das von ihrem Hund.

Der Mann winkte Guido zu.

Er ging durch den verwaisten zweiten Waggon. Im dritten war es gerade noch hell genug, nicht zu stolpern.

Riccarda saß in die Ecke gelehnt, genau wie eben. Sie hatte sich ihre Jacke über die Schulter und den Oberkörper gelegt. Offenbar fror sie.

Der Mann war nicht mehr da.

Guido Saß schaute im letzten Abteil nach ihm. Dann auf der Toilette, aber die war unverschlossen und leer.

Ich muss ihm das Geld zurückgeben. Er kann ja nicht verschwunden sein.

Im Halbdunkel betrachtete er Riccarda, wie sie da kauerte.

Der Zug schlingerte und wurde langsamer.

Ach du je, ich hab die Station Cavaglia verschwitzt!

Vielleicht steigt er ja aus.

Doch keine der Türen öffnete sich. Niemand stand auf dem Bahnsteig, niemand stieg aus. Guido schaute zur anderen Seite hinaus, obwohl es da nur über das Feld ging.

Auch dort waren die Türen geschlossen. Er trat hinaus und gab im Dämmerlicht das Signal. Der letzte Zug setzte sich in Bewegung.

Er ging zurück, aber der Mann hatte sich nicht wieder in Riccardas Abteil eingefunden.

Ich kann das Geld nicht behalten. Eine Pendenz kann ich nicht verantworten.

Er suchte die Münzen passend heraus, was im Halblicht nicht so leicht wahr. Legte den abgestempelten Fahrschein daneben.

Ich kann es ihr erklären, wenn wir uns das nächste Mal im Zug sehen.

Er platzierte alles auf dem schmalen Fensterbrettchen neben ihr.

Irgendwie war er dabei an ihre Decke geraten. Er nahm sie, zog sie ein Stück hoch und wollte Riccarda wieder sorgsam zudecken.

Doch ihr Kopf kippte nach vorn.

Ihre Augen waren offen, ebenso ihr Mund.

Guido Saß starrte sie an.

Er stolperte hinaus und suchte den Lichtschalter.

Im Neonlicht war ihr Gesicht weiß, und das dunkelrote Tuch um ihre Taille war kein Tuch.

29

»Halt die Klappe, du Hure!«

Das Mädchen mit dem üppigen T-Shirt-Ausschnitt schlug Ben mit der Faust in den Bauch. Er krümmte sich auf der Couch und lachte.

»Kira! Ben! – Was habe ich eben gesagt?«

Die fünf Jugendlichen zeigten sich nicht übermäßig beeindruckt von der Ermahnung ihres Erziehers. Saphira, Biggi und Fabio waren damit beschäftigt, Melina zu taxieren. Sie saß auf der einen Couch, die Hände auf den Knien, die fünf Jugendlichen stapelten sich auf der Couch gegenüber, knufften sich oder lehnten sich aneinander.

»Also gut«, sagte Melina. »Lena war mittwochs und donnerstags abends bei euch, und das seit Januar. Auf Reisen wart ihr nicht mit ihr, weil ihr noch keine Reise machen durftet. Was blieb dann? Hilfe bei den Hausaufgaben, Spiele, Wanderungen, Ausflüge. Sonst noch was?«

»Gruppensex«, sagte Ben und kicherte.

Kira verdrehte die Augen, musste dann aber grinsen.

»Aha. Und Orgien«, sagte Melina. »Und abgesehen von den langweiligen Sachen – irgendwas Interessantes?«

»Sie kann Fußball spielen«, sagte Biggi, während sie an ihren Fingernägeln herumwetzte.

»Okay ... Wie war Lena denn so, in letzter Zeit?«

»Gut zu vögeln!«, rief Ben, klatschte sich mit Fabio ab und prustete. Hiebe von allen Seiten.

Melina stand auf. »Könnt ihr euch mal hierhersetzen? Es ist genug Platz.«

»Sie können sitzen, wie sie wollen«, sagte der Erzieher aus dem Hintergrund.«

»Ja, aber ...« Melina setzte sich in eine Sofaecke.

»Wir sind eben schwer erziehbar, meine Dame«, sagte Fabio. »Uns kann man nicht dressieren.«

»Fabio!«, kam es von hinten. »Hör auf zu kokettieren!«

»Ich mache mir Sorgen um Lena«, sagte Melina. »Hat sie sich die letzten Male, als sie bei euch war, irgendwie anders verhalten als sonst?«

»Sie war ganz okay«, sagte Saphira und ließ mit einem Taschenfeuerzeug Funken sprühen.

Ben nickte. »Der Hintern vor allem.«

Gejohle bei den Jungs.

»Ähm ... Saphira? Du sagst, sie *war* ganz okay ... Klingt nach Vergangenheit. Hat sie Andeutungen gemacht, dass sie etwas vorhat?«

»Dann eben *ist!* Wusste nicht, dass hier jedes Wort überprüft wird. – Nee, Andeutungen, zu watt denn?«

»Hat sie erzählt, dass sie an einer Reise teilnehmen wird?«

»Nee.«

Melina sah ein Muster auf Saphiras Unterarm. Erst konnte sie es nicht erkennen. Es waren kleine, frische Narben. Saphira zog den Ärmel des Pullis herunter.

»Hat Lena angedeutet, dass sie nicht mehr wiederkommen will?«

»Mann, nein!«, rief Saphira. »Wie oft denn noch? Is' mir doch völlig schnuppe, ob die zurückkommt. Soll sie wegbleiben. Machen die doch immer so. Ich weiß gar nicht, warum wir uns jedes Mal mit denen abgeben.«

»Mit denen? Wen meinst du?«

Biggi tat genervt. »Die kommen her und glotzen uns an, Alter, ey! Und denn sind se wieder weg, wenn se sich genug aufgegeilt haben und sich ganz supi finden, weil sie bei uns auf Gutmensch gemacht haben. Leckt mich doch alle!«

»Biggi ...«, sagte die Hintergrundstimme.

Das Mädchen sprang auf, raste aus dem Wohnzimmer und schlug die Tür zu. Niemand folgte. Es war einfach etwas mehr Platz auf dem Sofa.

»Sie sind genervt, weil niemand ein langfristiges Vertrauen aufbaut.«

Kira wandte sich nach hinten zum Erzieher: »Ey, *du* nervst! Lass mich das checken! Also, die Sache ist, hier tänzeln alle möglichen Figuren rein. Betrachten uns ein paar Stunden, lassen sich was über Käfighaltung verklickern und hauen wieder ab – Zoobesuch beendet. Am liebsten mit Erinnerungsfotos. So'n Politikerpenner war auch mal dabei!«

»Oder Heititei-Pärchen, die uns adoptieren wollen.«

»... aber dann doch lieber ein Schnuckelbaby wollen.«

»Kannste dich erinnern an den Spacko?«

»... oder die fette Alte, die mich kämmen wollte, Alter!«

»Einen von uns haben sie ja mal genommen.«

Plötzlich Stille.

»Ja, Ben«, sagte Saphira.

Ben machte ein Victory-Zeichen, blieb aber stumm.

»Heiße Kartoffel. Zwei Tage später haben sie ihn zurückgebracht. Wollten ihn umtauschen.«

Fabio schlug mit der Handkante auf den Tisch, immer wieder, und starrte ins Leere.

»Besser ist, die lassen uns einfach alle in Ruhe«, resümierte Saphira.

Melina schaute sich das Grüppchen an. Die Jugendlichen, die sich kniffen, schubsten und anpöbelten, waren Kinder, die sich auf einem Sofa drängten, aneinanderdrängten. Sich Körperkontakt gaben.

»Es ist so –«, kam die Stimme aus dem Off. »Lena hatte zum Beispiel die Idee, mit der Clique gemeinsam einkaufen zu gehen. Das fanden wir sehr gut, Felicitas und ich. Wir werden hier von der Zentralküche versorgt, da kommt das Essen fertig in Boxen. Manchmal kochen wir selbst, aber mit fertigen Produkten. Die Kids wissen gar nicht, wie ein ganzer Kohlkopf aussieht. Oder dass ein Fisch nicht mit Panade im Meer schwimmt …«

»Das will die Frau gar nicht wissen, Claas!«, fuhr Fabio ihn an. »Die zerbricht sich den Kopf wegen Lena!«

Melina unterdrückte ein Grinsen.

Da intervenierte Ben: »Ist tutto completi egal, ob Lena zurückkommt oder nicht. Uns gibt's eh bald nicht mehr.«

»Wieso?«, fragte Melina.

»Weil alles dichtgemacht wird. Der Laden ist pleite, ey! Total abgebrannt, alles nur noch Kulisse.«

»Hat sich auspalaut«, bestätigte Kira.

»Ich habe euch doch gesagt, dass das vorerst nicht passiert«, meinte der Erzieher.

»Du hast ja deinen Job, Beamtenarsch«, schrie Ben ihn an. Seine Stimme überschlug sich – Stimmbruch oder Panik.

»Sie finden keinen, der das PALAU weiter betreibt«, sagte Kira erwachsen.

Melina wagte nicht, Öl ins Feuer zu gießen, fragte aber doch: »Und dann?«

Kira strich sich den Scheitel zurück. »Ne amerikanische Hotelkette wird's übernehmen. Aus den Häusern machen sie Wohnungen. Reitstall, Spielplatz und Park passt gut für reiche Gäste. *Enceladus* oder so. Haben schon halb Spanien und Frankreich aufgekauft.«

»Du bist gut informiert.«

Claas, der Erzieher, mischte sich erneut ein. »Das sind

nur Gerüchte. Weiterhin laufen Versuche, ein Konsortium zu bilden, in dem die evangelische und die katholische Kirche gemeinsam die Mehrheit bilden. Keine von denen will so ein Mammutprojekt alleine schultern. Achtzig Hektar Grundstück, weißt du, was das heißt, Melina? Die ganzen Anlagen, Gebäude, das Krankenhaus ...«

»*Enceladus* ist schneller«, stellte Kira mit betonter Sachlichkeit fest. »Die Kirchenfuzzis einigen sich eh nicht. Ich hab auch keine Lust, hier als Betschwester rumzutänzeln.«

Lachen im Chor.

»Zuschüsse von Staat und Kirche«, sagte Claas. »Stiftungen und Spenden. Der private Betreiber hat damit spekuliert, dass er das PALAU an eine Kirche verkaufen kann, für einen Euro. Aber blöd sind die ja auch nicht.«

»Hatte denn der Betreiber jemals mit Gewinnen rechnen können? Ich meine: betreutes Wohnen und Palliativmedizin ... Nimmt man da was ein?«

»Ja, natürlich mit Mischkalkulation. Manche Bereiche machen Minus, andere sollten Plus einfahren. Man hat damit gerechnet, einen Teil von den Krankenkassen zu bekommen, aber auch solvente Patienten und Mieter zu haben. Einige Wohnungen hier sind sehr chic, und man muss nicht krank sein, um sie zu nutzen. Dann ist da das Seehotel, das öffentliche Restaurant und die Läden, die Eigenprodukte verkaufen. Steuern und Spenden – das sollte eine weitere Quelle sein. Aber die sprudelt nicht.«

Kira ging dazwischen. »Hinter *Enceladus* steht die Mafia. Die haben auch Supermarktketten und Kirchen gekauft.«

»Übertreib nicht immer, Kira«, sagte Claas.

»Wenn's so ist!«, protestierte sie lautstark. »Vielleicht

nicht die Mafia in Italien. Aber woanders gibt's ja auch ... Mafias? Mafien!«

»Muffins!«, sagte Ben, und alle lachten bereitwillig.

»Kirchen?«, fragte Melina.

Claas zuckte mit den Schultern.

30

Professor Carlo Brogli rührte in der weißen Flüssigkeit.

Sie können sich ja nicht aufgelöst haben. Irgendwo müssen sie sein.

Aber alles, was der Löffel zum Vorschein brachte, war nur Milch.

Es müssen mindestens noch drei Rosinen sein! Ach, lass es! Wenn ich das Zeug nur wegen der Rosinen esse, sollte ich einfach in die Küche gehen und mir welche holen.

Als der Umschlag am Morgen gekommen war, hatte Brogli ihn ungeduldig aufgerissen und den Text überflogen, beginnend mit der letzten Seite. In seinem erstaunlich fix gefertigten Gutachten zu Jan Sikorskis Unfall und Tod in der Schweiz nahm Professor Lascheter keine direkte Schuldzuweisung vor. Weder die Ärzte in Samedan noch er, Brogli, mussten sich einem Vorwurf ausgesetzt sehen. Brogli merkte, dass er sich in den vergangenen Tagen doch Sorgen gemacht hatte. Andererseits war nach dem Überfliegen ein merkwürdiges Gefühl eingetreten – einige Fragen waren nicht beantwortet. Aber die genaue Lektüre würde das aufklären. Wer weiß, dachte er, womöglich sind zwischen den Zeilen doch Anklagen versteckt.

Er klemmte den Umschlag und die Textseiten unter den linken Arm und schüttelte mit der rechten Hand die Packung mit der Cornflakes-Mischung. Nur einige Körner rieselten heraus und fielen einsam in die Milch.

Die Öffnung ist zu eng!

Professor Brogli zerrte an dem Plastikbeutel, der in der

Packung die Cornflakes mit Rosinen enthielt. Das Loch oben war gerade mal drei Zentimeter aufgerissen. Stülpte man das Ganze um, versperrte die Masse logischerweise den Ausgang. Mit der Rechten hielt er die Packung aus Pappe, mit der linken, etwas angewinkelten Hand versuchte er, die Öffnung zu dehnen.

Aber sie gab nicht nach.

»Ja, was soll jetzt ...« Er fluchte und intensivierte die Kraft in seinen Fingern – der Daumen und der Zeigefinger verrichteten das Hauptwerk. Endlich schien sich etwas zu bewegen.

Da riss die Plastikfolie, und die darin unter Spannung stehenden Flakes und Körner und durchaus auch die Rosinen explodierten in einem Feuerwerk, das sogleich im Wohnzimmer herniederrieselte und farblich eine interessante Note auf dem eintönig blassbeigen Velourboden abgab.

Er konnte gerade noch verhindern, dass die Schale mit der Milch hinterherkippte, gegen die er im Schreck gestoßen war. Da war es zu verschmerzen, dass er so heftig auf den Löffel langte, dass der im Bogen in die Sammlung von Honoré de Balzacs Meisterwerken flog und die Lederrücken mit einigen Tropfen Milch besudelte.

Brogli, der Balzac nicht sonderlich schätzte, entfernte trotzdem die Milchflecken mit dem Finger, zog sich aber ansonsten aus dem Wohnzimmer zurück.

»Wir regen uns nicht auf«, sagte er. »Wir regen uns nicht auf.« Mit dem Mantra schaffte er es ins Arbeitszimmer, wo er sich über das Gutachten beugte und einen zunehmenden Appetit nach Rosinen verspürte.

»Ja – die Vorwahl von Leningrad bitte. Ach, ähm: Petersburg. – Ja. – Aha. Und zwei Nullen davor? – Gut, danke.« Er wählte gewissenhaft und hörte ein Tuten – viel näher als erwartet. Eine ärgerliche Männerstimme. »Hallo? Brooogli hier, Zürich. Können Sie mich bitte mit Professor Moooguuu-tiiin verbinden? Dmitrij Mogutin!? Mein Name ist Brogli, Zürich, in der Schweiz.«

»Ah! *Dobryi den', Professor! Kak zhe ty, podlets?*«

»Ja ... Ähm, danke. Schön, dass Sie selbst dran sind.«

»Ich dachte, Sie sind tot, Genosse Brogli?«

»Genosse ...? Tot, nein, also ...«

»Ewig haben Sie sich nicht gemeldet. Ich habe wirklich gedacht, Sie liegen in Schweizer Erde verbuddelt. Ich wollte mir schon Ihren Schädel sichern, für forensische Studien.«

»Ähm, Dmitrij ... Dies ist ein Ferngespräch, und ich wollte Sie um Ihre fachliche Meinung bitten, in einem etwas diffizilen Fall.«

»Ja?«

»Ja ...«

»Ich warte auf Ihren Aufschlag, Carlo Brogli!«

»Ach so, ja, also die Sache ist die: Sie haben doch sehr intensiv die Wirkung von *Levetiracetam* untersucht, nicht wahr? – Soll ich wiederholen?«

»*Levetiracetam,* ja, das ist aber schon Jahre her. Ein Hersteller wollte es unter neuem Namen in weiteren Ländern vertreiben, darum haben wir das Patent noch einmal großflächig durchgeprüft. Lukrativer Auftrag. Arabischer Raum, Nahost und so weiter. Ein sehr gut verträgliches Mittel gegen Epilepsie.«

»Ja, nicht? – Dmitrij, sind Ihnen irgendwelche Kontraindikationen bekannt mit Mitteln für die Analgo-Sedierung?«

Es grunzte in der Leitung. »Auf solche Fragen antworte ich nicht, Kollege. Nebenwirkungen gibt es immer und überall.«

»Aber letal? Es geht um letale Folgen.«

»Es gibt Leute, die beißen in ein Butterbrot und fallen tot um, Carlo! Das Schicksal an sich ist reichhaltig und vielgestaltig.«

»Ja, also, folgender Fall: Ein Patient, sechzehn Jahre, männlich, leidet offenbar an Epilepsie. Er erleidet einen Anfall, fällt und stürzt einen Hang hinab. Innere Verletzungen, die aber konservativ behandelt werden können. Die Notfallstation in Samedan verabreichte eine Minimaldosis *Levetiracetam* ...«

»Kein Problem. Das Zeug ist ab sechzehn zugelassen.«

»Das weiß ich. Aber wegen der Verletzungen wurde der Junge sediert, und zwar mit *Midazolam* und *Flumazenil*.«

»Hm. Mit *Flumazenil* müssen Sie vorsichtig sein bei Epileptikern.«

»Auch das weiß ich, Dmitrij. Den Epilepsie-Pass hatten die Unfallkollegen bei dem Jungen gefunden und konnten deshalb sofort das Antiepileptikum geben. Sie haben aber die Warnung darin übersehen, dass er gegen viele Antiepileptika allergisch ist. Es war eine eher unglückliche Formulierung ...«

»Bei uns ist noch keiner von den Allergikern an *Levetiracetam* abgekratzt.«

»So. Auch nicht im Zusammenspiel mit Sedativa und Analgetika?«

»Analgetika? Wieso ...? Ach so, weil *Midazolam* nicht schmerzhemmend ist. Was haben Sie denn gegeben?«

»Tja, das ist das Dumme: An diesen einen Punkt können sich die Unfallkollegen nicht erinnern. Da hat wohl die Sanität schon etwas verabreicht. Das Hospital nicht mehr, und leider haben wir nichts dazu im Protokoll.«

»Dann kann ich nur eines sagen, Carlo: Möglich ist alles.

Aber wenn ihr vorsichtig sediert habt, mit sorgfältiger Titration, müsste die Wahrscheinlichkeit einer letalen Unverträglichkeit äußerst gering sein. »

»Nicht wahr? – Ich habe hier ein Gutachten, von einer Kapazität verfasst. Zugleich der behandelnde Arzt des Jungen. Er schreibt, der Patient habe – Zitat – mit an Sicherheit grenzender Wahrscheinlichkeit einen allergischen Schock erlitten. Er sei sowohl gegen Antiepileptika als auch gegen Sedativa und Analgetika allergisch, und erst recht in dieser Kombination.«

»Klingt für mich nicht nachvollziehbar, aber Einzelfälle gibt es immer. Klagen die Eltern?«

»Nein, ich glaube nicht. – Wir haben auch sofort aufgehört, Antiepileptika und Schmerzmittel zu geben, auch die Sedierung wurde weit zurückgefahren. – Was mich besonders wundert, Dmitrij, ist das, was La- ... was der Gutachter nicht anspricht: Ich hatte bei der MRT festgestellt, dass das Gehirn des Patienten ein eindrückliches Bild aufwies. Es sah für mich so aus wie das Gehirngewebe eines Erwachsenen. Wenig Graumasse, viel weiße Substanz. Alternative Aufnahmen meiner Assistenten lassen außerdem erkennen, dass das Organ großflächig nicht mehr funktionierte, die Bilder erwecken den Eindruck, das Gehirn hätte begonnen, sich aufzulösen. Aber es sind ja keine Fotos, insofern ist das reine Spekulation, solange man nicht in den Schädel schauen kann.«

»Was vermuten Sie?«

»Der deutsche Kollege versicherte mir, er habe dem Patienten Kontrastmittel injiziert, um den Bereich für eine OP am *sulcus frontalis superior* zu kennzeichnen. Dies habe zu dem Fehlbild beim MRT geführt. Er hat verschiedene Mittel getestet und sich dann für *MyoTargetin N* entschieden. Davon sollen noch Spuren im Gehirn gewesen sein, als ich die Tomographien mit dem Patienten machte.«

»*MyoTargetin?*«

»*N*«, schob Brogli nach. »Hatte ich das erwähnt? *MyoTargetin N*!«

»Welcher Buchstabe auch immer, mir sagt schon *MyoTargetin* nichts. Haben Sie es nachgeschlagen?«

»Nichts gefunden, ehrlich gesagt.«

»Vielleicht hat er es selbst entwickelt. – Faxen oder mailen Sie mir mal die Bezeichnungen aller Kontrastmittel, die der Mann ausprobiert hat. Ich leite es an Raschid al-Mahmudi weiter. Oder schicken Sie es ihm direkt, er lehrt derzeit in Osaka. Es gibt keinen Besseren in Sachen MRT-Kontrastmittel.«

»Ja, ähm ... mal sehen.«

»Was sagt das Gutachten zu dem Mittel?«

»Er geht auf das Mittel nur noch mit einem Satz ein: Das *MyoTargetin N* habe mit der Todesfolge nichts zu tun.«

»Klar, er wird sich nicht selbst bezichtigen. Ich weiß nicht, wie das bei Ihnen ist, Kollege Brogli. In meinem Land darf der behandelnde Arzt nicht gleichzeitig der Gutachter sein.« Er lachte.

»Ja, ja. Ich weiß. Ich hatte es so gesehen, dass ja ich der behandelnde Arzt war, und er eben der Spezialist für ... na ja.«

Mogutin hustete, dass es im Hörer klirrte. »Was ist? Soll ich ein Gegengutachten verfassen? Ich bin aber kein Spezialist für ... *na ja*«. Wieder lachte er.

»Das kann ich nicht machen. Der Kollege ist ein angesehener Mediziner. Er steht sogar auf der Shortlist für Stockholm, wird gemunkelt. Vielleicht hätte er den Preis schon erhalten, wenn ihm nicht damals eine Schmutzkampagne dazwischen gefunkt hätte. Jemand hatte ihn unethischer

Experimente in Afrika beschuldigt. Er konnte das nach Jahren entkräften. Wenn ich nun angriffig Zweifel gegen ihn ins Feld führe, schade ich seiner Karriere vielleicht unwiderruflich.«

»Nobelpreis für die Callosotomie?«

»Ja«, sagte Brogli reflexartig und erfreut, verstanden worden zu sein. Dann bereute er seine Plauderei.

»Wo Sie Afrika erwähnen, war das nicht Zaïre, oder wie das Land in dieser Sekunde gerade heißt?«

»Demokratische Republik Kongo«, sagt Brogli, wieder automatisch.

»Der Genosse Eugen! Laschi von den *Zucker*-Bäckern! Na bravo!«

»Das muss unbedingt unter uns bleiben, Dmitrij.«

»Ich schweige wie Lenins Grab. Aber *Sie* sollten es an die große Glocke hängen, Carlo. Lascheter ist ein Verbrecher.«

»Nein, kommen Sie … Das ist … Er hat sich rehabilitiert.«

»Er konnte die Vorwürfe nicht entkräften, er hatte Anwälte, die gute – wie sagt man? – Nebelmaschinen hatten. Nein, Verbrecher nenne ich ihn, weil er mir meine beste – und hübscheste – Assistentin abspenstig gemacht hat: Noëlle. Sie haben sie, glaube ich, einmal mit mir getroffen, in Bukarest.«

»Der Kongress in Bukarest? 2009? Da war ich nicht.«

»Jedenfalls ist sie klug wie – ich. Und schön wie eine Zarenprinzessin. Einen *sinus mammarum* hat das Mädel, da wache ich noch heute schweißgebadet auf!«

»Dmitrij …!«

»Der IQ kann niemals so hoch sein, wie wir ihn bei ihr immer gestestet haben. Das heißt, sie hat den Test manipuliert. Und *das* heißt: Sie ist noch schlauer als ich, denn ich hab nie kapiert, wie sie das Ding gedreht hat.«

31

Die Dachfenster sahen aus, als habe jemand vom Dach aus Sand über sie gekippt und dann Wasser darüber verspritzt.

Ich komme zu nichts mehr, dachte Melina und öffnete sie beide, so weit es ging – das über dem Schreibtisch und das im Bad. Eine Amsel saß auf der Regenrinne und starrte Melina mit ihrem Knopfauge an.

Unter den Mails gab es nichts Neues von Lena. Ihr zweites Video hatte sie an ihren Vater und an die Institutsadresse geschickt.

Aber da war eine Nachricht von Jenissej.

Ich hätte mich selber an die Polizei wenden sollen. Dieser Polizist, hast du den Eindruck, er nimmt die Sache ernst? Das mit der Reise in die Schweiz scheint ihn gar nicht zu kümmern. Für mich ist er überfordert.

Immerhin ist Jenissej nicht sauer auf mich.

Der Schlüssel zum Verständnis von Lenas Filmen ist Keplers Sphärenharmonik. Da geht es um die Planeten des Sonnensystems – das ist eine Sprache, in der Lena mit mir zu kommunizieren versucht. So weit bin ich.

Schon Aristoteles wusste, dass es im All keine Luft gibt, also war er sich sicher, dass Planeten auch keine Geräusche machen, wenn sie sich bewegen. – Aber andere glaubten daran. Sie meinten, die elliptischen Planetenbahnen enthielten Formeln und mit ihnen das Geheimnis der Welt. Jedes Verhältnis des sonnennächsten und des sonnenfernsten Punktes einer Bahn ergibt ein Zahlenverhältnis, und das übersetzte man in die Musik. Zuerst die Fans von Pythagoras, später auch

Kepler. Man nahm längst nicht mehr an, dass Planeten wirklich eine Terz oder eine Quinte erzeugen, wenn sie durchs Universum kreisen. Aber an die Geheimnisse der Mathematik glaubte man. Im Barock dachten die Menschen, ihre Gefühle müssten einen Widerhall in grundsätzlichen Prinzipien finden.

Lena erinnert sich offenbar, dass ich mit der Sphärenmusik choreographieren wollte. Daraus ist zwar nur die Gestaltung eines Kirchsaals geworden, aber egal. Ich sitze weiter an der Datei. Was ich finde, sage ich dir sofort. Wo bist du, ich habe dich nicht am Telefon erreicht?

Wenn ich ihn anrufe, reiße ich ihn aus seiner Konzentration. Er soll ruhig weiter über Lenas Film brüten. Außerdem habe ich nichts, was ich ihm mitteilen kann.

Sehr geehrter Jenissej, Hauptkommissar Melchmer interessierte sich zuerst gar nicht für meine Anzeige, dann fragte er mich aus über die Arbeit am Institut und über die Fallstricke der Pubertät, wie er es nannte. Ich glaube auch nicht, dass er in Vermisstensachen sonderlich kompetent ist, aber vielleicht gibt er den Fall ja an routiniertere Leute ab. Ich überlege, ob ...

Das Telefon klingelte.

»Jonas Somber, *Institut Professor Zucker,* guten Tag. – Melina – von – Lüttich?« Er schien den Namen abzulesen. Sie hatte den Namen Somber und die Stimme noch nie gehört.

»Ja ...«

»Frau – von Lüttich, wir haben ein Problem. Können Sie sich vorstellen, worum es geht?«

»Nein. Ehrlich gesagt, nicht.«

»Das Problem stellen Sie dar. Es ist zutreffend, dass Sie als studentische Hilfskraft bei uns sind? Sie wissen, dass es bei einem Vertrag wie dem Ihren keine Kündigungsfristen gibt, ja? Die Verwaltung des Instituts dankt Ihnen für Ihre Tätigkeit bei uns und hat sich – natürlich auf der Grundlage einer reiflichen Überlegung und Abwägung – entschieden, auf Ihre Zuarbeit *ex nunc* zu verzichten.«

»Wieso denn?«

»Wieso? – Sagt Ihnen die Familie Akyürek etwas?«

»Nein. Aky… Nein.«

»Herr und Frau Akyürek waren zutiefst bestürzt, wie ihr Sohn im *Institut Zucker* behandelt wurde. Er sei einer hochnotpeinlichen Befragung ausgesetzt worden, die … – ich wähle hier lieber meine eigene Formulierung – an Verhörmethoden der dunkelsten Vergangenheit Deutschlands erinnert. Dabei sei nicht nur ihr Sohn, sondern die ganze Familie verbal in den Schmutz gezogen worden.«

»Ich weiß nicht mal, worum es geht, Herr …«

»Akyürek! Die Familie besitzt einen Fruchthof in Berlin. Ihr Sohn hat sich als Testperson zur Verfügung gestellt und kommt seit dreieinhalb Jahren regelmäßig zu uns. Die Familie Akyürek verlangt dafür kein Geld, auch kein Taschengeld für den Sohn. Die Familie Akyürek hat immer wieder bedeutende Summen gespendet. Die Familie Akyürek hat ihr Vertrauen in uns gesetzt, und das ist nun erschüttert.«

»Was habe ich denn gemacht?«

»Na, muss ich Ihnen das wirklich …? Sie stürmen in eine Sektion, der Sie nicht zugeteilt sind. Sie verschaffen sich Zutritt zu einer Gruppe Jugendlicher und zu einer Testreihe, für die Sie nicht zuständig sind. Das müssen Sie wissen, Sie sind lange genug bei uns unter Vertrag, wie ich das hier sehe. Sie schnappen sich den Jungen und setzen ihn seelisch unter Druck. Bülent ist nach Auskunft von Herrn Akyürek in psychologischer Behandlung nach diesem Geschehen!«

»Bülent …!«

»Sag ich doch, dass Sie wissen, worum es geht! Ich wollte mir die Bänder des Gesprächs ansehen. Dann habe ich festgestellt, dass es gar keine gibt! Sie haben die Kameras einfach ausgeschaltet! Die Regel besagt: keine Befragungen ohne Kamera.«

»Das war kein Testreihen-Interview«, sagte Melina. »Wie Sie selbst sagen: Dafür wäre ich gar nicht zuständig gewesen.«

»Der Junge sagt aber, Sie hätten ihn regulär interviewt, nach Erinnerungen gefragt. Und Sie haben ihm gedroht. Sie würden seine Familie informieren, wenn seine Ergebnisse schlecht sind oder er sich weigert.«

»Hat er von diesen Erinnerungen gesprochen?«, fragte sie.

»Das ist jetzt völlig unerheblich. Es geht um Ihre Methode, die gegen die Würde verstößt, auch wenn es nur ein jugendlicher Türke ist.«

»Was soll das denn heißen?«, fragte Melina und war dankbar für den Ablenkungspunkt.

Er hat nichts von Fogh erzählt. Bülent wird weder gegenüber seiner Familie noch gegenüber dem Institut berichtet haben, wie Fogh ihn ins Gebet genommen hat, den Namen Lenas im Zusammenhang mit der Reise in die Schweiz nicht zu erwähnen. Es ist für ihn leichter, alles auf mich zu schieben. Wenn ich Fogh erwähne, ist es mein Problem, nicht mehr seins.

»Haben Sie noch persönliche Gegenstände bei uns im Institut?«

»Ich … Ja. Ein paar Sachen.«

»Holen Sie die so rasch wie möglich ab. Kommen Sie bei mir vorbei, Sie müssen noch etwas unterschreiben und die Keycard zurückgeben. Ich werde Ihre Bezahlung bis zum

Monatsende veranlassen, auch wenn Sie in dieser Zeit keine Leistung für uns erbringen. Nehmen Sie das als Kulanz des *Instituts Professor Zucker,* nicht als eine Verpflichtung für irgendetwas.«

»Sie geben mir keine Gelegenheit, mich zu verteidigen.«

»Wegen einer studentischen Hilfskraft veranstalte ich kein Hearing. Wir haben ein Problem mit Ihnen, und das können wir uns nicht leisten. Sie haben sicherlich Gelegenheit, anderswo zu jobben.«

»Ich habe unter der Leitung erst von Frau Doktor Schurz und dann von Prof. Kraniotakes gearbeitet. Hat der Professor meine Kündigung gefordert?«

Jonas Somber stöhnte. »Sie haben Ihren Vertrag nicht mit irgendeinem Mitarbeiter oder mit einem Lehrstuhl, sondern mit dem Institut. Darum entscheidet das Institut. Alles klar?«

Das Institut verschweigt Lenas Teilnahme an einer Jugendreise. Oder Fogh tut es, in Eigenregie. Sie haben also was verschwiegen! Kann ich mich damit aus der Affäre ziehen? Lieber nicht.

»In welchem Büro finde ich Sie, Herr Somber?«

»2341. *Direktion* steht an der Tür. Wenn ich nicht da bin, dann wenden sie sich an meine Sekretärin, die weiß Bescheid und erledigt das Formelle.«

»Ich habe Ihren Namen noch nie gehört. Ist das der Bereich von Dr. Umbreit?«

Der Mann atmete tief ein – genervt oder beleidigt, das konnte Melina nicht beurteilen. »Umbreit ist pensioniert. Schon lange.«

»Schon lange?«

»Mindestens seit zwei Wochen oder so. – War's das?«

Wie bezahle ich meine Wohnung?
Sie haben eine neue Mail.

a.f.mueller@palau-berlin.de
Sehr geehrte Frau von Lüttich,
am heutigen Vormittag erkundigten Sie sich über Teilbereiche von Palau ---, und zwar beim Projekt »Jugendgesellschaft wohnt«. Zu diesem Zweck besuchten Sie eine Lebensgemeinschaftgruppe auf unserem Gelände in Berlin-Gatow. Wir danken Ihnen für Ihr Interesse, von welchem uns das Pädagogenteam umgehend unterrichtete. Allerdings bitten wir, Besuche dieser Art künftig anzumelden. Private Kontakte sind grundsätzlich möglich, sie sind aber v o r a b mit den Erziehern abzustimmen. Hierzu können Sie unser 48-Stunden-Anmeldeformular verwenden, das sie auf unserer Website finden.

Ihr Erscheinen heute Morgen war nicht angekündigt. Zudem bezweifeln wir den rein privaten Charakter Ihres Erscheinens. Erkundigungen, die sich auf Inhalte, Strukturen und Organisationsfragen beziehen, bitte ich künftig ohne Ausnahme direkt an mich zu richten. Dies sind keine Themenbereiche, zu denen die ohnehin sozialpsychologisch herausgeforderten Jugendlichen etwas beisteuern können und sollten. Eingriffe von außen können im Extremfall zu seelischen Störungen bei den Schutzbefohlenen führen.

Befremdlich scheint uns zudem die direkte Ansprache einiger Mitglieder der Gruppe durch Sie. Wir bitten auch hierbei, auf den besonderen Bedarf an Ausgewogenheit in den Lebensgemeinschaften unserer Institution zu achten. Das Pädagogenteam wird Ihnen bei der Vorbereitung künftiger Termine beratend behilflich sein. Ungern sähen wir uns gezwungen, im Falle eines vergleichbaren Vorfalls entspre-

chend den Regularien unserer Satzung ein Hausverbot zu erteilen.

Hochachtungsvoll
Müller

P.S: Frau Lüttich, noch eine Frage: In meiner Kartei stehen Sie als Jugendleitungs-Anwärterin. Ist das noch aktuell? Den Angaben zufolge haben Sie bei uns noch nie eine Tätigkeit als Jugendgruppenleiterin ausgeübt. Da ich neu in diesem Bereich bin, wäre ich dankbar für einen Hinweis, ob die Karteikarte veraltet ist.

Was wollte ich machen?, fragte sich Melina. Ach ja, die Mail an Jenissej schreiben. Aber die Zeilen, die sie schon geschrieben hatte, ließen sich einfach nicht lesen. Sie sah den Text, mit dem sie begonnen hatte, aber außer *Sehr geehrter Jenissej* erreichte nichts davon ihr Gehirn.

Sie stand auf und legte sich auf das schmale Bett, das sie wie an jedem Morgen durchgeschüttelt und gemacht hatte. Jetzt steckte sie das Gesicht ins Kissen, als sei es nicht mehr erforderlich, Luft zu holen. Als das nicht weiter ging, warf sie sich auf den Rücken. Sie bemerkte, dass ihre Hände neben ihrem Körper anfingen, das Laken glatt zu streichen.

Ordnungsfimmel. Oder der Versuch, ein aufgewühltes Innenleben zu glätten. Ich reflektiere. Und reflektiere. Und befasse mich nicht mit dem, was eben passiert ist.

Sie brauchte noch zwei Ganzkörperwendungen. Dann sprang sie aus dem Bett und nahm das Telefon ins Visier. Sie rief Jenissej an und forderte ihn auf, sich mit ihr im Institut zu treffen. Und sofort loszufahren. Unauffällig solle er sich kleiden.

Melina verließ die Wohnung in der Jüdenstraße. Als sie an der Nikolaikirche vorbeikam, zog es sie trotz der Eile zu einem der äußeren Strebepfeiler. In der Mauer steckte eine Kanonenkugel.

Die habe ich auf meinem ersten Spaziergang entdeckt, dachte sie. Gleich, als ich in die Wohnung gezogen bin. Wollte immer klären, was es mit dieser halb aus der Wand herausschauenden Kanonenkugel auf sich hat. Sie sah eine kleine Texttafel, aber da hatte sie schon keine Geduld mehr.

Wenn ich nicht mehr in das Institut hineinkomme, was ist dann mit Lena? Ein heißer Schreck im Magen: Dann sehe ich auch ihre neuen Mails nicht. Na gut, da ist noch Jenissej. Aber wenn ich nicht aufpasse, vergisst er es.

Im Bus fragte sie sich, wo sie bleiben sollte. Zurück zu Dominus und Domina? Als 23-Jährige zu Hause anklopfen wie eine Gescheiterte? Auf keinen Fall! Eine WG ... Mit wem denn? Vielleicht, wenn ich mich nicht so anstelle, dann könnte es eine Weile gehen. – Nein. Geht nicht. Auf gar keinen Fall.

Aber das waren die Gedanken einer anderen. Sie kamen nicht an Melina heran, bleiben hinter einer Milchglasscheibe. Im Moment jedenfalls.

Wieso sind sie beide neu? Der Verwaltungs-Chef im Institut *und* dieser Müller im PALAU?

Napoleon. Die Kanonenkugel muss von Napoleons Truppen stammen.

32

Melina hatte sich für einen Seiteneingang entschieden, etwa zwanzig Meter neben der Ein- und Ausfahrt Nummer 2 für Ambulanzen und Lieferfahrzeuge. Dazu brauchte sie ihre Keycard, denn sie wusste, es gab keine Kameraaufschaltung an dieser Stelle.

Noch nie hatte sie vor dem *Institut Zucker* gestanden und gewartet. Zum Warten gab es das geräumige Foyer, das großzügig mit Kameraaugen ausgestattet war.

Der nächste Bus kam heran, hielt aber nicht. Ein silberner Kleinbus bremste scharf und stellte sich quer auf den Bürgersteig – der Fahrer telefonierte. Ein Windhund, ein echter Windhund, trabte heran, inspizierte ein Straßenbäumchen und ließ es voller Verachtung links liegen. Zwischen parkenden Autos auf der anderen Straßenseite schlich ein Typ mit weißer Baseballmütze herum. Melina konnte nicht sehen, ob er sich an den Türen und Fenstern der Wagen zu schaffen machte, aber weit entfernt war er nicht davon.

Das liegt in der Familie!, schimpfte sie innerlich. Lena versetzt mich, und jetzt ihr Vater.

Der Blick auf die Armbanduhr war nur dazu gut, ihre Pulsfrequenz zu erhöhen.

Quatsch, Lena hat mich ja diesmal nicht versetzt, sie hat …

Die Baseballmütze war direkt hinter ihr. Sie spürte den Atem des Mannes. Adrenalin aktivierte alle ihre Muskeln gleichzeitig.

»Können wir?« Der Typ hauchte.

Melina wusste gar nichts.

Unter der Schirmmütze – war das Gesicht von Jenissej.

»Ich sollte unauffällig herkommen. Gehen wir?«

Melina schob ihn und sich hinein.

»Was soll denn das?«, fragte sie drinnen barsch. Die Härte ihrer Stimme hatte etwas Befriedigendes. Sie sah schnell an Jenissej hoch und runter. Turnschuhe in Orangerot, weiße Hose, beigefarbene Lederjacke. »Auffälliger geht's wohl nicht?«

»Offenbar hast du nicht mit mir gerechnet, Melpomene. Also hat's geklappt. In der Stadt muss man grell sein, um nicht aufzufallen. Also, wohin gehen wir?«

Melina schleuste sie beide über ein Nottreppenhaus und einen Lieferantengang. Da sie Kameras noch nie mochte, hatte sie ein Gespür dafür entwickelt, wo sie hingen und sie beobachteten. Jetzt musste sie dem Ausschlussprinzip folgen. Dabei kam ein Zickzackkurs heraus, aber das war ihr egal.

Marmor oder Granit gab es auf diesem Schleichweg nicht, bestenfalls Sichtbeton. Türen mit Laborschildern. Ein schmales Band aus Glasbausteinen in etwa zwei Metern Höhe zwischen dem Gang und diesen Räumen.

»Hier werden also Menschen gezüchtet«, stellte Jenissej tonlos fest.

»Nein«, sagte Melina. »Hier sind die Kleintiere untergebracht.«

»Flöhe, Wanzen, Stechmücken?«

»Ja«, sagte sie und lief voran.

Ein Pfeifen.

Melina blieb stehen. Jenissej konnte nicht rechtzeitig bremsen, aber er war wendig, also schlängelte er sich um sie herum und blieb vor ihr stehen. »Was ist?«

»Ein Pfiff«, sagte sie. »War wohl nichts. Aber ich dachte erst …« Sie ging weiter.

»Männer können nicht gleichzeitig laufen und hören«, sagte er.

»Das stimmt nicht«, sagte sie und öffnete ihnen die nächste Tür, die schwer war und aus Stahl. »Männer hören sogar besser. Oder sagen wir: Sie können ein spezifisches Geräusch aus Lärmkulissen besser heraushören und die Richtung treffsicherer bestimmen als Frauen.«

»Aha. Untersucht euer komisches Institut solche Dinge?«

»Durchaus. Der Test stammt nicht von uns, aber wir haben ihn rekonstruiert und verfeinert. Wenn man im Labor Geräusche von allen Seiten auf eine Testperson einspielt und sie bittet, eines davon zu lokalisieren, zeigen Männer mit höherer Wahrscheinlichkeit in die richtige Richtung als Frauen.«

Jenissej hielt nun ihr eine Tür auf. »Ich dachte, Frauen sind in komplexen Situationen besser.«

»Wahrscheinlich ist es ein Relikt aus der Zeit, in der die Männer auf die Jagd gingen. Hunderttausende von Jahren mussten sie in der Wildnis hören, wo ein Beutetier sich bewegte – und wo ihnen ein Raubtier auflauerte. Das mussten Frauen nicht. Dieses Training hat sich in den alten Hirnarealen festgebrannt. Heute nennt man das den Cocktailparty-Effekt.«

»Faszinierend«, sagte er und befasste sich einige Meter damit. Dann änderte er die Stimmlage. »Ich folge dir blind überallhin, Melpomene, aber ich bin neugierig. Warum bin ich hier? Wohin gehen wir? Hast du Lena gefunden?«

In drei Ecken des Raumes standen Stechpalmen, in der vierten eine schwarze Liege. Drei schwarze Sessel, einander zugewandt. Kein Fenster. Dafür eine LED-Decke mit Tageslichtimitat. Gleich zwei Großbildfernseher an der Wand.

»Das ist Lenas Arbeitsplatz?«

Melina musste grinsen. »Sie hat keinen Arbeitsplatz in *dem* Sinn. Aber hier war sie besonders häufig.«

Jenissej sah sich um und nickte. »Was macht sie?«

»Sie testet Jugendliche. Stellt ihnen Fragen, protokolliert, wertet die Antworten statistisch aus.«

»Das weiß ich.« Er strich über die Lederlehne eines Sessels. »Was *genau* fragt sie?«

»Schizophrenie! – Also nein, langsam! – Als ich Lena zum ersten Mal im Institut begegnete, war sie vom PALAU herübergekommen. Sie wissen, dass sie dort ehrenamtlich tätig ist. Erst fand sie die Hilfe für Blinde interessant. Dann wechselte sie zu den Wohngruppen für Jugendliche. Die man gemeinhin ›schwer erziehbar‹ nennt. Sie hat einfach an den Aktionen teilgenommen, die die Erzieher da veranstalten. Die Kids sind zwei bis drei Jahre jünger als sie. Sie ist für sie ein Vorbild ...«

Jenissej sah sie eindringlich an.

»... Sie bekam mit, dass einige der Jugendlichen zu uns wollten. Es ging um eine Testreihe von Frau Doktor Schurz. Früherkennung von Schizophrenie. Lena brannte darauf, selbst mehr darüber zu erfahren, begleitete die Kids hierher und stellte sich ebenfalls als Testperson zur Verfügung.«

»Schizophrenie ... Davon hat sie nie erzählt. – Ihre Mutter war schizophren.«

»Ja, das hat sie mir gesagt. Und sie hatte Angst, dasselbe Schicksal zu erleiden. – Ich dürfte Ihnen das nicht sagen, aber in dem Fall ...«

Jenissej schloss die Augen, als konzentriere er sich. Er tastete sich um den Sessel und setzte sich. »Und der blöde Vater hat keine Ahnung.«

»Lena ist manchmal sehr rücksichtsvoll«, sagte Melina. »Das hat gute und schlechte Seiten.«

»Wird Schizophrenie vererbt?«

»Die Disposition kann genetisch weitergegeben werden. Ob sie aber dominant ist und tatsächlich zu Tage tritt, lässt sich noch nicht vorhersagen.«

»Bei Hesther, meiner Frau, hieß es, nur Erwachsene werden schizophren.«

Melina nickte. »Bei den meisten Männern wird die Krankheit etwa mit 24 diagnostiziert, bei den meisten Frauen mit 26, 27. In wenigen Fällen lassen sich die ersten Symptome schon mit zwölf feststellen. Unbestritten wird Schizophrenie erst ab der Pubertät auffällig«

»Hat man bei Lena so was festgestellt?«

Sie lächelte. »Nein. Es gibt noch keine Methode, Schizophrenie im Prodomalstadium zu diagnostizieren. Doktor Schurz entwickelte Tests, mit denen sie eine Diagnosemethode finden wollte. Leider ist sie vor einem Monat nach Pittsburgh zu Professor Lewis gegangen. Er ist weltweit führend auf dem Gebiet. Und Professor Lascheter, der für diesen Bereich bei uns verantwortlich ist, hat die Stelle nicht neu besetzt. Dieser Forschungszweig ist weggebrochen.«

»Wozu braucht man Befragungen? Ich denke, ihr habt tausend Tomographen, mit denen ihr durch die Gehirne fahren könnt.«

»Ja ... Wollen Sie das so detailliert wissen, Jenissej?«

»Ich habe bis heute nicht verstanden, was das für eine Krankheit war, die Hesther in Beschlag nahm. Wenn ihr hier eine Antwort habt, wie Schizophrenie entsteht, würde ich sie gern hören. Aber vor allem will ich wissen, was Lena treibt. Mach schon!«

Sie schaltete einen Bildschirm an. Für Jenissej sah es aus, als zappe sie sich durch Fernsehkanäle. Menüleisten, Bilder von Gehirnen, Querschnitte. Wieder ein Gehirn. Das Hirn war blau wie ein Meer. Darin gab es grüne und gelbe Atolle mit roten Bergspitzen.

»Das ist das Gehirn eines 35-jährigen Patienten mit Schizophrenie im Anfangsstadium.« Im nächsten Bild war das Meer zum Roten Meer geworden. »Das ist derselbe Patient, sieben Jahre später. Die überwiegend rötliche Färbung markiert Areale, in denen Hirnzellen irreparabel abgestorben sind.«

»Große Show! – Ich wusste nicht, dass das Gehirn bei Schizophrenie abstirbt.«

»Man weiß seit einigen Jahren, dass das schizophrene Gehirn die Nervenzellenverbindungen zerstört. Aber das ist normal, es gehört zum großen Umbau während der Pubertät: Verbindungen, die schwach sind, weil sie selten benutzt werden, fallen weg. Das passiert bei jedem Menschen. Altes wird durch Neues ersetzt. Man dachte, bei Schizophrenen werden auch die starken, leistungsfähigen Synapsen beseitigt – sozusagen aus Versehen, in einem Abwasch.«

»Aber?«

»Offenbar setzt der Angriff auf die starken Synapsen erst ein, wenn es keine schwachen Synapsen mehr gibt.«

»Dann macht diese … zerstörerische Kraft einfach weiter?«, fragte Jenissej.

»Oder die angeblich starken Synapsen sind bei Schizophrenen gar nicht so stark, wie sie sein müssten. Vielleicht wurde in der Kindheit einfach nicht erkannt, wie schwach *alle* Synapsen sind. Denn als Kind hat man sehr viel mehr davon als später. In der Masse sind sie dann zusammen doch recht leistungsfähig. Wenn nun aber schon ein Großteil ausgemerzt wird, fällt die Schwäche der restlichen Synapsen auf. Und weil sie schwach sind, werden die Verbindungen immer weiter gekappt. – Eine Theorie von David Lewis. Aber ob das stimmt, wissen wir noch nicht.«

Jenissej deutete fragend auf das Bild mit dem Gehirn.

»Unsere Geräte können das nicht aufklären. Wir sehen darauf keine Synapsen oder Nervenzellenverbindungen. Wir sehen das Echo ihrer Aktivitäten.«

»Ihr wisst also, *dass* es passiert, aber nicht *weshalb*.«

»Man muss das Gehirn öffnen und hineinschauen. Bei einem lebenden Patienten verbietet es sich. Deshalb brauchen wir Affen. Die Physiologie gerade der Stirnregion ähnelt der von Menschen. Aber wie findet man einen schizophrenen Affen? Man kann sie nicht in Hundertschaften einkaufen.«

Jenissej lachte und wurde sogleich wieder nachdenklich.

»Und was sieht man im Gehirn, wenn man es aufschneidet?«

»Lewis hat bei Verstorbenen nachgewiesen, dass die Pyramidenzellen im DLPFK kleiner sind als bei gesunden Vergleichshirnen, und die Dendriten haben weniger Dornen. – Der DLPFK ist der dorsolaterale präfrontale Kortex.« Sie tippte sich dabei an die Stirn, als wolle sie Jenissej einen Vogel zeigen. »Dieser kleine Bereich in der Stirnhirnrinde koordiniert alle unsere Gedanken und unsere Gefühle und bringt sie zusammen mit dem, was wir als Wissen und Erfahrung gespeichert haben. Er setzt aus alldem ein Gesamtbild zusammen. Das ist das, wie wir die Welt um uns herum sehen.«

»Der Regisseur.«

»So etwa. Wenn die Übertragungen in diesem Bereich nicht funktionieren, dann wird unser gesamtes Verständnis von der Welt schief.«

»Logisch.«

»An die Dornen der Dendriten müssten sich andere Neuronen anschließen, aber es gibt eben bei Schizophrenen weniger davon. Die Kandelaberzellen ... – Also, man muss unterscheiden zwischen Pyramidenzellen, Kandelaberzellen und Armleuchterzellen ...«

»Warte, warte! – Das geht mir zu weit, dafür ist mein Spatzenhirn nicht ausgelegt! Das Prinzip habe ich kapiert: Rauschen auf allen Leitungen, die Regie kriegt die Sache nicht in den Griff und sendet ein verkorkstes Bild nach draußen. Richtig? – Diese Störungen sind vielleicht schon mit der Kindheit da, kommen aber langsam mit der Pubertät, eigentlich erst beim Erwachsenen, wenn es zu spät ist. Ja? – Wenn ihr die Hirne von Kindern scannt, ist von Schizophrenie nichts zu sehen. Bei Pubertierenden ist sowieso alles im Umbau. Eure Technik bringt also in dem Fall nichts. Es gibt wenige tote Jugendliche, an denen ihr herumschnippeln könnt. Also müsst ihr sie befragen.«

»Ja und nein. Es gibt technische Methoden. An der Columbia University versuchen sie gerade zu klären, ob ein bestimmter Neurotransmitter verantwortlich ist für mangelnde Vernetzung des präfrontalen Kortex. Da kann man mit Hirnscans arbeiten. Der Neurotransmitter ist das Dopamin. Komischerweise haben Schizophrene davon im Überfluss.«

»Ist das nicht das Zeug, das in Schokolade steckt?«

Melina lachte.

»Ich meine, so ein Glücksbringer?«

»Na ja, nicht ganz ...«

Jenissej wurde wieder ernst. »Wie laufen diese Befragungen, die Lena durchgemacht hat? – Aktiv und passiv, wenn ich recht verstehe.«

»Zunächst mal haben wir keine Frage gestellt, sondern

die Jugendlichen gebeten, etwas zu zeichnen. Egal was. Eine Stunde hatten sie, saßen allein im Raum, und wir sagten ihnen, dass außer den wissenschaftlichen Mitarbeitern niemand das Ergebnis zu sehen bekommt. Was auch stimmt. Oder besser: Niemand von außerhalb wird Zeichnung und Person miteinander verknüpfen können. Das ist wichtig, weil die Jugendlichen vor allem fürchten, wegen einer Zeichnung von ihren Altersgenossen ausgelacht zu werden.« Sie zeigte am Bildschirm eine solche Zeichnung. »Was sagen Sie hierzu?«

Jemand hatte mit Kugelschreiber einen Baum gemalt. Die Verästelungen waren bis ins Detail ausgeführt, wobei die Äste sich an den Enden bogen. Einige Zweige sahen aus wie Mandelbrot-Männchen mit immer weiter differenzierten Fraktalen. Dazwischen waren Sprüche gequetscht, jede freie Stelle war gefüllt. *Römer und Griechen nannten mich den Traumgott. – Gibt es hier keine Rosen? – Der Wald trieb grüne Knospen. – Und das Volk, das sah, was geschehen war, verneigte sich vor ihr wie vor einer Heiligen.* Alle i-Punkte waren exakte Kreise, einige ausgemalt, andere nicht.

»Da hat es jemand sehr genau genommen.«

Melina vergrößerte einen Ausschnitt. »Dies ist eine Malweise, die für Schizophrene typisch ist.«

»Hm. Pia hat so was Ähnliches gemacht. Nicht das mit den i-Tüpfelchen, aber sie hatte eine Phase, in der sie ihre Schriftkunst mit Blattwerk und Ästen durchwob.«

»Das ist das Problem. Die Malweise *kann* ein Indiz für Schizophrenie sein, sie kann aber einfach auch auf Phantasie und einen bestimmten Stil zurückzuführen sein. Es war eine Dreizehnjährige, die den Baum gezeichnet hat. Frau Dr. Schurz nahm zunächst an, dass die Texte keinerlei Zusammenhang aufweisen. Ich habe sie in Suchmaschinen eingegeben und bin auf Andersen gestoßen. Alles Zeilen aus Hans Christian Andersens Märchen. Wenn auch keine Kernsätze. Das Mädchen muss die Geschichten auswendig kennen. Allerdings haben wir trotzdem keinen logischen Zusammenhang gefunden. Viele junge Mädchen leben in einer Traumwelt.«

»Das ist nicht krankhaft.«

»Richtig. Deshalb reicht ein einziges Indiz dieser Art nicht aus. Wenn wir auf eines stoßen, intensivieren wir die Suche. Ein zweiter Schritt ist die Prüfung des Arbeitsgedächtnisses. Das war Lenas Hauptaufgabe. Sie hat fast zweitausend Testpersonen verschiedene Aufgaben vorgelegt. Man weiß, dass das Arbeitsgedächtnis bei Schizophrenen schwach ist.«

»Was ist das Arbeitsgedächtnis? So was wie ein Arbeitsspeicher im Computer?«

Melina nickte. »Genau. Das ist unser kurzfristiges Erinnerungsvermögen. Die Informationen werden nur vorübergehend benötigt, sie müssen nicht auf der Festplatte gespeichert werden. Zum Beispiel ist es hilfreich, dass ich mich an den Anfang eines Satzes erinnern kann, während ich mich seinem Ende nähere. Trotzdem werde ich den Satz als solchen, in seiner präzisen Struktur schon ein, zwei Zeilen später vergessen haben, kann mich aber an seinen Inhalt erinnern.«

»Hesther konnte schon bald nicht mehr lesen. Das habe ich nicht verstanden: Weshalb konnte sie sprechen, aber Wörter nicht mehr lesen?«

»Oft schlägt es sich auf beides nieder«, sagte Melina und pflückte einen Klebezettel vom Computer. »Das Lesen ist für das Gehirn ein besonders komplizierter Vorgang. Interessanterweise sind wir dabei gar nicht so sehr auf die Buchstaben und ihre Reihenfolge angewiesen, wie man glauben könnte. Das Gehirn gleicht alle Ungereimtheiten sehr schnell aus. Hier, das ist eine Leseprobe, an der ich das gern demonstriere.«

Jenissej nahm den Zettel entgegen. Darauf stand:

Einen nromalen Txet knönen wir ofefnbar acuh dnan imemr ncoh sher gut lseen und vresteehn, wnen die eiznelnen Bucshtaben in den Wrötern vertuascht snid. Tortz Choas ist flüssiges Lseen möglcih. Enstcheiednd ist allien, dass die ertsen und leztten Buhcsatben so snid wie in nromalen Wörtren.

»Ja, erstaunlich.«

»Aber wir waren beim Arbeitsgedächtnis«, sagte sie. »Das brauchen wir zum Lösen jeder Aufgabe.«

»Und woher weiß das – gesunde – Gehirn, dass es einen Satz nur ganz kurz speichern muss und quasi löschen kann, während es ja nicht so gut ist, einen Satz zu vergessen, wenn jemand sagt: *Ich liebe dich* …?

Sie lächelte und schaltete den Bildschirm ab. »Das ist das Geheimnis. Das Gehirn ist offenbar ein sehr effizientes Entscheidungssystem. Und diese komplizierten Dinge drängen nicht mal in unser Bewusstsein. Eines kann man wohl sagen: Ein Satz oder ein Ereignis behalten wir offenbar dann besonders gut, wenn wir damit von Anfang an ein starkes Gefühl verbinden. *Ich liebe dich* kann man kaum vergessen, weil der Körper darauf reagiert. Oder ich erinnere mich an eine riesige Spinne in der Badewanne, als ich fünf Jahre alt war – denn da war die Angst. Dabei ist diese eine Spinne in meinem Leben völlig unwichtig. Wir behalten Dinge vermutlich nicht nach Wichtigkeit sortiert, sondern nach emotionaler Bedeutung. Neben Gefühlen sind Gerüche besonders prädestiniert. Ein bestimmter Geruch in meiner Nase, und ich erinnere mich an einen Nachmittag beim Kinderzahnarzt. An dem Tag hat er mich gar nicht behandelt, es war also unwichtig. Aber da lief eine Bohnermaschine ... Wir wissen noch nicht, weshalb ausgerechnet Gerüche so intensive Langzeiterinnerungen auslösen – zumal es, wie gesagt, völlig unwichtige Augenblicke sein können.«

Jenissej grinste. »Melina, Melina ...«

»Hm? Was denn? – Wieso *Melina* und nicht *Melpomene*?«

»Melpomene ... Nein, das bist du gerade nicht. Du bist Ärztin. Forscherin. Warum machst du nicht weiter mit dem Medizinstudium?«

Sie schlug die Augen nieder, legte die Fernbedienung für die Bildschirme ins Regal zurück und rückte ihren Stuhl zurecht.

»Entschuldigung«, sagte Jenissej. »Ich ziehe die Frage zurück.« Er räusperte sich. »Hesther ... Immer wenn ich an sie denke, kommt mir zuerst ein Nachmittag in der Klinik ins Gedächtnis. Die Sonne schien durchs Fenster, sie hatte einen kleinen Balkon ... Wir beide lagen nebeneinander auf dem Bett. Quer, angezogen, auf dem Bauch ... Sie erzählte mir, was sie erlebt hatte. Ich nannte es ihre *Reisen*. Ihr gefiel der Begriff, jedenfalls an diesem Nachmittag, als es ihr ziemlich gut ging. Sie hatte noch eine Ahnung, dass vieles von dem, an das sie sich erinnerte, nicht stattgefunden haben dürfte. Aber mit dem Wort *Reisen* war so eine Zwischenebene zwischen Wirklichkeit und Traum oder Geisteskrankheit getroffen. Hesther erzählte von Leuten, die zu ihr sprachen, sie könnte sie hören, aber nicht sehen. An diesem Tag lag sie neben mir, ihr Gesicht so schön wie immer, im Licht der offenen Balkontür ... Und sie nahm mich mit auf ihre Reise. Es war ... Mir war unwichtig, ob es real war oder nicht. Sie erzählte von Landschaften und von merkwürdigen Gestalten, die sie sah. In jeder Kleinigkeit steckten

Geschichten und Bedeutungen. Es war das erste und einzige Mal, dass ich das Gefühl hatte, gemeinsam mit einem Menschen zu *träumen*. Kein Tagtraum, ein echter Traum.« Er lachte. »Und das ohne Drogen. *Ich* jedenfalls. Sie bekam ja ihre Medikamente. Als ich die Augen öffnete, war die Sonne fast untergegangen. Wir hielten unsere Hände. Ich merkte, dass ich geheult hatte, der Hemdkragen war nass. Und sie hatte auch geweint. Ich … Sie sah mich an, und da war eine Sekunde, der Bruchteil einer Sekunde, in dem ich glaubte, dass sie mir mit ihrem Blick ›Auf Wiedersehen‹ sagte, ganz bewusst. Und es war wirklich so, dermaßen nah und klar war sie nie wieder, als ich da war. Die Frau, die ich … – Entschuldigung, diese eine Sekunde ist die einzige Erinnerung, bei der ich immer wieder anfange … Sie war weg. Ich besuchte Hesther immer wieder, doch die Frau, die ich liebte, war in dieser Sekunde weggegangen …«

Melina wollte etwas sagen, aber alles erschien ihr unpassend.

»Was in diesem gemeinsamen Traum passierte«, sagte Jenissej, »war unglaublich. Ich frage mich bis heute, wie sie uns da allein durch ihre Stimme hindurchgeführt hat. Frei assoziiert, wild, komplett irre – und schön.«

»Na ja …«, begann Melina vorsichtig. »Das ist außergewöhnlich. Allerdings ist bekannt, dass bei schizophrenen Patienten der vorhin erwähnte präfrontale Kortex ausgeschaltet ist. Also der alles kontrollierende Verstand. Es ist ungefähr derselbe Zustand, den wir im Schlaf erleben: Das Gehirn arbeitet weiter, aber unsere Kontrollinstanz hinter der Stirn macht Pause. Deshalb können die Gedanken im Schlaf frei assoziierend springen, ohne Zensur. Das sind die Träume. Es ist also nicht überraschend, dass das, was Ihre Frau Ihnen an jenem Tag beschrieb, einem Traum ähnelte.«

»Der präfrontale Kortex ausgeschaltet ... So einfach ist das?«

»Dasselbe Phänomen haben Sie beim Joggen.«

»Beim Joggen?« Jenissej lachte.

»Das Gehirn schaltet in einen Sparmodus. Alles konzentriert sich auf die Bewegungsabläufe. Deshalb fällt es Joggern schwer, beim Laufen konzentriert nachzudenken.«

»Sport macht blöd.«

»Nein, das nicht gerade. Nur im Moment der körperlichen Leistung. Viele Menschen joggen ja genau wegen dieses Effekts: Sie fühlen sich *im Hier und Jetzt*.«

»... weil der Verstand abgeschaltet ist. Deshalb dieses Gefühl von Präsenz? – Lustig!«

»Ja.«

»Ich habe noch eine Frage, Melina. Als Hesther die ersten Symptome ihrer Krankheit zeigte, hatte ich das Gefühl, sie koppele sich ab aus unserem Leben. Ich dachte, das ist eine Art Autismus. Ein Arzt, den ich fragte, benutzte dieses Wort. Gut, es war ein Internist, aber ... Ist Schizophrenie mit Autismus zu vergleichen?«

Melina überlegte. »Nein. Ein autistischer Mensch fokussiert seine Aufmerksamkeit auf ein Detail. Er beginnt sich für einen Knopf an Ihrem Hemd zu interessieren, schaut ihn an und ist von ihm eingenommen. Es kann sein, dass dieser Mensch weder das Hemd als Ganzes wahrnimmt noch Sie als Gegenüber. Manche Autisten sind nicht ansprechbar, ihre Sinne befassen sich mit dem Knopf. – Schizophrene versuchen hingegen, in unbedeutende Kleinigkeiten große Dinge hineinzugeheimnissen. Die Tatsache, dass es ein Hemdknopf aus Metall ist, könnte einen schizophrenen Patienten an eine Verschwörung glauben lassen, denn so einen hat er schon einmal bei einem anderen Menschen gesehen, der ein Bösewicht zu sein schien. Vielleicht sind ja Metallknöpfe ein verstecktes Erkennungszeichen für die Macht des Bösen. – Es ist eine komplett gegensätzliche Informationsverarbeitung zu der der Autisten.«

»Daraus entwickelt sich dann auch Verfolgungswahn?«

»Richtig. Oder andere Sorten wahnhaften Verhaltens. Hinzu kommt ein Informationsdefekt im Hirn der Schizophrenen. Klein, aber katastrophal: Viele können ihre Gedanken nicht mehr als ihre eigenen Gedanken identifizieren. Das Gehirn deutet die Gedanken so, als seien Quelle und Herkunft unbekannt. Vielleicht ist das der Grund für die sogenannten Stimmen, die diese Leute hören.«

»Hesther und ihre Stimmen, ja, ja.«

»Ich erinnere mich nicht«, sagte Melina. »Ich glaube, Autisten und Schizophrene haben trotzdem eine Gemeinsamkeit, es hat etwas mit der Hirnfrequenz zu tun, mit den Gammawellen. Aber ich müsste das nachlesen.«

»Egal. Komischerweise haben die Ärzte das nie so erläutert.« Er holte Luft, als tauche er aus dem Wasser auf. »Oder ich war damals nicht in der Lage, ihnen zuzuhören. – Und das *Institut Zucker* erforscht in erster Linie die Schizophrenie?«

»Nein«, sagte sie. »Aber anhand von Krankheiten und Ausfällen lernen wir viel über das Gehirn. Das ist noch immer mittelalterlich: Setzt ein Teil aus, wird er herausgeschnitten oder vorübergehend deaktiviert, erkennt man im Umkehrschluss seine Funktion. Das Institut hat auch jahrelang die Multiple Sklerose erforscht – nicht aus Selbstzweck, sondern weil sie Aufschluss bringt über Myelin. Das Myelin umwickelt Nervenleitungen im Körper, es bildet aber auch die für das erwachsene Gehirn besonders wichtige weiße Masse. »

»Mir brummt der Schädel ...«

Melina wartete einen Moment. »Ich habe Sie nicht nur hergebracht, um Ihnen Lenas Wirkungsstätte zu zeigen und unsere Arbeit zu demonstrieren.«

»Richtig, da war noch was.«

»Ich wollte Ihnen Lena zeigen.« Sie nahm die Fernbedienung zur Hand, die sie voreilig abgelegt hatte, und schaltete beide Monitore ein. »Ich habe Lenas Tests, soweit wir sie filmisch dokumentiert haben, herausgesucht. In den Monaten ihres Jobs bei uns sind an die 75 Minuten Material angefallen. Ich hab's zusammengestellt und möchte Sie bitten, sich das anzusehen.«

Jenissej richtete sich in dem Sessel neu ein. »75 Minuten? Und man sieht Lena?«

»Ja, nur sie. Das ist Verschlussmaterial. Ich darf es natürlich niemandem zeigen.«

»Ich sehe mir Lena gern an. Aber was soll das helfen?«

Er will nicht. Dieses Rindvieh will einfach nicht.

Melina kämpfte mit der Beherrschung.

Jenissej musste lächeln. »Was ist?«

Melina machte aus ihrem Zorn einen zusammengepressten, langsamen Satz: »Sie sehen sich das jetzt an.« Die Fernbedienung gehorchte nicht. »Sie sind Medienexperte. Sie können aus Lenas Verhalten vielleicht etwas herauslesen.«

Herauslesen? Was glaubt die? Ich bin doch kein Spurenleser.

Anderthalb Stunden folgte er Lenas Antworten, die sie während verschiedener Tests gegeben hatte. Die Haare waren pechschwarz, dann hatten sie blonde Strähnen. Rote. Blaue. Lena war gelassen, ein andermal gelangweilt. Nervös. Fahrig. Einmal stellte sie die Fragen. Jenissej saß vornübergebeugt auf dem Sessel. Vor dem Sessel. Er stand vor dem

Bildschirm. Hockte. Und lümmelte schließlich wieder im Polster.

Gab es etwas, das ihm aufgefallen war, fragte Melina ihn. Sah er etwas, das auf Lenas Verschwinden und auf ihre Videodateien deutete?

»Nein, Melpomene. Nichts. Gar nichts.«

»Sind sie immer noch drin?«

»Ja. Zuerst gingen sie kreuz und quer durchs Gebäude. Jetzt sitzen sie im K3. Was sie machen, weiß ich nicht.«

»Gut, geben Sie mir Bescheid, wenn sie rauswollen.«

Als Melina und Jenissej das *Institut Zucker* verlassen wollten, strömten aus drei Türen Männer und Frauen in schwarzblauen Jacken. »Einen Moment! Frau von Lüttich? Warten Sie! Und der Herr mit Baseballcap – wer sind Sie?«

33

Die wichtigste Erkenntnis, die Hauptkommissar Lothar Melchmer aus Lenas Filmdateien zog, war die Tatsache, dass sie seinen Laptop abstürzen ließen.

Ein drittes Mal wollte er es nicht riskieren. Auf den Dienstcomputern liefen sie sowieso nicht. Auf den heimischen PC spielte sein Sohn bei jedem seiner seltenen Besuche neue Software oder schraubte an den Platinen herum. Melchmer verstand nie, worum es dabei ging, aber jetzt konnte er sich eine *F3L*-Datei ansehen.

Der Sohn bringt dem Vater etwas mit und bockt wortlos den Computer auf. So müssen wir wenigstens nicht die ganze Zeit miteinander sprechen. Und streiten. Die Jungen bringen die Alten auf den neuesten Stand, damit verstärkt sich die Abhängigkeit. Das Rollenverständnis dreht sich. Erst aufpassen, dass Söhnchen seine Schularbeiten macht, und plötzlich ist er der, der alles besser weiß. Die einzig brauchbare Software war die für den Steuerausgleich.

Im Nachtfilm hielt ein schwarz-weißer Kirk Douglas Ansprache, Melchmer ignorierte ihn.

Auch Lenas Flackerbilder liefen, ohne dass Melchmer an etwas hängenblieb.

›Beamte zahlen sowieso keine Steuern.‹

›Du Torfnase, wie kommst du auf so einen Quatsch? Ich zahle über zehntausend. Vom Soli und der Mehrwertsteuer mal abgesehen. Übrigens, du Held, auch Pensionäre zahlen Steuern.‹

›Ich werde bei meinen Kommilitonen für dich sammeln.

Wieso trittst du nicht aus der Kirche aus? Dann hast du auf einen Schlag mehr und kannst dir einen richtigen Computer zulegen.‹

Immer das gleiche. Wenn wir reden, dann so was. Das letzte Mal habe ich ihn vor – zwei Monaten gesehen. Und Melanie ist auch schon drei Wochen auf Kur.

Er entschloss sich zu einem Schnitt. Schaltete den Fernseher aus. Suchte Radiostationen durch und blieb bei den Stones hängen. Dann der Kühlschrank.

Ein gepflegtes Pils in der Nacht.
Sympathy for the Devil.

Aus der Kirche austreten! – der Spinner! Flegeljahre sind keine Herrenjahre – oder wie war das?

Was gibt es an der Pubertät noch zu forschen? Was macht so ein riesiges Institut? Und was wollen die in den Gehirnen finden? Ist allgemein bekannt, dass das die Chaostage im Leben sind. Wie sagt Sohnemann so schön: Die Pubertät ist die Zeit, in der die Eltern schwierig werden. Aber so ist es. Die Jugendlichen kommen in einen geistigen, körperlichen und seelischen Stimmbruch. Kannste nix machen. Ich hab ja meine Alten auch drangsaliert und gereizt bis aufs Blut. Egal, warum. Und befriedigend war's für mich nie. Trotzdem musste es sein.

Hilfreich waren meine Alten ja auch nicht. *Krawallmusik* hat mein Vater zu den Stones gesagt. Ich hab's lauter gedreht, um ihn zu ärgern. Sie haben überhaupt nicht kapiert, dass das für mich *alles* war, die Musik. Sie haben immer nur gedacht, es geht um sie. *Sie* werden geärgert, *sie* werden tyrannisiert. Dabei wollte ich einfach nur *meins*.

Er stellte die Wiedergabe von Lenas Film ab und perfektionierte die Krone auf dem Glas Pils.

An der Pubertät ist nichts neu zu entdecken. Der Fall ist

gelöst. Man muss sich fragen: Warum hat die Natur es so eingerichtet, dass sich Kinder und Eltern nach Jahren der Symbiose auf einmal nicht mehr verstehen? Das ist keine Erfindung des 21. Jahrhunderts, um den Kleinen die Chance zu geben, zu Hause auszuziehen und sich eine Wohnung finanzieren zu lassen. Das konnten sie ja früher, in den Großfamilien, auch nicht. Das mit der Pubertät ist viel länger angelegt. In den Genen wahrscheinlich.

Der weiße Schaum schob sich höher über den Glasrand.

Wie alt wurden die Menschen früher, zehntausend Jahre vor INRI? Dreißig, fünfunddreißig? Maximal. Und wenn die Sippen herumzogen, waren es die Alten, die den Ton angaben. Die Alten, die kurz vor dem Ende waren. Mit 35, so wie heute mit 95. Bald würden sie sterben, und schon behinderten sie die Bewegung der Sippe. Dann waren da eben die Jungen, die in die Pubertät kamen. Mut entwickelten, Entfaltung suchten, Verantwortung übernehmen wollten, neue Jagdgründe erschließen. Die Alten aber hinderten sie daran. Die Pubertät ermöglichte den offenen Konflikt. Die Jungen mussten sich über die Alten hinwegsetzen, damit die Sippe flexibel blieb und langfristig überlebte. Notfalls musste so viel Aggressivität her, dass die Kinder ihre eigenen Eltern töteten. Töten *konnten*.

Melchmer grinste. Heute beklagen wir uns, wenn die Teenies ihre Kopfhörer zu laut stellen. Als ob wir mit dieser Art der Rebellion nicht gut bedient wären. Wir Alten.

Das Bier war sehr kalt für die einsame Nacht. Aber es machte ihn glücklich.

Jetzt war er bereit für die beiden Filme von Lena Jenisch. Der Helm, *Italia,* die Kreise, die Sterne, Sand in den Händen, Lena im Bild ...

Sie schickt Filmchen nach Hause. Wie unsereins Postkarten. Wie geht es euch, mir geht es gut. Was anderes ist das doch nicht. Was wollen die von mir?

Lothar Melchmer hätte in diesem Augenblick seine Beschäftigung mit dem vermissten Mädchen aufgegeben. Aber da waren noch die Papiere.

Er hatte Nachrichten über das *Institut Zucker* und die Freizeiteinrichtung PALAU aus dem Netz ausgedruckt. Das Institut tauchte in letzter Zeit im Wirtschaftsteil der Zeitungen auf, aber Themen wie »Investorensuche« und »Gewinnbeteiligung« waren das Letzte, das den Polizisten begeisterte. Er sah keinen Zusammenhang zu Lenas Verschwinden. Auch jetzt nicht, als er bewaffnet mit Lesebrille, Rotstift und Pils noch einmal auf Trüffelsuche ging.

Im Büro konnte er sich nicht konzentrieren. Da bin ich ein sonderbarer Fall. Mit der Zeit wird es immer schlimmer, ich lese ja die Akten fast nur noch zu Hause. So war das auch nicht gedacht vom Erfinder der Polizei, oder?

Die Mehrzahl der Artikel im Internet, in denen es einen Bezug gab zum Berliner *Institut Zucker,* behandelten Forschungsergebnisse. Alles auf Englisch, abschreckend. In den wenigen deutschen Texten ging es nicht erhellender zu: *axoplasmatischer Transport, Ionenflüsse, Schwellenpotenzial, Refraktärperiode ...* Und nix von Lena L. (14) aus B.

Das PALAU war nicht ganz so verschlüsselt. Auch hier gab es Presseberichte. Interviews mit der Kirchenleitung. Die zu hohen Kosten der Einrichtung. Man könne sie nicht übernehmen. Zoff der Konfessionen, zusammen wollte man es nicht schultern. Gemeinsam traten die Kirchen nur auf, wenn sie von außen angegriffen wurden: Warum sollen ausgerechnet wir die Kastanien aus dem Feuer holen, wenn private Spekulanten das Großprojekt in den Straßengraben fahren? Stimmt. Auch wenn sich Melchmer über die schiefe Metaphorik der Gottesleute wunderte.

Es war nur eine Zeitung gewesen, die darüber berichtete, aber sie war bei der Stange geblieben. Auf einer Tour in den Abenteuerurlaub hatten sich zwei Jugendliche schwer verletzt. Das Mädchen starb nach Wochen im Krankenhaus. Hirnblutungen. Die Eltern klagten wegen Verletzung der Aufsichtspflicht. Aber das Gericht beschied dem PALAU verantwortliches Handeln. So endete die Berichterstattung. Wie die Eltern damit fertig wurden, interessierte nicht mehr.

Melchmer hatte die Akten zu dem Fall gezogen und blätterte darin. Die Staatsanwaltschaft hatte das Verfahren eingestellt. PALAU hatte nachweisen können, dass genügend Aufseherinnen und Aufseher dabei waren. Zeugenaussagen bestätigten das; die Jugendlichen waren offenbar einstimmig auf Seiten der Organisation. Niemand bezweifelte, dass das Mädchen und der Junge auf eigene Faust gehandelt hatten – gegen die Warnung der Begleiter und ihrer Freunde kletterten sie ein Felsennetz hinauf und leisteten sich dabei einen Wettlauf, der nicht mehr entschieden werden konnte.

Die Eltern waren zuvor auf die Gefahr der Bergtouren hingewiesen worden und hatten eine *Belehrung* unterschrieben. Eine Kopie davon war in den Akten. Man solle seine Kinder vor Antritt der Reise auf die Risiken hinweisen und ihnen Verhaltensmaßgaben unterbreiten.

Melchmer lachte.

Im Gerichtsverfahren standen die Eltern des Mädchens allein auf der Klägerseite. Der Vater des Jungen sah keine Chance, die Mutter war nicht erreichbar. Das Gericht handelte den Fall so wortkarg ab, dass Melchmer für einen Moment das Blut stockte. Immerhin konnten die Eltern die zweite Instanz anrufen, die sich intensiver mit den Beschuldigungen befasste. Mitreisende Jugendliche wurden ebenso vernommen wie PALAU-Personal. Dennoch wies die Kammer die Klage ab, ohne eine weitere Berufungsmöglichkeit. Das Urteil war gerade erst rechtskräftig geworden.

Melchmer blätterte kreuz und quer, las bald hier, bald dort einen Satz. *Zucker* ... Wieso schmeckt das Bier eigentlich jedes Mal besonders bitter, wenn ich den Namen lese? Die Assoziation mit süßem, weißem Zucker? ... Wird Alkohol nicht aus Zucker gemacht? – Nehme ich noch ein Pils? Nee, es ist drei. Mit Restalkohol in den Dienst fahren – geht nicht.

Während er blätterte und auf Eingebung wartete, legte sich so etwas wie ein Schleier über die Szenerie. Er kannte dieses Gefühl. Manchmal gab es eine Fülle an Daten, die sich nicht zu einem Gesamtbild zusammenfanden. Entweder blitzte dann doch plötzlich ein Gedanke auf, oder diese Schleier kamen aus dem Nichts, legten sich wie Lethargie über die Akten und über seine Hände und signalisierten ihm, dass es aussichtslos war. Dass weiteres Insistieren nichts brachte.

Über Lena werde ich hier nichts finden. Sie macht ihre Filmchen. Tut es ihrem Vater nach, das ist ja auch so ein Ausgeflippter. Vielleicht versucht sie, ihn mit seinen eigenen Mitteln zu schlagen.

Nein, an dem Fall ist einfach nichts dran. Er wird sich aus eigener Kraft erledigen. Eine simple Auflösung, wenn ich überhaupt jemals wieder davon höre.

Der Schleier war da.

Auf seine Intuition konnte er sich verlassen. Jedenfalls, wenn der Schleier nicht bloß Müdigkeit war.

34

»Greifen Sie zu! Oder haben Sie schon gefrühstückt? Kaffee?«

Jenissej lehnte mit knapper Geste ab, Melina hätte weder essen noch trinken können.

»Ich muss mich in aller Form entschuldigen«, sagte Elke Bahr. »Sie hatten durch unser Institut Unannehmlichkeiten, die jede Grenze überschreiten.«

»Es war jedenfalls beeindruckend«, sagte Jenissej und deutete eine jener muskelbepackten Sicherheitskräfte an, die sie am Vorabend angehalten und in die Mangel genommen hatten.

»Vielleicht sollte ich uns noch einmal offiziell vorstellen. Meine Funktion beim *Institut Professor Zucker* ist die der Abteilungsleiterin für Presse- und Öffentlichkeitsarbeit. Dies hier ist Herr Müller, seines Zeichens verantwortlich für die Jugendsektion bei PALAU.«

Man grüßte noch einmal, Köpfe bewegten sich.

»Ich danke Ihnen, dass Sie so kurzfristig und noch dazu an einem Freitagmorgen zu uns hinausgekommen sind«, trällerte Bahr. »Das ist ja nicht selbstverständlich. – Ich will Sie nicht auf die Folter spannen. Bevor ich auf das Missverständnis von gestern Abend eingehe, möchte ich Ihnen die wichtigste Nachricht zuerst zukommen lassen. Sie ist leider nur teilweise erfreulich.«

Melina saß unbeweglich. Die Atmung gepresst.

Jenissej ließ die Fingerkuppen auf den Lehnen der Stühle neben sich tanzen.

»Wir wollen alles daran setzen, Ihnen bei der Suche nach Lena zu helfen. Bedauerlicherweise ist uns ihr Aufenthaltsort nicht bekannt. – Ein Aspekt, der für Sie neu sein wird, ist folgender: Wir können bestätigen, dass Lena die Reise nach Graubünden mitgemacht hat.« Sie schaute auffordernd zu Müller.

»Ja, genau. Ich habe hier eine Einverständniserklärung von Ihnen, Herr ... ähm.«

»Jenissej.«

»Ja ... Also, ist das Ihre Unterschrift?«

»Nein, es sieht wie meine aus. Aber ich habe das nicht unterschrieben.«

»Das dachten wir uns«, sagte Müller. »Jedenfalls im Nachhinein. Die Gruppe – oder genauer: die Gruppenleitung – hatte eine Auseinandersetzung mit Ihrer Tochter. Sie drohte daraufhin, ihrer eigenen Wege zu gehen, und ohne dass man sie letztlich zurückhalten konnte, machte sie sich auf den Weg. Das Problem dabei war ... also, das *weitere* Problem war, dass dieser Konflikt zeitgleich stattfand mit dem Unfall eines Jungen in der Gruppe, Jan Sikorski. Der Junge ist später an den Folgen tragischerweise sogar verstorben, vielleicht haben Sie das gelesen. Meine Kollegen waren im ersten Schritt der irrigen Ansicht, es wäre besser, Lenas Anwesenheit zu leugnen. Sie dachten sich: Wenn jemand fragt, wo Lena sei, könnten sie es nicht erklären. Sie müssen wissen, dass wir im vergangenen Jahr schon einmal einen Unglücksfall ähnlichen Ausmaßes hatten – damals hatten wir die Staatsanwaltschaft hier und natürlich die Eltern des Jungen, die uns verklagt haben. Wir haben obsiegt, aber der Schock sitzt uns freilich noch in den Gliedern. Aus diesen Erwägungen heraus entschlossen sich die Gruppenleitung und meine Kollegen, die Teilnahme Lenas an der jetzigen

Gruppe nicht zu erwähnen. Das ist selbstverständlich unprofessionell und in gar keinem Fall hinnehmbar. Insbesondere für Sie nicht, Herr Jenissej.« Müller rückte sein Jackett zurecht. »Für Sie wird es kaum von Belang sein, aber ich möchte erwähnen, dass mein Vorgänger im Zuge dieser Angelegenheit gestern von seiner Tätigkeit entbunden wurde. Ich bin seit zweieinhalb Jahren sein Stellvertreter und nun – notgedrungen – bereits der Nachfolger. Dieser Schritt war ursprünglich erst in acht Monaten vorgesehen. Ich unterstütze nachhaltig den Kurs der Transparenz, den Frau Bahr für das *Institut Zucker* apostrophiert.«

»Milch?«, fragte Bahr. »Zucker?«

Jenissej lachte, die Pressesprecherin war irritiert.

Sie sagte: »Wir sind sehr interessiert, Lenas Aufenthaltsort zu erfahren, da sie offensichtlich nicht bei Ihnen oder anderen Verwandten ist. Bitte helfen Sie uns.«

Wir sollen *ihnen* helfen?, fragte sich Melina.

»Beziehungsweise umgekehrt«, fügte Müller ein.

»Trifft es zu«, fragte Melina, »dass man den Jugendlichen zunächst aufgab, sie sollten nichts über Lena sagen?«

Elke Bahr lächelte angestrengt. »Wie gesagt.« Sie musste überlegen. »Den Teilnehmerinnen und Teilnehmern wurde in der Schrecksekunde des Unfalls gesagt, sich so über Lena zu äußern, wie Herr Müller es dargestellt hat. Ich kann den Ansatz nachvollziehen, aber ich teile ihn ganz und gar nicht. Die Verantwortlichen wurden sanktioniert, und wir entschuldigen uns in aller Form bei Ihnen. Gleichwohl bin ich der Ansicht, nun sollten wir all unsere Augen auf die Zukunft richten und uns fragen, wo Lena ist und ob sie unsere Hilfe braucht.«

Jenissej sagte: »Wir haben eine Datei …«

Melina schlug mit ihrem Knie gegen seines. »Ja. Wir

haben eine Datei gefunden ...«, sagte sie, ohne zu wissen, wie sie den Satz beenden konnte. »Sie enthält Namen aller Verwandten und vieler der Freundinnen und Freunde Lenas. Wir haben alle durchtelefoniert, aber da war nichts zu machen.«

Bahr und Müller nickten und sahen auf den Vater, der nun mit einem Pokerface die Kaffeekanne begutachtete.

»Wieso entschuldigen *Sie* sich?«, fragte Melina in Richtung Elke Bahrs.

»Im Namen des Instituts.«

»Schon. Aber was hat das Institut mit der PALAU-Gruppenreise zu tun?«

»Sie kennen unser Institut ein bisschen, Melina. Dann sagt Ihnen bestimmt auch der Name Professor Lascheter etwas?«

»Ja ...«

»Die Gruppe bestand diesmal ausschließlich aus Jugendlichen einer seiner Probandengruppen, der sogenannten T44.«

»Normalerweise dürfen nur Jugendliche reisen, die längere Zeit bei uns ... beim Institut sind.«

»Genau. In diesem Fall hat der Professor eine Ausnahme gemacht. Er hat sogar selbst die Finanzierung übernommen, was ich ausgesprochen großzügig finde. Er sagte mir, das T44-Team habe besonders viel Zeit investiert, und er wolle sich revanchieren. – Apropos großzügig, liebe Melina ... Ich habe gehört, dass Ihr Vertrag einseitig beendet wurde. Sie sind doch lange bei uns und genießen das Vertrauen des Instituts? Ich habe mich dafür eingesetzt, dass Sie eine neue Chance bekommen und trotz des kleinen Lapsus, der Ihnen möglicherweise unterlaufen ist, wieder am *Institut Zucker* anfangen können, wenn Sie möchten. Es war ein Kampf mit der Verwaltung, wie Sie sich denken können. Das Einzige ist: Der Vertrag ist bereits beendet. Sie müssten sich bitte offiziell neu bewerben und einen erneuten Vertrag abschließen. Aber das sollte kein Problem sein.«

»Und ich hatte ja an Sie auch eine kleine Frage formuliert«, meldete sich Müller übertrieben kleinlaut. »Sie waren noch bei keiner Reise dabei. Wir suchen qualifizierte ehrenamtliche Gruppenleiterinnen. Warum begleiten Sie nicht eine der nächsten Jugendgruppen? Graubünden ist wundervoll. Reise, Kost und Logis sind für Sie frei, außerdem erhalten Sie eine Aufwandspauschale. Und wenn Sie gern mit Kindern und Jugendlichen arbeiten, wäre das eine schöne Sache.«

Jenissej sah Melina auffordernd an. »Du willst Lehrerin werden. Das ist ein Topangebot – du lernst für die Praxis und genießt die Berge!«

Melina funkelte ihn zornig an. »Ich werde es mir überlegen. – Vorerst gilt meine Sorge Lena.«

»Selbstverständlich.«

»Selbstverständlich.«

Jenissej nickte. »Inzwischen ist die Polizei im Spiel. Eine Fahndung ist es nicht, aber sie ... wollen uns helfen.«

Melina übersah nicht den Blick, den Bahr und Müller tauschten. Sie konnte ihn nicht deuten.

»Ich hab's immer noch nicht verstanden«, sagte Jenissej und war ein bisschen Schelm. »*Was* genau erforscht ihr jetzt zusammen mit den Kids? Ich kapiere es nicht.«

»Soll ich?«, fragte Elke Bahr den Kollegen Müller, der vermutlich keine Ahnung hatte. »Im menschlichen Zwischenhirn gibt es eine kleine Kammer, übersetzt: Hypothalamus. Professor Lascheter spezialisiert sich auf dieses Hirnareal und dessen Funktion während der Pubertät. Der Hypothalamus ist zuständig für die vegetative Steuerung. Also für den Blutdruck, die Körpertemperatur, das Nahrungs- und das Sexualverhalten. Alles das verändert sich während der Pubertät. Professor Lascheter möchte den Betroffenen die übelsten Seiten der Pubertät ersparen. Sie wissen, die Zahl der Suizide bei Jugendlichen steigt in dieser Phase explosionsartig. Jedes fünfte Mädchen fügt sich selber Verletzungen zu, um einen Kick zu erleben. Jungs verunglücken bei riskanten Mutproben. Von anderen Konflikten und seelischen Schäden ganz zu schweigen. Der Professor will selbstverständlich nicht die natürliche Pubertät beseitigen, aber er möchte dazu beitragen, die Kollateralschäden zu verhindern.«

»Wie will er das machen?«, fragte Jenissej. »Beruhigungsmittel? Den Hypothalamus wegdimmen?«

Elke Bahr lachte. »Nein, nein, damit lähmt man ja alles, den Verstand, die Seele, die Kreativität und Lebensfreude. Nein, es geht darum, die physiologischen Prozesse im Gehirn zu verstehen und zu definieren, was von der Natur eigentlich beabsichtigt und insofern Standard ist. Eingegriffen werden soll nur bei überdurchschnittlichen Fehlentwicklungen oder wenn die Betroffenen sehr leiden.«

»Aber was macht er technisch?«, wollte Jenissej wissen.

»Dazu müsste ich ausholen. Ich bin zwar Ärztin, aber ich kann nicht ins Detail gehen wie der Professor. Entscheidend ist ein Neurotransmitter. Der wird vom Hypothalamus produziert, neben anderen Hormonen. Sie sind Künstler? Kennen Sie einen Zustand des *Flow* – also eine Situation, in der Sie alles um sich herum vergessen und ganz in Ihrer Arbeit aufgehen? Und nach ein paar Minuten oder Stunden erst merken Sie, wie die Zeit vergangen ist?«

Jenissej lächelte wissend.

»Sie lächeln. Sehen Sie! Der Neurotransmitter wird etwas übertrieben ›Glückshormon‹ genannt. Er ist für einen solchen *Flow* maßgeblich verantwortlich.«

»Dopamin«, sagte Melina.

»Genau. Der Dopaminspiegel sinkt in der Pubertät. Die Jugendlichen müssen einen viel größeren Aufwand treiben als Kinder oder Erwachsene, um sich glücklich zu fühlen oder einen *flow* zu erleben. Es gibt viele Methoden, den Dopaminspiegel anzuheben. Aber der Professor möchte systematischer und dezidierter an die Ursachen herankommen. Er sucht nach Wegen, das Gehirn zu veranlassen, von sich aus die Produktion von Neurotransmittern gar nicht erst zu reduzieren. Außerdem kommt es wohl nicht nur auf das Dopamin an. Die Gesamtmischung macht's.«

»Mit Lenas Gehirn hat er auch experimentiert?«, fragte Jenissej.

»Nein. Erstens experimentiert er nicht. Wir experimentieren überhaupt nicht mit Jugendlichen. Unsere Testreihen sind Beobachtungsaufbauten, keine Eingriffe. Zweitens ist Lena keine Teilnehmerin an der T44. Schauen Sie, ich habe Ihnen diese Liste heraussuchen lassen. Ich wollte ja auch selbst noch mal sichergehen. Das sind die Namen der jungen Menschen, die in der Testreihe sind. Die mit dem Häkchen hinter dem Namen haben an der letzten Reise teilgenommen. Sie sehen, fast alle haben einen Haken. Lena war als Assistenz der Gruppenleitung dabei. Sie hatte sich spontan entschieden.«

»Ja, spontan ist sie«, sagte Jenissej.

»Ich höre ständig neue Antworten, was dieses Institut treibt«, schimpfte Jenissej, als sie das Gelände verließen.

»Hirnforschung ist vielseitig«, sagte Melina. »Außerdem

zielt das meiste darauf, das jugendliche Gehirn zu verstehen. Nur gehen die Herren Professoren unterschiedliche Wege. Kraniotakes und Rachesch konzentrieren sich in letzter Zeit sehr auf die Wirkung schulpädagogischer Maßnahmen, Zucker und Lascheter auf medizinische Eingriffe. Allerdings sind sie sich alle nicht einig. Zucker will Geld machen mit Hirnimplantaten und Medikamenten. Bei Lascheter bin ich mir nicht sicher.«

35

Auf meine Eltern zu warten ist Unsinn. Sie sind ja längst tot. Wieso habe ich geglaubt, sie würden noch zu mir stoßen? Mein Vater lebt schon lange nicht mehr. Meine Mutter ... ist sogar vor ihm gestorben. Oder habe ich sie gestern noch gesprochen?

Hier jedenfalls werde ich ihr nicht begegnen, in der Dünenlandschaft. Aber ein Meer ist nicht hinter den Sanddünen, nur die Sonne, die wie ein Tennisball auf- und abhüpft oder – wie jetzt – hinter dem Milchhimmel verschleiert ist, sich vielleicht überhaupt nicht mehr zu bewegen traut.

Der Wüstensand schimmert trotzdem, wie bei einer Fata Morgana. Zum Horizont hin ist es nur noch schwingendes Licht. Sehr hell, beinahe weiß. Ein Weiß, das in den Himmel übergeht. Es gibt hier also Lichtspiegelungen, obwohl der Himmel bedeckt ist. Wie funktioniert das? Im Sachkundeunterricht nicht aufgepasst.

Oder wir hatten das nie: Was macht das Licht in einer Wüste, deren Sand kein Sand ist?

Wenn ich ihn zwischen den Fingern fühle, heiß wie er ist – das ist kein Sand, das sind winzige Diamanten. Diamantenstaub. Aber dann sind das ja unglaubliche Werte! Jetzt nützt mir das nichts, ich kann mir nicht in der Wüste die Taschen mit Sand vollstopfen. Aber ich weiß ja, wo es ist, ich kann meinen Eltern Bescheid sagen, sie müssen mir beim Transport helfen. Wenn sie das Auto nehmen. Oder sie bestellen einen Bagger.

Der Sand ist ganz anders. Wenn ich ihn zwischen den Fin-

gern reibe, sondert er ein Fett ab, etwas Sämiges. Wie Sonnenmilch. Der Diamantstaub löst sich auf, wird flüssig. Das ist nicht schlecht, so kann ich ihn gut transportieren und verkaufen.

Ich muss meine Richtung halten, darf den inneren Kompass nicht verlieren. Schwierig, weil ich keine klare Sonnenrichtung habe. Ich muss mich beeilen. Die Nächte sollen furchtbar kalt sein in der Wüste, und außer dem dünnen Hemd habe ich nichts.

Ich kann auf dem Sand laufen, obwohl er sich verflüssigt. Wie geht das? Knie dich hin, prüfe die Beschaffenheit dieses Wüstendünenbodens.

Die flache Hand liegt fest wie auf Sand. Sand ist so unbeständig, doch in Massen auf dem Boden, am Strand oder in der Wüste, trägt er mich wie Beton. Aber schon bewegt er sich. Nicht flüssig. Nachgiebig. Wie Rührteig. Etwas klebrig. Die Hände mit den gespreizten Fingern kann ich hineindrücken, dann umfasst der Sandteig meine Hände ganz.

Ich kann sie nicht herausziehen.

Ist es das, was man Treibsand nennt? Habe ich nie gesehen und nie erlebt.

Das Gewicht meines Oberkörpers drückt mich weiter hinein.

Behalte wenigstens das Kinn oben!

Ich rutsche immer tiefer. Je mehr ich ankämpfe, desto stärker zieht es mich! Ich gehe unter und werde keine Luft mehr bekommen.

Der Teig zieht mich in sich hinein. Der Geschmack von Diamantsplittern auf der Zunge. Es wird dunkel, der Teig drückt sich in meine Kehle und nimmt mir die Luft.

Hineingeworfen in eine Sandgrube. Der restliche Teig, der an mir klebt, wird wie Sand vom Wind verweht.

Die beiden Gestalten. Weiße Kittel. Das sind die Zucker-Kittel. Aber auch die Gesichter sind verkittelt. Ärztekittel mit angenähtem Mundschutz, das haben die erfunden. Schutzkittel gegen den Diamantstaub.

Die Ärzte ziehen ihre Kittel aus. Mein Vater und meine Mutter. Also doch. Also doch.

36

»Oskar, so ist der Film genial! Jetzt wird deutlich, dass der Theophanes nicht nur Geschichtsschreiber war, sondern Sekretär von Crassus. Und außerdem der geheime Baumeister des Bundes zwischen Crassus, Pompeius und Caesar. – Damit hatte Theo Lingen eben nicht die Rolle eines Diktators, sondern einmal mehr die des Sekretärs. Das ist hübsch, wirklich!«

Oskar Schroeter war keine Gefühlsregung anzumerken. Er ließ den Dokumentarfilm zurücklaufen, bis zur Mitte. »Das hier – der Part passt nicht.«

In der Passage ging es um Brecht und sein Verhältnis zu Kindern. Er habe sie sorglos in die Welt gesetzt, ohne einen Gedanken darüber zu verschwenden, wer sich um die Erziehung kümmert. Dann wurde auf ein Foto von Arthur Miller geschnitten, die Kamera zoomte näher. Der Sprecher aus dem Off erklärte, Miller habe bis 2007, also bis kurz vor seinen Tod, die Existenz seines Sohnes geheim gehalten. Ein Sohn mit Down-Syndrom. Von Miller ins Heim gesteckt und der Öffentlichkeit verschwiegen.

»Was hat der Miller da zu suchen?«, fragte Oskar Schroeter.

»Er ist ein Belegbeispiel. Ich wollte nicht Brecht allein als den Buhmann dastehen lassen.«

»Aber zwischen Brecht und Lingen gibt es einen direkten Bezug. Arthur Miller passt nicht da rein.«

»Oskar, Miller hat sich intensiv mit seinem eigenen Leben auseinandergesetzt. Jede Nuance hat er aufgekrempelt und vor den Lesern seziert. Du weißt, ich wollte mal seine *Zeitkurven* inszenieren, die Autobiografie. Bin immer noch nicht davon los. Und dann platzt die Nachricht rein, dass ausgerechnet dieser Mensch so ein Verdränger ist! Seine Erklärungen und Geständnisse über Marilynn und dann den eigenen Sohn in einem Heim verstecken! Das hat mich …«

»Ja. Dich, Jenissej. Aber für den Film ist es irrelevant. Es stört.« Er fing an, die Passage zu löschen.

»Oskar, die Vaterrolle ist ein elementarer Punkt.«

»Die Zuschauer mussten sich gerade schon auf Theo Lingen einlassen. Dann muten wir ihnen auch noch zu, Bert Brecht in ihr Bild einzufügen. Der Miller ist *too much*. – So. Jetzt sieh es dir an!«

»Du bist die personifizierte Schere, Oskar! Weißt du das?«

»Sieh gefälligst hin!«

Jenissej beugte sich vor und knetete sein Gesicht mit den Händen. »Ja. Besser. Hast recht. Homogener. Die Bezüge zu meiner Inszenierung sind raus. Der Fokus ist auf Lingen gerichtet – wunderbar. Aber lass uns noch eines ändern, mein Lieber: die Titelei. Schreib: *Regie: Oskar Schroeter*. Das Ding hat deine Handschrift, und das ist völlig okay.«

»Du stiehlst dich aus der Verantwortung«, stellte Schroeter fest.

»Nein. Schreib mich hin als – was weiß ich: *Executive* oder *unter Mitwirkung von*.«

»Nein. Ich bin Cutter.«

»Du bist stur.«

»Was ist mit *Ignoranz*?«, fragte Schroeter. »Wann fängst du an?« Er sah Passagen mit Lingen und schnitt Sekundenbruchteile hier und dort weg, wie ein Friseur, der am Ende immer noch eine Haarspitze abstehen sieht.

Jenissej stöhnte laut und anhaltend und streckte die Beine aus. »Ach ja.«

Zu hören waren nur die Tastatur von Schroeters Mischpult.

Jenissej stand auf und ging im Raum auf und ab.

Jetzt drangen kurze Musiksequenzen oder Sprachfetzen unter dem Bildschirm hervor, je nachdem, welche Stelle des Films Schroeter abtastete.

Jenissej blätterte im Schnittplan, ohne sich wirklich mit den einzelnen Blättern zu befassen.

An einer Stelle wollte es Schroeter besonders genau wissen. Immer wieder hörte man die Wortsilbe ...*irkte*.

...*irkte*.

...*irkte*.

»Ich war mit Lena beschäftigt«, sagte Jenissej. »Jetzt ist zum Glück Entwarnung. Lena war auf einer Jugendreise von dieser Institution in Gatow mit dabei, also ist sie nicht verschollen. Oder weggefangen. Oder vergewaltigt. Oder, oder, oder. Sie ist mitgefahren und hat sich mit denen – so sagen sie – in die Wolle gekriegt. Also: Es ist nicht alles gut, aber wahrscheinlich erlaubt sie sich mit den Filmchen einen Gag. Und ich denke – na ja ...«

Schroeter fuhr auf dem Drehstuhl herum. »Jenissej! Hör auf! Ich bin nicht dein Seelenklempner oder dein Friseur! Wenn du dich um deine Tochter kümmern willst, geh gefälligst raus und mach das! Und wenn du arbeiten willst, dann vergiss deine Tochter! Entscheide dich!«

»Langsam, langsam, Bruder Oskar ...«

Schroeter stand auf und griff nach seiner Jacke, die wie immer auf seiner Stuhllehne hing, als sei er kurz auf Besuch da – und nicht nächtelang im Dauereinsatz. »Ruf mich an, wenn du wieder klar bist.«

Jenissej legte eine Hand auf Schroeters Schulter und drückte ihn sanft auf den Stuhl.

Jenissej tätschelte die Schulter.

Sah auf den Bildschirm, auf dem – irgendetwas – war.

Dann ging er hinaus ohne jedes weiteres Wort.

37

Liegt schon einer in der Röhre?, fragte sich Andreas, als er hörte, dass das Gerät in Betrieb war.

Er schleuste sich mit Codekarte und Handauflegen in den CT-Trakt, den Bereich für die Computertomographie am Zürcher Uniklinikum.

Durch die Glaswand sah er, dass der Tomograph arbeitete.

Die Lichter blinken, dachte er.

Es dauerte mehrere Sekunden, bis bei ihm die Erkenntnis ankam, dass das der Alarmstatus war.

Eigentlich hätten Sirenen heulen müssen.

Weit und breit war kein Mitarbeiter zu sehen. Andreas griff nach einem Schutzkittel und betrat den Raum mit der Röhre. Jemand lag auf der Pritsche.

Und das im Alarmzustand?

Andreas hämmerte auf die wulstige Taste *Not-Aus*. Die Apparatur, von der eine ungewöhnliche Wärmestrahlung ausging, fuhr herunter wie eine überdrehte Wäscheschleuder mit Dieselmotor. Die Alarmlichter blinkten weiter.

Ein schneller Blick auf die Sicherheitseinstellungen:

Stummer Alarm – *on*

Überlastungsabschaltung – *off*

Automatische Schleusensperre – *off*

Zeitabschaltung – *off*

Strahlenreduktion – *off*

Notkühlung – *off*

Sprechverbindung Patient – *off*

Vitalüberwachung – *off*

Zweites Sicherheitssystem – *off*

Andreas kontrollierte die Dosierung der Strahlung: *2,5 Millisievert*.

Das Maximum.

Und wie hoch ist die kumulierte Strahlung?

Er musste zweimal hinsehen, um es zu glauben.

Dennoch ging er zur Pritsche und klinkte den Patienten manuell aus. Der Schlitten glitt heraus.

Andreas wollte die Vitalfunktionen prüfen, zuckte aber zurück.

Es war Professor Carlo Brogli, und er war eindeutig tot.

»Schwester, halt!«, rief Andreas.

Die Krankenschwester lief weiter.

Er hielt sie am Arm fest. »Rufen Sie sofort die Leitung an. Und auch gleich die Polizei. Wir haben ein Strahlenopfer im CT2!«

Sein Kollege Urs kam heran und ließ einen Patienten mit Tropf an der Haltestange vor dem Fenster stehen. »Was ist bei dir los?«

»Brogli ist tot.«

»Brogli?«, fragte die junge Schwester. »Der Professor?«

»Das Gerät muss stundenlang gelaufen sein, ich kann mir das nicht erklären. Alle Sicherheitsschaltungen waren deaktiviert. Wo können wir dekontaminieren?«

»Doktor Brogli«, murmelte die Schwester. »Er hatte doch Jan Sikorski als Patienten, oder?«

»Ja«, sagte Urs. »Wir müssen ihn im CT2 lassen und eine mobile Einheit anfordern, die sich um die Strahlung kümmert. Unsere Kapazitäten reichen nicht.«

Die Schwester wandte sich ab und eilte davon.

»Rufen Sie an, Schwester?«, rief Urs ihr hinterher.

Sie hob die Hand zu einer Art Bestätigung und beschleunigte in den Laufschritt.

»Kenn die gar nicht. Du?«

»Nein. – Wieso macht Brogli denn so was?«, fragte Andreas.

»Wieso Brogli? Du glaubst, dass er sich selbst da reingelegt hat? Suizid? Nee!« Er sah noch mal in die Richtung der Ecke, hinter der die Schwester eben verschwunden war.

»Wer soll es sonst gewesen sein?«, fragte Andreas. »Ein Mord, meinst du? Mit dem Apparat und vor allem mit dem Abschalten der Sicherungen kennt sich doch eigentlich nur Brogli aus.«

»Bei 50 Sievert fällt ein Mensch ins Koma, und bei 80 Sievert ist er sofort tot?«

»So ist es«, sagte Andreas.

»Moment«, fiel Dr. Frauchinger ein. »Herr Kommissär, das ist ein theoretischer Wert. Bei 80 Sievert fällt das Nervensystem eines Menschen aus. So etwas haben Sie vielleicht in einer Neutronenbombe, aber fraglos nicht in einem Computertomographen.«

»Aber wenn das Gerät die Nacht über gelaufen ist?«, fragte der Kommissar. »Wie hoch ist die normale Strahlung bei so einer Untersuchung, Herr Medizinalrat?«

»Wir arbeiten meist auf 1,6 bis 1,8 Millisievert. Mit modernen Kontrastmitteln brauchen wir erheblich weniger Energie als früher.«

»Es ist trotzdem das Tausendfache einer normalen Röntgenaufnahme«, warf Andreas ein.

Der Kommissar sah ihn an. »Sie sind hier ... was?«

»Assistenzarzt«, sagte Frauchinger scharf.

Damit war für den Kommissar klar, dass er sich wieder an Frauchinger zu halten hatte. »Das Tausendfache? Man sollte sich also überlegen, ob man eine CT über sich ergehen lässt?«

»Es gibt inzwischen schonendere Verfahren. Die Magnetresonanz zum Beispiel. Aber für einige Fälle brauchen wir die CT noch.«

»Ich bin nicht gut im Kopfrechnen. Sie sagten, die Anlage war auf 2,5 Millisievert eingestellt? Sie bräuchten also 400 Aufnahmen, um auf ein Sievert zu kommen? Und 80 mal 400, also 32 000 Aufnahmen, um die tödlichen 80 Sievert zu erreichen?«

»So können Sie nicht rechnen«, sagte Frauchinger. »Die Anlage ist ja kein Reaktor. Ich gehe davon aus, dass die Todesursache eine andere war. Wir werden es erst herausfinden, wenn wir die Sektion durchführen können. Wegen der Verstrahlung müssen wir vorsichtig vorgehen.«

»Was kann denn sonst Ursache sein, Herr Medizinalrat?«

»Der Professor muss sediert worden sein. Schauen Sie, auf Ihrem Foto sieht man, dass er fixiert war, aber doch nur leicht, damit die CT-Aufnahmen nicht verwackeln. Wenn ihn jemand mit Zwang in das Gerät gebracht hätte, wäre es ihm gelungen, sich loszureißen. Sie sehen aber nicht mal Spuren eines heftigen Zerrens an den Armen und Beinen. Die Strahlung mag so hoch gewesen sein, dass sie den Organismus geschwächt hat, der Professor würde womöglich in einigen Jahren oder Monaten daran sterben, aber nicht sofort. Ich tippe auf das Kontrastmittel. Sehen Sie, die beiden Assistenzärzte haben im CT2 Verpackungen gefunden für *MyoTargetin N5000,* das ist eine neue Substanz, die wir eigentlich nicht verwenden.«

»Eigentlich?«

»Sie hat den Vorteil, dass man sie auch bei geringer Strahlung gut unterscheiden kann von Koronarkalk. Bisherige Mittel stören die Bildanalyse, solange man die Dosis der Strahlung nicht erhöht. Andererseits weist dieses *MyoTargetin* eine höhere Toxik auf. Deshalb lehne ich es ab.«

»Herr Medizinalrat …«

»Ja, ich meine, dieses Kontrastmittel – in hoher Konzentration – könnte es den Tod impliziert haben. Das ist jedoch Spekulation, wir müssen die Ergebnisse der Obduktion abwarten.«

»Diesen Satz *liebe* ich. Man meißelt ihn mir hoffentlich dereinst in den Grabstein.«

Frauchinger war irritiert.

Ein uniformierter Polizist trat zum Kommissar. »Kann ich? – Hier fehlt ein Kittel, sonst nichts.«

»Was für einer?«

»Ein weißer, Herr Kommissar.«

»Frau oder Mann?«

Der Polizist sah auf seinen Zettel. »Frau. Eine Krankenschwester hat den Verlust gemeldet.«

»Eine kleine?«, fragte Andreas, der bis eben nur zugehört hatte.

»Keine Ahnung. Wieso?«

»Da war eine kleine Krankenschwester, als ich Doktor Brogli fand. Die Frau habe ich noch nie hier gesehen.« An den Kommissar gewandt, fügte er hinzu: »Ich arbeite seit zweieinhalb Jahren hier.«

»Was hat sie getan oder gesagt?«

»Ich wunderte mich. Sie fragte so komisch nach dem Professor. Und dann brachte sie einen Patienten ins Spiel, Jan Sikorski. Prof. Brogli hatte ihn als Unfallopfer erhalten, konnte ihm aber nicht mehr helfen. Ich fand es komisch, dass eine Krankenschwester fragt, ob Brogli derjenige Arzt war, der mit Jans Tod zu tun hatte.«

Der Kommissar sah Andreas eindringlich an. »Sie meinen, wenn sie den Professor getötet hätte, würde sie diese Frage stellen?«

»Hm. – Keine Ahnung, Herr Kommissär.«

»Würden Sie ein Phantombild erstellen mit Hilfe meiner Kollegen?«

»Ich versuche es.«

»Gut. Also, Phantombild wegen der Schwester und Spurensicherung in dem Geräteraum.«

Dr. Frauchinger grinste. »Da kommt man die nächsten Wochen nur mit Strahlenanzug rein. Und welche Spuren soll es geben? Jeder Arzt benutzt Handschuhe, die liegen überall für den Einmalgebrauch herum, da kann sich jeder bedienen.«

»Das lassen S' mal unsere Sorge sein, Herr Obermedizinalrat!«

38

Das im Krankenhaus war knapp.

Der Zug war zwischen Rätikon und Glarner Alpen hindurchgefahren und endete in Chur drei Minuten vor Plan.

Es war kälter als in Zürich. Sie stellte den Rucksack neben sich auf eine Bank der *Ferrovia retica*, zog ihre Strickjacke an und widmete sich wieder ihrem Laptop.

Sie hatte zwei schematische Darstellungen eines Iglus im Netz gefunden. Doch auf dem einen Bild verdeckte ein lachender Eisbär die Zeichnung, das andere bestand aus hellgrauen Linien, die wenig Kontrast boten.

Mit dem Mond sah es besser aus. Viele Fotos vom Vollmond, zweidimensionale Plankarten mit den größten Kratern, Zeichnungen – von realistisch bis märchenhaft.

Jetzt ging es nur noch darum, beides richtig zu kombinieren. Wäre der Mond über dem Iglu zu klein, fiele er nicht auf. Um zu betonen, dass es auch auf ihn ankommt, müsste er unkonventionell platziert werden.

Sie schob einen goldenen Vollmond unter das Iglu. Verband beide Bilder zu einer Grafik und begann, den lachenden Eisbären zu retuschieren. Die Linien der Eisblöcke ließen sich gut erweitern.

Dann löschte sie die Version und griff auf eine frühere zurück, in der noch nicht beide Bilder verbunden waren. Iglu und Mond rückte sie auf eine Ebene nebeneinander. Den Mond vergrößerte sie, so dass er genau so groß war wie das Iglu, dessen Linien sie nun noch einmal ergänzen musste.

Die roten Waggons der *Rhätischen Bahn* wurden geöffnet. Sie schnappte ihr Gepäck und stieg als Erste mit ihrem eingeschalteten Laptop ein. Für die Zeremonien der Fahrtvorbereitung hatte sie keinen Blick. Sie spielte die Grafik in ein Medienprogramm ein. Auf diese Weise wurde das Bild zum Bestandteil eines kleinen Films. Die vorangegangene Szene zeigte ein Panorama der albanischen Hauptstadt Tirana.

Die Bahn fuhr längst. Übers Tonband kam ein Sprachenfeuerwerk. *Die Spurweite der Bahn: Tausend Millimeter.* Was heißt *tausend* auf Englisch, Französisch, Italienisch und Rumantsch?

Touristen standen auf, filmten aus dem Fenster, zeigten einander die Berge oder witzelten mit dem Kondukteur herum. Als sie sich dem Landwasser-Viadukt näherten, wurde aus den Reisenden ein Kindergarten. Jeder wollte schauen und knipsen und zeigen und erkennbar genießen.

Tonband-Zahlen: 109–65–1,7 Millionen. Das eine waren die Meter, das andere Zugquerungen, und eines waren die Jahre. Wie auch immer was zusammengehörte.

Nur einer unter den Reisenden, ein alpin gekleideter Herr mit weißen Haaren, hatte gerade den Zettel am Zugdurchgang entdeckt, der trotz der Haftklebestreifen im Fahrtwind flatterte. Gesucht wurde der Mörder einer jungen Italienerin, die in der Bahn erstochen worden war. Foto vom »Sackmesser«. Sachdienliche Hinweise. Belohnung. Telefonnummer.

Über Mond und Iglu lagen nun zwei Weißblenden. Aber passte das? Sollte nicht noch eine 2 eingefügt werden?

In Pontresina sollte sie in eine Diskussion einbezogen werden. Ein Franzose – oder ein frankophoner Schweizer – hatte halb aus dem Fenster hängend festgestellt, dass sie auf Gleis 3 stünden. Hier würde von Gleichstrom auf Wechselstrom umgeschaltet, verkündete er allen in Hörweite. In dem kleinen Waggon waren das alle.

Ein schmaler Blonder mit Oberlippenbart stieß seine Sitznachbarin an, die an ihrem Laptop arbeitete. »Das ist unstimmig. Gleis 1 bis 3 führen Wechselstrom, Gleis 3 bis 7 Gleichstrom. Gleis 3 kann beides.«

»Umgekehrt«, sagte der Franzose.

»Hier wird auch nichts umgestellt. Wir fahren mit Gleichstrom.«

»Sollen wir die Bahn fragen?«

Sie konzentrierte sich auf ihren Film.

Kurz vor der holzüberdachten Galerie vor der Alp Grüm bereiteten sich die meisten der übriggebliebenen Passagiere darauf vor, auf einen Kaffee und eine gute Aussicht in 2300 Metern Höhe auszusteigen.

Der Franzose ging zum vorderen, der blonde Schnurrbart zum hinteren Ausgang des Waggons.

Alp Grüm war vorüber. Erst kurz hinter Cadera, wo es keine Haltnachfrage gab, war die Datei fertig, die drei Segmente in der richtigen Reihenfolge. Sie ließ es noch einmal durchlaufen und zählte die Rhythmen mit, damit sich kein Fehler einschlich. Denn auf diesen Film kam es mehr an als auf die beiden anderen.

Bei der Fahrt durch das Puschlavtal zog sie die Jacke aus. Die Sonne heizte den Metallzug auf.

Lena sah auf die Uhr.

Die Mailadresse von der Alp Grüm war auf dem Laptop fest eingespeichert.

In Poschiavo stieg sie aus und lief die Straße am Poschiavino entlang zum winzigen Café *Lardi* an der Plazza da Cumün. Sie bestellte wie immer eine Cola und überflog die Überschrift der *Engadiner Post,* während der Laptop wieder hochfuhr. Es ging um ein Vorbereitungstreffen für den Weltwirtschaftsgipfel.

Lena peilte die WLAN-Verbindung und schickte ihre Datei ab – an Riccarda, ihre sichere und zuverlässige Adresse auf der Alp Grüm.

39

Die Nacht auf Freitag war kurz gewesen. Den Vormittag über hing Lothar Melchmer über seinem Schreibtisch und hatte Mühe, nicht über seinen Akten besinnungslos zusammenzubrechen. Da konnte auch die zweite Kanne Kaffee nichts ausrichten – außer Magenschmerzen. Das Einzige, was ihn beschwingte, war – abgesehen von dem Gedanken an das Wochenende, sein Federbett und die Sportschau – der Gang in die Kantine. 11:40 Uhr – so früh aß er nie zum Mittag. Heute hatte es etwas mit Überleben zu tun. Aber auch mit unendlichem Schwelgen in Genuss. Denn die Speisekarte kündigte *Bifteki* an, und das war neben Currywurst das Einzige, was Melchmer dort beherzt bestellte. Bei Makrele in Buttersoße, eingelegtem Tofu oder Sprossen mit dreierlei Dressing zog er die mitgebrachten Salamistullen vor.

Bifteki war Urlaub. Eine tellergroße, scharf angebratene Fleischboulette, gefüllt mit Frühlingszwiebel, geschmolzenem Hirtenkäse und allerlei anderem Gemüse. Ansonsten war nichts auf dem Teller. Außer dem Kilo Pommes frites.

Dieses Gericht war deshalb so ausgezeichnet, weil es das einzige war, das Penolope, die Kantinenköchin, aus ihrer Heimat Tripolis mitgebracht hatte. Nicht das Tripolis in Libyen, sondern das auf dem Peloponnes, in Arkadien.

An zwei der Langtische hatten sich schon uniformierte Kollegen eingefunden. Melchmer nahm seinen gewohnten Einzeltisch, schob das Set mit den Rieselgewürzen und den Fläschchen beiseite, legte sich das Besteck zurück und ging mit der Nase über das Bifteki. *Das ist Arkadien!*

Der Anschnitt war das Entscheidende: Das Hackfleisch war gut durchgegrillt, der Käse zäh, aber nicht flüssig. Eine kleine Peperoni lugte hervor. Ideal ...

»Lothar!«, donnerte es über seinem Kopf. »Dann kann ich dich ja nich ans Rohr kriegen, wenn du wieder in der Kantine übernachtest!«

»Der dicke Fipps ... Setz dich, nimm dir 'n Keks.«

Der schwer adipöse Kollege zwängte sich geräuschvoll an den Tisch. Der Atem lauter als das Stühlerücken. »Lass dich nicht stören, Lothar«, sagte er, hielt ihm aber eine weinrote Umlaufmappe über den Teller.

»Was soll ich damit?«

»Ist das nicht das Mädchen, das du suchst?«

Ein Foto von Lena.

»Ja. Und?«

»Das Foto haben die Kollegen aus der Schweiz geschickt. Wie nennst du sie?«

»Sie nennt sich Lena Jenisch.«

»Diese Jenisch steht unter dringendem Verdacht. Sie soll heute früh in Zürich einen Arzt getötet haben.«

»Was wissen die?«

»Offenbar hat sie sich am Uniklinikum als Krankenschwester ausgegeben. Ist auf einer Röntgenstation oder was in der Art aufgetaucht. Irgendwie gelang es ihr, einen alten Knacker unter den Ärzten zu betäuben. K. o.-Tropfen oder was es da so gibt. Drogen, du kennst ja Zürich.«

»Nee.«

»Die und ihre Drogenpolitik.«

»Und dann?«

»Dann hat sie ihn wohl in ein Röntgengerät eingespannt und so lange durchleuchtet, bis er in die ewigen Jagdgründe geritten ist. Hier stehen längere Passagen über Kontrastmittel, aber das kapiere ich nicht. So oder so, Lothar, Sportsfreund – sie hat ihn gekillt. Oder gegrillt.« Er freute sich über seinen Zufallswitz. »Sie ist keine vermisste Person mehr. Sie wird europaweit zur Fahndung ausgeschrieben. Wie alt, sagtest du, ist die Mörderin?«

»Die mutmaßliche, Fipps. Vierzehn.«

»Eieiei ... Da kommt sie mit dem Jugendstrafrecht davon.«

Melchmer war hellwach, auch ohne Bifteki. Er schob den Teller beiseite. »Das verstehe ich nicht.«

»Wer kann schon reingucken in die Gören von heute? Sagtest du nicht, sie ist verwahrlost?«

»Nicht in dem Sinn. Ihre Mutter ist tot, und ihr Vater kümmert sich wenig. Das meinte ich neulich.«

»Hm. Den Vater, den solltest du mal ins Visier nehmen! Erfahrungsgemäß wissen die Eltern mehr, als man glaubt.«

»Heute morgen ist das passiert? Und schon wissen die, wer das Mädchen ist? Ich denke, sie hatte sich als Krankenschwester getarnt? Binnen Stunden ist die Schweizer Kripo in der Lage, uns direkt auf Lena anzusprechen.«

»Sind also nicht so langsam, wie man denkt, die Herren Kommissäre.«

»Habe ich das behauptet? Woher haben sie die Spur?«

Der Untersetzte nahm die Mappe zurück und suchte den Text nach einem Stichwort durch. »Hier! Jan Sikorski! Das ist der Name eines Patienten von Dr. Carlo Brogli. Der Patient ist ein Junge aus Berlin, und nach dem hat die vermeintliche Krankenschwester die Ärzte gefragt. Sie haben ihre Patientendatei durchgesehen und die Verbindung nach Berlin entdeckt. Da stand auch was von einem Institut in Gatow. An das haben sie sich gewandt, das Foto gefaxt und –

Treffer! Das Mädchen ist eine Testperson an diesem Institut. Machen irgendwie *in Gehirnen*.«

»… und gleichzeitig führt sie selbst die Tests durch. Wahrscheinlich konnte sie deshalb am Klinikum in Zürich so selbstbewusst als Schwester auftreten, trotz ihres Alters.«

»Davon steht hier nichts. – Kann ich den Schweizer Emils übermitteln, dass du dich kümmerst? Das Umfeld in die Zange nehmen? Den Vater befragen? Schauen, ob sie sich hierher verirrt?«

»Ja, ja. Vor allem werde ich dem Vater mitteilen, dass seine Tochter lebt.«

»Na, du bist ein Spaßvogel. Der freut sich einen Ast, wenn er hört, dass seine Tochter eine Mörderin ist.«

»Er wird sich freuen, dass sie lebt. Und nicht das Opfer eines Verbrechens ist. Das andere kommt danach.«

»Vergiss nicht, dass jeder Kontakt mit dem Vater Anhaltspunkte für den Mordfall bringen kann, Lothar.«

»Ich bin nicht neu, Fipps.«

»Ist ja gut. – Lass es dir schmecken.«

»Inzwischen ist es kalt.«

»Die Griechen essen immer alles kalt.«

»Ach ja?«

40

Der Mann war *doch* kein Block aus Eis.

Noëlle tastete sich an der Fensterfront entlang und schaute auf Berlin in der Nacht. Lichtergitter, flirrende Schneisen in Weiß und Karbidorange. Sie trug nichts außer ihrem goldenen Armreif und Mascara. Zärtlich streichelte sie die Glasscheiben, die noch vom Tag in der Sommersonne gewärmt waren.

Niemand konnte in die oberste Etage des Punkthochhauses hineinsehen, es sei denn, er kam mit dem Hubschrauber. Oder er hatte ein Teleskop und Interesse an dem aus drei Wohnungen zusammengelegten Apartment ohne Wände und an der von innen kaum beleuchteten, um alle vier Seiten laufenden Fensterlinie.

Lascheter beobachtete sie vom Bett aus. Von dort konnte man in alle Himmelsrichtungen schauen, aber im Moment war seine Aufmerksamkeit auf den schlanken, kräftigen Körper am Fenster gerichtet.

Dieser Körper ist nicht das, was man »nackt« nennt. Sie ist wie ein Tier in der Savanne, das schleicht und die Muskeln anspannt, Arme und Hände langsam, tastend bewegt. So muss sie sein und bleiben. Jedes Kleidungsstück ist unnatürlich an ihr.

Er zog sich die schwarzblaue Decke über den Oberkörper. Mit 58 fühlte er sich noch gut in Form. Sport, Vitamine, regelmäßiger Sex und ein paar Medikamente sorgten dafür. Aber er hatte nicht das Bedürfnis, seinen Körper neben dem ihren nach dem Aussehen zu messen.

»Ich möchte mich frisch machen«, sprach sie. Ihre Stimme war jetzt sehr schön. »Öffnest du uns noch einen Champagner, Eugen?«

»Geh nicht unter die Dusche, No! Ich muss deinen Geruch haben. Komm her.«

Langsam schlenderte sie auf ihn zu.

Er beugte sich vor, griff kräftig, aber nicht brutal in ihre langen blonden Haare, zog sie zu sich heran und ließ die Haare über sein Gesicht flirren. Er atmete tief ein. »Ich rieche, dass du meine Beute bist.«

Sie lächelte mit einem kleinen Laut. »Lass mich einen Moment abkühlen. Ich bin gleich wieder bei dir.« Er ließ sie gehen und verfolgte jede Bewegung und jeden Muskel bei ihrem Gang ins Bad.

Er ist kein Eisblock. Ich wusste das mit seiner Frau nicht. Wie schrecklich, die ganze Familie! Wann, sagte er, war das? '84 hat er Marianne geheiratet. Eugen als Hirnchirurg in den USA. Sie bekommen einen Sohn, alles läuft gut, er studiert sogar neben der Arbeit Psychologie. Dann der Raubüberfall auf Marianne. Wegen sechzig Dollar! So was gibt es doch nicht, wegen sechzig Dollar erschießt jemand eine Frau in ihrer Wohnung. Und der Junge läuft in Panik auf die Straße. Vom Auto erfasst. Ein gerade mal zweijähriges Kind! Mit einem Schlag ist alles weg, was der Mann hat.

Sie hatte wieder Tränen in den Augen. Wenn ich flenne, hilft das auch nichts. Er hat mich eingeweiht. Er wird das nur wenigen erzählen. Anschließend hatten sie sich geliebt.

Sie trat aus dem Bad, das von einer Schnecke aus Milchglas eingekreist wurde. Für den Moment hatte sie das Gefühl, in ein geräumiges Flugzeug zurückzukehren, oder in ein Raumschiff, von dem aus man die Erde beobachten konnte. Sie kam an einer Art ovaler Litfaßsäule vorbei, an der Fotos befestigt waren. Der Mond schien von der einen Seite, die Kerzen von der anderen. Ihre Augen gewöhnten sich langsam wieder an die zwielichtige Dunkelheit.

Was sind das für Bilder? Ah – Gehirne.

Sie musste kichern.

Logisch.

»No! Hier ist eine neue Flasche Champagner, und ich brauche ein Gefäß, um ihn zu trinken. Du bist genau richtig!«

»Eine Sekunde, Eugen ... Was sind das für überdimensionale Gehirne?«

»Meine Arbeit. Ich will dich nicht langweilen.«

Sie setzte sich neben ihn aufs Laken. »Das tust du nicht. Ich wüsste gern mehr, was du machst. Was dich bewegt.«

Wohl oder übel nahm er die Gläser zu Hilfe.

Sie stießen an.

»Es sind die Testreihen T44b und T44c. Ja, die gibt es. Du weißt, dass mein Ziel darin besteht, der Pubertät ihren Schrecken zu nehmen. Die Jungen denken plötzlich schmutzige Dinge ...« Er griff im Halbdunkel nach ihr, und Noëlle schrie auf. »He!« Sie küsste ihn auf die Glatze.

»Du willst wirklich, dass ich jetzt von meiner Forschung erzähle?«

»Ich brenne darauf.«

»Hm. Ich hatte dir erklärt, was während der Pubertät im Gehirn passiert: Die alte, graue Hirnsubstanz wird peu à peu ersetzt durch eine weiße Masse. Das ist das Myelin, das die neuen oder übrig gebliebenen Nervenzellen umhüllt, schützt und superleitfähig macht.«

»Ja, Professor!«, lispelte sie belustigt.

»Die Umbauphase empfinden die Patienten als wahren Horrortrip. Sie wissen nicht, warum alles um sie herum und mit ihnen nicht mehr stimmt. Gut, der erste Schritt wäre Aufklärung. Kinder und Eltern sollten wissen, dass der Krampf dieses Lebensabschnitts eine so simple biochemische Ursache hat. Viel schlimmer aber ist, dass die Natur zuerst die ältesten Hirnareale myelinisiert und erst ganz zuletzt den präfrontalen Kortex, also den Sitz des Verstandes.«

»Soweit kann ich folgen«, sagte Noëlle und nippte Champagner, in dem sich Kerzenlicht brach.

»Dann erinnerst du dich auch an meine Erklärung, dass die ältesten Hirnareale, also beispielsweise das Stammhirn, zuerst dran sind und dass die ganz unten liegen. Die weiße Substanz verbreitet sich von unten nach oben. Die Kinder werden risikofreudig und mutig, gleichzeitig sinkt der Dopaminspiegel, was sie zusätzlich anfeuert, Blödsinn zu machen und ihr Leben aufs Spiel zu setzen. Der Verstand im präfrontalen Kortex würde den Jugendlichen zur Vernunft bringen, aber da ist die weiße Masse längst nicht angekommen! Im schlimmsten Fall dauert es zehn Jahre, bis auch dort Leistung gebracht wird. Viele Menschen werden erst mit 20 oder 22 halbwegs vernünftig. Und sie haben keine Schuld daran, es ist die vermaledeite Hirnentwicklung. Sie folgt dem Baukastenprinzip des Gehirns. Wäre das ganze Gehirn ein einziger, genialer Wurf – sagen wir: der eines Gottes –, dann gäbe es zwar die Myelinisierung auch. Denn sie beinhaltet ja die Chance, aus einem Kind mit schweifenden Interessen einen Erwachsenen mit Charakter, Vernunft, Ziel und Festigkeit zu machen. Aber die weiße Masse würde sich nicht von unten anschleichen, sie würde mindestens gleichzeitig das ganze Hirn erfassen, also auch die Großhirnrinde. Immerhin ist sie der Ort, der uns Menschen von allem anderen Sein unterscheidet.«

Sie stöhnte, und es klang glücklich.

»Hast du das Problem begriffen, No?«

»Ja. Eugen. Ich bin über 21 …« Sie lachte.

»Pass auf! Die Sache ist einfach. Sehr simpel. Wie alle guten Ideen. – Was wäre, wenn wir die Prozesse im Gehirn, den Wechsel von Grau nach Weiß, um es ganz plump zu sagen, wenn wir den durch eine geringfügige Steuerung einfach umlenken?«

»Umlenken?«

»Denk nach, No! Strenge deine Hirnzellen an! Nutze deine weißen Datensuperhighways! – Wahrscheinlich reicht das Potenzial des Gehirns nicht, um die Renovierung zu beschleunigen oder in alle Areale gleichzeitig zu strömen. Wie müssten wir – ganz sanft – die Entwicklung umleiten, damit die jungen Menschen zuallererst den Verstand haben, den Umbau zu begreifen – und sich also ertragen können?«

Sie wagte keinen Fehler. Nicht jetzt. »Na, zuerst müsste der präfontale … präfrontale Kortex weiß werden, und erst danach der Rest.«

Er stieß feierlich mit ihr an. »Kommst du mit mir nach Stockholm, No?«

Sie ließ sich auf Körperstellen küssen, die sie eben vergessen hatte.

»Eugen … Geht denn das?«

»Warum nicht? Wir steuern Hormone so, dass sie sogar eine Schwangerschaft, den Gipfel des Körperlichen, entweder vermeiden oder erst möglich machen. Wir beruhigen Menschen, die haltlos umherirren. Wir geben Menschen Freude, die in einem Loch stecken und nie mehr herauskommen würden. Wir tun doch schon alles. Warum sollen wir nicht diesen kleinen, dummen Prozess umlenken? Stell dir ein zwölfjähriges Mädchen vor oder einen dreizehnjährigen Jungen. Beide merken eines Tages, dass sie leichter lernen. Sie haben jeden Tag einen Geistesblitz, vielleicht sogar jede Stunde. Ihre Körper sind noch kindlich, aber sie sehnen sich nach Wissen und Weisheit. Sie gehen in Bibliotheken, ins Internet, sie informieren sich, was mit ihnen geschieht. Ihr Verstand erkennt, dass sie sich langsam von ihren geliebten Eltern entfernen müssen, noch ehe es den ersten Pubertätszoff gibt. Sie werden das eine oder andere vernünftige Gespräch mit dem Vater und der Mutter führen, ihnen die Notwendigkeit darlegen, selbständig zu werden. Und erst nach und nach wachsen dann der Mut und die Courage heran, aus den Worten werden Taten. Taten, die jahrelang vorher bedacht werden können. Kannst du folgen?«

»Na ja ...«

»Das Ganze ist nichts Unnatürliches. Wir arbeiten nicht mit Medikamenten, wir operieren nicht, wir durchtrennen nichts und pflanzen nichts ein. Wir nehmen einfach die Veränderungsenergie der Natur und drehen sie ein wenig. Wir verändern nur die Reihenfolge.«

»Es klingt ... trotzdem utopisch.«

»Aber ja. Was ist einzuwenden gegen die Utopie? Die Medizingeschichte wäre gar nicht denkbar ohne Utopien.«

»Was meinst du?«

»Einmal hieß die Utopie: *Ärzte, Doctores, wascht euch die Hände, bevor ihr eine Geburt begleitet.* Was für eine Frechheit, den Ärzten in die Privatsphäre hineinzuregieren! Und doch sank nach dieser Order des Waschens die Sterblichkeitsrate der Frauen im Kindbett rasant. Oder eine andere Utopie: *Lasst uns einen Pilz in den Körper injizieren, um das tödliche Fieber zu vernichten.* Eine Utopie, die Alltag wurde. Ich knie vor Robert Koch!«

Sie lächelte. »Du willst, dass die Leute vor dir knien? In

Stockholm? Ich dachte, du solltest den Preis für deine Callosotomie und die Traumforschung bekommen.«

Er küsste ihre Taille. »Ich bete dich schon an, weil du das Wort *Callosotomie* aussprechen kannst! Du bist ganz sicher die einzige Assistentin in dieser Stadt, die weiß, was das ist. Wusstest du, dass Marie Curie zweimal den Nobelpreis bekommen hat?«

»Physik und Chemie«, sagte sie, und Lascheter sah sie an, als erinnere er sich an ihre Kindheit.

Die Kerzen fackelten, aber Lascheter war nicht mehr da, als Noëlle etwas später in der Nacht aufwachte.

Ich bin eingenickt ... Wo ist er?

Sie rief nach ihm. Weit konnte er nicht sein.

»Eugen ...?«

Da stand er neben ihr, auf der anderen Seite des Bettes. Das Kerzenlicht fiel seitlich auf Lascheters Gesicht und verlieh ihm Härte. Seine Glatze wirkte heller als sonst. Er sagte nichts. Reichte ihr ein Cocktailglas mit Champagner.

»Oh, das könnte ein Schlückchen zu viel sein.« Sie nahm es. Sie hielt das Glas ins Kerzenlicht. Die perlende Flüssigkeit hatte einen kupferfarbenen Einschlag.

»Probiere.«

Zuerst schnupperte sie und zog die Nase reflexartig zurück. Sie nippte. Es war bitter, aber auf der Zungenspitze gab es auch eine deutlich süße Note.

»Was ist das?«

»Ein Spritzer Angostura. Außerdem Tropfen von drei Likören. Unter anderem Parfait d'amour.«

»Parfait d'amour? Vous êtes parfait, mon grand amour!« Sie nahm einen guten Schluck. »Und du, Darling?«

»Ich habe schon zwei davon genossen, während du schliefst.« Er stand weiter neben dem Bett.

»Es tut mir leid, dass ich eingeschlafen bin.«
»Wie schmeckt er dir?«
»Wundervoll.«
»Magst du noch einen?«
»Es ist schon einer zuviel. Kannst du ihn mir abnehmen?«

Professor Eugen Lascheter nahm das Cocktailglas entgegen.

»Puh!« Sie ließ sich ins Kissen zurückfallen. »Es ist echt nicht ... Will sagen: Es ist ...«

Sie erinnerte sich an die Blinddarmoperation vor zehn Jahren, an die Narkose. Es war das angenehme Gefühl gewesen, eine unsichtbare Kraft drücke ihr langsam, aber bestimmt die Augen zu. So war es jetzt auch. Sie merkte, dass sie fortglitt.

Sie wusste nur noch nicht, dass es keine Rückkehr für sie gab.

41

»Es gibt keine Bäume mehr.«

Melina quittierte den Hinweis mit einem Nicken, das ihr während der Fahrt zur Routine geworden war. Die Frauen waren nicht gleich alt. Mutter und Tochter? Schwestern? Freundinnen? Es war egal, ebenso wie die Landschaft. Melina registrierte spektakuläre Bergsichten und Panoramen, aber sie wollte sich auf ihr Ziel konzentrieren, und das hieß Lena.

»Das liegt an der Höhe. Wir sind über zwei Kilometer hoch, da wachsen keine mehr«, sagte die Ältere, die unbezweifelt die Deutungshoheit hatte.

Auf dem Flug nach Zürich hatte sich Melina mit Petrarcas zweitem Band des *Opera quae extant omnia* abgelenkt – jedenfalls bis ihr Sitznachbar sie nach dem Latein fragte und wissen wollte, ob man *heutzutage* »Käsar« oder »Zäsar« sagt. Sie hatte angefangen, ihm zu erläutern, dass es »Kaisar« heiße, mit weichem S, und damit war für Ablenkung genug gesorgt.

Pia hatte ihr das Geld gegeben. Pia baumelte an einer mit Leder umwickelten Liane und schwang zwischen ihren Fahnen, denen große Buchstaben aufgenäht waren. Normalerweise hätte Melina gefragt. Aber nicht jetzt. War das Pias Inszenierung? Hatte es mit Jenissej zu tun? War es eine Probe oder erst die Ideenfindung? Aber nicht jetzt, wo Pia und Jenissej besänftigt oder betäubt meinten, alles sei in Ordnung, und sich wieder ihrem Spielzeug zuwandten. Sie hatten ihre Ruhe gefunden, weil sie die Nachricht von Lenas

Teilnahme an der Reise und vom Streit mit der Jugendgruppe als Lebenszeichen interpretiert hatten. Dass das Mädchen ausrastete und für ein paar Tage von der Bildfläche verschwand, waren sie gewohnt.

Dennoch war es Pia, die Melina darin bestärkte, am Wochenende nach Graubünden zu reisen. Während sie mit dem Kopf nach unten das Seil mit den Beinen umschlang, fragte sie, warum Melina nicht einfach das Angebot von PALAU annahm und bei einer der Jugendfahrten mitmachte. Melina brachte die üblichen Vorbehalte: Studium und Zeit und – das Institut fiel jedoch nun weg. Dafür erwähnte sie, dass sie den Umgang mit Jugendlichen in Gruppen mied, wenn es ging – was einen Lachanfall bei Pia auslöste, gefolgt von einer spontanen Inszenierung über eine Lehrerin, die Angst vor ihren Schülern hat.

Melina war von der Reise überzeugt, bevor Pia fertig war, sie zu überreden. Wenn sich die beiden nicht um Lena kümmern, fahre ich eben nach Graubünden. Bald müsste die nächste PALAU-Gruppe hinunterfahren. Vielleicht nimmt Lena vorsichtig Kontakt mit denen auf. Außerdem erfahre ich, was auf diesen Touren abgeht.

Von Müller, dem neuen Jugendkoordinator bei PALAU, erfuhr sie, dass eine Gruppe am Freitag in die Südschweiz aufgebrochen war. Das übliche Programm: Mit der Alp Grüm als Ausgangsbasis, dann nach Chantarella bei St. Moritz und schließlich – je nach Wetterlage – in eine eigene Hütte am Fuße des Corvatsch. Die nächste Reise sei für Ende August vorgesehen.

Melina bekundete ihr Grundsatzinteresse an einer Reisebegleitung, und Müller hatte Erfreuliches zu notieren. Sie aber war entschlossen, sofort aufzubrechen und sich der Gruppe anzuschließen, ohne dem PALAU Bescheid zu geben. So bin ich nicht an die gebunden. Eine private Reise, bei der ich zufällig auf die Kids treffe.

Auf *Lena,* hämmerte ihr Gehirn.

»Ist das nicht ein tolles Bild?«

Die Mutter-Schwester-Freundin auf der Sitzreihe neben Melina fotografierte. Rechter Hand zog sich sanft eine grüne Fläche den Berg hinauf, so weit man sehen konnte, durchsetzt von kleinen Stäbchen mit einer Seilbahn. Auf der Wiese, zwischen hellem Geröll, war eine Armada roter Räumfahrzeuge aufgereiht.

Jenissej hat sich intensiv mit Lenas Filmen beschäftigt. Warum macht er nicht weiter? Wieso lässt er sich betäuben von einer einzigen Erklärung? Von wegen: *Ignoranz.* Sicher, er muss sich auf seine Arbeit besinnen, sonst kommt er mit dem Theater nicht weiter. *Nulla dies sine linea* – als Künstler muss er jeden Tag mindestens einen Pinselstrich machen, sozusagen. Aber doch nicht jetzt! Lena ist seine Tochter.

Der Zug schlängelte sich um zwei kleine Seen, den Lej Pitschen und den Lej Nair.

»Sehen Sie das Schild? Das da! Schauen Sie!«

Eine gelbe Tafel mit ausgestochenen Buchstaben markierte die *Wasserscheide.* Ein Pfeil nach links wies in Richtung Adria, der nach rechts zum Schwarzen Meer.

»Was soll *das* denn?«, fragte Melina. Das war das erste Mal, dass sie in diesem Zug ein Wort von sich gab.

»Wir sind so hoch – da kann das Wasser des Sees nur in die eine oder in die andere Richtung abfließen. Und dort an der Stelle muss sich das Wasser *entscheiden.*«

Melina stand auf und schaute hinaus. Die Panoramawagen des roten Zuges waren ausgebucht. In dem älteren Waggon konnte man dafür die Fenster hinunterschieben. Allerdings bestanden die beiden klugen Frauen seit Samedan darauf, sie wegen des Fahrtwindes geschlossen zu halten.

Sie sah eine Eisscholle. Schwarzer und grauer Fels ging jäh in einen Uferverlauf über, und genau dort war eine Eisscholle, zweimal längsseitig gebrochen und nicht mehr glänzend weiß. Vom Ufer öffnete sich der Blick weit über den See. Er war von den Bergen umgeben, hier und da mit weißen Eisresten. Das Wasser wirkte im ersten Moment hell türkis. Aber der Eindruck mochte ausgelöst sein vom Kontrast der schwarzen Steine. Melina überlegte, wie sie die Farbe nennen sollte. Das Wasser war milchig, hell, es schien dort, wo die Sonne in Flecken aufschlug, kurz davor zu sein, oliv zu werden, aber im Grunde war es weiß.

»Der Lago Bianco, Gesine!«

Die Station Bernina-Hospiz lag direkt am See. *2328 m* zeigte ein Schild. Melina war nicht beeindruckt, schließlich gibt es Achttausender auf der Erde. Mitten auf dem Bahnsteig lag ein unförmiges Etwas unter einer dreckig-weißen Plane. Dann erst erkannte Melina, dass auch das ein Rest Winter war. Vor einem Lokschuppen hatte sich eine noch größere Form niedergelassen. Die Sonne hatte sie abgerundet und zu einer Skulptur geformt, und trotz der klaren Bergluft schien es über die Monate so viel Staub zu geben, dass das verkarstete Schneeeis grau geworden war.

»Im Juni ist der Winter hier noch nicht ganz entschwunden«, sagte die ältere Frau, als lese sie es aus einem Reisebuch ab.

Melina angelte ihren Rucksack von der Ablage, aber der Zug brauchte eine Weile, um sich am Lago Bianco entlangzuhangeln. In der Zwischenzeit konnten ihr die beiden Damen noch eine Menge erzählen.

Gleich nach der *Galeria Grüm,* dem dreihundert Meter langen Holzverschlag zum Schutz vor Geröll und Lawinen, sah Melina den kleinen Bahnhof, der sie an eine Burg erinnerte. Felsgestein, Steinschindeln, zwei Türmchen und wulstige rote Buchstaben, die einzeln auf dem Stein befestigt waren.

Pia hätte ihre Freude an den Buchstaben.

ALP GRÜM stand da selbstbewusst, daneben *ALPE GRÜM*. Auf einer kleinen Holztafel dasselbe noch einmal auf Japanisch.

Im Nieselregen wartete auf dem Treppenansatz eine Frau mit teakbraunem Scheitel. Sie lächelte. Melina war die Einzige, die ausstieg. Sie spürte die Augenpaare aus den Panoramawaggons in ihrem Rücken.

»Sie sind bestimmt die junge Dame, die vorhin angerufen hat?«

»Melina von Lüttich.«

»Herzlich willkommen auf der Alp Grüm. Kann ich Ihnen den Rucksack abnehmen?«

Die Geschäftsführerin zeigte ihr das Zimmer im ersten Stock. Doppelbett. Helle, einfache Möbel. Eine Schale Obst als einziger Luxus. Ein Stück Schokolade auf dem Kopfkissen, dreieckig.

»Ist hier eine Jugendgruppe einquartiert?«

»Keine Bange. Die sind abgereist.«

»Nein, ich meine … eine Gruppe aus Berlin. Die waren hier, sind aber weitergefahren?«

Die Frau hatte Augenringe, als habe sie Tage nicht geschlafen. Oder geweint. »Die Berliner, ja, die waren für zwei Nächte bei uns.«

Melina stöhnte. »Wissen Sie, wohin sie weitergefahren sind? Eine Freundin von mir sollte dabei sein. Ich wollte sie überraschen.«

»Sie wollten in Ospizio Bernina nächtigen«, sagte die Frau nachdenklich.

Das Ch erinnerte Melina an Pias Schweizer Dialekt. Wahrscheinlich stammte sie aus einem anderen Kanton, aber Melina konnte so feine Unterscheidungen nicht feststellen. Sie war froh, dass sie nicht auf Französisch oder Italienisch angesprochen wurde.

»Ospizio Bernina? Das ist die Station am Lago Bianco?«

»Aber ja. Wenn ich es richtig verstanden habe, wollten sie von dort noch einmal eine Tour unternehmen, über den Sassal Mason und vielleicht noch mal zu einem Imbiss bei uns.«

»Sie kommen wieder her?«

»Gebucht haben sie nicht, aber es könnte sein.«

»Und wie lange werden sie in Ospizio Bernina bleiben?«

»Nur eine Nacht, glaube ich.«

Melina rieb sich das Gesicht. Irgendwie war kein klarer Gedanke zu fassen.

Die Geschäftsführerin streichelte Melinas Arm. »Wir haben ganz frische Pizzoccheri angerichtet. Wenn Sie sich gestärkt haben, sieht die Welt schon wieder ganz anders aus.«

»Ich habe ... eigentlich keinen Hunger.«

»Wenn Sie es sich anders überlegen, sagen Sie mir bitte Bescheid. Wenn keine Bergwanderer vorbeikommen, sind Sie heute Abend der einzige Logiergast. Es ist besser für die Küche, wenn wir rechtzeitig wissen, dass Sie essen wollen.«

Melina legte sich aufs Bett und folgte dem hellen Holzmuster der Decke.

»Ich habe seit gestern Nachmittag nichts gegessen.«

Die Pizzoccheri erwiesen sich als Buchweizennudeln, vermengt mit Kartoffeln, frischem Wirsing und viel Käse. Es dampfte, wenn sie die Gabel hineinsteckte, und es roch nach einer Spur Knoblauch und Salbei. Zur Abkühlung lagen Scheiben kalter Mortadella am Tellerrand.

Melina ließ nichts übrig. Der Bauch war voll, das Blut hatte anderes zu tun, als im Gehirn Sauerstoff für Hochleistung abzuliefern. Dennoch war es, als hebe sich ein Vorhang. Sie nahm wahr, dass es andere Gäste gab, draußen auf der Terrasse, die über den Hang ragte. An den Fensterscheiben hingen noch Tropfen, aber die Sonne schubste die Wolken wie Rauch über die Hänge des Curnasel, dessen Spitze weiß in den blauen Himmel stach.

Sie betrachtete die leeren Tische im Inneren des Gasthofs und bemerkte die beiden Lämpchen über dem Eingang, die die Ankunft des nächsten Zuges ankündigten. Die Gäste auf der Terrasse zahlten und machten sich zum Bahnsteig auf.

Der Zug nach St. Moritz war viel kürzer als der, mit dem sie aus Chur gekommen war. Er führte einen Container und einen Pritschenwagen mit einem Schneepflug. Melina ließ die Pizzoccheri anschreiben und schaute zu, wie abgefertigt wurde. Neue Gäste waren nicht angekommen, aber der Schaffner reichte dem Koch der Alp Grüm auf dem asphaltierten Bahnsteig ein Päckchen. Nach dem Pfiff fuhr der Zug in die Galerie.

Die Sonne war gerade hinter einem Gipfel verschwunden. Melina bereute, ihre Jacke nicht mitgenommen zu haben. Die Gleise führten direkt an der Felswand entlang, und an einer Stelle hing eine Tafel am Felsen. *Zum ehr den Andenken an*. Mehrere Buchstaben fehlten. Ein Bahnmeister und ein Vorarbeiter-Stellvertreter aus Poschiavo. *Sie fanden hier in der Sturmnacht vom 6./7.3.196 in treuer flichterfüll ng den Lawinento.*

Was genau war das wohl für eine Pflicht? Sie schaute den

Felsen hinauf. Hält so eine Holzgalerie eine richtige Lawine aus?

Der Zug aus St. Moritz brachte nur zwei Bahnuniformierte, die ans Buffet der Alp Grüm traten. Melina sah durchs Fenster, dass die Espressi schon auf die beiden warteten. Zuckertütenreißen. Kurz darauf sattelten die beiden Cowboys wieder auf und nahmen den Koch mit. Der Zug bog unmittelbar nach dem Bahnhof nach links, aber nur, um richtig auszuholen in eine 180-Grad-Rechtskurve. Und in der Kurve fuhr er bereits abwärts, so dass das Dach bald hinter dem Grün des Bahnhofsgartens abtauchte. Melina hörte Schleifen und Quietschen von unten.

Sie hatte keine Lust, hineinzugehen und ihre Jacke zu holen. Damit ihr wärmer wurde, ging sie über die Gleise. An dieser Stelle machte der Felsen Platz für einen Weg, der sofort steil anstieg.

Los, mach schon, werd nicht langsamer!

Aber es zuckte in den Beinmuskeln, und die Pizzoccheri schlugen sich auf die Seite der Schwerkraft.

Melina kam an einem kleinen Gehöft vorbei und stieg hinauf bis zum höchsten Gebäude, einem weiteren Restaurant. Alle diese Häuser waren nur durch den Weg verbunden. Eine Straße gab es nicht. Die Aussicht hinunter ins Puschlavtal ließ sie verharren, der Brustkorb hob und senkte sich noch immer vom Steigen.

Irgendwo da hinten beginnt Italien.

Schon wieder eine Gedenktafel. *Hier leisteten die Späher des FlBMD über 20 000 Aktivdiensttage zum Schutze der Schweizerischen Neutralität und des Friedens.*

Sie sah zum Himmel hinauf. Ein Kondensstreifen, sehr hoch. Berlin–Rom?

FlBMD – aha. Flugbereitschaftsmilitärdienst? Fliegerbeobachtungsmobilitätsdivision? Flinke Bombermütter da oben …?

Der Abstieg war schwieriger. Mit ihren Stadtschuhen kam sie auf dem Geröll ins Rutschen. Abgelenkt von der Sicht auf den Bahnhof war sie sowieso.

Dieser Kreis aus Gleisen und das Gras dazwischen – eine Bank, die Signale, weiter unten die Tannen – es ist eine Modelleisenbahnanlage.

»Mögen Sie noch eine Stange Bier oder einen Kaffee?«, fragte die Geschäftsführerin.

Melina lehnte ab.

Die Frau sah müde und regelrecht niedergeschlagen aus. »Ich habe noch eine Bitte«, sagte sie. »Im Obergeschoss habe ich meine Wohnung. Normalerweise bin ich über Nacht hier. Ich muss allerdings morgen zu einer Abdankung in Tirano. ›Bestattung‹ heißt das bei Ihnen. Und ich habe versprochen, bei den Vorbereitungen zum Leichenschmaus zu helfen. Deshalb nehme ich jetzt gleich den letzten Zug. Sie sind natürlich nicht allein. Karl wird mit demselben Zug ankommen und heute Nacht die Stellung halten.«

»Ich dachte schon …«

»Wir sind eine Bahnhofsstation«, sagte die Geschäftsführerin, als ob das noch eine triftige Begründung wäre, personell bereitzustehen. »Vorsichtshalber gebe ich Ihnen den Schlüssel für die Eingangstür und meine Handy-Nummer. Karl ist zuverlässig als Nachtportier, hat aber manchmal einen festen Schlaf. Er weiß, dass er Ihnen morgen Früh essen bereiten soll. Ich kann leider morgen kein Buffet anbieten, will wir alle in Tirano sind.«

»Bei der Beerdigung …«, sagte Melina und traute sich nicht zu fragen.

Die Frau weinte. »Ein junges Mädchen. War nur ganz kurz hier ...«

Melina dachte nicht nach, sondern zog das Foto von Lena aus ihrem Portemonnaie. »Aber nicht das hier?«

Die Frau wischte die Tränen fort und hatte offenbar Sorge, das Foto zu benetzen. »Nein. Riccarda.«

»Und die hier? – War die hier?«

Wie herzlos.

Sie nahm das Bild noch einmal zur Hand. »Entschuldigung vielmals, aber – nein. Ist das Ihre Freundin?«

»Ja. Lena Jenisch.«

»Riccarda hat hier gearbeitet. Sie war so fleißig. Und so lieb.«

In der Nacht dröhnten die Bomber am Himmel.

Melina stieg in T-Shirt und Unterhose ins Untergeschoss und suchte nach einer Sirene, um die anderen zu warnen. Einen Alarmknopf wenigstens. Licht durfte sie nicht machen, das wusste sie aus den Erzählungen ihrer Großmutter. Beim Handy verwählte sie sich mehrfach, dann gab es seinen Geist auf.

Sie sah keines der Flugzeuge, aber der Himmel war gemustert von fallenden Bomben. Sie rannte in das Bahnhofsgebäude zurück und duckte sich unter einem der langen Restauranttische, bevor die Detonationen begannen.

Das Gebäude erzitterte, und Melina überlegte, was schlimmer war: der direkte Treffer einer modernen Bombe oder eine vom Druck ausgelöste Lawine. Konnte das Gebäude womöglich abrutschen und ins Tal stürzen?

Als es ruhiger wurde, hörte sie weit entfernt die Sirenen. Das heißt doch, sie kommen zurück? Jetzt erst sah sie den Lichtschein aus der Küche. Vorsichtig tastete sie sich im

Dunkeln voran. Da werkelte jemand. Im Schein eines Feuers im Herd stand in einem wahren Festsaal von Küche: Jenissej.

»Ich bereite das Frühstück vor«, erklärte er. »Geht es dir gut?«

»Alles okay«, stammelte sie. »Was ist mit Lena?«

»Wir sind extra ihretwegen gekommen«, sagte er. »Es wird das Leichenschmausfrühstück.« Er schmeckte eine Vanillesoße im Topf ab.

Melina merkte, dass sie ein sehr weites T-Shirt anhatte. Der Ausschnitt war viel zu groß, er hing jetzt unter ihrem Busen. Sie versuchte, es hochzuziehen, aber sie hatte auch keine Unterhose mehr an.

Jenissej lachte. »Mach dir keine Sorgen, Melpomene. Das ist schon in Ordnung. Musen sind nackt.«

Auf der Terrasse hing Pia überm Geländer. Sie war angekettet, machte aber mit dem anderen Bein Dehnübungen. Der Himmel rot und gelb erleuchtet von fernen Explosionen, und immer wenn es hell war, sah man das Muster der fallenden Bomben.

»Was ist mit Lena?«, schrie Melina.

Aber Pia, die völlig überschminkt war und an dem angeketteten Bein blutete – Melina konnte bei der langgezogenen Fleischwunde nicht hinschauen –, plauderte vergnügt auf Schwyzerdütsch und zeigte ins Tal hinunter.

Bei der nächsten Explosion sah Melina im Geröll ein unbekleidetes Mädchen liegen. Die weiße Leiche von Lena.

Melina krallte sich in den Stoff und bestand darauf, wach zu werden. Aber es gelang nicht. Endlich sah sie den Obstteller auf dem Nachttisch. Wo ist diese verdammte Sirene? Sie tastete nach ihrem T-Shirt. Ich bin noch nicht da, ich muss diesen verdammten Jenissej … Es dauerte einen schweren Kampf, und die schmerzenden Beine waren wie Verwundungen.

Was treibt mein Gehirn, wenn ich nicht aufpasse?!

Sie torkelte zum Fenster und öffnete es. Sternenklar. Keine einzige Bombe. Das Rauschen der Wasserfälle im Vadret dü Palü. Und dieser verdammte Jenissej.

42

»*Ignoranz* ist mir zu diffus«, sagte Schroeter. »Das ist reine, pure Bühne. Konzentration auf Ausdruckstanz, würde ich sagen. Dazu brauchst du mich nicht.«

Jenissej lag auf dem Fußboden des Raumes, den er »Oskars Schnippelbude« nannte. »Ich filme alle Experimente zu *Ignoranz* mit, was meinst du? Dann sehen wir, wie wir das integrieren. Notfalls machst du einfach bloß 'ne Doku draus.«

»Achchch!« Schroeter winkte mit großer Geste ab. »Mich spricht das Thema ü-ber-haupt nicht an! Keine Spur! Rechne einfach nicht mit mir.«

»Und was willst du stattdessen machen, Oskar? Filmchen mit Wim? Wum? Wendelin?«

»Ist doch egal. Mach dir um mich keinen Kopf. Notfalls prostituiere ich mich mit dem Schneiden von Kreuzfahrtwerbung. Denk nach, was *du* endlich wieder kreativ auf die Beine stellst! – Deine *Ignoranz* da – oder *Intoleranz* oder *Inkontinenz* … das ist noch viel zu abstrakt. Lass das Thema liegen, lass es reifen, Mann! – Was ist mit dem *Garten Eden*?«

Jenissej hob den Kopf vom Boden. »Wie-was?«

»Hemingways *Garden of Eden*.«

»Ach das. Das ist Jahre her, diese Idee! Nein, das war reines Schachbretttheater, das ging nicht für mich.«

»Na, *gerade da* kannst du mit Film reingehen. – Oder … Jetzt ist doch Flaute. Warum nimmst du nicht endlich Bayreuth an?«

»Wieso Flaute? – Ich mache *Ignoranz*. Punktum! Und du

machst gefälligst mit! – Bayreuth! Da würdest du doch auch nicht mitkommen.«

»Aber doch! Für den *Ring* fallen mir tausend Sachen ein. Wir nehmen die Leinwand vom *Grand Prix de la Chanson* und lassen alles darüber ablaufen. Keine Requisite.«

»Ich habe Pia versprochen, sie nicht mit dem Theater allein zu lassen. Der Grüne Hügel verschluckt einen mindestens für zwei Jahre. Das kann ich machen, wenn ich alt bin und keine Ideen mehr habe.«

Schroeter sah bedeutungsvoll zu Jenissej hinunter.

Die Tür sprang auf.

Pia.

Aufgelöst.

»Jenissej, die nehmen das Theater auseinander!«

Jenissej lief durch die vierzehnte Reihe seines Theaters: »Wer ist denn hier der Boss?«, rief er.

Keine Reaktion von den Männern und Frauen, die in den Orchestergraben oder aus ihm herauskletterten und hinter die Kulissen schauten. Einen gab es, der erinnerte Jenissej – obwohl er schlank war – an einen Neandertaler. Vorgebeugte Haltung, wulstige Schläfenknochen. Lederjacke. Der drehte sich um und nahm Sichtkontakt auf.

Vergiss das Bild vom Neandertaler lieber. Es ist nie gut, den Gegner zu unterschätzen. So ein Klischee setzt sich fest, und er wird es merken, wie du ihn behandelst. Blöd, dass es keine Löschtaste im Kopf gibt. Auf dem Computer kannst du alles gezielt löschen. Im Gehirn nicht.

»Vermutlich sind Sie der Boss«, murmelte der Nicht-Neandertaler.

Jenissej reichte ihm die Hand. »Polizei? Ich bin Jenissej. Sie durchsuchen alles …«

»Sie sind der Vater von Lena Jenisch?«

»Wenn Sie mich fragen: ja. Sie würde anderes sagen. – Haben Sie etwas von ihr gehört?«

»Wir haben Ihrer Frau die Durchsuchungspapiere gezeigt.«

»Ja, machen Sie Ihre Arbeit, kein Problem. Hat es mit Lena zu tun, oder …«

»Oder was?«

Jenissej hielt sich am Sitz vor ihm fest. Der intensive Geruch von Linoleum kam ihm in den Sinn, obwohl er das bei einem Sitzpolster noch nie erlebt hatte. »Wenn es mit Lena zu tun hat, sagen Sie es mir bitte.«

Der Mann mit Lederjacke wartete noch einen Moment. Beobachtete. »Ich weiß nicht, wo Ihre Tochter ist. Sie ist zur Fahndung ausgeschrieben.« Wieder die Beobachtung.

»Ja. Fahndung? Ähm, sie war auf dieser Jugendgruppenfahrt in der Schweiz, nicht wahr? Den Stand haben Sie? Und dann hat sie sich überworfen und ist verschwunden. Das tut sie manchmal. Leider. Ich bin verwundert, dass Sie gleich die Fahndung ausrufen. Und … Suchen Sie sie hier?«

»Ihre Tochter Lena Jenisch steht unter dem Verdacht, in der Schweiz einen Arzt getötet zu haben.« Er wartete.

Jenissej hörte und sah alles gleichzeitig. Sein Körper setzte sich. »Einen Arzt getötet?«

»Sie sind überrascht.«

»Natürlich.«

»Wir arbeiten in Amtshilfe für die Schweizer Staatsanwaltschaft. Zunächst untersuchen wir, ob Sie Lena versteckt halten. Außerdem schauen wir, ob es Anhaltspunkte gibt.«

»Was denn zum Beispiel?«

Der Mann zuckte mit den Schultern. Die bemerkenswert waren.

»Ich kann … Ihnen ja eigentlich sagen, was ich will. Sie

haben keinen Anlass, mir zu glauben, oder? Sie gehen allen Möglichkeiten nach. Klar. Ja dann, lassen Sie sich nicht aufhalten. Aber Sie können mir *irgendetwas* sagen, wie Sie auf die absurde ... auf den Verdacht kommen?«

»Hm. Wir führen im Anschluss an die Durchsuchung eine Befragung mit Ihnen und Ihrer Frau durch. Einzeln.«

Jenissej betrachtete den Mann von unten und sah in ihm einen bepelzten Gnom mit Keule.

»David!«, rief ein Mann. Er sprach den Namen englisch aus.

Ein amerikanischer Neandertaler? Was sind das für Murksgedanken? In so einer Situation!

Lothar Melchmer stand vor ihm und tätschelte die Lederjacke. »Lass mal, David, geht schon alles klar.«

»Herr Kommissar ...«, sagte Jenissej. »Sie waren schon hier.«

»Ich wollte Ihnen das mit dem Tatverdacht gegen Lena sagen. Aber *aus ermittlungstaktischen Gründen,* wie es so schlecht heißt, musste ich auf die Kollegen warten. – Sie haben von ihr nach wie vor nichts gehört? Kann das jemand bezeugen? Ich meine, ich weiß, das ist eine blöde Frage.«

»Keine Ahnung. Was ist los?«

»Lassen Sie uns in Ruhe sprechen, Jenissej. Vielleicht ist nichts dran. Die Schweizer haben einen Verdacht. Ein Verdacht ist ein Verdacht. Mehr nicht.«

Der hat keinen blassen Schimmer von der Sache im Zürcher Klinikum, dachte Melchmer schon nach Minuten. Von Pia hatte er diesen Eindruck sowieso. Kein Anzeichen von Nervosität, wie sie Eltern haben, die ihre Tochter vor der Polizei verbergen. Auch nicht das Verhalten eines Mannes, der alles von langer Hand eingefädelt hat.

»Mein Kollege Sinker – das ist der Herr mit dem dezent primatenhaften Habitus, ich weiß nicht, ob Ihnen das aufgefallen ist, Jenissej ... Er ist aber ein Netter, ich lege für ihn meine Kastanien ins Feuer, sozusagen. Er würde sich gern Lenas Zimmer ansehen und ihren Computer mitnehmen.«

»Sie müssen mich doch nicht um Erlaubnis fragen, oder?«

»Nein. Aber Sie könnten ja, beispielsweise, darauf bestehen, dass *ich* das mache. Weil Sie den Eindruck haben, dass ich viel sensibler bin. Und weil Sie glauben, dass ich ein netter Typ wäre, wenn ich mehr von Theater verstünde.«

Jenissej grinste matt. »Von mir aus. – Die Wohnräume gehen Sie also auch durch? – Klar, müssen Sie ja. – Sie waren schon mal in Lenas Zimmer. Da ist Ihnen nichts aufgefallen, oder?«

»Doch«, sagte Melchmer. »Ich habe festgestellt, dass man schwarze Tapete mit großen Mustern haben kann, auch in einem winzigen Raum. Nicht meine Sache. Aber wahrscheinlich modern für ein Mädchen in Lenas Alter, und dieses Muster mit den matten und glänzenden schwarzen Lilien sieht ja sogar edel aus. Auch der Rest: weiß, silber, weiß. Computer, Kopfhörer, der übliche Schnickes. Geschmack hat sie. Ich erinnere mich an drei Sachen, die für mich nicht ganz ins Bild passen. Die Kollegen sehen das vielleicht anders oder finden noch was.«

»Und zwar?«

»Das erste sind zwei eher billig wirkende Poster hinter der Tür. Ein Trupp Germanen mit E-Gitarren, würde ich sagen.«

Jenissej lachte. »Sie ist Pagan-Fan. Das ist eine Musikrichtung, die eine Zeitlang angesagt war. Ich glaube nicht, dass sie das jetzt noch oft hört. Aber sie hängt dran.«

»Das zweite ist ein Holzmodell mit – wie sagt man – Planetenbahnen? Könnte ich mir auf meinem Kamin vorstellen. Wenn ich einen hätte. Aber in Lenas Zimmer passt es nicht. Erinnerungsstück?«

Jenissej nickte. »Ich habe es ihr gekauft. Am Tag, als ihre Mutter starb. Wir hatten – einen wunderschönen Tag. Vorher. Wir haben Blödsinn getrieben und in Berlin Sachen gekauft, darunter auf dem Flohmarkt dieses Ding. Plötzlich konnte man mit ihr sprechen wie mit einer Erwachsenen. Sie war anders. Und ich auch.« Er dachte nach.

Melchmer sah ihn an.

»Ja, wir waren uns komischerweise so nah …« Er schluckte. »So nah wie wahrscheinlich davor nicht – und danach auch nie mehr.«

Melchmer nickte. »Die Erinnerung spielt einem manchmal einen Streich. Es wird andere gute Stunden zwischen Ihnen gegeben haben.«

»Vorher, ja. Da haben Sie wahrscheinlich recht. Die Mitteilung, dass Hesther tot war … Das platzte wie eine Bombe rein. Und einerseits war ich sogar froh, dass ihr Leiden aufgehört hatte. Wahrscheinlich hat Lena das gespürt und es mir nie verziehen.«

»Aber sie hat das Modell behalten.«

Jenissej lächelte. »Ich habe sie nie darauf angesprochen.«

»Das sollten Sie demnächst tun«, sagte Melchmer.

Jenisssej sah ihn überrascht an. »Ja … Danke.«

»Das Planetenmodell könnte einen Bezug zu Lenas Filmen haben, oder nicht?«

»Ja, der Gedanke daran hat mich darauf gebracht, dem Kepler'schen Sphärenmodell zu folgen.«

»Aber es erleichtert die Deutung nicht? Weiterhin Geheimniskrämerei? – Tja, ärgerlich. – Dann war da noch was Drittes. Nämlich rosarote Kettchen.« Er sprach es aus, als seien es Ausscheidungen.

Jenissej lachte laut und befreit und wischte sich Schweiß von der Stirn. »Grauenvoll! Hat sie seit der ersten Klasse getragen. Zu jeder Gelegenheit. Das Plastik ist längst bröselig und ausgewaschen. Das Kitschigste aus ihrer Kindheit.«

»*Rosebud*«, sagte Melchmer leise.

»Sie wusste, dass es uns ärgert, wenn sie so rumläuft. Speziell mich. Sie hat sie nur angelegt, um mich zu ärgern. Definitiv. Das weiß jeder hier!«

»Gut, also sind es Folterwerkzeuge. Fallen unter die Genfer Konvention, diese rosa Kettchen. Alles klar.«

»Das ist meiner!«

Oskar Schroeter stand in der Tür des Schneideraums. Die Arme verschränkt vor der Brust. Zwei uniformierte Polizisten in dunkelblauer Jacke begehrten Einlass. Erst klopfend, dann bittend, fordernd, abwartend, wieder bittend, ärgerlich und schließlich entmutigt.

Als Lothar Melchmer um die Ecke bog, liefen sie auf ihn zu.

Wie zwei aufgeregte Kinder, dachte Jenissej.

»Er sagt, der Raum sei sein Bereich.«

»Wir haben ihm den Bescheid schwarz auf weiß vorgelegt und vorgelesen.«

»Er behauptet, der gilt nur für Herrn – also für ihn.« Er zeigte auf Jenissej.

»Wir haben ihm dargelegt, dass der Raum zum Objekt gehört und darum ebenfalls zu durchsuchen ist.«

»Geht ja gar nicht anders. Aber er behauptet, das Schneidegerät und der Computer gehören ihm.«

»Wir haben ihm die Konsequenzen vor Augen geführt, wenn er sich unkooperativ verhält.«

»Behinderung.«

»Straftatbestand.«

»Überzeugungsmäßig haben wir alles versucht.«

»Bleibt eigentlich nur noch unmittelbarer Zwang.«

»Sie können es ja noch mal versuchen, Kommissar!«

»Er ist bockig.«

Lothar Melchmer schaute mit allem Ärger auf Oskar Schroeter.

Melchmer verschränkte die Arme genauso wie Schroeter und stellte sich vor den Cutter. »Das da drin ist Ihr Computer?«

»Ja.«

»Sachen von Jenissej drin?«

»Nein.«

»Der Raum?«

»Habe ich gemietet. Von Jenissej.«

»Aha.« Er drehte sich zu den Uniformierten. »Sehr gut, Kollegen. Ich bräuchte Sie dann jetzt im Fundus. Und wie der Name schon sagt: Versuchen Sie, etwas zu *finden*. Dazu ist der da. Finden Sie Lena. Oder meinetwegen ihre vielbändigen Mordpläne. Alles klar?«

Er ging noch einmal auf Schroeter zu. Stellte sich sehr nah vor ihn. »Und Sie – mag ich nicht.«

Schroeter musste grinsen.

An Jenissej gewandt, sagte der Kommissar: »Sie haben's gehört. Wir nehmen uns den Fundus vor. Den Computer Ihrer Tochter haben wir. Ich würde gern noch einmal in Lenas Zimmer gehen und dort ein Stündchen zur freien Gestaltung haben. Danach zwitschern wir ab. – Sobald Sie etwas zu Lenas Filmen sagen können ...« – er zeigte nacheinander auf Jenissej und Schroeter –, »... rufen Sie mich an. Und zwar *immediately*!«

43

Weiß nicht. Weiß nicht. Weiß nicht.
Weiß alles nicht.
Warum muss immer ich an die Tafel? Er hat gemerkt, dass ich keine Ahnung habe.
Erst die Tafel wischen. Der Kreidestaub an den Händen – und plötzlich überall: auf dem Pullover, auf der Hose, im Gesicht ... Alle lachen.
Wieso kannst du kein Molekül zeichnen? Hast keine Ahnung? Oder kannst nicht zeichnen? Mal mal nen Baum!
Alle lachen.
Nein.
Doch! Du wirst doch einen Baum malen können. Los!
Das Gelächter.
Die Tafel fällt mir entgegen, der Kreidestaub. Der Arm schmerzt. Alle lachen, aber dann beginnen die Wände zu ruckeln, die Fensterscheiben müssen gleich bersten, die Decke zittert.
Alles wie mit verwackelter Kamera gefilmt.
Die Hose ist eingestaubt. Ich schlucke den weißen Staub, der Tisch saust an meinem Kopf vorbei. Bei dem Kreidestaub muss ich mich fast übergeben.
Beherrsch dich, sie lachen immer noch.
Da kann die ganze Welt zusammenbrechen. Sie lachen.

44

»Kriminalpolizei Berlin, Melchmer, guten Tag. Wen möchten Sie anschwärzen?«

Stille in der Leitung.

Zaghaft nur: ein Mann, der niemanden anschwärzen will.

»Hm. Mein Kollege sagte mir beim Durchstellen, Sie hätten sachdienliche Hinweise. Für mich heißt das: Schaumschläger oder Spinner. Meist kommt nichts dabei raus. Zu welcher Kategorie zählen Sie?«

»Äh ... Ich wollte einen Hinweis geben. Nein, eine Frage stellen. Der Fall Lena Jenisch.«

»Ah. Und der Name?«

»Lena Jenisch.«

»Ihrer.«

»Meiner. Na ja ... Geht es, dass ich meinen Namen lieber nicht nenne?«

»Das geht – und ich mache einen Strich bei der Kategorie *Spinner*. Einverstanden?«

»Hören Sie mal! – Wenn Sie nicht wollen, dass man Ihnen einen Tipp gibt, dann ... –«

»Ja? Was dann?«

»Sie glauben mir meinen Namen sowieso nicht: Müller. Ich bin bei einer gemeinnützigen Organisation tätig, die sich PALAU nennt. PALAU steht für ...«

»Sagt mir was.«

»Wir hatten vor Kurzem auf einer unserer Reisen einen tödlichen Unfall mit einem Jungen. Jan. Jan Sikorski.«

»Sagt mir auch was.«

»Dann wissen Sie, dass der Junge an Epilepsie leidet – litt. Es gibt inzwischen Medikamente, die zuverlässig sind, und Jan war bereits gut eingestellt. Bei meinen ... hausinternen Befragungen habe ich nun den Eindruck gewonnen, dass dem armen Jungen seine Medikamente nicht rechtzeitig gegeben wurden. Verstehen Sie? Hätte er seine Tabletten bekommen, wäre es nicht zum Anfall und zum Unfall gekommen. Er wäre nicht in den Tod gestürzt.«

»So weit kann ich folgen. Welche Rolle teilen Sie Lena in diesem Drama zu, Müller?«

»Rolle ...? Also, Lena war bei der Reise dabei. Sie hat die Gruppenleitung unterstützt.«

»Ja – und?«

»PALAU hatte den Fehler gemacht, Lenas Teilnahme zunächst zu leugnen. Wir befürchteten Gerichtsverfahren und Ärger in der Presse, wir haben ökonomische Schwierigkeiten derzeit, und deshalb waren wir sensibel. Tatsächlich hat Lena an drei Reisen teilgenommen. Wir meinten, die Zustimmung der Erziehungsberechtigten zu haben, und Lena war eine gute Unterstützung. Beliebt bei den Teilnehmern. Die jugendlichen Helfer betreuen Kleingruppen innerhalb einer Gruppe. Es gibt manchmal Problemchen, mit denen sich die Jungen und Mädchen nicht gleich an die Erwachsenen wenden wollen. Einer der Jungen in Lenas Zuständigkeitsbereich war Jan Sikorski. Nachdem ich gehört hatte, dass sie in der Schweiz in Verbindung gebracht wird mit diesem Arzt – den Namen vergesse ich immer ...«

»Aha.«

»Ja, also, da habe ich unsere Jugendlichen noch einmal befragt. Sehr dezent natürlich. Nach und nach waren sie bereit, über Lena zu sprechen. Aber man merkte, dass sie nicht mit der Wahrheit rausrücken wollten.«

»Und die war?«

»Lena hat Jan die Medikamente nicht rechtzeitig verabreicht. Also vor der Wanderung. Dafür war sie verantwortlich. Vor Schreck hat sie dann nach den Ereignissen das Weite gesucht. Den Rest kennen Sie besser als ich, Herr Kommissar.«

»Aber Sie werden es ja nicht einer Vierzehnjährigen überlassen, Medikamente an lebensgefährlich erkrankte Jugendliche zu verteilen. Oder?«

»Nein, so will ich auch nicht verstanden werden. Die volle Verantwortung liegt bei PALAU. Da redet keiner drum herum. Übrigens lassen wir auch die Gruppenleiterin nicht im Regen stehen. Die ist völlig fertig auf der Bereifung, wie man so sagt. Wir haben sie mit vollen Bezügen beurlaubt. Sie weiß, dass sie auf die Medikamente hätte achten müssen, aber die Verantwortung im Sinne von *Haftung*, die trägt das PALAU. Da stehen wir hinter ihr. Tja ... Und die Frage, die ich mir nun stelle, ist natürlich: Warum fährt Lena zu diesem Dr. Brogli nach Zürich, der Jan Sikorski nach dem Unfall behandelt hat?«

»Sie meinen, Lena hat Brogli getötet, weil der wusste, dass sie Jan Sikorski die Medikamente nicht gegeben hat. Weil er ein Mitwisser ist?«

»Das weiß ich alles nicht. – Aber *wenn* sie wirklich dem Dr. Brogli etwas angetan hat – das ist meine Sorge –, muss man sich dann nicht auch um Herrn Professor Lascheter Sorgen machen? Prof. Lascheter ist der Arzt, bei dem Jan seit Jahren in Behandlung war. Ich kenne den Professor gut, er arbeitet bei uns nebenan, am *Institut Zucker*. Die Kooperation ist exzellent.«

»Und die Jugendlichen.«

»Bitte?«

»Die Jugendlichen. Wenn die auch Mitwisser sind, dann wird Lena nicht nur Lascheter, sondern sie alle köpfen.«

»Köpfen?«

»Nicht? – Entschuldigung, meine Umgangssprache. Wie hat Lena denn den Brogli noch mal getötet?«

»Herr Kommissar ... Ich habe keine Details. Ich bin nur ein besorgter ... Mensch. Ob Sie mir glauben oder nicht. Vielleicht sollten Sie sich nach den Gutachten erkundigen, die Professor Lascheter und Dr. Brogli zu Jan Sikorski verfasst haben. Man hört, die seien eindeutig: fehlendes Medikament. – Ich will Lena um Gottes willen nicht anschwärzen. Aber wenn dem Professor etwas zustößt, würde ich mir mein Leben lang Vorwürfe machen.«

»Sie sind gut über Brogli informiert ...«

Der Mann lachte geschmeichelt. »Internet. Wie alles heute.«

»Lena ist nur in der Schweiz zur Fahndung ausgeschrieben. Hier bei uns haben wir die Öffentlichkeit noch nicht informiert.«

»Ach ja, ehe ich es vergesse, es gibt noch einen Punkt, der Sie interessieren könnte: Vielleicht haben Sie die Aussage gehört, Jan Sikorski sei allergisch gegen Anti-Epilepsie-Medikamente?«

»Ich höre.«

»Es soll sogar einen Ausweis geben, in dem die Allergie genannt wird. Das haben mir die Jugendlichen anfangs erzählt. Eine durchsichtige Geschichte, um Lena zu entlasten. Ich weiß nicht, ob sie sich das ausgedacht haben oder ob Lena sie unter Druck setzt. Es gibt einen Ausweis, in dem Sikorskis Arzt mit Telefonnummer steht, das wohl. Aber einen Ausweis mit einer Warnung vor Antiepileptika werden Sie nicht finden. Weil es ihn nicht gibt.«

»Sagt Lascheter?«

»Sagt ... *man*.«

»Schaumschläger. Schon der zweite Strich bei Schaumschläger.«

»Ich meine es ernst. Ich bin in Sorge. Ihre Ironie kann ich nicht nachvollziehen.«

»Ironie? Da täuschen Sie sich. Für so was haben wir bei der Polizei weder die Zeit noch den Nerv noch das Gen. – Ihnen noch einen gesegneten Sonntag! Ist ein undankbarer Job, am Sonntag im Büro, hm?«

»Ich rufe von zu Hause an.«

»Ach so, dann können Sie mir die Gutachten nicht faxen, oder?«

Melchmer brauchte keinen Müller-Anonymus, um an die Gutachten zu kommen. Er konnte sie sich offiziell mailen lassen. Sie waren beide in der Nähe von Broglis Leiche gefunden worden.

Medizingebrabbel und Wichtigtuerei!

Lascheters ausführliches Gutachten fand er unverständlich. Der Mann hatte dem toten Jungen das Gehirn entnommen, aber er war nicht in der Lage, das, was er da gefunden hatte, so zu formulieren, dass ein Kommissar es verstehen konnte. Klar war nur eines: Jan Sikorski hätte rechtzeitig seine Medikamente bekommen müssen, die ihn vor einem epileptischen Anfall während der Reise schützen sollten. Nur unter dieser Maßgabe habe er, Lascheter, der Teilnahme seines Patienten zugestimmt.

Brogli war in seinen Sätzen weniger verschwurbelt. Er trete dem Gutachten Lascheters in allen Punkten bei. In einem längeren Abschnitt legte er dar, weshalb die Sektion Sikorskis ausgerechnet vom behandelnden Arzt vorgenommen wurde. Brogli erklärte, auch deshalb habe er sein Gutachten erstellt.

Der ursprünglichen Sorge, das Hirn des Patienten sei physiologisch deformiert, ist die Grundlage entzogen, denn ursächlich für unsere Falschinterpretation der Bilder waren Reste des Kontrastmittels MyoTargetin N. Es verursacht keine Gesundheitsschädigungen und ist somit nicht für den Tod des Patienten verantwortlich. Einzuräumen ist auch, dass etwaige allergische Reaktionen, die wir zunächst für todesauslösend hielten, nicht zu bestätigen sind. Vielmehr hat offensichtlich der epileptische Anfall selbst zu Schädigungen geführt. Der Patient hätte seine Standardmedikamentation erhalten müssen, dies ist jedoch offenbar über Tage ausgeblieben. Neben den genannten anfallsbedingten Schäden trug mit hoher Wahrscheinlichkeit die eingebrachte Dosierung von Flumazenil *zum plötzlichen Zusammenbruch des Herz-Kreislauf-Systems bei. Es musste ja bei der Sedierung angenommen werden, dass der Patient als Epileptiker bereits Antiepileptika eingenommen hatte. Andernfalls hätten wir eine andere Dosierung veranlasst.*

Bin ich jetzt schlauer?

Immerhin eröffnen sich neue Fragen. Zum Beispiel die: Wenn das *MyoTargetin* bei Jan Sikorski nichts anrichtet, weil es harmlos ist – weshalb bekommt es bei Brogli die fiese Eigenschaft, den Jungen zu töten?

Und diese Frage: Hat Brogli seinem Kumpel Lascheter nur zum Munde geredet, als er das Gutachten tippte? Oder ist Brogli als Leiche noch mal aus der Röhre geklettert und hat den Text erst nach dem Mordanschlag verfasst?

Hier schiebt jemand die Dinge so, wie er sie haben möchte.

Gibt es eine Verbindung zwischen Jan Sikorski vom

PALAU und seinen unglücklichen Ärzten, dem *Institut Zucker* und Lena? Außer Lena? Ja. Gibt es. Eine Person, und die heißt Melina von Lüttich.

Wo steckt die eigentlich?

Wäre nicht das erste Mal, dass eine Vermisstenanzeige vom Täter respektive der Täterin aufgegeben wird, um von sich abzulenken. Ihre Sorge um Lena – eigentlich übertrieben ... Melina von Lüttich stachelt Lenas Vater an. Vielleicht schickt sie Jenissej in die falsche Richtung. Und mich auch. Was sind das für Versuche, an denen Melina mitgewirkt hat? Was ist, wenn sie Jan Sikorski schon mal in der Mangel hatte?

Er rief bei Melina an, aber niemand nahm ab.

45

Wenn die Gruppe von Ospizio Bernina nach Alp Grüm wandert, kann ich ihr entgegenlaufen.

Melina hatte sich von Karl eine Karte geben lassen. Sie bestätigte ihr, dass zwischen den beiden Orten nur der eine Hauptwanderweg existierte. Allerdings gab es vor dem Lago Bianco Abzweigungen zum Sassal Mason, dem Dreitausender, den die Geschäftsführerin erwähnt hatte.

»An zwei Stellen musste der Weg beräumt werden«, hatte Karl gesagt, und er erklärte ihr, dass Schneedecken wie Gletscher über die Wege gerutscht waren. Man habe kleine Bagger einsetzen müssen. »Du solltest nicht alleine gehen.«

»Ich habe Handy, feste Schuhe, Wasser und Regenjacke«, sagte Melina. »Was brauche ich noch für einen Spaziergang, der nicht mal eine Stunde dauert?«

»Es ist ein Bergwanderweg. Da geht man mindestens zu zweit.«

»Du weißt, wo ich bin. Ich habe das Handy.« Sie hatte sich auf seine Duzerei eingelassen. Länger als zwei Tage würden sie nicht miteinander zu tun haben, da konnte sie sich schon mal drauf einlassen.

Den Anfang des einzigen Weges kannte sie schon: über die Gleise, steil zu dem Restaurant hinauf, das in dunkler Zeit Fliegerbeobachtungsposten gewesen war und das ihr einen üblen Traum beschert hatte. Die Steigung gehörte zum Prü dal Vent, dem Hausberg der Alp Grüm.

Die Sonne kam heraus und glitzerte auf den metallenen

Lawinenbrechern, von denen einige sehr verbogen waren. Melina passierte Trockenmauern und sogar einen kleinen Lärchenwald, während sie auf eine Hochspannungsleitung hinabblickte, die unten durchs Tal führte. Die Berge waren von senkrechten Linien durchzogen – entweder Rinnsale und Wasserfälle des Schmelzwassers oder Runsen mit den Spuren abrutschenden Gesteins.

Wiesengrün wechselte sich mit größeren Schneeflächen ab, die abrupt am Wegrand endeten. Eine dieser Schichten war fast so dick wie Melina groß war.

Wie Gletschereis, dachte sie und bohrte mit der Hand ein Loch in die Wand am Wegesrand. Gute Trinkwasserreserve. Dann sah sie die Schneefläche hinauf, die über ihr auf dem Hang lag, fragte sich, ob die als Ganzes ins Rutschen geraten könnte – und lief zügig weiter.

Wo die Sonne wärmte, roch es nach Erde und nach Wald. Schon schwirrten Fliegen vor Melinas Gesicht.

Wenn der feuchte, aber feste Weg ein Stück bergab ging, bedauerte sie es, weil sie schon die erneute Anstrengung hinter der nächsten Biegung ahnte. Einmal schien unterhalb des Wegs eine Holzgalerie der Bahn aus dem Felsen zu wachsen. Von nun an kreuzte die Bahnlinie mehrfach Melinas Weg, der nun so breit war, dass man auch mit einem Auto hätte entlangfahren können, wenn man das Verbotsschild ignorierte. *Solo autorizatti* stand darunter. Das runde Verkehrszeichen *Durchfahrt verboten* hatte wie in Deutschland einen roten Rand, aber die Innenfläche war nicht weiß, sondern rosafarben.

Ohne Vorankündigung tauchte die Sonne in eine Wolkenmatte. Es wirkte endgültig. Melina erreichte das Ufer des Lago Bianco. Hatte sie im Sonnenlicht noch jede einzelne Ader der Berge gesehen, jeden Schatten eines Steins, erkannte sie im indirekten Licht nur den Kontrast schwarzer und weißer Flecken.

Killerwale.

An der Stelle, an der sie den Abzweig zum Sassal Mason erwartete, gab es keine Wege mehr – ein Eisbuckel hatte sich über die Ebene gelegt und die Kreuzung unter sich begraben. Die Spitze eines Wegweisers schaute hervor, aber so versteckt konnte er keinen Weg weisen. Melina sah, dass es seine eigentliche Bestimmung war, in mehrere Richtungen zu zeigen.

Sie war nicht beunruhigt, denn sie kannte die grobe Richtung. Sie musste rechter Hand dem Seeufer folgen, dann käme sie zum Ospizio Bernina. Der warme, sonnige Waldweg lag keine Viertelstunde hinter ihr. Jetzt war sie froh, die gefütterte Jacke dabeizuhaben.

Sie blieb stehen und schaute sich um. Bislang war ihr niemand begegnet. Sie überquerte die Eiskuppe und stand inmitten von Geröll. Schwarze Steine von Kieselgröße bis zu den Ausmaßen eines Einfamilienhauses, alle mit grünem Moos und hellen Flechten. So finster kündigte sich der Sassal Mason an. Eine überkragende Felswand und noch darüber, im Himmel über einem dunkelgrauen Steilgipfel, kreisten Vögel in der nebeligen Thermik, groß und ohne Flügelschlag.

Hier gab es keine Blümchen oder Lärchen.

Wovon ernähren sich diese Vögel?

Sie wandte sich zum See. Einer der Findlinge, direkt am Wasser, hatte eine eigenartige Form. Er war mehrere hundert Meter entfernt und ähnelte einem Wildschwein.

Wildschwein …! Hier!

Oder ein zusammengekauerter Mensch.

Melina musste aufpassen, nicht zu stolpern, weil sie den

Stein fixierte. Zweimal dachte sie, es könnte doch ein Mensch sein, dann glaubte sie wieder an einen Findling. Bis sich der Stein bewegte.

Der Junge suchte etwas. Vielleicht. Als Melina näher kam, sah es aus, als wolle er auf islamische Art beten, verharre aber vornübergekippt, mit einem Handy in der Hand.

Eine Weile beobachtete sie ihn aus der Distanz eines Steinwurfs. Er schien die beste Empfangsposition für sein Telefon zu suchen. Richtig – hatte sie überhaupt Kontakt mit ihrem Handy, zu Karl auf der Alp Grüm? Wie steht es hier oben zwischen den Gipfeln mit dem Empfang? Das Gerät aus dem Rucksack holen wollte sie nicht.

Plötzlich sah sich der Junge zu ihr um. Ein, zwei Sekunden, dann hatte er sich berappelt und war aufgesprungen.

Er kommt auf mich zu, dachte Melina und versuchte in Gedanken ihre Sachen zu ordnen: Habe ich das Pfefferspray zur Hand? Im Rucksack! Besser ist ein Stein, davon gibt's genug. Beides ist absurd ...

Der Junge kam wirklich gerannt – in Hechtsprüngen, die entweder seiner lange kauernden Haltung geschuldet waren – als müsse er sich strecken – oder den herumliegenden Felsbrocken –, um nicht zu stolpern.

Finster sieht er nicht aus.

Sie schätzte ihn versuchsweise auf fünfzehn.

Zwei Meter vor ihr blieb er stehen. Schwarze Baseballmütze, schwarze Jacke, schwarze Hose. Die Kleidung mit grauen Schlieren. Er lächelte – und warf sich vor ihr auf den Boden.

Sie wich einen Schritt zurück.

Der schlaksige Junge ging vor ihr auf allen vieren, die Knie und die Hände im Modder des Wegs. Ohne den Mund zu öffnen, machte er Töne mit der Stimme und gestikulierte mit dem Kopf. Dann nahm er die rechte Hand zur Hilfe und zeigte an, dass Melina ebenfalls herunterkommen und wie er auf allen vieren laufen sollte.

Sie hatte Platz, noch einen Schritt zurückzugehen. Aber er lief ihr wie ein Hund hinterher, sah sie bittend an, faltete einmal sogar die Hände wie zum Gebet.

Warum soll ich mich in den Dreck werfen?

»Nein«, sagte sie.

Hören und verstehen konnte er sie offenbar, seine Stimme und Gestik wurden nachdrücklicher.

Einer der roten Züge donnerte knapp über ihnen auf einem Felsvorsprung vorbei. Melina hatte nicht registriert, dass sie den Gleisen schon wieder so nah war. Die Telegrafenmasten an der Bahnlinie markierten die Strecke zum Ospizio Bernina.

Inzwischen wurde das Drängen des Jungen furios.

Als der Junge wieder traurig dreinschaute, schoss ihr der Gedanke durch den Kopf: Was soll's, wenn's ihm Spaß macht. Sie erschrak über ihre Erwägung, wunderte sich, Jenissej vor dem geistigen Auge zu sehen, und ehe sie es mit sich ausdiskutiert hatte, ging sie vorsichtig in die Hocke, setzte die Finger in den glitschigen Sand und streckte den Hintern hoch. Mit der Hose wollte sie den Boden auf keinen Fall berühren. Außerdem hielt sie Blickkontakt.

Nicht, dass er über mich herfällt, wenn ich den Quatsch mache.

Er gestikulierte, sie solle sich auf allen vieren voran bewegen. Und machte es vor. Sie brauchte länger, Arme und Beine koordiniert zu bewegen. Die Hose sollte möglicht wenig Spritzer abbekommen. Zu blöd wollte sie nicht dabei aussehen.

Warum auch immer ich ihm diesen Gefallen tue.

Er lachte freundlich und schwenkte sein Handy. Melinas Fingerkuppen schmerzten schon nach wenigen Metern. Sie achtete darauf, mit den Fingern nicht auf einem zu spitzen Stein aufzusetzen. Dann entschloss sie sich, nachzugeben und das Gewicht wenigstens auf die flachen Hände zu verlagern. Der Junge freute sich. Er stand jetzt, und die Lateinstudentin Melina von Lüttich kroch auf ihn zu.

Weiter schwenkte er den Arm. Mit dem Handy.

Er filmt mich! »Hey! Nein!«

»Wieso nicht?«, rief der Junge, und sie stand auf, blieb aber stehen. Die Handflächen brannten. Kleine Steinchen krümelten von ihren Händen.

»Was soll das?«

Er steckte das Handy weg und reichte ihr die Hand. Nicht sauber.

»Nathan.«

Schon wieder hatte sie mit einem Prinzip gebrochen. Handkontakt. Aber er wirkte charmant, auf eine harmlose Art.

Sie fragte in mehreren Versionen nach dem Sinn der Aktion. Er ließ sich bitten.

»Und was hast du am See gesucht?«

Er holte wieder das Handy heraus. »Wir machen *Geocaching*.«

»Ja und? Soll mir das was sagen?«

Er hielt ihr das Gerät hin. »GPS-Ortung. Man muss Punkte in der Landschaft finden. *Geocaching* geht normalerweise über Internet, Leute verstecken Schätze an geheimen Orten, und die muss man möglichst schnell finden. Wir machen das anders. Jeder hat drei Zettel versteckt. Darauf stehen Aufgaben, die man machen muss. Manchmal

Rätsel, manchmal Mutproben. Danach kommen wir zusammen und zählen unsere Punkte.«

»Aha, und was war ich?«

»Du warst ... Sie waren die Aufgabe. Ich sollte den nächsten vorbeikommenden Passanten anhalten. Ohne zu sprechen, sollte ich jemanden dazu bekommen, auf allen vieren am See langzulaufen. Beweisfoto erforderlich. Können Sie mir noch auf Film sprechen, dass ich wirklich nichts gesagt habe?«

Sie musste lachen. »So was Albernes!« Dann fiel ihr etwas ein: »Was heißt denn *wir*? Gehörst du zum PALAU?«

Er riss die Augen auf. »W ... woher wissen Sie das?«

»Ah, und ihr sitzt im Ospizio Bernina?«

»Sitzen nicht gerade. Aber stimmt, ist unsere Ausgangsbasis. Ach Mist, dann zählen Sie ja nicht.«

»Wieso?«

»Na, wenn Sie zur Gruppe gehören. Sie sind auch Pädagogin, oder?«

»Nein. Ja. Nein. Nicht bei PALAU.«

Seine Augen irrten herum.

»Du meinst, dein Foto von mir zählt nicht als bestandene Aufgabe? Doch, doch, ich werde deinen Leuten versichern, dass du es super gemacht hast.«

»Cool. – Was machen Sie hier?«

Sie wischte mit einem Taschentuch ihre Hände. »Melina von Lüttich.«

»Aus Lüttich?«

»Aus Berlin. Ich arbeite im *Institut Zucker*.«

Nein, mache ich nicht mehr ...

»Kenn Sie gar nicht«, sagte Nathan.

»Ja, komisch, nicht?«

46

Jenissej saß im Schneidersitz auf den Parkettbohlen der Bühne, vorn am Rand des Orchestergrabens. Er schaute mit dem Rücken zum leeren Saal in den Bühnenraum – er blickte auf die Leinwand, die größer war als sein Sichtfeld. Abgesehen von den Notausgangs-Leuchten, die dauerglimmten, war der Film die einzige Beleuchtung im Theater.

Er sah Lenas Filme. Datei 1 und Datei 2 hintereinandergeschnitten. Darauf folgte das gleiche Doppelpack, aber diesmal von Jenissej neu zusammengewürfelt. Dann wieder die beiden Originale. Zwei neue Varianten. Die Originale. Und so weiter. Am Cut-Altar war das schnell einprogrammiert, innerhalb einer Stunde hatte er es zusammengestümpert. Das Betrachten schien viel länger zu dauern. Vor allem blitzte nicht einmal ein Fünkchen dessen auf, was er erhofft hatte: dass ihm eine Idee kam, was Lena gemeint hatte.

Jetzt rächt sich, was Pia mir vorwirft. Meine Intuitions-Manie. Sie liest ein Buch von Alpha bis Omega. Ich blättere hierhin und dorthin, lese quer, wirble damit herum, unterstreiche drei Stellen, reiße eine Seite heraus, feuere das Buch in die Ecke – und glaube, daraus ein Stück machen zu können. Ohne es je noch mal zur Hand zu nehmen.

Es gelingt mir immer wieder. *Jenissej hat Händel nicht interpretiert, er hat ihn nicht porträtiert, er IST Händel!* Wie viele Zeilen über ihn, wie viele Noten von Händel hatte ich in mir aufgenommen? Fast nichts! – Den Lingen kapiere ich seit der Schulzeit, weil ich ihn heimlich parodiert habe. Von einer Sekunde zur nächsten fühlte wie er. Seine Tochter, seine Frau, die Angst vor den Nazis, die Rollen, das Bleibenmüssen in Deutschland. – Warum gelingt mir das bei Händel und nicht bei Lena?

Er war dem Bild viel zu nah. Die unsinnige Hoffnung, in das Bild hineingleiten zu können, wenn man nur nah genug ist, unscharf genug. Er stand auf, lief eine Seitentreppe hinunter und suchte einen Mittelplatz in der dritten Reihe.

Lena greift in die Erde. Die Kreise, alle weiß, nur einer schwarz.

Vor sich sah er Pia, außer sich. Natürlich war es ein Fehler, ihre Probe zu stören. Ihre Fahnen wegzuschieben, herumzukrakeelen, sie auch noch auf die Besitzverhältnisse hinzuweisen. Wem das Theater gehört. Was auch immer mit mir, in mir passiert. Ich bin das nicht. – Warum hat Pia Melpomene in die Schweiz fahren lassen? Ohne mit mir zu sprechen. Aha. Verletzt bist du! – Sie raus, ihre Fahnen mitgenommen, ihre Leute, alles verflucht. Will nie wieder kommen. – Er lächelte in den leeren Theaterraum. – Das hält bei ihr acht Stunden. Zehn maximal.

Ohne bewusst darauf zu achten, zählte er die Zehntelsekunden bei Lenas Schnitten.

Was du machst, ist nicht intuitiv, es ist analytisch. Das ist nicht deine Stärke, das kannst du nicht! Du kannst nur Intuition. Also das ansehen, was da ist. So viel wie möglich davon unter den Tisch fallen lassen und dabei auf den Bauch hören. Intuition ist Analyse mit Informationsreduktion.

Woher wussten die Feldherren der Geschichte, welches die Stunde, die Minute, die Sekunde für einen Angriffsbefehl ist? Reines Kalkül? 100 Sekunden nach Beginn des ersten Hahnenschreis? Oder haben sie alle zweitausend Soldatenherzen gefragt, wie sie sich gerade fühlen? Nein. Informationsreduktion. Wissen und Nichtwissenwollen. Und dann entscheiden.

Das trägt mich durch mein Leben.

Nur bei ... Nur bei Lena nicht.

Er sah dieses Wachsgesicht von Lena. Lena, der Säugling. Die geschlossenen Augen neben Hesthers Gesicht. Drei, vier Stunden nach der Geburt, diesem Schock, ans Licht zu kommen, die Geräusche der Straße und der Krankenhausgänge zu hören. Lena, die Dösende. Ihr Schlaf wie der Tod, nur unendlich hoffnungsvoller. Und die Idee: Lena – der Strom in Sibirien. Natürlich war Lena ein Winzling. Der Strom gewaltig. Aber diese Lust, dieses Würmchen nach dem Strom zu benennen! Nicht rational, rein intuitiv. Und Hesthers Lächeln dabei.

Natürlich war nicht Lena so gewaltig. So unendlich. Sondern meine Liebe. Die Hoffnung in diesen geschlossenen Augen.

Die Filmbilder sagten ihm nichts.

Ein Rotwein wäre nicht schlecht. Oder zwei Whisky. Schaltet die besonders streberhaften Nervenzellen für eine Weile aus! Es sind zu viele. Bei manchen Leuten funktioniert das. Sie trinken sich vom Analytiker zum Intuitiven. Bei mir reicht's nur, nach dem ersten Schluck über der Kloschlüssel zu hängen. Schön – ich kann nie Alki werden.

Italia war gerade auf der Leinwand.

Für einen Moment sah er nicht den Film, sondern die Leinwand auf der Bühne. – 1987. Das leere Theater in Berlin. Niemand ist da. Ich laufe hin und her. Fange an zu deklamieren. Hüpfe. Lege mich, zitiere Sprüche. Steppe. Heule, renne, tanze Tango mit mir, verneige mich vor einem nicht vorhandenen Publikum. Das Theater, in dem ich Inspizient war. Jede Nacht hatte ich es für mich allein. Dachte ich. Die

Lichter im Schnürboden gehen an. Applaus von hier und da. Sie haben meine Heimlichkeiten auf der Bühne beobachtet, sagen sie. Und aufgezeichnet, sagen sie. Mein Deklamieren, mein Hüpfen, meine Sprüche, meinen Stepptanz, mein Heulen und meinen Tango. Auf Video! *Tja, Jenissej, was bleibt mir noch? Ich habe dich gesehen, du Schurke. Ich lasse es dir, das Theater. Mach was draus!*

Jenissej schaute auf Lenas Bilder und verstand sie nicht. Er rollte sich auf seinem Sitz ein. Er presste die Hände auf die Ohren, obwohl es zu Lenas Filmen keinen Ton gab. Er fühlte den Schweiß und seinen Atem in den Händen. Schüttelfrost?

Ohne dass er es gewollt hätte, reckte sich sein Kopf nach Luft, der Mund öffnete sich, und er schrie nach Leibeskräften: »Schroeter!« Und noch einmal.

Irgendwo muss die Bazille doch stecken.

Sehr. Sehr leise kam aus der letzten Reihe von Jenissejs Theater eine Stimme. Leise aus dem Dunkeln. »Ich bin ja da.«

Jenissej fuhr herum. »Oskar?«

»Ja doch.«

»Nimm dir diese Filme vor, Oskar. Sieh sie dir an. Ich verstehe sie nicht. Ich. Verstehe. Es. Nicht.«

Schroeter schwieg in der Dunkelheit.

Irgendwann spürte Jenissej die Hand seines Cutters auf seiner Schulter. Zum ersten Mal. »Ich verstehe es auch nicht. Aber hau dich mal hin, Blödmann! Schlaf 'ne Runde. Ich mach das! Ich mach das schon!«

47

Lieber Jenissej!

Melina löschte das »Lieber« und ersetzte es.

Sehr geehrter Jenissej,
heute bin ich in der Schweiz angekommen, auf der Alp Grüm. Leider keine Lena. Die aktuelle PALAU-Jugendgruppe ist eine Bahnstation weiter in einer netten Hütte mit Selbstversorgung untergekommen, in einem Ort namens Ospizio Bernina. Das war früher mal ein Krankenhaus.

Die Leiterin der PALAU-Gruppe, Christine, habe ich früher schon mal gesehen, bin mir aber nicht sicher. Ich hatte den Eindruck, dass sie von meiner Ankunft nicht überrascht war, aber ich kann mich täuschen. Sie hat die Truppe im Griff, das muss ich sagen. Ihrem Versuch, mich als Co-Leiterin einzubeziehen, habe ich mich entzogen und wohne deshalb im Bahnhofshotel der Alp Grüm.

Christine ist nicht die Leiterin der vorigen Gruppe, in der Jan Sikorski den tödlichen Unfall hatte. Der Vorfall steckt ihr trotzdem in den Knochen. Sie haben das Programm geändert. Sie sagt selbst, dass sie weniger Risiken eingeht als früher. Zum Beispiel bei der heutigen Schnitzeljagd, die sie hier Geocaching nennen. (Ich musste den Kids wirklich erläutern, was eine Schnitzeljagd ist, sie kannten alle nur paniertes Schweinefleisch.)

Es war nicht leicht, Christine nach Lena zu fragen, und sie sieht es nicht gern, wenn ich die Jungs und Mädels nach ihr frage. Kann ich verstehen. Es bringt Unruhe in die Gruppe. Einige kennen Jan und/oder Lena. Einen brauchbaren Hinweis habe ich nicht erhalten – und das, obwohl ich mich extra am Essenkochen in der Hütte beteiligt habe. Übrigens gab es Spaghetti. Mir scheint, das ist ein ehernes Gesetz für Teenie-Touren, dass es Spaghetti geben muss. Die kapieren gar nicht, dass sie in der Schweiz sind. Egal, es gibt Wichtigeres.

Mein Semester zum Beispiel. Ich habe drei wichtige Klausurtermine versäumt, und meine Magisterarbeit über den ›abl-abs‹ (Ablativus absolutus und sein Einfluss auf die Semiotik im Spätrömischen Sprachgebrauch) kann ich mir abschminken – das Thema wurde ohne Rücksprache mit mir vergeben, wie mir mein Prof eben gemailt hat.

Haben Sie inzwischen Hinweise in Lenas Filmen gefunden? Bitte rufen Sie mich an, falls Sie eine Deutungsmöglichkeit erwägen, auch wenn es nur der leiseste Verdacht ist. Je länger ich darüber nachdenke, für desto wahrscheinlicher halte ich es, dass Lena hier in der Nähe ist. Sie ist kein Fluchttier, sozusagen. Ich kenne sie ein bisschen. Wenn sie mal einen – kleinen – Lapsus im Institut begeht, bleibt sie da stehen, wo sie ist. Sie steht dann und sucht, bis sie weiß, wie es besser laufen könnte. (Übrigens bewundere ich das an ihr. Sie auch?)

Jedes Mal, wenn ich einen Menschen sehe – hier im Restaurant, in der Bahn oder draußen –, schaue ich, ob es Lena ist. Ich muss aufpassen, dass das nicht zur fixen Idee wird. Mein Kopf beschäftigt sich nur noch mit ihr. Aber, wie gesagt, es würde mich wundern, wenn sie die Schweiz verlassen hätte.

Im Moment sind die Jugendlichen aufgedreht – sie müssen ihre Abenteuer vom Tag verarbeiten. Außerdem haben sie Aufgaben bekommen, die sie bis zum Kaminabend lösen sollen. Ich bin eingeladen und werde hingehen. Vielleicht vertraut sich einer mir an – wg. Lena.

Die Aufgabenpräsentation wird eine Qual. Ich hasse das, wenn sie Handstand machen müssen oder sich ein Rollenspiel ausdenken sollen. Die immer gleichen Verhaltensmuster. Die einen produzieren sich. Ich weiß, dass das Pubertätsgehabe ist und teilweise zur Entwicklung gehört. Aber ich halte es immer weniger aus. Und dann fällt mir auf, dass ich erst 23 bin und schon wie eine 63-jährige Lehrerin spreche. Eine, die das alles satt hat.

Was hat mich veranlasst – ich weiß es nicht mehr –, ausgerechnet Lehrerin zu werden? Ich schlage ein Buch Latein auf und weiß: Das ist mein Leben, das ist »Familie«. Ich brauche keinen festen Freund, solange ich ein Lateinbuch habe. Hört sich schlimm an, oder? Dabei will ich mich gar nicht von der Welt abwenden und mich hinter einem Buch verstecken. Die Grammatik ist keine Ersatzbefriedigung. Aber im Lateinischen kann man eben nicht schwafeln. Die Aussagen, die Sätze sind klar und wahr. Das hat nichts damit zu tun, dass ich mich von Menschen abwenden will. Sondern einfach, dass ich die Verlässlichkeit klarer Sätze mag.

Offensichtlich kann man im Deutschen viel dummes Zeug reden und schreiben, ich erbringe gerade den Beweis. Bitte entschuldigen Sie, dass ich die Mail als Therapiestunde missbrauche.

Ich informiere Sie, sobald ich das geringste Zeichen von Lena entdecke. Bitte vice versa.

Melina

Sie scrollte an den Anfang der Mail und ging den Text nach Grammatikfehlern durch. Sie löschte überflüssige Wörter. Sie löschte Einschübe und Klammerungen. Und sie löschte alle Ausführungen zum Studium und zu ihren Zweifeln. Als sie es senden wollte, verschwand die geänderte Version vom Bildschirm. »Ein unerwarteter Fehler ist aufgetreten.« Allerdings! Die ursprüngliche Version der Mail war noch vorhanden. Melina tippte auf »senden« und bereute es sofort.

Sie hatte den Internetanschluss des Hotelrestaurants genutzt. Im Mondlicht strahlte die Wand aus Restschnee, der Weg davor war dunkel und kalt. Vom Restaurant zur Hütte der Gruppe musste Melina nur hundert Schritte hinaufgehen. Sie hielt die Arme vor der Brust verschränkt und verbiss sich ein albernes Zähneklappern. Christine hatte ihr angeboten, in dieser Nacht bei ihnen zu bleiben, und Melina hatte es unhöflich gefunden, dem strahlenden Lächeln zu widersprechen.

Als sie im Vorraum die Schuhe auszog, bedauerte sie die Entscheidung. Eine weitere Runde mit Gerangel, Knuffereien, Keifereien, Kneifereien ... Aber drinnen war es dunkel. Melina hörte ein Klopfen. Rhythmus.

Die Gruppe saß im Halbkreis vor dem Kamin. Das Feuer war die einzige Beleuchtung. Christines blonder Haarschopf stach hervor, und mit ihrem kräftigen Körperbau bildete sie einen Schwerpunkt im Halbkreis. Melina setzte sich hinter Susan, Pär und Mathilde, die Einzigen, die am Tag diszipliniert und ausgeglichen waren.

Der Rhythmus ähnelte einer afrikanischen Trommelei. Es war Nathan, der auf seiner Gitarre nicht spielte, sondern klopfte. Ein, zwei Mal wischte er über die Saiten. Jasmin hob eine Stange ans Gesicht, die im Kaminfeuer blitzte – eine Querflöte.

Nathan trommelte leiser, und Jasmin spielte. Der Raum war sofort von dem Klang erfüllt. Es war eine langsame, schlendernde Melodie, in die sie Triolen und Triller einbaute. Melina kannte das Stück nicht. Sie schaute sich um und sah die stillen Gesichter im Schein des Feuers. Manche sahen zu Jasmin, andere träumten in die Flammen. Ole und Kit hielten sich umarmt. Beim Nachtisch hatten sie sich noch getrennt.

Melina schloss die Augen. Sie konnte den Stil nicht einordnen. Etwas Barockes war unverkennbar, aber das Schweifende passte nicht ins Muster. Jasmin blies manchmal nur schwach, so dass man mitbekam, wie aus Atem Musik wurde, und sie holte hörbar Luft zwischen den Takten.

Als sie die Flöte absetzte und Nathan der Gitarre den letzten schweren Klaps gegeben hatte, herrschte – Stille. Jasmin begann, das Instrument zu reinigen. Erst jetzt applaudierten die Jugendlichen, die ganz woanders gewesen waren.

Melina gab sich einen Ruck. Möglichst nicht zu laut fragte sie: »Wunderschön. Was war das?«

Jasmin zuckte mit den Schultern. »Haben wir uns ausgedacht.«

Christine sagte: »Jeder soll etwas vorstellen, das er in seiner Kleingruppe vorbereitet hat.« Und an die beiden Musiker: »Habt ihr vorher schon mal miteinander gespielt?«

Sie schüttelten die Köpfe und waren peinlich berührt.

»Habt ihr eurem Stück einen Namen gegeben?«, fragte Christine.

»Ja«, sagte Nathan und zog sich sogleich wieder zurück, blickte auffordernd zu Jasmin.«

»Es heißt: *Christine*.«

»Oh.«

Melina erwartete Feixen und Kommentare, wie beim Essen. Aber die Jugendlichen schauten alle zu Christine. Einige lächelnd, andere nicht.

»Das ist lieb«, sagte Christine, deren rundes Gesicht im

Kaminschein sehr hübsch war. Sie strich sich eine Strähne hinters Ohr und hatte Mühe zu sprechen. »Danke euch beiden. – Wer möchte jetzt?«

Zaghaft kam ein Klüngel in Bewegung.

»Wir haben uns was überlegt und wollten euch fragen, ob ihr mitmacht, wenn wir wieder in Berlin sind. Los, Timo, mach du weiter!«

»Ja ... Und zwar haben wir doch im PALAU so ein Hospiz.« Er fuchtelte mit den Händen, machte doppelt so viele Gesten wie Wörter, die Arme zu lang. »Oder sogar mehrere, glaube ich!? – Na, jedenfalls ... Wir haben überlegt, dass das echt scheiße ist, wenn man stirbt.«

Lachen, aber verhalten.

»Ja, und wenn die alten Leutchen wissen, dass ihnen nichts mehr hilft und sie in ein paar Wochen oder so sterben müssen oder so, dann wär's gut, wenn sie nicht allein sind oder so ähnlich. – Und dann haben wir doch auch, im Krankenhaus von PALAU, so Säuglinge und Neugeborene, die da so in ihren Brutkästen liegen, verstehste, und die sind doch auch ganz krass allein.«

»Klar sind da manchmal Eltern und Ärzte, das ganze Zeugs. Aber in der Nacht zum Beispiel, da liegen die meistens ganz allein bei Neonlicht in diesen Kästen, und keiner ist da, der sie streichelt.«

»Genau. Deshalb haben wir uns einen Plan überlegt. Wir stellen die Brutkästen bei den alten Leutchen ins Zimmer. Dann freuen die sich, und beide sind nicht einsam.«

»Natürlich fragen wir vorher, Alter!«

Lachen. Respektvoll.

»Meine Oma hat da gelegen. Wir haben sie jeden Tag besucht. Trotzdem war oft keiner da. Die haben ihr dann eine Katze geliehen. War ganz okay. Aber es war ja nicht ihre.

Und echt, wenn ich alt bin und abkrepele, will ich nicht, dass mir einer einen Papagei ins Zimmer stellt oder so.«

Lachen.

Christine schaltete sich ein. »Die Frühchen müssen natürlich vor Keimen geschützt werden ...«

»Die Alten sind ja nicht alle verkeimt, bloß weil sie sterben!«, protestierte Timo.

»Nein, schon klar. Ich wollte euch nur darauf hinweisen, dass es mit dem Streichelkontakt nicht ganz so einfach sein dürfte.« Christine sah fragend zu Melina.

Die fühlte nur einen Kloß im Hals; als Entgegnung fiel ihr nichts ein.

»Ich hab mal Frühchen im Praktikum gehabt«, sagte Jasmin. »Die liegen da ganz allein und ohne Decke drin, mit ganz vielen Kabeln. Man durfte die berühren, durch so eine Röhre. Aber manchmal waren die Eltern krank oder tot oder so was.«

Kit ließ beim gestikulieren Oles Hand nicht los. »Wenn ich ganz alt bin, würde ich es, glaub ich, schön finden, wenn ich so einen Säugling sehe. Auch wenn die einfach nur den Kasten bei mir ins Zimmer stellen. Oder, wenn es schon ein richtiges Baby ist, das einfach nur mal zu sehen ... Kriegen die Alten doch sonst gar nicht mehr geboten. Ich glaube, wenn ich wüsste, dass ich sterben muss, wär das irgendwie ... ein Trost.«

Stille.

Prasselndes Feuer.

Das Hauchen des Rauchabzugs.

Christine räusperte sich. »Gut. Dann solltet ihr das in Berlin mit den Ärzten besprechen.«

»Ja«, sagte eines der kleinsten Mädchen, dessen Namen Melina nicht kannte. Sie nickte entschlossen. »Wir haben uns das überlegt. Timo erkundigt sich bei den Leuten vom Hospiz, und ich gehe zu den Neuen im Krankenhaus. Und dann fragen wir die Eltern und die alten Leute, wer von ihnen einverstanden ist.«

»Es gibt ja nicht bloß Alte, die im Hospiz sind«, sagte Nathan.

»Nee. Aber ihr wisst, was ich meine. Wir wollen eine Umfrage starten, und dazu brauchen wir mehr Leute. Und da wollten wir fragen, wer mitmacht.«

Christines Stichwort. »Gut, wer hätte eventuell Interesse, das Projekt zu unterstützen?«

Einige Arme gingen sofort hoch, andere gemächlicher. Aber – es waren alle.

Melina kam sich ausgeschlossen vor.

»Super«, konstatierte Christine. »Wir kommen zur letzten Gruppe? Tina, Schippi und? – Nathan! Last but not least. Also bitte!«

»Ja«, sagte Nathan, »wir haben jetzt nicht so was Großes. Kein Projekt oder so was. Ich glaube, wir haben die Aufgabe falsch verstanden.«

»Wieso?«, fragte Christine.

»Wir haben einfach ein Bild gemalt. Mit uns drauf, sozusagen. So eine Art Porträt, oder was uns so einfällt und so.«

»Das ist doch gut, Nathan. Warum soll damit das Thema verfehlt sein? Lasst es uns mal sehen.«

Die beiden anderen entrollten umständlich eine Pappe, die aus vier Bögen zusammengeklebt war.

»Ja, also, wie man sieht« – er kicherte verlegen – »oder auch nicht … Das sollen wir sein. Da – Schippi, ich und Tina. Wir haben uns da einfach mal so gemalt, wie wir gerade im Institut sind, bei so einem Test. Wir dachten, wir machen was, was ihr ja alle kennt.«

Christine nickte. »Na, das finde ich ... das ist doch gut getroffen. Guck mal, da sieht man sogar Schippis Kappe, oder?«

Melina betrachtete die Zeichnung.

In der unteren Hälfte sah man drei Betten mit drei Menschen. Die Jugendlichen hatten nur schwarz gemalt. Vielleicht war auch eine andere dunkle Farbe dabei, aber im Schein der Flammen sah alles schwarz aus. Die drei Menschen hatten die Arme von sich gestreckt in ihren Betten. An ihren Körpern klebten Elektroden, und an den Elektroden hingen Kabel. Die Körper der drei Liegenden waren übersät mit Elektroden, ihre Beine und Arme waren umwickelt mit Kabeln. Vor allem aus dem Kopf ragten Kabel wie Medusenschlangen.

Alles war schwarz gemalt. Die Elektrodenkabel schienen die Jugendlichen an ihren Betten festzuschnallen.

Niemand sprach.

Ole und Kit hatten ihre Köpfe aneinandergelehnt.

Die drei rollten ihre Pappe zusammen.

Leiser Applaus.

»So, ihr Lieben ... Bevor es Zeit wird ... Ich möchte euch sagen, dass ihr tolle Präsentationen vorgelegt habt. Alle. Ihr könnt stolz auf euch sein. Morgen ist ein neuer Tag, da geht es wieder rund. Also schlaft euch aus. – Ich weiß, ihr findet Singen ziemlich blöd. Aber will jemand von euch noch was sagen? Etwas, das euch am Herzen liegt?«

Melina sah sich um. Es sah nicht so aus.

Tina stand auf und setzte sich näher an das Feuer. »Ich hab mal mit meinem Großvater ein Lagerfeuer gemacht. Alle waren da, ganze Familie. Haben gegrillt oder so 'n Quatsch. Gesoffen und dummes Zeugs gelabert. Und dann sind wir beide noch mal allein zum Feuer hin. Da war er echt schon klapprig auf den Beinen. Und dann haben wir uns davor gehockt, und er hat im Feuer gestochert. Die Funken sind geflogen. Ich glaub, das war das letzte Mal, dass ich mit ihm gesprochen habe. Er war immer lustig. Hat mir zugehört. Ganz anders als meine Eltern. Die waren irgendwo und haben sich wahrscheinlich wieder gestritten. Weil die Hecke schief geschnitten war oder die Steuer zu hoch oder der Handwerker zu blöd. Mein Opa ... hat seine Hand auf meinen Kopf gelegt. Als ob ich ein kleines Baby wäre. Ich hab gemerkt, dass er gezittert hat. Er war eben alt. Hat nach Apfel gerochen. Fällt mir grad ein. Und dann hat er zu mir gesagt: Weißt du, *mein* Mädchen, die Holzscheite da, die haben lange gelagert hinter dem Haus. Und der Baum, von dem sie stammen, der war alt. Die ganze Sonne, die den Baum hat wachsen lassen, die hat er in sich gespeichert, der Baum, Jahr für Jahr, Jahresring um Jahresring. Und jetzt, wo er brennt, kommt die Sonne in Form von Flammen wieder aus ihm heraus. Was du siehst und was du an Wärme spürst, das ist sein ganzes Leben, das zieht noch einmal vorbei, und es flammt und es wärmt uns und knistert. Obwohl er doch nur ein Baum war, der einfach so dastand und nichts tat. –«

48

Was ist Callosotomie?

Inzwischen lagen bereits fünfzehn von zwanzig Bänden des Konversationslexikons neben Kommissar Melchmers Computer.

Jedes Wort verschlüsseln die! Medizinmänner! Bedienen sich ihrer Geheimsprache. Dass man denen das durchgehen lässt ...

Eigentlich hatte Lothar Melchmer vor dem Zubettgehen nur noch einmal einen Blick in die Unterlagen werfen wollen. Denn eine Frage nagte sanft, aber beharrlich an seinen Hirnwindungen: Welche Verbindung bestand zwischen Dr. Brogli und Prof. Lascheter? Brogli hatte sich im Gutachten auf Lascheter bezogen, und zuvor hatte sich Brogli wegen des komatösen Jan Sikorski an den behandelnden Arzt Lascheter gewandt. Soweit klar. Aber welche Verbindung sah Lena zwischen den beiden? Hatte sie einen Grund, nach Brogli auch Lascheter auszuschalten?

Das Einfachste wäre gewesen, Lascheter zu warnen. Einfach, aber unverantwortlich. Zum einen, weil Lascheter sich dann vermutlich unnötig sorgen würde. Zum anderen, weil es Lascheter einen Wissensvorsprung verschaffte, den der Kommissar nicht für hilfreich hielt.

Die Informationen zu Carlo Brogli waren schnell beisammen. Die Grunddaten standen in der Akte zu seinem Mordfall. Im Internet waren Auskünfte spärlich. Ein Foto gab es von ihm dort nicht. Nur der Tatort war oft fotografiert und in den Zeitungen und auf Online-Portalen kopiert worden.

Brogli war in der Schweiz geboren, hatte in der Schweiz studiert und approbiert. Er hatte eine Schweizerin geheiratet und hatte sie 26 Jahre später in Schweizer Erde begraben. Die beiden Söhne arbeiteten als Banker in der Schweiz. Brogli leitete im Wechsel drei Institute an Universitätskliniken und fuhr regelmäßig zum Urlaub in die Schweiz – das berichtete ein Käseblättchen der Ärztegenossenschaft, das sich kurioserweise im World Wide Web behauptete.

Zu Lascheter zeigte die Suchmaschine hunderttausend Links an. An erste Stelle die eigene Homepage des »Prof. Dr. Dr. med. Eugen Lascheter«. An zweiter die Präsentationen des *Instituts Zucker*. Auch prominente Nachrichtenportale im In- und Ausland präsentierten – im wahrsten Sinne – Hochglanzporträts des Mannes.

Lothar Melchmer vertraute am ehesten seinem eigenen Bleistift. Überall klaubte er Daten zusammen, auch aus mehreren *Curricula,* die zu lang waren. Das meiste richtete sich an Mediziner.

Die Nacht schwand dahin wie Eis im warmen Wohnzimmer. Inzwischen hatte er den ersten Teil des Lebenslaufs zusammen. Seine Stichworte ergänzte er beim Lesen zu Sätzen: *1953 wird Eugen in Marbach geboren. Der Vater ist Jahrgang '13, und bei Eugens Geburt 40. Ein Arzt mit NS-Vergangenheit. Kriegsgefangenschaft. Eugens Mutter ist fünfzehn Jahre jünger, leidet unter Epilepsie. Der Vater wird wieder Arzt und unternimmt bei seiner Frau 1965 eine OP am Gehirn, als letzte Chance. Sie stirbt dabei. Der Vater gibt den zwölfjährigen Eugen ins Heim.*

Abitur bereits mit 17, Wehrdienst mit Schwerpunkt Sanitäter. 1979 erste Promotion – Epilepsieforschung. Neurologe an mehreren deutschen Kliniken. 1984 zweite Promotion über Hirnneurologie und Heirat. Sie gehen in die USA, wo die Frau und der 2-jährige Sohn 1987 bei einem Raubüberfall ums Leben kommen. Schon 1988 dann: Habilitation!

Wie hat Lascheter das nach dem Schicksalsschlag geschafft? Sich in die Arbeit gestürzt?

Was ist Callosotomie?

Die Habilitationsschrift handelte von Träumen, so viel war klar. Aber es ging um die Träume nach Callosotomien.

Vielleicht weiß es ja das Wikinker-Lexikon, dachte Melchmer und bemühte den Computer. Den Begriff »Split-Brain-Patient« hatte er schon in Verbindung mit der Operation an Lascheters Mutter gelesen. Ihr wurde die nicht so große Brücke zwischen den beiden Hirnhälften durchtrennt. Die Brücke war das *corpus callosum* – daher der Name »Callosotomie«. Bei Epilepsie-Patienten, denen sonst nichts hilft, schien das vor allem früher die einzige Möglichkeit der Heilung zu sein. Gewitter im Gehirn konnten auf diese Weise wenigstens nicht mehr auf beide Hälften übergreifen.

Wie lebt man mit einem zweigeteilten Gehirn? Lascheters Mutter lebte gar nicht mehr. Andere scheinen es ohne schwerwiegende Nebenwirkungen auszuhalten.

Melchmer hatte sich noch nie darüber Gedanken gemacht, dass das Gehirn als eine Ansammlung von Nervenzellen keinen Schmerz registriert, wenn an ihm geschnitten wird. Wenn er sich an seine Migränen erinnerte, hätte er glatt das Gegenteil behauptet.

Er las, dass sich die meisten Split-Brain-Menschen nach dem Eingriff relativ normal verhielten. Allerdings wusste dann tatsächlich die eine Seite nicht mehr, was die andere Seite tat. Im Internet gab es Videos, die zeigten, dass die Testpersonen Gegenstände oder Zeichnungen sowohl in ihrem linken als auch im rechten Gesichtsfeld erkennen konnten. Nur konnten sie nach getrennten Wahrnehmungen keine Verbindung herstellen.

Melchmer versuchte es mit Zusammenfassungen und Rezensionen zu Lascheters Habilitationsschrift. Er stoppelte eine Interpretation zusammen: Da die getrennten Hirnhälften widersprüchliche Gesamtbilder produzieren, beginnt das Gehirn – vor allem die linke Hälfte –, sich Erklärungen auszudenken! Sagt man einem Patienten, er solle zeigen, wie ihm ein Hut steht, reagiert die Hirnhälfte, die für das Sprachzentrum verantwortlich ist, während die andere den Aufruf nicht kapiert. Der Mann setzt sich den Hut auf. Stellt man nun der anderen Hälfte die Frage, warum er einen Hut trägt, sagt er: Weil ich einen Spaziergang machen will … Diese Erklärung hat sich sein Gehirn ausgedacht, um eine logische Erklärung für den Hut auf dem Kopf zu finden.

Melchmer las, dass auch ein intaktes Gehirn automatisch und täglich kreativ ist: Das Organ versucht selbständig, Lücken logisch zu schließen. Besonders in Träumen. Die unwillkürlichen Bilder im Schlaf werden vom Gehirn in eine irgendwie noch vertretbare Ordnung gebracht. Was zu *surrealistischen* Erklärungen führen kann. Die linke Hirnhälfte ist dabei die treibende Kraft. Träume sind nicht immer logisch, aber sehr oft wollen sie eine Geschichte erzählen, meist mit einem doch irgendwie nachvollziehbaren Kern. Und verantwortlich dafür ist das Gehirn, da es Lücken füllen will.

Lascheter untersuchte laut der verfügbaren Information die Träume der Split-Brain-Patienten – sein Buch war in mehr als dreißig Sprachen erschienen.

Ein Link führte Melchmer zu einem journalistischen Text. Die Autorin legte dar, dass das Gehirn *ständig* dabei sei, Lücken zu schließen, indem es Plausibilität konstruiert.

Die menschlichen Sinne, besonders die Augen, seien viel zu langsam und hätten »Aussetzer«. Im Grunde müssten alle Menschen ständig Bildstörungen haben. Die Welt vor ihren Augen würde immer wieder stocken und wie bei einem Computer für Augenblicke »einfrieren«. Erst das Gehirn sorge für den geschmeidigen Bildanschluss und für die Illusion, wir würden unsere Umwelt ungefiltert in einem Fluss wahrnehmen.

Es erfindet einfach die fehlenden Bilder.

Melchmer öffnete das Fenster in die schwarze Nacht.

Bei keinem meiner Fälle habe ich je an so eine Möglichkeit gedacht. Was, wenn ein mutmaßlicher Täter in den entscheidenden Sekunden einer Tat einen Aussetzer seiner Sinne hatte? Und wenn das Gehirn eingesprungen ist, um die Handlung logisch zu ergänzen. Und nun dachte der Mensch, er habe das Opfer wirklich getötet. Er gesteht einen Mord, von dem nur sein Gehirn *glaubt*, dass er ihn begangen hat.

Ist es die Nacht, oder ist es die Absurdität der Natur? Und wie weit kann ich meinem Gehirn trauen? Jetzt zum Beispiel. Hallo, Hirn! Hallo, Lothar.

Vielleicht kommt daher die Intuition. Wir denken gar nicht immer aktiv logisch. Wir legen Puzzleteile einer Logik gemäß zurecht, und dann macht das Gehirn den Rest. Das Gehirn, das nachts besonders kreativ ist, weil das Vernunftzentrum dann abschaltet.

Mein Gott, wenn ich das im Büro erzähle, werde ich zwangspensioniert.

Als Professor wird Lascheter Chefarzt in Zaïre und Burundi, 1990 wechselt er als Neurochirurg an die Berliner Charité. 1992 geht er für fünf Jahre an das Institut von Professor Zucker, das damals noch bei St. Gallen residiert. 1996 (mit

43) schwenkt er zur Pharmaindustrie. 1998 beschäftigt sich die ärztliche Ethikkommission mit seinem Handeln in Zaïre. Der Vorwurf: unethische Experimente an Menschen. Er hat viele Verteidiger.

Im Jahr 2000 kehrt er zurück zu Zucker und wird im neuen Institut in Berlin-Gatow Direktor der Abteilung »Bildgebende Verfahren«. Es folgt eine zweite Professur, Thema: Markscheidenerkrankungen (Nervenbahnen) – Multiple Sklerose. Millionenschwere Forschungsförderung, Links zur Bundesregierung und zur EU.

2009 wird die Abteilung MS-Forschung am Institut Zucker verkauft. Während Prof. Zucker schon seit Jahren als Direktor des Bereiches Hirnimplantate firmiert, findet sich bei Lascheter kein Zuständigkeitsbereich mehr. Name und Foto sind aber genauso groß abgebildet wie die von Richard Zucker.

Warum ist Lascheter bei Zucker geblieben und nicht der lukrativen MS-Forschung gefolgt?

Jetzt kann ich mein Gehirn losschicken, damit es die logischen Lücken schließt. Los, Fiffi, such!

Unterschiedlicher als Brogli und Lascheter können Menschen nicht sein. Lascheter ist bunt und vielseitig, der gleicht eher noch diesem – Jenissej.

Melchmer wechselte in den Sessel und folgte dem neuen Gedanken. Lascheter und Jenissej. Das Leben des Theatermanns kannte er nicht so gut, hauptsächlich wusste er von den Titeln der Stücke.

Was unterscheidet diese beiden? Beide gehen in ihrem Beruf auf, man kann sie sich nicht in anderen Jobs vorstellen. Sie widmen sich mit Haut, Haaren und Hirn ihren Lebenszielen. So weit die Gemeinsamkeiten. Trotzdem sind sie vielseitig. Der eine schweift von Händel über Theo Lingen zu spinnerten Ausdruckstänzen und dirigiert Videos.

Der andere trennt Hirnhälften, liest Träume, kämpft gegen die Multiple Sklerose und kümmert sich um Jugendliche in der Pubertät.

Etwas Prinzipielles unterschied sie.

Melchmer knetete seine Stirn. Er kam nicht drauf. Außerdem schmerzten seine Augen.

Klar – es ist die Gleichzeitigkeit! Jenissej hat seine Phasen, aber er lässt alles *nebeneinander* laufen. Filmdokumentation, Tanzen, Buchstaben, Inszenieren ... der macht das unstrukturiert, je nachdem, wonach ihm ist. Lascheter hat alle seine Projekte säuberlich *hintereinander* aufgereiht. Und vielleicht bauen sie sogar aufeinander auf, ich kann es nur nicht deuten, weil ich zwischen MS und Pubertät keine Linie sehe.

Das Telefon klingelte.

Mitten in der Nacht.

Nein, es war längst hell.

Die Empörung über die Störung wich der Empörung, dass der Schlaf ohne Genehmigung über ihn hergefallen war.

»Jenissej! An Sie habe ich schon lange nicht mehr gedacht!«

»Wir haben etwas übersehen.«

»Erstmal: Guten Morgen, Jenissej. Es ist fünf Uhr dreiunddreißig. Was für ein *wunderwunderschöner* Tag! Was haben *wir* übersehen?«

»Den Grund für Lenas Filme. Sie sind ein Lebenszeichen, dafür habe ich es immer gehalten. Aber sie will uns zugleich auf Distanz halten. Wir sollen rätseln, anstatt sie zu suchen.«

»Ah, und wann hatten Sie den genialen Einfall?«

»Eben, beim Aufwachen. Plötzlich war es mir klar.«

»Tja, lieber Meister ... Im Halbschlaf haben wir manchmal

den Geistesblitz und glauben beim Wachwerden an einen Geniestreich. Ich zum Beispiel wachte kürzlich mit der kühnen These auf: Was, wenn die Erde eine Kugel wäre?! Können Sie sich die Ernüchterung unter der Dusche vorstellen?«

»Lena will uns beschäftigen. Sie will sagen: Ich bin am Leben, und ich mache die Filme selbst. Ich werde nicht dazu gezwungen. Also keine Entführung. Aber sie will in einem Versteck bleiben. Sie hat Angst vor jemandem, Kommissar! Jetzt aber der entscheidende Punkt. Hören Sie?«

»Nein, ich surfe auf den Bahamas.«

»Die Filme hat sie schon geschickt, als es den Verdacht des Mordes an dem Schweizer Arzt noch nicht gab ...«

»Vor dem Tod von Dr. Brogli«, assistierte Melchmer.

»Ja. Das heißt, Lena ist nicht etwa auf der Flucht vor der Polizei, wegen Brogli. Sie hat Angst vor etwas anderem!«

»Hm. Das ist Ihre Erkenntnis von heute Morgen, Jenissej? – Sie haben recht. Das ist hübsch. Es hilft nur nicht wesentlich weiter. – Ich mache etwas, das ich lassen sollte, Meister: Lena wird inzwischen nachgesagt, den jungen Jan Sikorski nicht mit Medikamenten versorgt zu haben, auf der Reise in der Schweiz.«

»Wie?«

»Kein Mord. Fahrlässigkeit. – Ich würde den Vorwurf nicht zu hoch hängen. Immerhin haben die Palauer Lenas Reiseteilnahme anfangs geleugnet. Also, da ist nicht alles astrein.«

Jenissej schwieg.

»Wer mich mehr und mehr beschäftigt, Jenissej, das ist diese Melina. Seit wann kennen Sie sie? Was hat sie mit Lena verbunden, was haben die beiden getrieben? Und wo ist sie überhaupt?«

Nach dem Telefonat mit Melchmer riss Jenissej die Tür auf: »Pia?« In ihrem ersten Zimmer war sie nicht, im zweiten auch nicht. Er suchte sie in der Wohnung und schaute aus dem Fenster in den schmalen Gartenstreifen. Er rief in der Probebühne nach ihr und sprach ihren Namen in das Mikrofon am Inspizientenpult. Keine Reaktion.

»Pia, verdrück dich gefälligst nicht, wenn ich dich brauche!« Er rief durch die Gänge hinter der Bühne. Dann fluchte er über das Parkett, fand eine Reihe neuer Schimpfwörter.

Es tat gut, sich im weiten Raum des Theaters auszutoben. Wenn sie nicht da war, schadete es nicht, ihr alle Schuld an den Kopf zu werfen.

Der Caller saß auf der Arbeitsbrücke und formte seinen Pferdeschwanz. »Jenissej –«, warf er behutsam ein.

Der fuhr herum. »Gerd, hast du mich erschreckt, Mann! – Wo steckt *Pia desideria?*«

»Tut mir leid. Ich habe Pia nicht gesehen. Kann ich dir helfen?«

»Was machst du da oben?«

»Ich wollte die Paletten wegräumen. Die Maler haben wieder einige Töpfe nicht verschlossen.«

»Von da oben aus willst du sie wegräumen? Oder hast du dich vor mir in Sicherheit gebracht? – Zu recht, durchaus zu recht! – Pass auf, du kannst mir helfen, eine Reise in die Schweiz zu buchen.«

»Okay, wann willst du fahren?«

»Jetzt.«

»Und wohin in die Schweiz?«

»Wenn ich das wüsste! Los, komm runter da. Finden wir einen Ort namens Alp Grüm und wie man da hinkommt?«

»Warum nicht?«

49

Die anderen hatten sich um den langen Tisch herum platziert. Christine saß in der Mitte der Längsseite, von der sie ohne Mühe zur Kaffeemaschine hinter sich greifen konnte. Sie hatte sich eine blaue Stola gegen die Zugluft umgelegt und reichte den Kids den Korb mit den Brötchen.

Melina hatte Milch über ihre Haferflocken gegossen. Dann hatte sie eine Entschuldigung gemurmelt. Sie habe ihre Tabletten vergessen. Es schien niemanden zu interessieren.

Sie dachte an die schwarze Zeichnung. Die drei Jugendlichen – Schippi, Tina, Nathan –, eingewoben in die Kabel des Instituts.

Sie war in das Schlafzimmer der Mädchen gegangen. Die Mädchen hatten ihre Betten noch nicht gemacht. Ein Vorhang wehte am Flügelfenster, die anderen Fenster waren geschlossen. Melina lüftete und schlug Betten auf.

Von unten kam der Lärm des Frühstücks.

Beim Schütteln einer Überdecke sah sie sich nach einer schwarzen Reisetasche um. Pia hatte ihr in Berlin das Pendant dazu gezeigt. Sie sah neben und unter die Betten, suchte auf den Schränken und vorsichtig hinter allen Türen.

Vielleicht finde ich etwas anderes. Etwas, mit dem ich nicht rechne. Was ist, wenn sie mit einem der Mädchen in SMS-Kontakt steht?

Sie sah sich nach Handys um. Davon gab es mehr als eines. Ein perlmuttfarbenes auf dem Kopfkissen. Ein metallicrotes neben einer giftgrünen Zahnspangendose. Ein schwarzes mit einem Ring Leuchtdioden, auf dem mehrere Ringe aufgeschichtet waren.

Das Traumbild von Lenas Leiche in der Geröll-Landschaft war wieder da. Melina griff nach dem Perlmutthandy, legte es aber neben das Kopfkissen zurück und schüttelte das Kopfkissen auf.

Die werden alle mit PIN gesperrt sein.

»Kann ich helfen?«

Melina fuhr herum.

Pia.

»Was ... Hallo. – Ich bin dabei, die Betten zu machen.«

Pia kniff die Augen zusammen, übertrieben, theatralisch. »Das ist meine Aufgabe. Ich bin Pia, die Abwartsfrau vom Eigentümer der Hütte.«

»Abwarts- ...?«

»Hauswartin.«

Melina warf das Kissen aufs Bett. »Irgendwie ... Begreife ich das nicht. Was ist mit Lena?«

Pia zuckte mit den Schultern. »Wüsste ich auch gern«, flüsterte sie. »Du weißt also auch nichts Neues? – Das war keine gute Idee, dich einfach allein herreisen zu lassen, Melina. Ist mir zu spät eingefallen. Wenn sich jemand um Lena kümmern muss, dann Jenissej und ich. Er hat seine Sachen zu machen, und vielleicht kann er die Filme deuten. Wenigstens ich musste herkommen. Wie gesagt: Es war falsch, dich fahren zu lassen. Hast du Geld für die Rückreise?«

Jemand kam die Stiege hinauf. Dem schweren Knarren und Knirschen zufolge musste es Christine sein.

Melina wandte sich um, schloss das Fenster in ihrer Reichweite und sortierte den Vorhang.

»Kannst du sie nicht finden?«, fragte Christine.

»Was denn?«

»Die Tabletten. Wolltest du nicht deine Tabletten holen? – Oh, grüezi Pia!«

Die beiden begrüßten sich mit Wangenküsschen.

Die kennen sich schon länger!

Pia redete im Dialekt. Sie sprach von dem Camion, der das Heizöl gebracht habe, und davon, dass es manchmal günstiger sei, sich das Öl über die Fernstraße liefern zu lassen und dass sie einmal nach der Heizung habe sehen wollen, weil sie gelegentlich aussetze, wenn tags zuvor das Cheminée betrieben wurde.

Sie spielt ihre Rolle gut. Christine scheint es ihr abzunehmen, dass sie beim Hotel des Ospizio Bernina arbeitet und sich gelegentlich um die Hütte kümmert.

Oder – die beiden spielen *mir* etwas vor. Sie kennen sich nicht erst, seit Pia hier angekommen ist. Christine war nicht überrascht, mich in der Schweiz zu treffen. Warum nicht? Weil Pia sie vorgewarnt hat?

50

Liebe Lena,

Du wirst mich nicht kennen. Ich bin am Institut Zucker tätig, so wie Du auch manchmal. Ich habe gehört, dass Du in Schwierigkeiten steckst. Man wirft Dir einen Mord an einem Chefarzt in Zürich vor. Man liest überall darüber, die Phantomzeichnungen hast Du bestimmt gesehen. Ich kenne Dich nicht, vielleicht sind wir uns am Institut über den Weg gelaufen. Ich würde Dir gern helfen.

Ich bin auf Urlaub in der Schweiz. Na ja, zur Hälfte ist es dienstlich. Wenn ich mich nicht getäuscht habe, bist Du neulich mit der Berninabahn gefahren. Ich schlage Dir vor, dass wir uns treffen. Ich meine, ich habe genügend Entlastungsmaterial. Das sollte reichen, Dich vom Mordverdacht zu befreien.

Darüber hinaus glaube ich auch nicht an Deine Verstrickung in den Tod von Jan Sikorski. Es existieren Hinweise, dass der Unfall nicht bloßes Schicksal war. Damit wirst Du Dich auch von diesem Vorwurf reinwaschen können.

Du wirst fragen, woher ich das alles weiß. Ich kenne Prof. Lascheter. Er ist weitaus gefährlicher, als die meisten Menschen denken. Er hat ein Forschungsziel vor Augen, das für andere nicht nachvollziehbar ist, ihn jedoch hat es in den Bann geschlagen. Man könnte sagen: Er geht über Leichen. Sikorski ist der erste Fall, Dr. Brogli der zweite.

Da sind wir bei der Erklärung, weshalb ich nicht selbst mein entlastendes Material an die Polizei gebe. Ich habe schlichtweg

Angst vor Lascheter. Ich bin einer von höchstens einem Dutzend Menschen, denen er noch vertraut. Er würde mich sofort als den Verräter identifizieren und ausschalten. Meine Bedingung, Dir zu helfen, ist darum absolute Verschwiegenheit. Lösche diese Mail. Ich gebe Dir die notwendigen Informationen, aber halte mich unbedingt heraus!

Wenn Lascheter hinter Schloss und Riegel sitzt, werde ich als Zeuge aussagen. Auch darauf kannst Du Dich unbedingt verlassen.

Begebe Dich an diesem Montag ins südliche Engadin. Das erreichst Du mit der Berninabahn, die Du kennst. Nimm von der Station Bernina-Diavolezza die Seilbahn um 10:23 hinauf zum Diavolezza. Gehe nicht in das Restaurant, sondern bleibe auf der Terrasse. Ich werde Dich ansprechen. Da sind immer Touristen, Du musst also nichts befürchten.

Wenn ich allerdings den Eindruck habe, dass Du jemanden mitbringst oder vorgeschickt hast – von der Polizei ganz zu schweigen –, kannst Du jede Kooperation und Hilfe vergessen. Ich habe es nicht nötig, mich in Gefahr zu begeben. Für Dich hingegen könnte es die einzige Chance sein, der Strafverfolgung und Lascheter zu entgehen.

Behalte einen kühlen Kopf. Sei pünktlich. Komm allein. Lösche diese Mail. Nimm meine Information entgegen und gib sie nach unserem Treffen der Polizei, ohne mich zu erwähnen. Das ist alles. Dann endet der Alptraum für Dich. Ich wünsche es Dir, denn Laschet ers Methoden hast Du nicht verdient.
Bis dann.

»Könnten Sie Hochdeutsch sprechen?«, rief Melchmer in den Hörer. »Also, ohne diesen Dialekt jedenfalls. Er ist wunderwunderschön, aber ich kapiere nichts, verstehen Sie? – Ja, gut. – Nein, natürlich können Sie das, Herr Kollege. Ich will ja nur wissen: Haben Sie eine Fahndung eingeleitet nach Melina von Lüttich oder nicht?«

Der Schweizer Kollege hielt es für erforderlich, eine differenzierte und nicht scherenschnittartige Antwort zu geben.

»Das ist alles hochinteressant«, sagte Melchmer und zwang sich, ruhig zu bleiben. »Die Leitung ist schlecht, Ihre Stimme kommt brüchig rüber, und der Dialekt macht mir zu schaffen. Also bitte, ist mein Hinweis auf Me-li-na-von-Lüttich angekommen bei Ihrer Kantons- ... dingsda, oder nicht? – Was heißt, was meine ich mit Dingsda? – Bitte ...«

Die Leitung klang, als falle ein wagenradgroßer Schweizer Käse in eine Gruppe runder Blech-Mülltonnen.

»Hallo? Hallo, Chur? – Was ist denn nun? – Ja, noch mal: Ich bin ein blöder deutscher Piefke von der Polizei. Ich kann weder Rätoromanisch noch Italienisch, und trotzdem hätte ich gern gewusst, ob die von Lüttich auf Ihrer Fahndungsliste steht. – Lena Jenisch? Nein, die interessiert mich momentan nicht. – Aha. Na also, Herr Kollege, geht doch.«

In Chur wanderte die Telefonnotiz von einer Hand zur nächsten. Am Ende griff ein Polizist nach einem Hörer und sagte: »Stellen Sie die Oberservation der Jenisch, Lena ein. Sie ist nicht mehr von Interesse. Konzentrieren Sie die Kräfte auf folgende Zielperson: von Lüttich, Melina. Informationen zur Person müssten innerst Kürze folgen.«

»Lena Jenisch befindet sich in Bernina-Diavolezza. Sollen wir unsere Leute wirklich zurückziehen?«

»Haben Sie nicht verstanden? Es ist offenbar eine Order von oben. Stellen Sie die Observation ein.«

Die Schweizer Uhr zeigte zehn Uhr fünfundzwanzig, die Seilbahn hatte sich noch nicht in Bewegung gesetzt.

Eine Gruppe aus Japan war zerrissen – die einen standen

in der Seilbahn und rüsteten sich aus, als ginge es auf den Mond. Die anderen gestikulierten draußen und sahen verzweifelt zum Busparkplatz hinüber und winkten zwei Männern, die nur mühsam vorankamen. Der Gondelführer lehnte sich an die Innenbrüstung und wartete gelassen.

Lena stand ihm gegenüber und beobachtete alle Nichtjapaner. Von wem stammte die Mail? Wer beorderte sie auf den Diavolezza?

Eine Kaugummikauerin schob ihre blonden Haare unter eine weiße Skimütze. Ein Mädchen klopfte ihr unterdessen von unten gegen die jeansbedeckten Lenden und forderte Aufmerksamkeit.

Eine Dame, von Beruf Österreicherin, belehrte ihren Mann über den Sonnenschutzfaktor und die Notwendigkeit, beim Eincremen stillzuhalten. Er, um die 60, hielt nur bei den Lippen still. Überraschend zärtlicher Augenblick.

Zwei junge Pärchen mit Sonnenbrillen waren cool. Wie Zahnpastawerbung. Unterhielten sich übers Tauchen in den Kleinen Antillen und über den Trüffelersatz in St. Moritz.

Mit sieben Minuten Verspätung löste sich die Gondel aus der Verankerung und nahm Fahrt auf. Von 2093 Metern Höhe auf 2978.

Die Japaner schienen sich zu einem Sir-Edmund-Hillary-Ähnlichkeitswettbewerb zu verkleiden. Schwarze UV-Brillen, als ginge es unters Solarium. Sobald die Gondel zum ersten Mal einen der Pfeiler erreichte und die Rollenbahn passierte, geriet die Gondel leicht ins Schaukeln. Alle Japaner gingen in die Hocke. Erdbebenerprobt … Der Gondelführer drehte sich zum Fenster und starrte ins Panorama, um sich nicht vor Lachen wegschmeißen zu müssen.

Weil die japanische Gruppe kurzfristig abtauchte, konnte Lena alle anderen beobachten. Die Blonde musste ihrer

Tochter einen Zopf flechten. Die Österreicher stritten sich über eine fettverschmierte Fotolinse. Und die vier Coolen waren sich uneins, in welchem Jahr Prinz Albert und Charlène geheiratet hatten – und ob es vor William & Kate war oder danach.

Die Gondel glitt in den Betonbahnhof. Die Japaner mussten als Erste raus. Lena wartete, bis alle ausstiegen, zuletzt die vier Monegassen. Sie fand sich in einem Gewölbe wieder und versuchte, auf die Terrasse zu kommen. Wegweiser drinnen und draußen verwirrten sie. *Winterwanderung Sass Queder. Klettersteig Piz Trovat.*

Zwei Damen kamen ihr mit gefüllten Kuchentellern entgegen: »D'you spekk En'lishsh?«

Lena schüttelte den Kopf. Sie sah, wo es zur Terrasse ging. Wunderschönes Panorama, wahrscheinlich, dachte sie und blickte sich weiter um. Schon war sie hinter der Hütte. Im Schnee parkte ein *Arctic Cat* – die vorderen Kufen standen auf Schotter, die Ketten hinten, mit dem Aufbau der gelben Warnleuchte, im Schnee. Gelb-schwarze Stangen im Schnee markierten, wie weit man gehen durfte.

In einiger Entfernung stand ein Mann, schaute zum Berg hinauf und schmauchte seine Pfeife. Sie erkannte in ihm den Gondelführer. Oder sagt man Gondoliere?

Die drei Gipfel, zu denen sie blickte, lagen dicht beieinander, sie hätten auch die Krallen eines Monsters sein können, das über das Gebirge griff und sich im Gletschereis festhakte.

»Der Piz Palü«, sagte ein Mann neben ihr.

Lena sah eine Sonnenbrille und ein hartes Kinn.

»Sieht aus wie ein Katzensprung da hoch, nicht wahr? Aber es ist noch mal ein Kilometer bis ganz oben. Der Piz Palü lässt sich nicht so leicht kriegen.«

Sie sah ihn missmutig an.

»Lena, nehme ich an? Wir hatten – Kontakt. Bist du bereit, können wir uns unterhalten?«

Sie wollte etwas sagen, nickte aber nur.

Er lief neben ihr um das Haus herum. An der Holzwand lehnten vier Stöcker. Lena kannte sie, weil einige ihrer Freundinnen bei PALAU Nordic Walking betrieben. Der Mann hielt ihr zwei entgegen.

»Wer sind Sie?«

»Dr. Fogh. Aber das tut nichts zur Sache, Lena.«

»Woher weiß ich ...«

»Komm schon!«

Der Schnee war für ihre einfachen Wanderschuhe zu tief.

»Geh einfach hinter mir und in meinen Spuren«, sagte Fogh. »Schau nicht zu Seite, richte den Blick einfach nur auf die Spuren.«

Er lief weiter, und so ging es einigermaßen.

Lena spürte die Sonne. Sie tat weh, wo sie das Gesicht traf. Ab und zu musste Lena die Augen schließen, weil das Weiß ihren Augen zusetzte. »Wie weit gehen wir?«

»Hab dich nicht so, Lena. Nimm die Stöcker zu Hilfe. Wenn du hier abrutschst, ist es dumm.«

Sie trabte weiter in seinen Spuren. Sie verlangsamte ihr Tempo, sie wollte sich umsehen, aber Fogh spürte es und forderte sie auf, nicht zurückzubleiben.

Schließlich blieb sie stehen. »Wenn Sie mir nicht sagen, was das Ziel ist, kehre ich auf der Stelle um!« Aus den Augenwinkeln erkannte sie, dass sie auf einem Grat standen.

»Noch bis zu diesem schwarzen Felsen da vorn, Lena. Da ist es nicht so gefährlich. Ich muss es dir zeigen. Du musst es mit eigenen Augen sehen.«

Zögernd stach sie mit den Stäben in den Schnee und folgte Fogh bis zum Felsstück, das aus der Schneewehe ragte.

Der Wind wurde rauer, und auf den Lippen war die Sonne noch aufdringlicher.

»Setz den Rucksack ab.«

»Wieso denn?«

»Herrje«, lachte er. »Musst du alles hinterfragen? Setz ihn ab, dann kannst du dich auf ihn setzen.«

Lena löste den Rucksack von den Schultern. Sie setzte ihn an einer ebenen Stelle ab und wollte sich gerade aufrichten.

Da stieß Fogh sie an der Schulter an, so kräftig, dass sie zur Seite flog und strauchelte. Sie dachte an eine übermütige Bolzerei im Schnee. Unpassend, mit einem Fremden. Aber seltsam war ja sowieso alles.

Doch im Straucheln rutschte sie erneut, versuchte sich zu halten. Blitzschnell kam ihr eine Wand Schnee-Eis entgegen.

Nein, ich bin auf den Boden geknallt.

Ihr Körper bewegte sich. Sie rutschte.

Lena versuchte, sich im Weggleiten festzuhalten. Ohne Handschuhe fanden die Finger keinen Halt, der Stock am linken Handgelenk wirbelte an einer Schlaufe umher, den anderen hatte sie verloren.

Endlich spürte sie etwas Hartes an der Hand. Sie klammerte sich an den nackten Fels. Gleichzeitig riss ihr Blouson, als schneide man in eine heiße Presswurst. Es fühlte sich an, als ob auch ihr Arm aufgerissen wäre, aber sie konnte nicht sehen, ob das stimmte, weil der Ärmel ihn verdeckte.

Sie hatte festen Halt und rutschte nicht mehr.

Sie sah, dass Fogh über ihr war. Er hatte sich Steigeisen an die Schuhe geschnallt und tastete sich vor. Mit einem der Stäbe versuchte er, Lena zu erreichen.

Sie überlegte, ob sie mit der anderen Hand zugreifen konnte, ohne weiter abzurutschen.

Warum schubst er mich erst, in so einer Umgebung? Und versucht jetzt, mich zu retten? Schlechtes Gewissen?

Der Stab erreichte sie. Fogh hatte ihr den Handgriff zugewandt. Er selbst behielt die Schneespitze in der Hand.

Der Handgriff traf sie gegen die Schläfe.

»He! Passen Sie auf, wo Sie hin- …«

Noch mal.

Fogh konnte sich offenbar nicht entscheiden, ob er Lena stoßen oder ihr auf den Kopf schlagen sollte. Die Distanz war kritisch, und er wollte sich nicht selbst in Gefahr bringen.

»Was soll …« Lena spürte, dass Schreien und Sprechen zu viel Kraft kosteten. Sie konzentrierte sich darauf, den Körper in der Position zu halten und den Stößen auszuweichen.

»Jetzt mach einen Abgang!«, rief Fogh. Sein Gesicht zeigte Ärger. Als sei Lena schuld, dass er seinen Zug verpasste und Geld verlor.

»Warum?«, konnte sie gerade so hervorpressen.

Er hielt inne und schien belustigt. »Weil du Selbstmord machst.« Er stieß zu und traf ihre Stirn. »Du kannst es nicht verwinden, dass Jan Sikorski deinetwegen einen epileptischen Anfall hatte und gestorben ist.«

Der nächste Schlag. Diesmal konnte Lena den Kopf zur Seite nehmen.

»Dem alten Brogli wolltest du ein falsches Gutachten unterschieben und hast stümperhaft seinen Suizid vorgetäuscht. Nur hat man dich leider im Krankenhaus erkannt. Gleich zwei gute Gründe für dich, Selbstmord zu begehen, findest du nicht?«

Fogh zog den Stab zurück, Lena wagte, in seine Richtung zu schauen. Er drehte den Stab um und stach nun mit der Spitze auf sie ein.

Beim dritten Mal konnte sie den Stab festhalten und

Foghs Überraschung ausnutzen. Das Ding rutschte ihm aus der Hand. Lena zog es mit der freien Hand heran, drehte es um und holte ihrerseits aus, ohne zielen zu können.

Als sie das nächste Mal hochschaute, blutete Foghs Gesicht.

Plötzlich traf eine Spitze ihre Schulter, Lena schrie auf.

Wieder sauste das Metall an ihrem Ohr entlang.

Er sticht mich ab, wenn ich liegen bleibe. Er sticht mich ab, ich lasse los und stürze.

Sie konzentrierte sich auf ihre Beine und versuchte, sie an den Körper zu ziehen, um sich mit gesammelter Kraft aufrichten zu können.

Foghs Waffe traf sie am Oberschenkel. Einmal und noch mal drang die Spitze in den Muskel.

Greif nicht nach dem Ding! Wenn du dich daran hochziehst, lässt er los.

Sie riskierte weitere Treffer. Mit der Wut einer Vierzehnjährigen zwang sie ihren Körper. Sie richtete sich auf, klammerte sich an den Felsen, wurde an der anderen Schulter getroffen und stemmte sich nach vorn.

Fogh schaute überrascht und blutig.

Sie hatte ihren Stab fest in der Hand, hieb ihn in den Schnee, stand auf und ging sogleich auf Fogh los. Der lachte auf und stürzte. Nach hinten. Lena zielte nicht, sie schlug auf ihn ein. Als die Hand zu streiken begann, änderte sie ihren Bewegungsablauf und stach zu.

Warum höre ich nicht auf?

Mir Jans Tod anhängen!

Mir sogar einen Mord anhängen!

Und dann auch noch Selbstmord behaupten. Schuldgefühle! Mein Vertrauen missbrauchen und mich in den Tod treiben ...

Die Spitze war zu kurz, um schwere Verletzungen zu stechen, aber Fogh hatte schon so massive Schmerzen, dass sein Körper alle Energie auf den Eigenschutz konzentrierte. Er versuchte, jeden Stoß abzuwehren. Aber er wurde schwächer.

Er wird hingehen und dich verklagen. Du hättest ihn überfallen. Auch egal. Weg hier!

Sie sah sich in der Gondel stehen.

Wie bin ich hergekommen?

Offenbar hatte sie ihren Rucksack geschnappt und die Rückfahrt angetreten, ohne sich jedes einzelnen Schritts bewusst zu sein.

Das ist wie bei unseren Adrenalintests, dachte sie – und vergaß den Gedanken schon wieder.

Ich habe mir Halstücher um die Oberschenkel gewickelt, das ist gut. Tropfe ich irgendwo?

In der Gondel waren außer ihr nur der Gondelführer und die blonde Mutter mit dem Kind. Das Mädchen starrte Lena an und kaute Kaugummi. Die Mutter stand hinter ihr und hielt die Zöpfchen hoch, als wolle sie ihre Tochter wie einen Gaul lenken.

Die Fahrt dauerte sehr, sehr lange.

Manchmal glaubte Lena, sie würde sie mehrfach absolvieren. Immer wieder vom Berg hinunter.

In der Bahnstation stand kein roter Zug. Sie lief zur Straße hinunter und versuchte, einen Cabriolet-Fahrer aus der Richtung Morteratsch zu stoppen. Der fuhr unbeirrt weiter. Bei einem Truck traute sie sich nicht. Aber dann kam ein Motorrad. Sie stellte sich auf die zweispurige Straße inmitten von Wiesen und Geröll und winkte.

Das Motorrad kam ins Schlingern, zog an ihr vorbei und bremste. Der Fahrer warf seine Handschuhe auf die Erde und kam auf Lena zu: »Verdammt noch mal! Bist du völlig bescheuert?«

Sie lockerte eines der Tücher um ihren Oberschenkel. Inzwischen war es blutgetränkt. Der Mann nahm seinen Helm ab. »Besser, du nimmst ein Auto ins Hospital.«

Doch Lena ging direkt auf das Motorrad zu. »Ich muss nur den nächsten Zug kriegen. Wenn wir einen sehen, halten Sie auf dem nächsten Bahnhof.«

Sie spürte das Stechen in den Oberschenkeln, als sie anfuhren. Und die Kurven. Aber es ging voran.

Was unterscheidet Schlaf und Ohnmacht?

Halte dich nur fest.

Wenn Fogh mir nicht folgt, kann er mich nie finden, da unten.

Als sie wieder aufwachte, klammerte sie sich noch immer als Schmerzensäffchen an dem Fremden. Hauptsache, wir sehen einen Zug.

Und fahren nicht über Brusio hinaus.

51

Drei Personen kamen nacheinander vom Bahnsteig herein. Die ersten beiden waren Bergwanderer. Sie grüßten eine Gruppe, die sie lautstark erwartete. Die dritte Person war Jenissej.

Melina stand auf und ging auf ihn zu. »Na endlich!«, hörte sie sich sagen und war überrascht über den Ärger in ihrer Stimme. Eigentlich wollte sie froh sein, dass er kam.

Jenissej wirkte verlegen. So standen sie einen Moment vor dem großen hellen Holztisch, auf dem nur Melinas Bierglas wartete.

Jenissej stellte seine Reisetasche ab und umarmte sie.

Sie sträubte sich nicht. Es war nicht unangenehm. Jenissej war kräftig, und es tat gut, sich kurz innerlich fallen lassen zu können. Einmal war da sogar so etwas wie ein stiller Schluchzer.

Hoffentlich hat er es nicht mitbekommen.

»Lena?«, fragte er.

Sie schüttelte den Kopf.

»Für Sie auch ein Bier, der Herr? Grüezi und willkommen auf Alp Grüm.«

»Guten Tag, Frau Wirtin! Für mich Alkoholfreies.«

»Alkoholfreies Bier?«

»Nein, lieber viel Wasser, das sprudelt. – Seit wann ersäufst du deine Sorgen in Bier, Melpomene?«

»Ich fange an, mich daran zu gewöhnen. – Heute Vormittag gab es eine Beerdigung. Die Geschäftsführerin ...« Sie flüsterte. »Das ganze Personal der Alp Grüm war nach

Tirano gefahren. Die Tote ist eine Putzhilfe aus Italien, eine ganz junge Frau. Riccarda. Die Geschäftsführerin sagte mir eben, dass jemand Riccarda ermordet hat, während einer Fahrt in der Berninabahn.«

Das Mineralwasser kam. »Haben Sie schon gewählt?«

Jenissej zog aus seiner Weste ein Foto. Lena. »Das ist meine Tochter. Haben Sie sie gesehen?«

Die Frau sah auf das Foto, dann auf Melina. »Nein, das hatten wir schon. Sind Sie der Vater? – Darf ich mich setzen?«

»Fogh? – Hier Lascheter. Wo stecken Sie?«

»Morteratsch. Die Sache hat nicht geklappt.«

Ein Moment Stille. »Was ist schiefgelaufen?«

»Sie hat sich gewehrt. Und ist geflohen.«

»Mann! Was für ein Versager sind Sie, Fogh?«

»Ich bin schwer zugerichtet. Ich muss mir noch heute Nacht was Richtiges zum Desinfizieren besorgen, sonst …«

»Fogh! Es kommt auf Tempo an und darauf, dass Sie die Sache zu Ende bringen. Setzen Sie dem Luder nach und schalten Sie es aus. Wenn die auspackt, bricht alles zusammen. Alles! Einschließlich Ihrer Zukunftspläne, Herr Kollege!«

»Professor – mit Verlaub … Ich habe mich um Noëlle gekümmert, oder? Ich habe es so erledigt, dass die nächsten Monate keiner nachfragt. Ich habe …«

»Das ist Vergangenheit. Jetzt geht es um Lena! Sie wird reden, wenn Sie sie nicht erledigen. Und wenn Sie schon dabei sind – diese Streberin Melina, die kann uns nicht weiter zu Lena führen. Die hatten sie schon ganz gut umgarnt. Machen Sie sich an die ran und erledigen Sie die gleich mit. Das ist die zweite Plaudertasche. Sie war es, die die Polizei eingeschaltet hat. Keine Ahnung, wozu sie fähig ist.«

»Wie viele Leute soll ich denn noch umbringen, Herr Professor?«

»Kapieren Sie nicht, was passiert, Fogh? Lena weiß Bescheid, und wenn wir Melina gewähren lassen, bringt die alles auf. Christine hat mir jeden Schritt von ihr berichtet. Jetzt ist schon Lenas Vater unterwegs. Bald sind die Schweizer Berge gespickt mit Lenas Fanclub.«

»Der Vater ...?«

»Um den kümmere ich mich. Keine Sorge. Sie müssen nur kleine Mädchen unschädlich machen. Die eine ist vierzehn, die andere knapp über zwanzig, das werden Sie wohl schaffen.«

»Herr Professor, ehrlich gesagt: Ich weiß nicht.«

»Was wissen Sie nicht? Sie wissen nicht mehr, was wir mit dem Myelin erreicht haben? Bedeutet das nichts mehr für Sie? Es ist nur ein Hauch bis zum Durchbruch, Mann. Wollen Sie nicht mehr mit mir auf dem Treppchen stehen? Die Väter der Pubertäts-Revolution? Die Männer, die den natürlichen Umbau des jugendlichen Gehirns steuern und aus dem *Leiden der Pubertät* die *Revolution jugendlicher Vernunft* machen? Wissen Sie das nicht mehr? *Der Nobelpreis für Medizin geht an Dr. Hans-Henrik Fogh, Deutschland. Für seine bahnbrechenden Beiträge zur künstlichen Myelinisierung des pubertären Hirns ...*«

Ein merkwürdiger Lachlaut. »Ja ... Wenn ich dafür morden muss, Professor ... Dann ...«

»Ja? Darf ich Sie daran erinnern, welche Herrschaften bereits auf Ihrer Liste stehen und *abgehakt* sind, Sensenmann Fogh? Sie können nicht zurück. Ganz einfach. Aber das Ende ist absehbar. Lena und Melina können uns gefährlich werden, vielleicht auch dieser komische Vater. Denken Sie nach vorne, Fogh.«

»Das tue ich. Ich habe nur überlegt, ob der Ruhm das wert ist.«

»Ruhm, das sagen *Sie*. Mir ist der Ruhm egal. Von mir aus können Sie für mich nach Stockholm fahren. *Schreiben* Sie drüber, dann bekommen Sie noch den Pulitzer obendrauf. – Ich will, dass wir den präfrontalen Kortex bezwingen, Fogh! Ich will diese Prozesse beherrschen. Ich will, dass wir die verdammten Jahre der Quälerei in der Pubertät auf den Misthaufen der menschlichen Biologiegeschichte werfen. Ich will den Durchbruch.«

»Ich ja auch ...«

»Hm. Wollten Sie nicht meinen *Veyron*? Um damit anzugeben? Bitte sehr. Überlasse ich Ihnen. Als Anzahlung. Sechzehn Zylinder, reicht Ihnen das erst mal? – Fogh, wenn Sie jetzt nicht handeln, rinnt Ihnen alles durch die Hände. Haben Sie unseren Zeitplan vergessen? In vier oder fünf Jahren tritt Zucker ab, in sieben Jahren werde ich pensioniert. Sie übernehmen Ihr eigenes Institut. Mit 43!«

»Ja, ich weiß, das hält mir Christine auch immer vor.«

»Na also, sie ist eine bodenständige, kluge Frau. Jetzt, wo wir von *Enceladus* die Mittel haben, um das PALAU mit an Bord zu nehmen, besitzen wir enormes Potenzial. Lassen Sie sich nicht alles kaputtmachen von einer Göre, die sich wehrt. Sie sind doch nicht plötzlich verkalkt, Fogh! Denken Sie sich was aus, dass es für die Mädchen nicht so dramatisch ist – und für Ihre arme Seele auch nicht. Nette Ohnmacht oder so was. – Nur eines: Handeln Sie jetzt, und handeln Sie schnell!«

»Warum hat Pia mir nicht gesagt, dass sie herfährt?« Jenissej schüttelte den Kopf.

Soll ich ihm sagen, dass Pia und Christine sich gut verstehen?

»Noch ein Mineral?«, fragte die Geschäftsführerin.

Jenissej nickte und lächelte sie aufmunternd an. Plötzlich nahm er Melinas linke Hand. »Ich danke dir. Es ist gut, dass du da bist, Melpomene. Ohne dich würde ich weiter in meiner Bude hocken.«

Sie schaute auf die Hände.

Es fühlte sich erschreckend angenehm an.

Er ist fast fünfzig.

»Ich habe etwas Lustiges gelesen«, sagte er. »Auf der Fahrt hierher. Das zeigt, dass ich mich schon ganz auf deine Welt eingelassen habe, meine Liebe. Die Forschung und all das. Biologie, Gehirne, Genetik … Offenbar hat man ein Gen gefunden, das Mäuse dumm macht. Und dieses Gen gibt es auch beim Menschen. Weil Mäuse und Menschen irgendwie beinahe gleich gestrickt sind, genetisch.«

Sie nickte und nahm ihre Hände zu sich.

»Jedenfalls scheint dieses Gen die Aufgabe zu haben, die Maus oder den Menschen dümmer zu machen, als er eigentlich ist.«

»Das Homer-Simpson-Gen.«

Er lachte. »Ja, genau. Du kennst die Story? Man weiß noch nicht, warum dieses Gen für Dummheit verantwortlich ist. Aber man versucht, es auszuschalten, nicht? In dem Artikel stand, dass sie es bei den Mäusen geschafft haben. Plötzlich konnten die Viecher – ich weiß nicht, was – Intelligenztests lösen. Wenn das auch bei Menschen ginge – einfach bloß ein einziges Gen bei der Fortpflanzung ausschalten, und schon bekommen wir eine Welt voller Genies!«

»Grauenvoll«, sagte Melina und trank ihr Bier.

Er grinste. »Ich weiß nicht. Ich glaube, das meiste Übel, für das Menschen verantwortlich sind, geht auf ihre Dummheit zurück. Bauen Atomkraftwerke, seit Jahrzehnten, und haben noch immer keine Idee, wo sie den Müll lassen – keine Endlagerstätte auf der ganzen Welt ... Die Kriege, der Hunger, die Bürokratie. Oder allein der Alltag, die berühmte Ignoranz. Was ist das anderes als Blödheit!«

»Oder wild zu philosophieren, während die eigene Tochter weg ist«, sagte sie schroff.

»Ja«, sagte er ernst. »Hast du eine Idee?«

Melina fingerte mit dem leeren Glas. »Nein. – Die Mäuse, bei denen man das Gen RGS 14 gedeckelt hat, also das Gen, das im Hippocampus den Homer-Simpson-Effekt bewirkt, zeigen eine erhöhte Anfälligkeit für Störungen.«

»Ja, habe ich gelesen. Schlaganfall.«

»Unter anderem«, sagte sie. »Manche Mäuse hatten schwere epileptische Anfälle. Oder haben sich sozial auffällig benommen. Denkbar, dass RGS 14 eine Sicherung im Gehirn ist. Es drosselt vielleicht die Leistung, um Überlastungen zu verhindern.«

Jenissej lachte. »Tja. Das heißt: Die genetisch bedingte Dummheit schützt vor Ausrastern und vor Schlaganfällen? Eine komische Maschine, unser Körper, was?« Er lächelte Melina an. »Weißt du, es tut mir gut, einmal zu lachen. Es mag der Lage nicht angemessen sein, aber es gibt mir – Zuversicht.«

Das Bier hatte ihr beim Einschlafen geholfen. Die Gedanken an Pia in der Hütte des Ospizio Bernina und die Gedanken an Lena waren gewichen. Sie hatte sich *festgehalten* gefühlt, obwohl Jenissej in seinem eigenen Zimmer schlief.

Etwas musste sie geweckt haben. Vielleicht ein Geräusch. Hatte jemand geklopft?

Melina ging zum Fenster, das angekippt war.

Etwas von draußen. Ein Vogel in der Nacht? Eine Katze?

Beides? Oder störte sie das beständige Rauschen der vielen fernen Wasserfälle? Wenn die Lärmkulisse der Stadt einmal weg ist, kann das kleinste Rauschen zur Störung heranwachsen.

Aber zu sehen war nichts.

Sie wollte ins Bett zurück. Die Uhr stand auf 03:09.

Sie ging zur Zimmertür und drehte den Schlüssel so leise zurück, dass es niemand hören konnte. Dann öffnete sie sie langsam und schaute in den Flur. Finster. Nichts. Sie trat ein, zwei Schritte barfuß auf den Flur hinaus. Jenissejs Tür schräg gegenüber war kahl und nichtssagend. Einen Lichtschimmer unter der Tür oder durch das Schlüsselloch hätte sie sehen müssen.

Aber Licht drang unter einer anderen Tür hindurch.

Also doch!

Vielleicht war ein neuer Gast angekommen. Ein Wanderer. Warum sollte nicht jemand bei Mondschein laufen. Oder mit Lampe?

Dann fiel ihr ein, wem das Zimmer am Ende des Gangs gehörte: Riccarda. Kein Gästezimmer, sondern ein Bestandteil der Wohnung, die der Geschäftsführerin zur Verfügung stand. *Personal* stand dran.

Vielleicht ist es nur die Geschäftsführerin – dadrin.

Melina ging zurück in ihr Zimmer, schloss die Tür leise hinter sich und suchte ihre Jeans und ihre Bluse.

Soll ich Jenissej wecken? Nein, wozu? Ihn aus dem Schlaf reißen, wegen nichts? Blamiere ich mich, wenn ich nachts klopfe? Wenn schon.

Halbwegs bekleidet ging sie zum Flur hinaus. Noch immer war Licht in Riccardas Zimmer. Riccarda hatte wohl nur selten hier übernachtet und war täglich nach Tirano gependelt. In dem Raum war vermutlich auch das Putzzeug untergebracht. Vielleicht hatte nur jemand das Licht vergessen?

Sie klopfte nicht. Stattdessen drückte sie langsam die Türklinke.

Liegt jemand im Bett und liest? Dafür ist es zu hell.

Sie sah sofort einen Mann, der mit dem Rücken zu ihr saß. Vor einem Computer, auf dem Bilder zuckten.

Melina öffnete die Tür weiter.

»Jenissej ...?«

Er fuhr herum. »Herrgott, kannst du einen erschrecken! Mitten in der Nacht.«

Sie ging hinein und schloss die Tür leise hinter sich. »Mitten in der Nacht. Was wird das hier? Es ist Riccardas Zimmer.«

»Natürlich. Und das ist Riccardas Computer. Ein Uraltgerät. Aber sieh dir das hier an!«

»Ein Iglu. – Was ist damit?«

»Lenas neuester Film! Ich habe mich gefragt: Wenn Lena bei der letzten Reise von PALAU hier war, könnte sie diese Riccarda getroffen haben. Wenn Riccardas Mörder auch hinter Lena her ist, verbindet die beiden etwas. Deshalb musste ich diesen Computer sehen. – Und tatsächlich! Lena hat ihre Dateien an Riccarda gemailt. Und die hat sie weitergeleitet an mich und dich. Riccarda war die Relaisstation, über die die Anonymisierung gelaufen ist.«

Melina setzte sich auf das Bett. Das Zimmer war wirklich klein. »Musste sie deshalb sterben?«

»Vielleicht. – Schau her!«

»Dann ist klar, dass Lena in Gefahr ist, Jenissej.«

»Ich weiß das. Wie sollen wir wissen, wo sie ist, wenn wir ihren Film nicht deuten können?«

»Gibt es andere Mails?«

»Nein. Habe ich auch gehofft. Nein, die Dateien sind das Einzige. Die ersten beiden hat Riccarda an uns weitergeschickt. Bei der dritten ging das nicht, da war sie schon tot.«

Melina erwischte sich beim Kauen der Fingernägel. »Dann hat jemand mitbekommen, dass Lena uns verschlüsselte Nachrichten zukommen lässt, oder wie ist das zu deuten? Welche Information hat der neue Film?«

»Sieh es dir an! Die Sache ist genauso vermaledeit wie bei den beiden anderen Dateien. Immerhin geht es um den Mond, es passt also nach wie vor zur Kepler'schen Sphärenharmonik, das ist gut. Ich müsste es Pia schicken.«

»Nein.«

Er sah sie erstaunt an.

»Nein«, schob sie nach, »Pia ist ja da auf der Hütte und nicht in Berlin.«

»Du hast recht, ich schicke die Datei an Schroeter. Mein Cutter. Kluger Bursche. – Du zitterst, Melpomene.«

52

Wolkenfahnen schwebten durch das Tal des Palü-Gletschers. Melina freute sich im ersten Moment, als sie das Fenster auf der Alp Grüm öffnete: Es gab keine kleinen Stellen schmutzigen Schattenschnees mehr, und auch der Gletscher war nicht mehr grau belegt, sondern alles war weiß bezogen, von den immer nur kurz durchblitzenden Spitzen des Curnasels über den Piz Varuna und den Piz Cambrena – das ganze Vadret da Palü hinunter war weiß, das Geröll und die Wiesen bis zum unglaublich türkisfarbenen Lagh da Palü etwa dreihundert Meter unterhalb des Bahnhofs.

Die frühen Dienstagsstunden hätten einen guten Wintermorgen abgegeben. Stattdessen war es einer der Tage kurz vor Mittsommer. Als Melina sich vom Kranz des Anisbrotes zwei Scheiben abschnitt, fiel ihr Blick durch das Restaurantfenster über die weißen Baumspitzen. Es schneite. Keine schweren Flocken, aber dichte Böen wie im Wirbel einer Schneewehe.

Auf dem Bahnsteig blieb nichts liegen, nur im Gleisschotter. Der Rest war nass. Vorn am Signal lagerte ein Haufen zugebundener, schwarzer Plastiksäcke. Melina dachte an Katastrophenfilme. Wahrscheinlich war es nur der Müll, der mit ihr auf den Zug wartete. Sie hatte Christine versprochen, mit der Gruppe zwischen den Seen zu wandern.

Christine ist keine, die einen Ausflug wegen ein paar Schneeflocken absagt. Jenissej ist mit Lenas Film beschäftigt. Ich hoffe immer noch, dass ich irgendetwas über Lena höre, auch wenn Christine nicht die Leiterin der letzten Reisegruppe war.

Tatsächlich stand das Grüppchen ein kleines Stück oberhalb des Bahnhofs Ospizio Bernina und wartete auf Melina. *Grüppchen* war nicht die treffende Beschreibung. Eher waren bunte Anoraks mit Jugendlichen darin so weit im Schnee verstreut wie möglich. Christine winkte.

»Frohe Weihnachten«, rief Christine ihr zu. Und in die Runde: »Auf, Schneemänner und Schneefrauen! Losrollen!«

Die Gruppe wurde auch nach dem ersten Kilometer noch nicht zur Truppe. Manche schlenderten und holten das Gros nur wie durch ein Wunder ein.

Alle hellgrauen Steine waren entweder regenschwarz oder mit weißen Kappen versehen. In der polaren Landschaft steckten Stromleitungsmasten. Man konnte rasch die Größenorientierung verlieren, weil es keine Häuser oder Straßen zu sehen gab. Nur ein Wasser schlängelte sich schwarz und an manchen Stellen schäumend über die Oberfläche des Eisplaneten.

Melina sah eine eingestürzte Trockenmauer. Durch die Bruchstelle ergoss sich ein neuer Bach.

»Wie weit wollen wir heute kommen?«, fragte sie und wischte sich den Schnee aus den Haaren. Eine Mütze hatte sie nicht mitgenommen.

»Wieso?«, fragte Christine. »Willst du schlappmachen? Drei Stunden sollten wir schaffen. Minimum. Immerhin wollen wir uns vorbereiten auf die große Tour.«

»Und das heißt?«

»Wir schauen, welche von den Kids sich halten. Wenn sie bereit sind, das Jahr über zu trainieren, wollen wir mit ihnen im Frühjahr die Alpen überqueren.«

Melina lachte. »Die Alpen ... aha. – Meinst du das so?«

»Klar. Durch die Berge bummeln, wie wir das gerade machen, kann jeder. Was glaubst du, wie sehr es das Selbstwertgefühl eines jungen Menschen steigert, wenn er sagen kann: He, meine Schulnoten sind im Keller, meine Alten machen Drama, aber ich – *ich habe die Alpen überquert. Zu Fuß!*«

»Ja, kann ich mir vorstellen. Bisschen gefährlich, oder?«

»No risk – no fun. Außerdem ist es nicht gefährlicher, als in Berlin auf einer Verkehrsinsel herumzublödeln.«

»Na ja ... Muss man nicht bergsteigen können? Ich meine, wenn man keine Elefanten dabeihat?«

Christine grinste. »Es hilft, wenn man weiß, wie man eine Seilschaft bildet. Ein Zuckerschlecken ist es nicht, und ohne Blessuren geht es auch nicht. Aber das ist der Punkt. Welcher körperlichen Gefahr können sie sich zu Hause stellen? Allenfalls renken sie sich beim Gähnen den Kiefer aus. Oder ihr Kopf fällt beim Einschlafen auf die Playstation. Ich meine, einige von ihnen machen ja Sport in Berlin, aber das ist nur indirekt Leistung. Wenn sie die Alpen überqueren, stehen sie buchstäblich auf eigenen Füßen. Sie müssen sich helfen, sie müssen den inneren Schweinehund überwinden. Und nachher können sie auf die Landkarte zeigen und sagen, dass sie diese wirklich existierende Hindernisregion überwunden haben. Nicht bloß einen Punktelevel bei so einem Piepsespiel.«

»Nehmt ihr zu der großen Tour Jugendliche aus anderen Gruppen mit?«

»Ja, ich denke, es werden vier bis sechs kleine Touren sein, aus denen wir die neue Gruppe zusammenstellen. Wer bei denen besonders motiviert ist und es wirklich will und sich auch nicht dösig anstellt, der kommt mit.«

»Ist Lena auch dabei?«

»Jetzt lass doch ...« Christine fuhr herum. Bei der Bewegung ging allerdings auch Christines Arm, in dem sie den Wanderstecken führte, zu der Seite, an der Melina ging. Das Holz traf Melina am Unterarm, und sie ging für eine Sekunde in die Knie. »Ah!«

»Entschuldigung. Was passiert?«

Melina stand wieder und ging weiter. Sie rieb sich den Arm. »Schon okay. Mehr der Schreck.«

»Gut. Was soll das mit Lena? Ich kann den Namen nicht mehr hören.«

»Ich dachte, sie wäre nicht in deiner Gruppe gewesen und du kennst sie nicht näher, Christine. Ich will dich nicht ärgern.«

»Lena hat viel Trouble gebracht, es gab Nachfragen, die Eltern der anderen sind verunsichert und so weiter. Die ... – Tina! Tina, sofort da runter!«

Tina hatte sich auf ein Eispodest am Seeufer gestellt und machte eine Unschuldsgeste wie eine Profifußballerin nach einer Schwalbe.

»Runter! Keine Diskussion!«

Die Aufmerksamkeit aller war sicher. Bevor sich Empörung ausbreiten konnte, hatte Tina das Eis betont lässig verlassen, und Christine zeigte auf einen Spalt, den Tina aus ihrer Position nicht hatte sehen können. »Jetzt schau da rein!«

»Ja, Mann!«

»Schau rein! Wie tief ist das?«

»Keine Ahnung, Christine.«

»Kommt her! Alle! Wer sagt mir, wie tief diese Spalte im Eis ist?«

Einige spekulierten, keiner konnte es genau sagen.

»Eben. Wenn man die Augen offen hält, sieht man diesen Spalt! Wie dick ist die Eisdecke darüber? Zehn, fünfzehn

Zentimeter? Wenn du nicht aufpasst, klappt das Eis unter dir zusammen, und du landest in dem Spalt. Der ist so schmal, dass wir dich nicht rausholen können.«

Für Melina war es eine regelrechte Gletscherspalte. Die erste in ihrem Leben, soweit sie wusste.

Christine setzte ihre Standpauke ein paar Runden lang fort, dann bekam Tina eine knappe, knuffige Umarmung und trottete weiter.

Allmählich fanden beim weiteren Laufen Christine und Melina wieder zusammen. Melina rechnete mit einer Fortsetzung des Gesprächs um Lena, aber die beleibte Blonde kam mit etwas anderem: »Pass auf, Melina, wir beide starten eine spontane Schneeballschlacht, okay? Vielleicht machen ein paar mit. Ich werde dich in die Mangel nehmen. Du wehrst dich, indem du mir meine Mütze runterreißt und sie wegwirfst – und zwar in weitem Bogen über den Bach. Das ist wichtig. Alles verstanden? Machst du's? Mach's einfach!«

Christine bückte sich und wischte Schnee vom Weg, pappte ihn zusammen und klatschte ihn Melina in den Nacken. Die zuckte zusammen, versuchte zu spät auszuweichen und bekam Christines Ellenbogen ins Gesicht. Trotzdem spielte sie ihre Rolle.

Ist nicht meine Sache.

Also bitte. Schnee. Saukalt. Backt nicht.

Christine startete ihr Kriegsgeheul, riss Melina den Rucksack in einer schwierigen Drehung herunter und warf ihn einige Meter weit in den Schnee.

Melina kratzte weißes Zeug zusammen und warf es nach ihr, wobei sie »Du blöde Gake!« rief, so laut sie konnte.

Nicht sonderlich laut, befand sie.

Die Jugendlichen schauten verwundert. Als Erster war

Nathan bei der Sache und bastelte an einem prächtigen Bällchen. Strikt nach Drehbuch riss Melina Christine die Kappe von den Haaren und schleuderte sie in die Landschaft. Die elfenbeinfarbene Mütze beschrieb eine nicht ballistische Kurve, sondern hatte den Drall eines Bumerangs. Sie landete halb an Land, halb im Wasser, aber immerhin auf der anderen Seite des Bachs.

Sofort keifte Christine los. Was ihr einfiele. Ob sie noch ganz dicht sei. Alles habe seine Grenzen. Die Mütze sei teuer gewesen. Es ginge ums Prinzip.

Nathan hatte seinen Schnee fallen lassen und folgte den anderen, die um die beiden Frauen einen Kreis bildeten.

Christine verlangte, Melina solle sofort die Kappe holen.

Melina ließ es bei einem knappen Nein. Sie war nicht gut beim Theater, dachte sie – und hatte aus irgendeinem Grund schon wieder Jenissej vor Augen.

Christine bestand darauf, dass ihr die Kappe zurückgegeben werde. Andernfalls werde sie die Wanderung abbrechen. Größere Ziele hätten sich alle für diese Reise abzuschminken.

Melina weigerte sich tapfer. Sie verwies auf den Rucksack, den Christine in den Schnee geworfen habe. Da war auch ein Stück echte Verletztheit, die es ihr erleichterte, sich zu beschweren.

Christine meinte, sie habe den Rucksack nicht über den Bach gefeuert – und werde es auch nie tun. In zwei oder drei Kilometern komme eine Furt. Da solle Melina hinlaufen, dann könne sie die Kappe in die Hütte bringen und warten, bis sie alle am Abend zurück seien.

Erster Widerstand regte sich in der Gruppe. Der Bach war etwa drei Meter breit. Er hatte eine beachtliche Fließgeschwindigkeit, gluckste und sprudelte, als würde er kochen. Gefährlich wirkte er nicht, aber kalt war er allemal, das stand fest.

Melina erklärte, Christine stelle sich an. Alles wegen einer ohnehin hässlichen Mütze. Sie fand diese Eingebung gut.

Christine sagte kategorisch, dass sie alles abbräche, wenn Melina nicht die Mütze hole.

Ole, der heute nicht in der Nähe von Kit war, sagte, dass er »den Fetzen« holen werde, damit sie weitergehen könnten.

Melina bekam böse Blicke, aber auch Christines Starrsinn verwunderte die eine oder andere junge Seele.

»Nein, Ole geht nicht«, sagte Melina, unsicher, ob das noch dem Plan entsprach.

»Wenn Ole geht, gehe ich auch«, sagte Nathan.

Kit machte auf genervt. »Wir gehen alle. Wir holen die verdammte Mütze und gehen drüben weiter.«

»Nein«, sagte Christine, »der Weg führt hier lang.«

»Dann kommen wir eben wieder zurück«, sagte Kit. »Los, kommt!«

Christine sah sich um. »Ich hole sie nicht. Wer geht?«

»Dann gehe ich halt«, sagte Melina.

Aber sofort protestierte die Gruppe.

»Na gut«, sagte Christine. »Wenn wirklich alle gehen wollen, können wir drüben weiterlaufen. Wollen alle?«

Nicken. Keiner widersprach. Die ersten krempelten die Hosen hoch und banden die Schnürsenkel ihrer Wanderschuhe auf.

»Vorschlag!«, sagte Christine. »Reicht es nicht, wenn ein oder zwei Leute gehen?«

Ole meldete sich. »Ich bin der Einzige mit Gummistiefeln, ich mache das.«

»Dazu ist das Wasser zu tief«, sagte Melina. »Wir sollten

eine seichte Stelle finden, mit Steinen. Dann können dich ein paar von uns stützen.«

So machten sie es. Die Mütze war zurück, und nur ein paar Jeans hatten kalte Wasserspritzer abbekommen. Ole tat seine Heldentat ab, Kit versuchte, sich nichts anmerken zu lassen. Melina schaute zu, und Christine setzte demonstrativ die halbwegs trocken gebliebene elfenbeinfarbene Kappe auf.

»Übrigens«, sagte Christine, »übrigens bin ich stolz auf euch. Noch ein bisschen, dann seid ihr eine *Gruppe*.«

»Dann ist 'ne Belohnung fällig, oder?«, fragte Nathan und versuchte, es wie eine Feststellung klingen zu lassen.

»Belohnung?« Christine sah in erwartungsvolle Gesichter. »Mäuse und Ratten und Hunde, die machen das, was man von ihnen will – sofern sie eine Belohnung erwarten. Männchen machen für ein Leckerli. Ihr wollt euch doch nicht mit solchen Tieren vergleichen.«

»Wieso nicht?«, sagte Tina. »Wenn was bei rausspringt.«

Die meisten lachten.

»Erwachsene Menschen erbringen eine Leistung, weil sie sich davon was versprechen. Sich selbst. Und warten nicht auf Belohnung. Allerdings …« Der Schnee flatschte ihr nass ins Gesicht. Sie sah auf die Uhr. »Was haltet ihr davon, wenn wir langsam zur Hütte zurückkehren? Wir könnten unser Zeug zusammenpacken und nicht erst am Abend, sondern gleich heute Mittag nach St. Moritz fahren?«

Tina sah skeptisch drein. »Und was sollen wir da?«

»Da gibt's ein Kino.«

Die Jugendlichen waren eine Gruppe, und sie wanderten zurück. Das Kino lockte.

53

Das über mir ist eine Panzereisdecke. Die lässt kein Licht durch. Schwarz über mir, wie ein Flugzeugträger, unter dem ich hindurchtauchen muss.

Eine Eisscholle hat kein Ruder und keine Schiffsschraube, das weiß ich auch. Aber hier unten klingt es nach Schiffsschrauben. Vielleicht fahren welche herum. Schiffe, U-Boote, die ich nicht sehe und die mich abhalten wollen, nach oben zu kommen. Wenn ich nicht verflucht aufpasse, gerate ich in eine von ihnen und werde zerschreddert.

Pass bloß auf! Schau in alle Richtungen, auch unter dir! Am Rand der Rieseneisscholle ist das Licht öliggrün und trüb. Zumindest ist es hell genug, um schwarze Schatten von Schiffen auszumachen.

Wieso habe ich überhaupt Luft, so lange zu tauchen? Normalerweise hätte ich längst wieder atmen müssen. Gut, es ist eine Extremsituation, trotzdem. Wie komme ich an die Oberfläche, um Luft zu schnappen? Durch das Eis. Oder am Rand, ohne von den Schiffen gerammt oder von ihren Wasserpropellern zerschnitten zu werden?

Je weiter ich hochtauche, desto kleiner wird die Eisscholle. Das entspricht doch auch nicht den Tatsachen, oder? Kleiner und durchsichtiger. Die Ränder leuchten gelb.

Ist das Helle das Licht über dem Wasser? Tageslicht, der Himmel? Mach! Beeile dich, schneller, die Luft in deinen Lungen reicht nicht.

Andererseits: Ich habe es bis hierher geschafft, ich habe fast die gesamte Panzereisscholle untertaucht. Warum sollte ich nicht den Rest auch noch schaffen? Einfach in langen, ruhigen Schwimmzügen. Ihnen werden die Münder offen stehen. Über Wasser und unter Wasser. Sie werden staunen, denn damit rechnen sie nicht. Sie glauben an meine Hektik und dass ich in Panik Wasser schlucke, das dreckige, ölige Eiswasser. Aber ich ziehe Stoß für Stoß weiter nach oben, in einer eleganten Steigung, wie ein startendes Flugzeug.

Die Eisschicht lässt viel mehr Licht durch. Das liegt an der Temperatur. Das Wasser ist nicht mehr so kalt, es ist angenehm. Sonnenlicht schlägt durch das hauchdünne Eis. Warum habe ich mir die Gedanken gemacht, es ist doch sonnenklar, dass ich nur ruhig hinaufkommen muss, nur die Angst vermeiden soll. Und dann kann ich diese millimeterdicke Eisschicht mit dem Kopf durchstoßen, ohne Mühe, so als ob ich aus einer Wanne mit warmer Milch auftauche, auf deren Oberfläche sich fette Haut gebildet hat.

Das Ganze hat als Alptraum begonnen, es sollte mir Angst einjagen. Natürlich ist es immer noch ein Traum, so etwas gibt es ja nicht. Man kann unter einem Schiff oder einer Eisscholle hindurchtauchen. Aber es ist gefährlich und dumm.

Welchen Sinn macht der Traum? Er zeigt mir, wie ich Angst bekommen soll und wie ich mich so diszipliniere, dass ich es überwinde. So, jetzt durchstoße ich das Eis.

Wirklich, es ist hauchdünn. Es riecht nach See. Die Sonne spiegelt sich in dem türkisblauen Wasser wie in einem Sommerschwimmbecken. Es ist so klar, dass ich kilometerweit bis auf den Grund sehen kann. Da unten im hellen Sand gibt es dunkle Felsen. Hier und da einen Schwarm.

Nur auf die Unterwasserboote muss ich achten, die gibt es in jeder Größe, und sie tauchen aus dem Nichts auf. Lustig, die Feststellung: Sie tauchen aus dem Nichts auf.

Wenn ich mit dem Kopf unter Wasser gehe, so dass die Au-

gen unter der Wasserlinie sind, kann ich nicht nur nach unten sehen, sondern in alle Richtungen des Meeres. Der Meere.

Ich sehe alles, was sich abspielt, das Wasser ist klar bis in die letzte Ecke der Kontinente. Klarer könnte es nicht sein. Und auch das Felsgestein wird heller. Weiß. Transparent. Durchsichtig.

Ich weiß ja, es ist ein Traum. Aber er stimmt.

Er ist wahr.

Ich trage diesen weinroten Bademantel. Er ist weich und bequem. Ich sitze in dem weißen Leder und kann überall hinschauen. Alles ist eindeutig. Logisch. Ich habe Atem für das ganze Leben in meinem weinroten Bademantel. Der genau genommen ein weinroter Smoking ist.

Ein lustiger Traum. Lustig und wahr.

54

Hans-Henrik Fogh stand am Kopfende des Bahnsteigs von St. Moritz. Aus dem letzten Waggon stiegen Jugendliche. Sobald er Christine erkannte, verließ er den Bahnsteig und ging die Via Dimlej entlang, die mit einer Brücke über die nördliche Bucht des Lej de San Murezza führte. Zwei Wagen der Kantonspolizei parkten dort, weiß und mit einem breiten orangefarbenen Streifen.

Die Via Signuria war keine sonderlich ansehnliche Straße. Lieferwagen vor Fabriktoren, Geschäfte und Lagerräume. Dennoch gab es in diesem Abschnitt der Straße ein zweistöckiges Häuschen, das ein Berliner Ärztepaar erworben hatte und gelegentlich einer PALAU-Gruppe zur Verfügung stellte. Vom Reichtum des Ortes hatte das Gebäude höchstens den schweren Eisengitterzaun abbekommen, ansonsten war es ein weiß gestrichener Zweckbau aus den fünfziger Jahren. Fogh folgte dem Straßenverlauf und wartete hinter einem weißen Lastwagen.

Die Gruppe bog nach wenigen hundert Metern vom Bahnhof in die Via Signuria und nahm das Haus mit Getöse in Besitz. Keine sieben Minuten später standen die Jungen und Mädchen ohne ihr Gepäck auf der Straße. Einige schlenderten hierhin und dorthin, auch auf die Lastwagen der Dachpappenfirma zu. Christine gluckte sie zusammen, und so liefen sie die Straße wieder zurück über die Brücke in die Stadt hinein. Der Schnee war in Nieselregen übergegangen.

»Was läuft überhaupt?«, fragte Tina. »Wir gehen einfach so in eine Vorstellung, und nachher ist das eine üble Schnulze.«

»Oder ein Porno«, sagte Nathan.

»Ich denke, ihr seid ganz fit mit dem Internet«, sagte Christine. »Keiner von euch hat nachgesehen? Ihr verlasst euch auf mich? Na, Mahlzeit!«

»Warum nicht? So schlecht ist ja dein Geschmack nicht, Christine«, meinte Tina.

»Nettes Kompliment. Ich hatte die Wahl zwischen *Die Musi spuilt im Alpenland* und einem Zeichentrickfilm, in dem ein kleiner Frosch die Welt erkundet und die Freuden des Zähneputzens erfährt. Was meint ihr?«

»Ja, ja, spinn weiter, Christine!«

»Ich hab's«, sagte Ole und mühte sich, Schrift auf dem Display in seinen Fingern zu entziffern. »Hey, Leute, um 14:15 Uhr läuft da *Vampir-Piraten II*!«

Freude bei den Jugendlichen in Regenklamotten, heimliche Freude bei Christine.

»Ey, der ist 3-D.«

Christine dämpfte die Erwartungen. »Ich glaube nicht, dass der in einem kleinen Kino in 3-D läuft, Freunde des Blutes.«

»Haben Sie Teil I gesehen?«, fragte Ole.

»Nein, muss ich?«

»Nö, aber der war Krasscore. Vor allem der ... Na, der Dings ... – Mann, wie heißt denn der Vampir noch mal, der Boss von denen auf dem Schiff?«

Tina lachte sich schlapp. »Wie mein Dad, wenn der von 'nem Film erzählt. Der kann sich auch keinen Namen merken.«

Ole protestierte. »*Du* meintest doch, der wäre total süß.«

»Wohl kaum. Steh nicht auf Vampire.«

»Ach, auf einmal!«

Tina wandte sich an Christine. »Worauf stehst du denn, filmemäßig?«, fragte Tina Christine.

»Krimis.«

»*Lethal Death*«, sagte Nathan.

»Nee, ich gehe nicht ins Kino. Früher fand ich Lieutenant Theo Kojak cool.«

»Who?«

»Lange, lange vor eurer Zeit. Mein Idol.«

»Süß?«

Sie lachte. »Kommt drauf an. Glatze und Lolli.«

»Lolli? Abartig!«

Sie hatten noch über eine Stunde Zeit bis zum Beginn der Vorstellung. Melina war dafür, die Karten schon einmal zu kaufen, aber die Kasse war noch geschlossen. »Okay«, sagte Christine, »scheuchen wir die Gruppe durchs Dorf.«

Als sie an einem runden Wohnhaus vorbeikamen, erklärte Christine, der Architekt sei derselbe, der auch die Kuppel auf dem Berliner Reichstag entworfen habe. Besser, als die Jugendlichen es taten, konnte man mit seinem Körper Gleichgültigkeit nicht ausdrücken. Immerhin fand Kit den Farbverlauf des komplett eingeschindelten Rundbaus *derbe*.

Auf der Via Serlas sagte Melina zu Christine: »Die Mädchen rennen zu den Schaufenstern mit den Juwelen, schau es dir an! Und die Jungs gucken sich nach jedem Sportwagen um. Ich hab mal ein Semester *Gender Mainstream Pädagogik* belegt ... Aber man fragt sich, wozu das Ganze.«

Christine grinste. »Nichts für ungut, wollen wir nicht auch mal nach den Klunkern schauen?«

Im Kino gab es keine 3-D-Brillen. Dafür lief ein Film des Bündner Verkehrsamtes, ein Streifen, der die Schönheit der Landschaft pries. St. Moritz lag in der Sonne, die Wiesen waren abwechselnd saftgrün und glitzerschneeweiß. Sonnenbrillen und Türkiscocktails. Niesel und Wolkenwerk kamen nicht vor.

Christines Handy machte sich bemerkbar. »Sorry, ich vergesse es immer«, flüsterte sie Melina zu. Sie saßen in der vorletzten Reihe. Niemand hinter ihnen, aber vor ihnen die Gruppe. Aus taktischen Erwägungen. »Ich hab 'ne SMS. Muss kurz raus, Melina. Lässt du mich durch?«

Vor der Tür sah Christine in alle Richtungen, schließlich auch in den kleinen Park direkt neben dem Kino. Der nasse, grüne Rasen war durchzogen mit Mauerresten und einer intakten, höheren Mauer, an der ein weißer Grabstein lehnte. Am Fuße eines sehr schiefen Turmes stand Fogh.

»Das ist ja eine Überraschung«, rief sie, sah aber im letzten Moment von einer Umarmung ab. Sie deutete auf die Pflaster an seinem Kinn und über der Schläfe. »Was ist passiert?«

»Komm!«, sagte Fogh und lotste sie zum Eingang des Turmes. Eine einfache Holztür mit Rundbogen. Auf der einen Seite war der Kirchturm eingerüstet, am Boden sah Christine einen mächtigen Riss.

Drinnen war es dunkel und roch nach Bindemittel. »Kurz und schmerzlos«, sagte er. »Sitzt du in der Nähe von Melina von Lüttich, da drinnen im Kino?«

»Ja, neben ihr. Wieso?«

»Sie hat Verbindung zu Lena. Lena und sie – die beiden werden der Polizei alles auf dem Silberteller präsentieren. Professor Lascheter ist sich absolut sicher. Wir müssen um jeden Preis verhindern, dass die beiden ihr Wissen weitergeben.«

»Was soll Melina wissen?«

»Auf jeden Fall lässt die nicht locker, nach Lena zu fragen. Hat sie das bei dir nicht auch versucht?«

»Ja, aber ...«

»Jetzt keine Diskussionen, Christine.« Er gab ihr im Zwielicht eine weiße Schachtel, kaum größer als ein Brillenetui. »Das ist ein Bonbon, gefüllt mit *Oneiropax*. Biete ihr den sofort an. Sobald sie leicht wegsackt, nimmst du die Spritze. Einfach irgendwo in den Armmuskel, das reicht, das Zeug ist stark. Sofort danach führst du sie aus dem Kino. Du musst schnell machen, damit sie noch gehen kann. Bring sie her. Wir deponieren sie in der Baubude nebenan. Hier hat seit Wochen kein Bauarbeiter gearbeitet. Die Firma ist pleite, da kommt so schnell keiner.«

»Was soll ich den Kids sagen?«

»Dass ihr schlecht geworden ist, was sonst.«

»Und später, wenn sie nicht zur Gruppe zurückkommt?«

»Denk dir was aus, Christine. Warum muss ich immer alle Pläne allein machen?«

»Weil du offensichtlich daran interessiert bist!«

»Du bist mindestens so geil auf das Institut und auf PALAU wie ich. Also tu nicht so, Christine, mein Täubchen!«

»Ich habe dir bei Noëlle geholfen, weil du mir erzählt hast, es sei ein Unglücksfall. Wir müssten Lascheter rausboxen. Das habe ich gemacht. Ich habe auf dich gesetzt, Fogh, weil ich dachte, du bist die Nummer eins bei Lascheter – und wirst ihn überflügeln. Und zwar aufgrund deiner Leistung. Und nicht, weil du Leute umbringst.«

Fogh packte sie am Genick. Nicht zu fest, aber es war auch keine liebenswürdige Umarmung. »Ich mache das nicht zum Spaß. Es kommt vor, dass sich einem Leute in den Weg stellen, wenn man ein klares Ziel hat. Wenn du damit plötzlich ein Problem hast, darfst du nicht erwarten, dass wir unser Ziel erreichen! Außerdem habe ich alles so gemacht, dass es nicht leichter für dich sein kann. Die Mixtur für Melina ist so portioniert, dass sie kaum im Blut nachweisbar ist, allenfalls ein paar Reste von Anti-Epileptika. Man wird glauben, Melina habe einen Anfall bekommen und sei medizinisch versorgt worden. Nach 72 Stunden sind selbst diese Reste kaum nachweisbar, wenn man nicht gezielt danach sucht.«

»Schon wieder Epilepsie? Das dürfte auch dem Letzten auffallen.«

Fogh drückte ihren Kopf nach vorn. »Wir – haben – keine – Zeit! Mach das und denk dir was Passendes aus. Du musst dich nicht um Lena kümmern. Das mache ich. Und Lascheter knöpft sich ihren Vater vor.«

»Ihren Vater? Die Kreise werden immer größer, merkst du das nicht?«

Er ließ sie los. »Du hängst mit drin, Christine. Nicht nur wegen des Mordes an Noëlle.«

»Mord? Ich habe nichts gemacht außer …«

»Jeder ein kleines Stück«, sagte Fogh. Es klang nach Genuss. »Wenn du uns hängenlässt, werde ich der Polizei den Tipp geben, dass du die verantwortliche Gruppenleiterin warst, als Jan Sikorski verunglückte. Ich werde ihr sagen, dass Jan zur Testreihe T44 gehörte. Und dass es bei diesen Jungen zu auffällig häufigen Anfällen gekommen ist – ja, zu einer Häufung tödlicher Unfälle.«

»Dann reitest du dich mit rein.«

»Lascheter und dich«, sagte er. »Im Übrigen: Wenn ich es der Polizei nicht sage, tut Lena es. Schließlich hat sie das alles gesehen und herausbekommen. Lascheter hat kein Kontrastmittel gespritzt, er hat die T44er so lange vollgepumpt mit seinen Cocktails, damit ihre Hirnmasse schneller weiß wird – und dabei hat er den Tod billigend in Kauf genommen. Ich habe die Protokolle, die ich vernichten sollte, gut aufgehoben. Für den Fall, dass Lascheter mir an den Kragen will.«

Christine wurde leiser. »Lena – das verstehe ich. Wenn ihr endlich wisst, wo sie ist, gut. Die redet ganz sicher. Aber Melina, das ist nicht nötig.«

Lothar Melchmer hatte den Petersilienbusch vom Käsebrötchen entfernt und betrachtete die weiße Stelle, die sich nun dort auf dem Käse ausbreitete, wo die nasse Petersilie gehockt hatte. Die Käsescheibe wellte sich noch nicht, aber Motiv und Gelegenheit waren gegeben. Quer durch die Kantine keuchte der dicke Fipps.

»Lothar, dich suche ich überall. Ich wusste: Irgendwo muss er stecken.«

»Und?«

»Ein Anruf von der Schweizer Polizei. Sie stehen direkt vor dem Zugriff. Es geht um dieses Mädchen.« Er kämpfte mit Lesebrille, Zettel und Schnappatmung. »Melina von Lüttich. Sie sagen, Sie haben eine Jugendgang oder Jugendgruppe ausgemacht, und zwar in Sankt Moritz. Jetzt wissen sie nur nicht, wer von den Mädchen die Zielperson ist, die wir suchen.«

»Zugriff, was soll der Quatsch?«

»Sie sagen, ursprünglich hätten sie eine Jenisch, Lena auf dem Kieker gehabt. Dann wäre von uns – oder von dir – die Order gekommen, die Jenisch fallenzulassen und diese Melina zu jagen. Also, ›jagen‹ haben sie nicht gesagt. Die sind ja eher etepetete.«

Melchmer garnierte das Brötchen wieder mit dem Petersilienstrauß. »Lena fallen lassen und Melina jagen? Da geht ja alles durcheinander!«

»Würdest du denen ein Foto von der Zielperson schicken, Lothar? Dann kann ich den Zettel hier wegwerfen.«

»Nee, kann ich nicht. Ruf die Schweizer Garde zurück. Sag ihnen, dass kein dringender Mordverdacht gegen Melina von Lüttich vorliegt. Zugriff! So was gibt's doch gar nicht!«

»Willst du nicht lieber selber …?«

»Nee. Sag ihnen, es ist ein echtes Missverständnis. Wenn sie Lena suchen, schön. Das haben sie offenbar eingestellt, oder wie? Aber Melina von Lüttich muss man nicht wie eine Terroristin festnehmen.«

»Also sollen sie sie von der Fahndungsliste nehmen?«

Melchmer stöhnte. »Ich komm schon mit. Haste schon gefrühstückt? Lecker Käsebrötchen.«

Herrn Oberst Karl Harkmann – KaPo Graubünden
Sehr geehrter Herr Kommandant,
offensichtlich ist der Sachverhalt zur deutschen Staatsbürgerin VON LUETTICH, MELINA * 3. 3. 1988, verunfallt. Die Observation ist nach aktueller Einschätzung ohne Sinn und somit einzustellen. Bitte dies bei dem laufenden Bündner Einsatz zu berücksichtigen. Die korrigierte Lageeinschätzung hat meine EZ fedpol soeben erst von der deutschen Polizei erhalten. Hingegen bitte ich gemeinsam mit der HA Bundeskriminalpolizei, die Unterstützung beim Fahnden nach der Deutschen JENISCH, LENA * 25. 2. 1997 zu forcieren, da die Person nach dem Hinschied des DR. BROGLI, CARLO, Kanton Zürich, als Zeugin oder Täterin in Frage kommt. Etwaige Äußerungen subalterner Kräfte, diese Anstrengung einzustel-

len, entbehren jeder Grundlage. Detailklärung erfolgt derzeit auf Ebene der Polizeiattachées.

Vize-Direktor Dr. Luigi Bürger
Bundesamt für Polizei – fedpol
Hauptabteilung Internationale Polizeikooperation HA-IPK

»Guido – du kannst deine Leute in St. Moritz abziehen.«

»Wegen der Lüttich? Wir haben sie lokalisiert! Sitzt im Kino an der Via Maistra.«

»Schön und gut, saubere Recherche. Trotzdem: Abziehen, sage ich. Anweis von oben.«

»Roger! Wir ziehen ab. Sonst noch was?«

»Nee, wieso?«

55

Sie konnte die Beine nicht ausstrecken. Platz dafür wäre genug gewesen zwischen den Kisten. Aber es schmerzte. Sie hatte das Gefühl, die Wunden würden aufreißen, wenn sie nicht in der gekrümmten Haltung verharrte. Wäre Licht gewesen in dem Raum, dann hätte sie an sich heruntersehen können. Die Kleidung rotbraun verschmiert und verklebt, Tücher und Kleidungsstücke um die Beine gewickelt. Embryonalhaltung. Voll mit getrocknetem und sickerndem Blut.

Er findet mich, oder er findet mich nicht, dachte sie. Für einen kurzen Augenblick wusste sie nicht mehr, ob sie sich vor Fogh versteckte oder vor ihrem Vater Jenissej. Der eine wollte sie umbringen, der andere sollte sie retten – aber wer war wer?

Ihr Handy hatte Lena weit genug von sich weggeschleudert, es musste in der Dunkelheit liegen und war wahrscheinlich bei dem Wurf beschädigt worden. Sie wollte verhindern, irgendwann schwach zu werden und eine Nummer zu wählen. Die 117 für die Schweizer Polizei etwa. Oder ein Krankenhaus. Oder Jenissej direkt.

Sie stand auf der Fahndungsliste als mutmaßliche Mörderin von Dr. Carlo Brogli. Das machte ihr von Anfang an weniger Angst. Die Polizei, Untersuchungshaft, Gerichte ... das war nicht das Problem. Das Problem war Fogh mit seiner Bande vom Institut. Lascheter und seine Testgruppen. Lena hatte den angeblichen Unfall von Jan Sikorski mit angesehen, diese Kaltblütigkeit in den Reaktionen der Gruppenleitung.

Wann war das noch mal? Konzentriere dich. Gestern? Oder Monate her?

Lena hatte immer wieder das Gefühl, aus Träumen aufzutauchen.

Bin einfach nur müde. Geschwächt. Das ist keine Ohnmacht, das ist Erschöpfung. Ich muss was trinken.

Wen immer sie kontaktierte – Fogh würde davon Wind bekommen. Er witterte nur auf den Moment, Lenas Spur auszumachen. Denn der wusste, dass sie die Zeugin mehrerer Morde war. Sie versuchte, die Ereignisse zu sortieren, die Personen an einer Hand abzuzählen, aber mittendrin vergaß sie, was sie sich gefragt hatte.

Ein Stich im linken unteren Bein.

Ich hab's doch gar nicht bewegt, wieso …?

Sie merkte, dass es ein Krampf war. Das Bein bewegen? Dann riss die Wunde. Es nicht bewegen, dann krampfte es noch mehr. Sie versuchte, einen Schrei zu unterdrücken.

Ihr Gesicht lag jetzt nicht mehr auf der Jacke, sondern auf dem Boden, der rau war und ihre Stirn aufschürfte.

Ich habe geschlafen. Von einem Krampf geträumt.

Es ist Hunger, oder tut mir der Magen noch von den Tritten weh? Was für eine Ironie, ausgerechnet hier zu hungern, inmitten von Feinkost. Wichtiger ist, dass ich trinke. Wie viele Stunden sind vergangen?

Habe ich das Handy wirklich abgeschaltet, bevor ich es an die Wand geworfen habe? Nicht, dass Fogh mich orten kann. Der bringt es fertig, die Polizei darum zu bitten, und wenn sie mich festnehmen, denkt er sich einen Unglücksfall aus, und ich kann leider nicht mehr lebend an einem Gerichtsverfahren teilnehmen.

Was ist, wenn es eine Blutvergiftung ist? Die Metallspitzen, die direkt … Und die Wunde habe ich nicht versorgt, nur abgebunden.

Sie spürte etwas Warmes in ihrem Gesicht. Zuerst schüttelte sie den Kopf, so gut es ging, weil sie an einen Käfer oder eine Spinne glaubte.

Nein, es ist Blut.

Erst dann merkte sie, dass sie weinte. Der Oberkörper zitterte einmal vom Schluchzen. Das fühlte sich gut an, es entspannte sie. Sie dachte – nicht mehr.

56

Eugen Lascheter betrachtete die Fahrkarte:

Zürich Hauptbahnhof ab 12:35, Gleis 5
Chur an 13:53, Gleis 9
Chur ab 13:58, Gleis 10, RE 1141
Samedan an 15:46
Samedan ab 15:49, R 1941
Pontresina an 15:56
Pontresina ab 16:04, R 1641
Alp Grüm an 16:45

Vier Stunden und acht Minuten für drei Zentimeter auf der Karte! Dabei hatten sie gesagt, es gebe Züge, die von Chur aus wenigstens durchfahren.

Er sah aus dem Fenster, dachte an die Jahre in St. Gallen am ersten *Institut Zucker* und an den einen oder anderen Kongress in Davos. Erst ohne, dann mit Noëlle. Ab jetzt wieder ohne sie.

Schade drum.

Ihm gegenüber, Erste Klasse, saß eine gräflich dreinblickende Dame. Sie las eine Zeitung, die in Rumantsch geschrieben war, und starrte den Kahlkopf vor ihr immer dann über den Rand des Blattes an, wenn er hinaussah oder sich, wie jetzt, seinem E-Pad zuwandte.

Er ging noch einmal die Kreuzvergleiche der letzten Listen durch, die Reihen T43, T43a und b sowie f bis h, T44–0, T44, T44a.

Ich kann hier noch eine ganze Weile herumstochern, dachte er. Wie ich es drehe und wende, Fakt ist, dass wir immer dann mehr weiße Masse mutmaßen können, wenn wir das Risiko erhöhen. Die beste Reihe, die wir hatten, war die mit Jan Sikorski. Da haben wir am wenigsten Kompromisse gemacht, so wie jetzt ab T44b. Die epileptoformen Anfälle häufen sich zwar, aber die Eltern sind beruhigt, wenn wir sagen, dass wir Schlimmeres verhüten. Und sie dann rausnehmen, auf eine Gruppenfahrt, wo wir sie besser kontrollieren können. Ab und zu *un petit mal*. Es darf nur eben niemand die Gehirne zu sehen bekommen, das ist alles. Man könnte sonst leicht denken, die Patienten hätten eine Gehirnerweichung, und zwar eine echte.

Er ging noch einmal alle Fußnoten durch, die er in die Tabellen eingetragen hatte. Sie wiesen auf individuelle Besonderheiten der Testpersonen hin. Abweichungen, die sich nicht systematisch erklären ließen.

Es sind zu wenige. Ich brauche zehn Reihen mit mindestens zehn Hirnen. Für die Validität und die Varianten: mal zehn. Tausend. Das nenne ich eine Herausforderung.

Er lächelte in die Bergwelt.

Und die Dame lächelte ihm nun ebenfalls zu.

Lascheter sah auf die Uhr. Er schloss die Listen und sah sich die Dateien an, die er aus dem Internet geholt hatte. Sie enthielten Fotos von Jenissej und Artikel über ihn. Christine hatte Jenissej erwähnt, und die Geschäftsführerin hatte bei seinem Anruf so bezeichnend herumgestottert, dass klar war: Lenas Vaters war auf der Alp Grüm untergekommen.

57

Oskar Schroeter hatte jede Sequenz mit dem Schnittprogramm gemessen. Er markierte die Tabelle, die die Zeiten enthielt, und ließ sich ihre Verläufe erst als Säulendiagramm, dann als Kurven zeigen. Er drehte das Bild, dehnte es, änderte die Formel und wartete. Aber es zeigte sich keine Auffälligkeit. In den Längen der Szenen gab es keine Gemeinsamkeiten, keine codierten Inhalte – oder er sah sie nicht.

Der nächste Arbeitsschritt war aufwendiger. Schroeter maß die Abstände zwischen den Weißblenden. Aus irgendeinem Grund hatte Lena immer wieder weiße Überblendungen eingefügt.

Eigentlich setzt man sie zwischen zwei Szenen ein, um von der einen zur anderen überzuleiten. Das blitzartige Weiß dazwischen gibt einem solchen Schnitt eine besondere Betonung. Die Zuschauer sollen merken, dass hier geschnitten wurde. Im Fernsehen war es ein beliebter Effekt, etwa wenn merkwürdige Situationen aneinandergereiht wurden. Oder wenn eine Person nach der anderen mit dem gleichen Gag vor versteckter Kamera hereingelegt werden sollte.

Schroeter hasste Weißblenden. Einmal hatten er und Jenissej eine Woche nicht mehr miteinander geredet, weil Schroeter sich geweigert hatte, Reportageschnipsel mit diesem Effekt zu garnieren. Dabei ging es nur um einen Film, der unscharf in eine Kulisse hineinprojiziert werden sollte und nicht Teil der Haupthandlung von Jenissejs Stück *Kriegskauf* war.

Lena überblendete nicht von Szene zu Szene, sie verwendete die Weißblende als Einschub, sogar bei Standbildern.

Wahrscheinlich weiß sie nicht, was das für eine Taste ist. Spielt sinnlos damit herum, dachte er. Genau so, wie andere Amateurfilmer ständig rein- und rauszoomen, einfach weil die Taste existiert. Und egal, ob den Zuschauern schlecht wird oder nicht. Mir jedenfalls wird schlecht von Weißblenden.

Und wie kommt Jenissej auf die Idee mit der Sphärenharmonie? Ich kann in den Bildern keine Dissonanzen oder Harmonien erkennen. Der Film hat keinen Ton. Die Farbzuordnung passt nicht. Die Sphärenharmonik kommt aus der Antike. Aufgegriffen im Barock, oder täusche ich mich? Da liegt der Hase im Pfeffer! Jenissej und sein Barock-Tick! Der steht sich selbst im Weg.

Er wählte Jenissejs Handy-Nummer.

»Ja. Ich bin's. Wie kommst du auf Keplers Himmelsharmonik?«

»Schroeter? Na ja ... Da sind die Planeten. Und die Bahnen der Planeten, in Lenas Film. Wieso fragst du?«

»Weil es nicht passt. Und weil's zu kompliziert ist.«

»Lena hat sich an meine Idee erinnert, und dann hat sie ...«

»Deine Idee! Deine Tochter ist plötzlich fasziniert von dir und deinen Ideen? – Quatsch! – Kann es eine andere Deutung geben, die mit Planeten zu tun hat?«

»Hm, ich wüsste nichts. Mir fällt nichts ein.«

»Ha! Siehst du, Jenissej! Tunnelblick. Wenn du nur einen einzigen Weg siehst, ist der Weg falsch.«

»Klau nicht meine Sprüche, Schroeter! – Und was für andere Wege?«

»Überleg, was deine Tochter sonst noch mit Sternen am

Hut hat! Hat sie ein Teleskop, mit dem sie den Mond betrachtet?«

»Nein. – Also: Ich glaube nicht.«

»Steht sie auf Sternzeichen?«

»Meinst du, ob sie weiß, welches Sternzeichen sie hat?«

»Die Leute glauben, dass die Konstellation ferner Planeten zum Zeitpunkt der Geburt einen Einfluss auf die Intelligenz eines Menschen hat. Hingegen können Sie sich nicht vorstellen, dass die lebenslange Beschäftigung mit Horoskopen zur Verblödung führt. Astrologie. Glaubt sie daran?«

»Nicht dass ich wüsste. Ich weiß nicht mal, welches Sternzeichen ich bin.«

»Um dich geht es nicht!« Er wurde lauter. »Das ist überhaupt das Problem, du Ignorant! Jenissej, es geht nicht um dich! Es geht um Lena! Wieso soll sie sich an deiner grottigen Sphärenharmonik orientieren? Das fasziniert einen verkopften Barockianer wie dich, aber keine Vierzehnjährige!«

»Schroeter, Schroeter, wer hat dir heute ins Essen gehustet? – Was ist deine Theorie?«

Schroeter grummelte. »Ich habe keine. – Ich versuche, mich in Lenas Kopf zu versetzen. Sie steckt irgendwo und will nicht jedem sagen, wo dieser Ort ist. Aber dir möglicherweise. Also, wie kann ich das in einem Bild verschlüsseln? Nehmen wir das Planetensystem. In der Mitte ist die Sonne. Und die heißt ausnahmsweise nicht Jenissej, sondern Lena. *Sie* ist der Mittelpunkt, das ist der Ort, an dem sie sich aufhält. Um sie herum laufen die Planetenbahnen, dargestellt als Kreise. Ist doch so? Was liegt näher, als den Planeten Namen zuzuordnen. Sagen wir mal: Der äußerste Kreis heißt Deutschland. Der nächste Bayern. Der dritte Franken. Und so weiter. Wenn du die Planeten in die richtige Reihenfolge bringst, kreist du ihren Standort ein. – Hallo? Jenissej?«

»Bin dran. Ich überlege. Hast du das durchgespielt?«

»Woher denn? Ist mir eben erst eingefallen. Kann genau so falsch sein wie deine Sphärenharmonik.«

»Klingt aber plausibel, Schroeter. *Tirana.* Einer der Planeten bedeutet *Tirana.*«

»Lass uns die Filme daraufhin noch mal checken.«

»Gut, Lena ist die Sonne. Klar. *Sie* steht im Mittelpunkt. Passt auch zur Pubertät.«

»Das hat damit nichts zu tun. Ob sie im Mittelpunkt stehen will oder nicht, Jenissej. Es geht nur um den Ort, an dem sie sich versteckt. Das ist der Mittelpunkt. Und wenn die Sonne im Mittelpunkt steht, ist es eben die Sonne.«

»Danke dir für den Anruf.«

»Noch was. Kannst du mit den Weißblenden was anfangen?«

»Oh, unser Lieblingsthema. Nix da, Schroeter, no idea.«

58

Hans-Henrik Fogh und Christine standen unter den Glocken von St. Mauritius. Ältere Touristen hatten sich genähert, versuchten, in dem Rasen die ursprünglichen Grundrisse der Kirche zu erkennen und schauten aufmerksam, als sie ein junges Pärchen sahen, das im Eingang des Turmes stand. Daraufhin hatte Fogh die Holztür von innen zugezogen und hielt sie fest. Die Senioren klinkten ein-, zweimal und ließen enttäuscht ab. Fogh und Christine wollten warten, bis die Leute außer Sichtweite waren. In den unteren Etagen gab es kein Fenster, deshalb zog es sie nach oben ans Licht, wie die Fliegen. Tastend und wieder streitend waren die beiden, die seit drei Jahren verlobt waren, die Stufen hinaufgestiegen. Allein die Tatsache, dass die Alten sie gesehen hatten, brachte Fogh auf.

»Also, was ist, Christine? Es wird Zeit. – Wenn du es so machst, wie ich gesagt habe, sieht es nach Unfall aus«, wiederholte er.

»Ich mache es nicht, und damit basta«, sagte sie und blickte aus dreiunddreißig Meter Höhe über St. Moritz, die Bahngleise, den See und in die Wälder.

»Und ich kann nicht hineingehen und Melina einen Bonbon anbieten. Reintasten und ihr eine Spritze geben? Das geht nur im Film.«

»Dann lassen wir es. Es wird andere Wege geben, sie daran zu hindern, Lena aufzutreiben und vom Sprechen abzuhalten.«

»Du bist naiv!« Er sah hinunter und überlegte. »Steht das Gerüst auf dieser Seite?«

Vorsichtig trat sie ein Stück nach vorn. Zuerst hielt sie sich an Fogh fest, dann zog sie als Halt den Eckpfeiler vor. »Nein.«

Er sah auf die Uhr. »Die Kinder werden dich vermissen, Christine. Gib mir dein Handy!«

Jahrelange Routine: Sie überlegte keine Sekunde und gab es ihm.

»Hast du ihre Nummer einprogrammiert?«

»Wessen Nummer? Melinas?«

»Natürlich Melinas.«

»Ja. Ich habe immer die Nummern der Gruppenmitglieder dabei. Du weißt, da bin ich sorgsam.«

»Ja, da bist du sehr sorgsam.« Er grinste. Er tippte eine SMS ein und zeigte sie Christine: »MELINA – KOMM SOFORT AUF DEN KIRCHTURM NEBEN DEM KINO. SAG KEINEM WAS, ES SOLL EINE TOLLE ÜBERRASCHUNG WERDEN. CHRISTINE«

»Tolle Überraschung! – Gib her!«

Aber Fogh schickte die SMS ab.

»Sie hat das Handy im Kino abgeschaltet«, behauptete Christine.

»Wir werden sehen. Die meisten Handys haben einen stummen Alarm für eine SMS.«

»Was willst du mit Melina? Den Bonbon anbieten? Lächerlich!« Ihr Blick fiel auf die Via Maistra unten neben dem Kino. »Nein, oder? Sie da runterstoßen?«

»Du wolltest ihr die Aussicht zeigen. Ein Vorschlag, gleich nach dem Film mit den Kindern hier hochzukommen. Was natürlich verboten ist. Aber ein tolles Abenteuer. Du wolltest sie nach ihrer Meinung fragen, ob es zu gefährlich ist und ob ihr es wagen solltet. Leider ist sie dann abgerutscht. Du siehst, es ist unaufgeräumt hier oben. Man stolpert leicht.«

»Du spinnst.«

»Wieso? Wir haben auch noch das Antiepileptikum. Du könntest es ihr gegeben haben wollen. Schließlich hast du es seit dem Unfall von Jan Sikorski bei dir. Aber sie bekam Panik und du konntest sie nicht halten.«

»Epilepsie ist ja wohl bei ihr unwahrscheinlich.«

»Aber ihr ist schwindelig geworden, und du dachtest, sie hatte einen *petit mal*. Damit nicht noch einmal das passiert, was mit Sikorski geschehen ist, wolltest du ihr helfen, aber sie ist leider gestürzt. Das gibt eine Untersuchung, aber was ist unglaubhaft daran? Außerdem hast du die SMS.«

»Du vergisst die alten Leute, die uns gesehen haben.«

»Die ziehen enttäuscht von dannen, steigen in ihren Zug und kommen nie wieder. Woher soll jemand wissen, dass die hier waren und dass man sie nach mir fragen soll? Komm, mach es nicht kompliziert!«

»Melina kommt«, sagte Christine.

»Siehst du. Braves Mädchen.«

Christine packte ihn. »Du lässt sie in Ruhe.«

»Ach, willst du es jetzt machen? – Los, sie schaut hoch, winke! Winke! – So ist gut.«

Melina staunte. Der Kirchturm stand beeindruckend schief. Frühere Generationen hatten ihn abgestützt, aber sie zweifelte, ob das reichte. Ein Baugerüst gab es schon. Christine winkte.

Soll ich da wirklich hoch? Wozu? Warum ist sie während des Films abgehauen?

Neben einer Bauplane schimmerte eine auf den weißen Putz des Turmes gemalte Sonnenuhr.

Die Holztür klemmte, ließ sich aber mit einiger Kraft aufziehen. Sie ließ die Tür offen, weil es drinnen dunkel war.

»Christine? Christine! – Gibt es hier kein Licht?«

Ein kurzer Ruf war die Antwort, nicht zu identifizieren.

Na schön, sie will mir die Aussicht zeigen. Was hat sie vor? Will sie die Kids auch mit Handys herlocken? Das könnte sie mir auch hier unten sagen. Oder will sie, dass wir die Glocken läuten? Das wäre lustig. Ui, und sicher bekämen wir jede Menge Ärger. Scherereien mit den Behörden, mit der Kirche, mit dem PALAU, dann mit den Eltern, weil wir keine Vorbilder sind ...

»Christine?«

Sie tastete sich Stufe um Stufe hinauf. Ab und zu trat sie auf einen Stein oder eine Holzlatte. Der Turm war nicht freigegeben zum öffentlichen Aufstieg. Zunehmend ärgerte sie sich über Christines Spielchen, so gar nicht zu antworten.

Will sie den Turmgeist geben?

Ja, genau, das ist es! Sie will mich erschrecken, wenn ich oben bin. Das Gespenst von ... – wie heißt die Kirche?

Sie überlegte, ob sie etwas hätte, womit sie Christine erschrecken könnte.

Vielleicht halte ich ihr meinen Automatik-Schirm entgegen – und wenn sie *Buh* macht, spanne ich ... Ach, das ist ja piefig. – Ich tue überrascht, das ist das Beste. Dann freut sie sich, und es geht nicht ins Auge.

Mit den Stufen kam nicht nur mehr Licht, sie vernahm auch Geräusche. Ihr war, als schleife Christine größere Gegenstände über den Boden.

Sie keuchte.

»Christine, es ist ein anstrengender Tag mit dir.«

Oben machte niemand *Buh*.

Erstaunt war sie trotzdem, denn Christine schien nicht allein zu sein. Gegen das Licht der Glockenöffnung konnte sie den Mann neben Christine nicht gleich erkennen.

Die küssen sich.

Nein!

Da war ein Bild aus ihrer Kindheit. Zwei große Hunde, die miteinander kämpften. Melina hatte fasziniert zugesehen und ihren kleinen Zeigefinger ausgestreckt, bis man ihr von oben herab sagte, die beiden Hunde hätten sich einfach sehr lieb.

Hier war die Umkehrung dieser Szene.

Christines Haar hüpfte, als es von dem Schlag getroffen wurde. Melina sah das Gesicht von Dr. Fogh aus dem Berliner *Institut Zucker*. Voller Pflaster, von Blut überströmt.

Das Scharren der Füße, stille Flüche. Ein langes, unendlich langes Wischen von Füßen über den Fußboden, das Kippen der zusammengeknüllten Figur und die Stille.

Melina sah St. Moritz von oben. Sie hatte noch nicht einmal die letzte Stufe erklommen. Ein dumpfer, leiser Schlag, als habe jemand einen Sack Mehl über die Brüstung geworfen, der im Gras gelandet sei.

Kein Schrei.

Melina brauchte eine Weile. Sie stand da. Unbeweglich. Ihr Körper hatte sich auf Angriff oder Flucht vorbereitet. Jetzt gab er Entwarnung. Schlaff stand sie halb auf der einen, halb auf der andere Stufe und konnte sich nicht rühren.

Der eine Gedanke hatte Mühe, bei ihr vorzudringen – der Gedanke, die Treppe wieder hinabzusteigen und nachzusehen, was unten angekommen war.

59

Almagest!

Der Dateiname in der Version, die Melina erhalten und ihm zuerst vorgespielt hatte, war »alma«.

Almagest! Eines der wenigen arabischen Wörter, die Jenissej kannte. Es hörte sich nach *Al-Madd-shest* an, wenn er es laut aussprach.

An das Planetenmodell aus Holz dachte Jenissej mehrfach, seit Kommissar Melchmer danach gefragt hatte. Nur auf Lenas Filme hatte er es nicht bezogen. Bis jetzt.

Erst als ihm die Bezeichnung wieder einfiel – *Almagest* –, kam ihm die Idee.

Wie war das? Dass die Erde eine Scheibe wäre, das war eine vergleichsweise moderne Idee – im Mittelalter wollte man und sollte man daran glauben. Die Griechen hingegen hatten schon genau gewusst, dass Himmelskörper die Form einer Kugel haben und umeinander kreisen. Schließlich konnte man es beobachten. Claudius Ptolemäus war einer der antiken Astronomen, etwa 100 n. Chr.? Ptolemäus sieht sieben Planeten, die in einem System zusammengehören. Dreizehn Bücher schreibt er darüber. Die mittelalterliche Kirche des Christentums versucht, das Werk zu ignorieren. Dabei hat sein Modell einen erheblichen Vorteil: Ptolemäus sah im Mittelpunkt die Erde. Die anderen Planeten drehten sich um sie. Und zu den Planeten zählte er auch den Mond und die Sonne. Spielbälle der Erde.

Während das Abendland sich im Mittelalter durch Dummheit und Ignoranz selbst verfinsterte, übersetzten die Araber das Werk des Ptolemäus und trieben zwischen dem zehnten und fünfzehnten Jahrhundert eifrige Wissenschaft. Sie nannten sein dreizehnbändiges Werk *Almagest,* und dies ist auch der sinnverkürzte Name für das Holzmodell, das ich Lena geschenkt habe.

Und da hängt eben auch nicht die Sonne im Zentrum, sondern die Erde. Um die Erde kreist der Mond, darum der – Merkur? Ich muss das im Netz suchen. Ich glaube, die Reihenfolge ist: Erde – Mond – Merkur – Venus – Sonne – Mars – Jupiter – Saturn. Habe ich einen vergessen? Es waren neun. Ach ja, die Fixsterne. Die Sterne als Nummer 9.

Jenissej zählte in Gedanken die Motive in Lenas drei Filmen. Jeder Film hatte drei, zusammen neun. Vorausgesetzt, sie würde keinen weiteren Dateien schicken, stimmte die Zahl.

Er ging die Filme in der Reihenfolge ihres Eingangs noch einmal durch und notierte die wichtigsten Aspekte, die mit dem *Almagest* zu tun haben konnten.

Datei 1 – Lena greift in die Erde. Lena = Erde = Mittelpunkt von allem = Aufenthaltsort = 1

Datei 2 – Foto von mir, in die Sonne gehalten. Ich = Mond? Der um sie kreist?

Datei 3 – Der Saturn mit den Ringen, die eigentlich parallele Linien sind. Acht Linien. Das Kreuz auf dem Planeten = laut Pia die Erde??? (Dritter Planet wäre nach dem Almagest aber: Merkur.)

Er stöhnte. Dann ging er ins Internet und suchte Stichworte wie »Planetensymbole«. Tatsächlich fand er Listen. Irgendwer hatte festgelegt, dass ein Kreis mit einem Kreuz darauf das Symbol für die Erde war. Allerdings gab es auch das umgedrehte Zeichen, bei dem das Kreuz unter dem Planeten baumelte, das war die Venus. – Symbol des Femininen.

Datei 3 – ~~*Der Saturn mit den Ringen, die eigentlich parallele Linien sind.*~~ *Acht Linien.* ~~*Das Kreuz auf dem Planeten = laut Pia*~~ *die Erde??? (Dritter Planet wäre nach dem Almagest aber: Merkur.) Warum noch einmal die Erde? Warum acht Linien? Vielleicht doch die Venus?*

So einfach ist es leider nicht. Er startete den zweiten Film und machte weitere Notizen.

Datei 4 – Der Kreis von neun Sternen. Neun = die Anzahl der Sterne im Almagest. Sternenkreis = die Fixsterne? (an Platz 4 müsste die Venus stehen, nicht die Fixsterne)
  Datei 5 – Kampfhelm = Mars!!! Mars = Italien? (an Platz 5 müsste die Sonne stehen, nicht Mars)
  Datei 6 – Der große Kreis mit den kleinen Kreisen = Jupiter? (Kleiner Kreis im großen = das Auge des Jupiters? Die kleinen Kreise als die Monde des Jupiters?)

Ich presse wieder alles in mein System! So wie ich es mit der Sphärenmusik gemacht habe. Trotzdem. Ich muss das konsequent durchziehen. Somit weiß ich nicht, ob es stimmt.

Datei 7 – Rote Berninabahn in der Kurve. Zwei Triebwagen, ein Personenwagen. Szene wiederholt sich, insgesamt dreimal. –? – (an Platz 7 müsste laut Almagest Jupiter stehen)
  Datei 8 – Panorama von Tirana (an Platz 8 müsste Saturn stehen)
  Datei 9 – Iglu neben Mond. Mond!!! (an Platz 9 müssten die Fixsterne stehen)

Hier ist so viel falsch, dass es schon wieder richtig wirkt!

Er nahm sich ein neues Blatt. Die neun Zahlen standen nun für die Reihenfolge der Planeten im *Almagest,* von innen nach außen, beginnend mit der Erde. Den Planeten wies er die Informationen zu, die er aus den Filmdateien hatte. Erst danach versuchte er, die neun Filmszenen dieser vorgegebenen Reihe zuzuordnen. Das Ergebnis war interessant:

1 – *Erde = Lena* > *stimmt*
2 – *Mond = Mond und Iglu* > *stimmt*
3 – *Merkur = ?*
4 – *Venus = ?*
5 – *Sonne = mein Foto im Sonnenlicht*
6 – *Mars = Kriegsgott = Italia*
7 – *Jupiter = Zeichnung vom großen Kreis mit keinen Kreisen.* > *könnte stimmen*
8 – *Saturn = die Erde?*
9 – *Fixsterne = Der Kreis der neun Fixsterne. Die 9 zugleich als Ordnungszahl: 9. Stelle!* > *stimmt*

Gibt es weitere verdeckte Ordnungszahlen? Die acht Streifen – sie passen zu Platz 8, zu Saturn–Erde.

Und die 7? Tatsächlich, es sind sieben kleine Kreise vor dem großen Kreis. Die Monde des Jupiters.

Er suchte im Internet und fand alles aufgeführt, was er wissen und nicht wissen wollte.

Wie viele Monde hat Jupiter? Hoffentlich sieben. – Wie bitte? Dreiundsechzig? Das hab ich aber mal anders gelernt … Fortschritt der Wissenschaft. 63! »Die vier größten Monde sind …« Lena hat sieben kleine Kreise gezeichnet, der Rest sind Punkte. Und der vierte Kreis ist schwarz. »Die vier größten Monde sind – in dieser Reihenfolge: Io, Ganymed, Kallisto und Europa.« Der vierte ist: Europa!

Es läuft, es läuft, es läuft!

Er trug »Europa« in die Liste. Vielleicht ist der Kontinent gemeint.

Damit bleiben nur zwei Filmbestandteile, die ich nicht zuordnen kann: der rote Zug und das Panorama von Tirana.

Und wenn mir die Ordnungszahl hilft? Er startete den Film neu und erinnerte sich, dass es zwei Triebwagen und ein Waggon waren – also drei. Und die Szene wurde dreimal gezeigt. Also ordnete er sie bei 3 ein – was dem Merkur entsprach.

Gibt es einen Bezug zwischen Bahn und Merkur?

Intuitiv war er schon wieder auf der Website einer Suchmaschine.

Jenissej las: »Merkur, identisch mit Hermes, Götterbote. Gott des Handels, blabla – und des Verkehrs.« Aha! »Außerdem Schutzgott der Diebe.« Na, das wollen wir mal nicht die Bahn hören lassen. Diebe!

Für Tirana bleibt nur noch Platz 4 – Venus. Da sehe ich nicht die geringste Verbindung.

Der Schwenk über das Foto der albanischen Hauptstadt ging von links nach rechts und zurück. Dann dasselbe noch einmal.

Zählt das als vier Schwenks? Dann wäre das die 4 und würde passen. Oje, ich interpretiere mir hier einen Wolf! Ob das stimmt?!

Tirana. Das passt nicht. Er betrachtete eine Weile das Wort und überlegte, was ihm zu Albanien einfiele. Und dann, was wohl Pia einfiele. Der Buchstabenfetischistin. Es war keine schöne Schrift. Genau genommen stand da *TIRAN*A. Alles kursiv gesetzt, nur das letzte A nicht.

Man kann Pia berichten, dass die USA bei einem Tsunami untergegangen sind, sie würde es mit einem interessierten »So?« quittieren. – Pia, der Papst hat sich als Lesbe geoutet! – »So?« – Aber gehe zu ihr und flüstere: »Hast du gesehen, dass der linke Serifenbogen des großen T gezogen aussieht?« Und ein Derwisch ist nichts gegen sie.

Der Fehler kann Lena passiert sein. Aber ist er Zufall? Sie weiß, dass Pia und ich auf Buchstaben achten.

Es dauerte fast drei Minuten, bis er darauf kam, dass Lena Tirano gemeint haben mochte. Und er hätte sich ohrfeigen mögen. Wenn man zu dicht vor einem Bild steht ...

Die Liste las sich nun vollständiger:

1 – Erde = Lena > stimmt

2 – Mond = Mond und Iglu > stimmt

3 – Merkur = Bahn, Berninabahn

4 – Venus = Tirano

5 – Sonne = mein Foto im Sonnenlicht = ich

6 – Mars = Kriegsgott = Italia

7 – Jupiter = Zeichnung vom großen Kreis mit keinen Kreisen. > könnte stimmen. Europa!

8 – Saturn = die Erde?

9 – Fixsterne = Der Kreis der neun Fixsterne. Die 9 zugleich als Ordnungszahl: 9. Stelle! > stimmt

Er hatte noch eine andere Idee: Das System der Ordnungszahlen müsste durchgängig sein. Es wäre eine doppelte Absicherung. Tatsächlich fand er zum Mond, also zu Platz 2, zwei Weißblenden in der Aufnahme. Bei Platz 5 waren es fünf, bei Platz 6 sechs.

Okay, jetzt noch mal: kühler Kopf, durchatmen.

Tatsächlich aber hockte er über seiner Liste und atmete kurz und fahrig.

So weit kann ich nicht vom Ziel entfernt sein.

Lena hat sich also wirklich an das kleine Holzmodell erinnert. Sie nutzt es, um mit mir verschlüsselt zu kommunizieren. Gut, die Kleine! Alle Achtung!

Wenn Schroeter richtig liegt und es um ihren Aufenthaltsort geht, müsste ich das Modell von außen her lesen können. Sagen wir: Ganz außen sind die Fixsterne. Die nächstkleinere Einheit – auf 8 – ist die Erde. Die nächste – auf Platz 7 – Europa. Na also. Auf Platz 6: Italia! – Sie ist in Italien …

Auf Platz 5: Ich. – Hm … Das passt nicht. Okay, das lasse ich außen vor.

Die nächstkleinere Einheit ist – auf Platz 4 – Tirano. Klar, das ist eine Stadt in Italien. Wunderbar. Auf 3 ist die Berninabahn. Passt auch. Auf Platz 2 … Tja, da versandete er kläglich, der gute Jenissej! Sie wird ja nicht im Iglu hausen.

Platz 1 ist sie selbst.

Er sprang noch einmal zu Platz 5.

Platz 5 ist die Sonne. Vielleicht hat sie wirklich mich gemeint. Und in diesem Fall keinen Ort innerhalb dieses Matroschka-Planeten-Prinzips.

Lena steht als Mittelpunkt fest: 1.

Außen die Fixsterne: 9.

Und ich als Sonne, der eigentliche Fixstern auf dem vom Almagest vorgegebenen Platz: 5. Ich, als ihr Fixstern und ihre Sonne. Hübsch … Aber so hat sie es sicher nicht gemeint.

Gut. Klar ist, dass Lena über die Filme ihren Aufenthaltsort mitteilt. Die Frage ist: Wo gibt es im sonnigen italienischen Tirano Iglus?

Das muss ich Pia zeigen. Vielleicht hat sie eine Idee. Auf jeden Fall wird sie Augen machen.

60

»Du warst oben auf dem Turm?«, fragte Nathan. Seine Nase war rot, er hatte Rotz und Wasser geheult.

Einige Mädchen standen herum und umarmten sich.

Der Film hatte zum falschen Augenblick geendet. Jemand hatte nach Christine gefragt. Und Tina wusste nur zu berichten, dass Melina hinausgegangen war, weil ihr Handy klingelte. Sie waren geströmt und suchten – und fanden den ehemaligen Kirchgarten mit dem schiefen Turm von St. Mauritius mit Melina und mit den verrenkten Körpern im Park am Fuße des Turms.

»Warum kommt nicht endlich die Feuerwehr?«, rief Kit flehend.

Melina nahm sie in den Arm. »He, Kit, setz dich, okay? Es wird schon. Es wird schon.«

Erzähle ihnen irgendwas. Alles wird gut.

Sie hatte sich Christine angesehen. Ihr Kopf war unnatürlich vom Oberkörper abgeknickt. Die Augen geöffnet.

Toter kann man gar nicht sein.

Nur die Kinder wollen es nicht wahrhaben.

Melina hatte ihre Jacke über Christines Kopf gelegt. Um Fogh kümmerte sich niemand.

Jasmin hockte sich vor Christines Leiche. Melina ging zu ihr und strich ihr übers Haar.

»Ich schulde ihr 17 Euro. Wie soll ich ihr die zurückzahlen?«

»Bist du blöde?«, rief Ole. »He, sie ist tot, du taube Tusse!«

»Ole ...«, sagte Melina.

»Wie will sie ihr 17 Euro zurückzahlen? Die spinnt.«

Sie nahm ihn zur Seite. »Wenn man um einen Menschen trauert, kommen einem manchmal merkwürdige Dinge in den Sinn.«

»17 Euro. Echt krank, Alter!«

»Komm, Ole, lass Jasmin bitte mal in Ruhe. Wenn man unter Schock steht, wie einige von uns, reagiert man nicht mit dem Verstand.«

»Darf ich mal was fragen?« Nathan war hinzugekommen. »Sie waren oben auf dem Turm?« Er klang wie die Parodie eines Staatsanwalts aus dem Fernsehen, aber seine Augen sahen nicht aus, als wolle er etwas nachspielen.

»Ich war da oben, ja. Christine hat mir eine SMS geschickt, dass ich kommen soll. Wegen einer – Überraschung.«

»Christine ist bestimmt nicht freiwillig gesprungen«, sagte er, und die Anklage war nicht nur für Melinas Ohren bestimmt. »Jemand hat sie gestoßen. Warum? Was hat sie Ihnen getan? Waren Sie eifersüchtig auf sie? Wegen Dr. Fogh?«

Melina lachte ansatzweise, sah aber in die ihr zugewandten Gesichter, denen nicht zum Lachen war. »Die beiden haben miteinander gerungen. Ihr könnt das sehen. An den Wunden, an der Kleidung. Dabei sind sie abgestürzt. Ich bin zu spät gekommen.«

»Kann ja sein, dass sie sich gestritten haben«, erklärte Ole. »Aber Sie stehen hier vor uns. Offenbar haben Sie nachgeholfen.«

Melina setzte sich neben ihre Jacke. »Warum sollte ich das tun?«

»Warum sollte Christine mit Dr. Fogh kämpfen? So war sie nicht.«

»Da hast du recht«, sagte Melina, »so war sie nicht. Das dachte ich auch in dem Moment.«

Ole und Nathan sahen sich verwundert an.

Sie hörte Sirenen.

Endlich. Zu spät und dennoch zum richtigen Zeitpunkt.

61

Professor Lascheter ließ die Ratschläge des Kondukteurs nickend an sich abperlen. Er stand schon am Ausgang und wartete, dass der Zug endlich Alp Grüm erreichte und hielt. Es ging um die Berge, den Ausblick, die Wandermöglichkeiten, die Preise und immer wieder: um das Wetter.

»Der Herr reist so ganz ohne Gepäck?«

Lascheter zeigte seine Aktenmappe. »Hier ist alles drin, was ich brauche: eine Nagelfeile, ein Computer und eine Pistole gegen aufdringliche Fragen.«

Der Mann in Bahnuniform lachte. »Treten Sie bitte einen Schritt zurück, ich muss als Erster auf den Perron treten.«

Lascheter nahm die Verabschiedung des gut gelaunten Eisenbahners wahr. Es gab zwei, drei Menschen, die in den Zug einstiegen, aber niemanden außer ihm, der ankam, wenn man von den Bahnern absah. Niemand erwartete ihn an der Tür. Er ging durch, nicht in den Schankraum und zum Bahnhofsbuffet, sondern direkt zur Treppe. So viel konnte man auf den Bildern im Internet sehen: Das Gebäude war so klein, dass die meisten Gästeräume in der oberen Etage liegen mussten.

Er klinkte die Räume ab. Sie waren verschlossen bis auf zwei. Bei denen waren die Betten nicht benutzt, ein Fenster war zum Lüften geöffnet. Blieben noch zwei Türen. An der einen stand *Privat,* an der anderen *Personal.* Er wählte den Raum für das Personal.

Das ist Riccardas Zimmer.

Das Mädchen, das Fogh so stümperhaft erstochen hat.

Niemand war in dem kleinen Zimmer. Aber es war nicht abgeschlossen. Die Luft stickig, das Kunststoffgehäuse des Computers noch warm.

Lascheter schaute auf den Flur. Offenbar hatte niemand seine Ankunft bemerkt. Er schloss die Tür und startete den Computer.

Ohne Passwortschutz gelangte er in das Mailprogramm. Das waren die Mails, die Lena schickte. Von irgendwo hierher. Er dockte sein E-Pad an und kopierte die Mails samt Anhängen. Dann übertrug er ihre Mail-Einstellungen auf das E-Pad. Wenn Lena eine Mail an Riccarda schickte, würde er sie empfangen.

Er sah sich in dem Zimmer um und fragte sich, ob er noch etwas anderes brauchen könnte.

Ich muss mich nur beeilen.

Er wählte die Telefonnummer von Fogh, aber da schaltete sich nicht mal die Mailbox ein.

Computer aus.

Tür zu.

Am Fuß der Treppe stand eine kleine, rothaarige Frau. »Oh, bin ich erschrocken!«, sagte sie mit starkem Schweizer Dialekt. »Seien Sie willkommen auf der Alp Grüm!« Sie reichte ihm die Hand. »Ich bin die Geschäftsführerin.«

»Lascheter. Ich bin ein guter Freund von Herrn ... Jenissej. Wir sind verabredet. Das heißt, ich weiß leider nicht, ob wir uns an dieser Station verabredet hatten oder ob er eine andere genannt hatte. Mir war, als hätte ich ihn eben gesehen, als ich aus dem Zug gestiegen bin.«

»Aus welcher Richtung sind Sie denn angereist?«

»Zürich, Chur, Samedan, Pontresina.«

»So. Nein, dann kann er es nicht gewesen sein. Er wollte

nach St. Moritz. Er hat den letzten Zug genommen, nach St. Moritz.«

»Den letzten? Das ist aber dumm.«

»Nein, ich meine: den, der zuletzt gefahren ist. Als Sie kamen, stand der auf dem Gleis gegenüber. Sie müssten ihn gesehen haben.«

»Auf so etwas achte ich in der Regel nicht.«

»Wie alle Männer«, sagte sie lächelnd. »Aber um auf Ihre Frage zu antworten: Der Herr ... Jenissej, ja, er war unser Gast. Ist umgesiedelt nach St. Moritz. Wissen Sie, da ist es doch mondäner. Bei uns hat man die Natur. Aber sonst natürlich: nichts. Deshalb bleiben viele nur ein oder zwei Nächte, wenn sie auf Wanderung sind.«

»Wann geht denn der nächste Zug nach St. Moritz?«

»Der nächste? Warten Sie, ich denke, das ist der 22:06.«

»22 Uhr 06 Uhr? Das sind ja ... fast noch zwei Stunden.«

»Und es ist der letzte heute.«

»Wie komme ich schneller weg?«

Sie schüttelte den Kopf. »Bedaure ... Haben Sie ein Handy? Ihr Freund ist bestimmt telefonisch erreichbar.«

»Nein, ähm, selbst wenn. Er hat unsere Verabredung vergessen. Ich will ihm hinterherfahren und ihm tüchtig den Marsch blasen.«

»Verstehe.« Sie schaute verschwörerisch. »Wenn er Sie versetzt hat, das ist ja wirklich nicht nett. Wissen Sie, wo er in St. Moritz unterkommt?«

»Ja«, sagte Lascheter. »Er verbringt regelmäßig zwei Wochen im Jahr im *Arosa Kulm*. Ich bin sicher, dass er dort wieder eine Suite gemietet hat.«

»Na, da wäre ich ja furchtbar gern Mäuschen, was Sie ihm sagen, wenn Sie ihm da auflauern.«

Lascheter versuchte, das Mitleidige in seinem Blick zu unterdrücken.

»Kommen Sie rein, ich mache Ihnen ein Nachtessen. Und einen Kübel Bier dazu, da wartet sich's viel leichter.«

»Ah, nein, danke. 22 Uhr 06, sagten Sie? Ich denke, ich bevorzuge momentan die frische Luft. Es ist trocken geworden. Ich setze mich draußen hin und lasse meine Wut verrauchen.«

Lascheter lief den leeren Bahnsteig entlang, hinein ins Panorama der Berge. Der Himmel war jetzt noch heller als die Berge.

Pia beobachtete ihn durch die Gardine des Restaurants.

»Hat er Ihnen abgenommen, dass Sie die Geschäftsführerin sind?«, fragte die Geschäftsführerin.

»Klar«, sagte Pia, ohne darüber nachzudenken, ob es die Frau kränkte oder nicht. »Er hat mir sogar abgenommen, dass Jenissej nach St. Moritz gefahren ist. Wenn wir Glück haben, vertrödelt Lascheter anderthalb Stunden, plus die Fahrt nach St. Moritz. Vor morgen früh schnallt er das nicht.«

»Und Ihr ... Jenissej? Ist Richtung Tirano gefahren?«

Pia nickte. »Sehr knapp. Genau mit dem Zug, mit dem Lascheter angekommen ist.«

»Das ist ja ein Krimi«, freute sich die Geschäftsführerin. »So viel passiert sonst nicht hier.« Bei den letzten Worten bremste sie ihre Stimmung. In Erinnerung an Riccarda. »Noch eine Stange Bier?«

»Nein. Einen Kübel. Schließlich muss ich ihn noch dreiundachtzig Minuten im Auge behalten.«

Der einzige andere Mensch auf der Ebene der Alp Grüm war ein Gleiswart. Er stocherte mit einem Eisen im Schotter des Abstellgleises.

»Der beseitigt Unkraut aus dem Trassee«, antwortete die Geschäftsführerin auf Pias Frage.

»Um die Zeit?«

»Wartet halt auch auf den nächsten Zug. Und nutzt die Zeit sinnvoll.«

Lascheter schlenderte auf den Mann zu und verwickelte ihn in ein Gespräch. Nach einer Weile zeigte der Mann auf das Panorama der Berge und des Puschlavtals. Lascheter zeigte in die Gegenrichtung, zurück zum Bahnhof der Alp Grüm. Die Bewegungen wurden lebhafter. Der Mann deutete mit Nachdruck ins Tal, Lascheter zeigte gegenläufig. Lascheter wirkte nicht mehr gelassen und wartend, er sah sich immer wieder um und schien etwas zu suchen.

Pia fluchte. »Der Typ hat Jenissej gesehen! Er hat ihm gesagt, dass Jenissej auf dem Zug nach Tirano ist.«

Die Geschäftsführerin stellte den Kübel ab und sah nun auch durch die Gardine. »Woher wissen Sie das?«

»Die Bewegungen sind eindeutig. – Fährt noch ein Zug nach Tirano runter?«

Die Geschäftsführerin ging hinter die Theke und sah auf den Plan. »Ja. – In gut einer Stunde.«

»Er ist weg.«

»Wie bitte?«

»Lascheter ist weg. Wo kann er hin sein?«

Die Frau starrte aus dem Fenster. »Keine Ahnung. Es sei denn, er ist den Weg runter.«

»Kann man da langfahren?«

Die Geschäftsführerin lachte. »Nein, das ist ein Pfad. Den kann man nur zu Fuß nehmen. Aber den Zug holt man nicht ein. Warten Sie lieber auf den nächsten.«

»Wohin führt der Weg?«, fragte Pia und zog ihre Jacke über. »Kann ich später zahlen?«

»Freilich. – Nach Cavaglia. Das ist die nächste Station. Und dort ist auch die Straße. Die führt bei San Carlo auf die Bundesstraße.«

»Nach Tirano?«

»Genau. Durchs ganze Val di Poschiavo und dann nach Tirano. – Warum rufen Sie Ihren Mann nicht einfach an?«

»Weil der Idiot kein Handy dabeihat.« Sie hielt sein Handy hoch.

Als Pia schon über den Bahnsteig rannte, rief die Geschäftsführerin ihr hinterher: »In der Wolfskabine steht mein Velo!« Die Geschäftsführerin löste einen Schlüssel vom Bund und warf ihn Pia in einer ungeübten Staffelübergabe zu.

62

Lascheter hatte vor ihr die Scheibe der Wolfskabine eingeschlagen und das Mountainbike der Geschäftsführerin herausgenommen. Pia nahm ein anderes Rad, das an zwei Haken ein gutes Stück über ihr hing und wenig Luft hatte.

Die Talfahrt war halsbrecherisch, und es schien kein Teil an dem Herrenrad zu geben, das nicht klapperte oder schremmte. Es war auch kein richtiges Mountainbike.

Einmal hielt sie an, weil Lascheters Kahlkopf durch die Bäume nah vor ihr blitzte.

In Cavaglia fuhr er auf eine Frau zu, die neben ihrem Auto stand. Irgendwie gelang es ihm blitzschnell, sie dazu zu bringen, ihn mitzunehmen. Allerdings würgte die Frau erst einmal den Wagen ab.

Pia wechselte das Rad. Lascheter hatte den Sattel des Mountainbikes warm gesessen.

Der Kerl ist besser trainiert als ich, fluchte sie still und hoffte, den silbernen Kleinwagen nicht aus den Augen zu verlieren. Aber genau das passierte.

Es ist idiotisch, dachte sie. Mit dem Mountainbike hole ich den Lascheter im Auto nie ein.

An der Kreuzung zur Bundesstraße war Tirano ausgewiesen. Ein weißer Lkw mit Anhänger kam näher. Pia stellte sich mitten auf die Straße.

Lichthupe.

Hupe.

Bremsen.

»Spinnst du total, oder was?«

Sie stieg ein, schloss die Tür und schnallte sich an. »Na, los, weiter! Parkieren auf der Bundesstraße ist untersagt.«

»Ich nehme keine Anhalter mit.«

»Ich bin kein Anhalter. Ich bin ein Notfall. Also. Avanti!«

Er sah in den Rückspiegel, löste die Bremsen und arbeitete an den Gängen. Dann gab er Gas. »Beinahe hätt's einen Auffahrunfall gegeben.«

»Wir folgen einem silbernen Kleinwagen.«

»Was tun wir?«

»Und wir müssen schneller sein als er, er sitzt nämlich ein ganzes Stück vor uns, und wir müssen ihn einholen.«

»Junge Dame, ich halte am nächsten Rastplatz.«

Pia schaltete um auf kleines Mädchen. »Och nein! Bitte!«

»Worum geht's denn überhaupt?«

»In dem Auto sitzt mein Mann. Mit einer Frau. Die will ihn ausspannen. Glaubt, dass ich es nicht merke.«

Er riskierte einen Seitenblick. Sah sie von oben bis zur Taille und nach einem Zwischenblick auf die Straße noch mal von der Taille abwärts an. Ohne etwas zu sagen, erhöhte er das Tempo, und zwar deutlich.

Es ging spürbar bergab, und Pia grinste.

Erst in Poschiavo drosselte der Lkw-Fahrer das Tempo. In der Höhe von Le Prese rief Pia: »Da vorne!«

»Ich weiß nicht, ein Wettrennen kann ich mir nicht leisten.«

»Ist auch nicht nötig. Ihn einfach nicht aus den Augen verlieren, das reicht schon.«

Pia deutete auf eine Leuchttafel, die an einem Haus angebracht war – ein dreieckiges Warnschild mit den Wörtern *Binari – Geleise*. Sie zeigte auf die in den Asphalt eingelassenen, im Laternenlicht glitzernden Schienen. »Ist das die Bahn nach Tirano?«

»Ja, vorn am See verlässt sie die Straße wieder. Ich fahr die Strecke öfter.« Er kurbelte das Fenster zur Hälfte hinunter. »Machen Sie das auch mal, Mädchen! Hier können Sie Italien schon riechen.«

Pia kurbelte und hielt das Gesicht in den Fahrtwind. Dann zog eines der Grundstücke ihre Aufmerksamkeit auf sich. »Hab ich da im Laternenlicht wirklich eine Palme gesehen?«

Er lachte. »Eingetopft wahrscheinlich. Aber warum nicht? Hier wachsen auch Aprikosen.« Er sah sie ein paar Mal etwas eindringlicher an. »Sind Sie sicher, dass Sie Ihren Mann zurückhaben wollen?« Er grinste. »Ich meine ... Für 'ne Woche Bella Italia würde ich glatt mit Ihnen blaumachen.«

»So? Na, das lassen Sie mal nicht Ihre Frau hören«, flötete Pia lächelnd. »Woher kommen Sie?«

»Frankfurt. Meine Frau ist auf und davon, vor sechs Jahren. Übrigens mit einem Italiener.«

»Ach, das haben Sie sich jetzt ausgedacht!«

»Nein, wirklich.«

»Ein Woche wollen Sie mit mir nach Italien? Das ist eine Unverschämtheit!« Sie grinste aus dem halboffenen Fenster. »Normalerweise wollen mich die Kerle fürs ganze Leben! Eine Woche!«

Er lachte.

»Halt!«, rief sie. »Er hält. – Und da vorn fährt der Zug.«

»Und was soll das heißen? Ich denke, Ihr Mann und diese Frau wollen nach Italien.«

»Er will den Zug nach Tirano.«

»Wieso, wir sind doch auch mit dem Auto gleich dort.«

»Ja, aber ...« Sie sah Lascheter auf dem Beifahrersitz. Die Tür stand offen, er wartete. »Wissen Sie, wo der Bahnhof ist?«

»Lassen Sie mich überlegen ... Da war die erste Kurve. Das heißt, das ist Brusio. Die letzte Station vor dem Kreisviadukt.«

»Kreisviadukt? Da fährt die Bahn im Kreis?«

»Genau. Eine echte 360-Grad-Strecke. Die Trasse ist so steil hier, dass sie an Ort und Stelle Höhe verlieren muss. Sie schraubt sich also ein Stück tiefer, wie ein Flugzeug, das in die Warteschleife geht. Nach dem Kreis unterquert sie das eigene Gleis und fährt unten weiter. Fahren Sie da mal tagsüber lang, es sieht wunderschön aus.«

Pia fixierte Lascheter im wartenden Wagen. Autofahrer hupten, wenn sie an dem Lkw aus Deutschland vorbeimussten. »Ich habe Fotos gesehen«, sagte sie. »Das ist eine Wiese, und da dadrauf stehen diese Torbögen, aneinandergereiht, und unter einem von ihnen geht die Bahn durch.«

»Viadukt eben.«

»Und auf der Wiese gibt es Bäume und Esel und so komische Steinhaufen?«

»Keine Ahnung, daran kann ich mich nicht erinnern. – Sehen Sie, die fahren weiter. Zum Bahnhof, vermutlich. Das finde ich seltsam. Da kommt doch nur noch Campascio, dann Campocologno und dann schon Tirano.«

»Fahren Sie bitte zum Bahnhof vor und setzen Sie mich ab. Macht nichts, wenn Sie den silbernen Wagen überholen. – Noch mal, an Steinhaufen können Sie sich nicht erinnern? Die sind mir wichtig.«

»Nein, ich ... Oder meinen Sie ... Es gibt so merkwürdige ...« Er machte mit der rechten Hand über dem Lenkrad eine Bewegung, als streichle er einen Kinderkopf. »Die sind mir schon ein paar Mal von der Straße aus aufgefallen ... Was immer das ist. Sieht aus wie große Eiskugeln aus Stein.«

»Eiskugeln aus Stein! – Sehr gut! Fahren Sie mich so nah wie möglich da ran.«

Er war belustigt über seine eigene Begriffsstutzigkeit. Und schaltete durch.

63

»Sie sind ein toller Mann«, sagte Pia und leistete sich einen schnellen Kuss auf seine Wange.

»Wohnen Sie in der Schweiz?«, hörte sie noch, als sie die Tür des Lkw zuwarf.

Dann hörte sie, dass ein Kleinwagen schnell davonfuhr. Das ist der Lascheters Auto. Wahrscheinlich war die Frau froh, den Typen los zu sein.

Bisher lief es wie bei einer guten Stellprobe. Jenissej war aus dem Zug gestiegen und verließ den Bahnhof von Brusio. Lascheter versteckte seinen Kahlkopf hinter einem Baum, in dessen Krone helle Punkte im Halbmond schimmerten.

Apfelbaum wahrscheinlich. Tagsüber wär's eine lächerliche Szene.

Und sie beobachtete Lascheter, wie er Jenissej beobachtete.

Die Dreierkonstellation geriet in Bewegung, wie Gestirne mussten sie sich zueinander verhalten. Auch das, fand Pia, hätte ein Bestandteil von Jenissejs Ausdruckstheater sein können. Lascheter war kein schlechter Schleicher.

Einmal trat Pia sehr schnell von einer Hecke zurück. Die Hecke bestand aus Eseln in der Nacht.

Mit einem kurzatmigen Hupen gingen die beleuchteten Fenster und Panoramakabinen des Zuges in die Kurve. Fotoapparate blitzten in die Dunkelheit hinaus. Kein Bild konnte die Kreisstrecke voll einfangen. Pia konzentrierte sich auf den Lichtschein des Zuges. Sie versuchte sich einzuprägen, was links und rechts der Gleise beleuchtet wurde.

Einmal glaubte sie gleich neben den Schienen die *Eiskugeln aus Stein* zu sehen, von denen der Frankfurter gesprochen hatte.

Auch Jenissej hatte offenbar den Vorteil des Lichts genutzt.

Der sieht sich auch nicht ein einziges Mal um, der Naivling, dachte Pia. Nicht die geringste Phantasie, dass ihm Lascheter im Nacken sitzt! Mein sensibler, alles merkender Jenissej!

Sie wünschte sich ein Mischpult, um die Szenerie einleuchten zu können. Stattdessen gab es den halb unter Wolken dahintorkelnden Halbmond, einen noch nicht ganz schwarzen Himmel, ein rotes Signallicht der Bahn und an der Tür eines zerfallenden Felssteinschuppens eine Energiesparlampe, die in einem Marmeladenglas steckte.

Sie hockte hinter einer Trockenmauer, die kein Esel war. Jenissej lief im Zickzack über die Wiese und blieb für einen Moment vor einer Badewanne stehen, die ihn faszinierte.

Eine Tränke für die Esel, dachte Pia. Los, weiter! Mach schon!

Jenissej ging suchend voran und überquerte die Gleise. Plötzlich rief er: »Lena!« Mehrmals.

Lascheter achtete kaum noch auf Deckung.

Das war das Stichwort.

Pia rannte quer über die Wiese inmitten des schlaufenförmigen Bahnviaduktes. Sobald sie die Gleise erreicht hatte, untermalte sie ihren Sturmangriff mit dem Soundtrack eines wütenden Heulens.

Jenissej schreckte herum und verharrte angewurzelt.

»Du Mistviech!«, schrie sie und bremste nicht ab.

Mit voller Wucht rannte die kleine Frau gegen ihn an. Sein Brustkorb hielt das aus. »Was soll …«

»Was fällt dir eigentlich ein? Wegen einer Blondine! Und du glaubst wirklich, ich lasse das durchgehen?« Sie hämmerte auf ihn ein. »Diese kunstlederne Schlange! Du fällst auf sie rein und lässt mich wegen der sitzen? Und behauptest auch noch ganz frech, du fährst nach Mailand, um dich mit Oskar Schroeter zu treffen?«

»Pia ... Was ist denn?«

Wütend drehte sie ihm den Rücken zu und stemmte die Arme in die Taille. Wie erwartet, sah sie aus den Augenwinkeln, dass Lascheter keine zwanzig Meter von ihnen entfernt stand.

Wieder ging sie auf Jenissej los. »Für wie bescheuert und naiv und einfältig hältst du mich? Glaubst du, ich habe das nicht mitbekommen mit dieser Giraffe von einem Miststück?«

»Pia – was soll denn das?« Jenissej hielt ihre Fäuste fest und versuchte, das Lavendel-Aroma zu ignorieren, das jeden Hautkontakt begleitete. »Was machst du für ein Eifersuchtsdrama? Und um wen geht's überhaupt?«

»Um wen es geht?«, schrie sie aufheulend, nutzte aber zugleich seinen festen Griff, mit dem er ihre Handgelenke umklammerte, um sich an ihn heranzuziehen und zu flüstern.

Sogleich schlug sie sich wieder los. »Deine Rumhurerei habe ich ein für alle Mal satt!« Das deutsch-italienische Grenzgebiet hatte es mitbekommen, und irgendwo löste es vermutlich eine Gerölllawine aus.

»Jetzt!«, rief Pia. Sie rannte auf Lascheter zu. Sie hatte zwar kein Seil oder Trapez zur Verfügung wie auf der Bühne, aber gedacht war ihr Sprung schon als ein hübscher, sauberer Bogen gegen den perplexen Kahlkopf.

Der Reflex war hunderttausende Jahre alt: Lascheter hob

die Hände, um seinen Kopf zu schützen. Das Zentrum der Sinne, die verletzlichen Augen, den Sitz des Gehirns.

Genau darauf hatte Pia spekuliert. Nach dem angetäuschten Angriff auf den Kopf zielte sie auf seine Fortpflanzungsorgane. Die ein Mann kurioserweise nur schützt, wenn er vorher darüber nachdenkt. Vor dem Elfmeter.

Lascheter klappte mit einem Schmerz- und Überraschungsschrei zusammen, Pia warf sich auf ihn. Direkt hinter ihr war Jenissej, der Lascheter auf den Bauch rollte, seine Arme packte und verdrehte und sich auf seine Beine setzte.

»Das haben wir«, stellte Pia belustigt fest. »Handschellen hast du nicht zufällig?«

»Ich hure nicht herum«, glaubte Jenissej richtigstellen zu müssen. »Und seit wann ist Oskar Schroeter in Mailand?«

»Geht das Adapterkabel vom Handy?«, fragte sie.

Nach und nach verbesserten sie ihr Bondagewerk mit Hilfe ihrer drei Gürtel.

»Und jetzt Lena«, sagte er. »Bevor hier noch seine Helfershelfer aufkreuzen.«

»Woher weißt du, dass sie hier ist?«

»Das weiß ich nicht. Ich habe im Zug diese Broschüre hier bekommen. Da sind die Standorte von den Iglus aus Stein eingemalt. Leider gibt es sehr viele davon.«

»Was sind das für Dinger?«, fragte Pia.

»Keine Idee.«

Sie nahm ihm die Broschüre aus der Hand und lief, mit einem warnenden Seitenblick zu Lascheter im Gras, hinüber zum Schuppen mit dem Marmeladenlicht.

»*I crotti della Valposchiavo*, heißen die. *Sono antiche costruzioni di pietra, in muratura a secco, adibite un tempo alla ...* – Ah! Früher haben die Leute in ihnen gewohnt. Aber sie wurden auch als Lagerräume für die Lebensmittel benutzt, weil sie die Temperatur konstant halten. Und inzwischen werden sie wieder hergerichtet oder neu aufgebaut. *Un patrimonio culturale da visitare.*«

Jenissej hatte Pias Erklärung nicht abgewartet. Er ging die *crotti* ab und rief hinein, den Namen seiner einzigen Tochter.

»Wir bräuchten eine Lampe«, sagte sie.

Es dauerte vierzig Minuten, einen empörten Schrei von Lascheter und das Erscheinen eines besorgten Ehepaares aus Brusio, bevor Jenissej in einem abseits gelegenen »Iglu« ein Scharren hörte.

64

Im Restaurant der Alp Grüm loderten die Flammen unter den Töpfen. In dem einen von ihnen blubberte Käse, und der Dampf, der aufstieg, roch nach Kirschwasser, in dem anderen schäumte goldenes Fett und wartete darauf, dass kalte, saftige Hühnchenstücke hineingehalten wurden. Überall auf der Tafel standen Näpfe mit Soßen und Gemüse. Die Sektgläser waren halb geleert.

»Kann ich Nudeln mit Tomatensoße haben?«, fragte Lena.

»Lena!« Jenissej schüttelte den Kopf.

»Selbstverständlich«, sagte die Geschäftsführerin.

Pia rührte den Fonduekäse um. »Lena, du verpasst das beste Fondue aller Zeiten.«

»Ich kann das verstehen«, sagte die Geschäftsführerin. »Extra viel Ketchup?«

Lena sah vorsichtig zu Jenissej und nickte.

Jetzt keinen Familienzoff, dachte Melina. »Was haben die im Krankenhaus gesagt? Ist alles okay?«

Lenas linker Arm war bandagiert. Die Krücken lehnten hinter ihr an der Holztäfelung. Über die Wange zog sich ein weiß gepolsterter Kissenverband. Die Narbe an der Stirn war schorfig und schien schnell zu heilen. Die zuvor blau gefärbten Haarsträhnen waren ausgeblichen und wirkten beinahe weiß.

»Nichts gebrochen. Keine Blutvergiftung. Wird schon wieder.«

»Knochensplitter in der Hüfte, genageltes Knie und eine saftige Gehirnerschütterung«, korrigierte Pia.

»Jedenfalls keine dauerhaften Schäden«, sagte Lena kalt.
»Haben sie dich geröntgt?«, wollte Jenissej wissen.
»Ja. Aber ich habe mich geweigert, in eine Röhre zu gehen. Das können die vergessen, das mache ich nicht mehr.«
Melina nickte. »Nachvollziehbar.«
»Die wollten gleich 'ne CT, aber ich habe abgelehnt.«
Der Kellner brachte einen Löffel für Lena und legte ihn neben ihre Gabel. Dann kam die Geschäftsführerin mit dem Pastateller.
»Das ging schnell«, bemerkte Jenissej.
»Nudeln haben wir immer auf Lager. *Für unsere kleinen Gäste.*« Sie blinzelte Lena zu. Die Portion Spaghetti mit roter Soße und Basilikumaroma reichte Lena bis ans Kinn. Sie nahm die Gabel, sagte nichts und ging ans Werk.
»Ich habe mir deine Filme als zusammengeschnittenes Werk angesehen«, sagte Melina, die ihr beim Essen zusah. »Mich hätte es ehrlich gesagt nicht auf die Crotti neben den Gleisen gebracht.«
»Sehr kunstvoll gemacht«, lobte Jenissej.
»Sie ist eben deine Tochter«, sagte Pia.
Lena stoppte die pastaumwickelte Gabel vor ihrem Mund und zischte leise: »Peinliches Palaver.«
»Eltern sind peinlich«, sagte Jenissej, der Pias Blick nicht sehen konnte, als er das sagte.
»Hattest du keine Angst, dass deine Rätselbilder zu kompliziert sind und dich keiner findet?«
Lena zuckte nur mit der Schulter.
»Sie kennt ihren Vater«, sagte Pia.
»Lena, übrigens, ich habe erst gedacht, du willst auf die Sphärenharmonik heraus. – Was guckst du so? Erinnerst du dich nicht? Hm. Na gut, da war ich auf dem Holzweg.«
»Ich verstehe schon, dass Lena es gut verschlüsseln

wollte«, sagte Pia. »Jenissej ist einfach zu impulsiv. Er hätte sofort alle Übeltäter der Welt darauf aufmerksam gemacht, wo Lena steckt, und die wären ihm zuvorgekommen. Ihr habt es gesehen, wie er im Grunde der Lockvogel war für diese Glatze Lascheter!«

»Ich bin jedenfalls froh«, sagte Jenissej donnernd, »dass Lena wieder da ist und dass es ihr so halbwegs gut geht! Außerdem – ihr habt es gehört – haben die Behörden den Verdacht fallen lassen, sie hätte diesen Schweizer Doktor Brogli umgebracht.«

Die Geschäftsführerin hatte mitgehört. »Oh, das freut mich. Wer war es denn?«

»Dr. Fogh wurde von Augenzeugen gesehen«, sagte Melina. »Und jetzt, da Fogh tot ist, kennt man seine DNS in- und auswendig. Davon war einiges am Tatort.«

»Derselbe Mann, der Riccarda getötet hat? Mein Gott!«

»Ja«, sagte Melina. »Aber immerhin: Er ist tot. – Christine allerdings leider auch ...«

Jenissej deutete auf die Gläser und gab dem Kellner ein Zeichen. »Ich möchte jetzt noch einmal das Glas erheben und eine weitere Heldin mit euch ehren – Melpomene! Ohne sie hätte ich Lenas Datei nicht ernst genommen, ich wäre ...« Es wirkte, als sei er zum ersten Mal sprachlos. Aber das war es nicht, was ihn am Sprechen hinderte. Er wartete auf den neuen Sekt und räusperte sich. »Jedenfalls ... auf dich, Melina!«

»Und? Machst du weiter am Institut?«, fragte Pia die Geehrte.

»Hm. Weiß noch nicht. Eigentlich haben sie mich rausgeschmissen.«

»Spannender ist eine andere Frage«, deklamierte Jenissej. »Nämlich: Was studiert unsere Melina Melpomene demnächst als Zweitfach? Ein Vögelchen hat mir was gezwitschert.«

»Wie bitte?« Melina lachte verwundert. »Mir hat jedenfalls keiner was gezwitschert.«

»Also was?«, fragte Pia. »Kriminalistik? Biologie? Was denn? Medizin? – Theaterwissenschaft?«

Melina lachte. »Oh, bitte ...«

»Ich will ja das fröhliche Happy End nicht stören«, sagte Lena. »Aber ich muss euch an etwas erinnern: Professor Lascheter ist keines Verbrechens überführt. Der ist schlau genug, sich aus allem rauszuquatschen. Die Schweizer Polizei hat euch das mit seinem angeblichen Angriff auf euch doch nur geglaubt, weil die entsetzt waren, wie ich da aussah.«

»Das stimmt nicht«, sagte Jenissej. »Ich habe ausgesagt, dass hinter den Morden höchstwahrscheinlich Lascheter steckt. Er hat es jemanden anderes machen lassen, aber wie heißt das: Beihilfe zum Mord. Anstiftung zum Mord.«

»Das sind Worte«, sagte Lena. »Warum wohl hat die Schweizer Polizei ihn so schnell ausreisen lassen nach Deutschland? Wenn sie ihn auf dem Kieker gehabt hätte, dann hätte sie ihn hierbehalten und nicht in die EU geschickt.«

»Hast du Angst?«, fragte Jenissej.

Sie schüttelte den Kopf. »Ich hoffe, dass ich sehr bald meine Aussage im Fall Jan Sikorski machen kann. Daran kann er mich nicht hindern. Und dann wird man die Staatsanwaltschaft bewegen müssen, sich seine Testreihen genauer anzusehen.«

Vier Köpfe, vier Sektgläser. Aber die Stimmung war raus – wie der Alkohol aus dem Kirsch in dem Fondue.

65

Vor Langeweile verwelkender Hauptkommissar sucht zwecks Ausleben seiner kriminalistischen Triebe ausgewachsenen Mord. Spätere Serienmorde nicht ausgeschlossen.

Ich war ja so ein Trottel von einem Trottel! Wünsche mir einen aufregenden Mord. Damit mal was passiert. Und kriege das dann alles aufgetischt. Die Sache werde ich nie wieder los. Wer weiß, was noch alles dran hängt.

Und trotzdem: Wem erklärt keiner was? Dem kleinen Lothar! Wer darf nicht in die Schweiz reisen, obwohl da die Musik spielt? Der kleine Lothar! *Nee, Melchmer, dafür gibt es die grenzüberschreitende Zusammenarbeit: Damit die Schweizer in der Schweiz bleiben. Und damit wir schön Steuergelder sparen und bei uns bleiben. Grenzüberschreitend ist nur die Arbeit, Melchmer!*

Wenn die nicht dieses unverschämte Glück gehabt hätten, wäre ihnen der Lascheter durch die Lappen gegangen. Nach vierundzwanzig Stunden kann er gehen. Was genau hätten wir ihm vorwerfen können?

Und dann macht dieser aalglatzenglatte Typ sich auf einmal aussageehrlich. Bei mir! *Ich gebe zu, dass ich Dr. Hans-Henrik Fogh unter Druck gesetzt habe.* Diese Selbstsicherheit in der Stimme! *Ich hab ihm nahegelegt, Herrn Dr. Carlo Brogli nötigenfalls zu töten, sofern es keine andere Option gäbe.* Nötigenfalls!

Lothar Melchmer saß auf dem Balkon und schaute in den Hinterhof. Jemand musste kürzlich *Hertha* an das Garagentor gepinselt haben und daneben einen Totenschädel, der

Ähnlichkeit mit Adolf Hitler hatte. Das Bier schäumte nicht richtig. Es war zu warm. Melanies Kur war verlängert worden. Und jetzt fielen die ersten Regentropfen ins Glas.

»Schon gut, ich kapituliere«, sagte er und ging ins Wohnzimmer.

Ich wollte vermeiden, dass der Kollege Brogli – Kollege! Das muss man sich mal reinziehen: Kollege! In dem Moment! *Dass der Kollege Brogli meinem Mitarbeiter Dr. Fogh die Schuld am Unfalltod von Jan Sikorski zuweist. Fogh und ich wussten, dass Brogli diese Möglichkeit gehabt hätte.*

Anstiftung zum Mord hätte nicht gereicht, ihn in Verwahrung zu nehmen. Schließlich war der gute Professor geständig. Die Idee vom dicken Fipps war gut: Suizidgefahr. Und die alten Artikel von den Vorwürfen gegen Lascheter wegen unethischer Forschung in Afrika. Das gibt uns ein paar Tage Zeit.

Warum gesteht er freimütig, Fogh angestiftet zu haben? Um von sich selbst als Täter abzulenken? Hat er nicht nötig, die DNS der Schweizer Polizei war eindeutig. Fogh war's, fertig, aus. Warum gesteht Lascheter seine Mitschuld? Nennt das Datum des Telefonats, gibt den Gesprächsverlauf wieder, erwähnt die Tipps, die er Fogh gegeben hat. Nur ein Arzt konnte Brogli so perfekt sedieren und vergiften. *Der eingeschaltete Tomograph war eine Ablenkungsmaßnahme, mehr nicht.*

Er schaltete zu den Nachrichten. Der Sprecher verabschiedete sich. Er verwies auf großartige nachfolgende Sendungen, darunter auf einen Krimi, und auf das Wetter.

Ein ausgeprägtes Azorenhoch sei die Ursache für phänomenale Ereignisse am Himmel über Europa. Strömungsfilme mit bunten Pfeilen. Die Pfeile waren gelb über Spanien, verloren an Farbe und färbten sich auf dem Weg nach

Deutschland erst blau, dann tiefviolett. Ein Gegenhoch aus Moskau. Dadurch würden beide Fronten aufeinander zutreiben und – in etwa – über Deutschland zum Stehen kommen. Wo sie abregnen.

Teils nur schwere Gewitter, in den Niederungen auch Orkanböen. Die Temperaturen der nächsten Tage: von Orange nach Dunkelblau. Schnee in den Alpenländern.

Die Temperaturprognose für vierzehn Tage stimme durchaus optimistisch. Vor allem an der Nordseeküste könne das Quecksilber bald wieder auf die 20 Grad klettern. Auch der Urlaub in Skandinavien oder auf den Britischen Inseln verspreche den einen oder anderen Sonnenstrahl. Nur wer in Deutschland bliebe, müsse mit einer gewissen Stagnation rechnen.

Die Stagnation sah für Melchmer nach einer satten Baisse aus. Die Kurve hüpfte noch ein paar Mal wie ein austrudelnder Tennisball, um dann in einen Gulli zu fallen. Aber es war ja nur eine Prognose.

Anstelle des in den Programmzeitschriften ausgedruckten Krimis zeigen wir Ihnen einen Brennpunkt zum Sonderthema »Klimakatastrophe und kein Ende?« Danach eine Dokumentation von Hans-Ullrich Welker: »Der Euro fällt« – Wir bitten um Ihr Verständnis.

Melchmer schaltete ab.

Nicht nur der Tomograph bei Brogli ist ein Ablenkungsmanöver, dachte er. Es gibt Geständnisse, die sind so offen und ehrlich, so vollständig und richtig, so frühzeitig ... dass sie nur eines sein können: Ablenkungsmanöver.

Lascheter macht einen Nebenkriegsschauplatz auf! Er nimmt billigend in Kauf, wegen Anstiftung zum Mord angeklagt und womöglich verurteilt zu werden.

Da steckt mehr drin! Lascheter dürfte sich nicht selbst die

Hände schmutzig gemacht haben. Aber seine Leute. Dieser Fogh, der das Zimmermädchen ersticht und Lena beinahe in den Tod gestoßen hätte. Und seine eigene Verlobte auf dem Gewissen hat.

Und wer wird den großen Professor in die Zange nehmen müssen? Der, den man nicht in die Schweiz reisen lässt! Der, den man nicht informiert, was abläuft, mit Filmdateien. Der, dem man nichts erklärt! Der kleine Lothar aus Berlin sucht seine Mama.

Jetzt galt es, allen Mut zusammenzunehmen: Denn das Bier im Glas, es war inzwischen ganz sicher viel zu warm geworden.

66

Axel Hermsdorff stand am Fenster. Er sah hinaus auf die Potsdamer Chaussee. Mit dem Regenschirm wartete Shirin vor dem Tor des Instituts. Er beobachtete sie. Inzwischen war der achte Doppeldeckerbus vorbeigefahren. Sie wartete immer noch. Sie war die Einzige, die wartete.

Er nahm sein Handy und schrieb eine SMS. Dann wählte er die Nummer und drückte auf *Senden*. Shirin kramte nach ihrem Handy. Sie las es. Axel beobachtete, wie sie reagierte. Sie sah zum Institut hoch. Machte unsinniges Zeug. Albern. Noch ein Bus, der vorbeifuhr. Offenbar tippte sie etwas ein. Er schaltete sein Handy ab. Vorsorglich.

Das mit Shirin wäre nichts geworden. So war es besser. Nicht schön für sie, aber es war das Vernünftigste. Shirin passte nicht zu ihm. Klarer als jetzt hatte er das nie gesehen. Und jetzt ging sie ja auch. Sie würde es verwinden. Schließlich war sie so jung wie er. Und die SMS hatte er verständnisvoll formuliert. Sie würde darüber hinwegkommen und einsehen, dass es richtig ist.

Er setzte sich wieder an den Bildschirm. Angekündigt war, dass die Fragen von Stufe zu Stufe schwieriger wurden. Ihm kam es so vor, als würden sie einfacher. In Mathe ging es schneller, gerade bei den größeren Brüchen. Soweit er sich erinnerte, hatte er in der Schule damit Schwierigkeiten. Hier ging es besser.

Textrechenaufgaben. Wortpaare bilden. Logische Zusammenhänge finden – er hatte das Gefühl, man wolle ihn verschaukeln, es war zu einfach, und immer kam die Rückmeldung: *richtig.* Es war eine gute Arbeit, die er leistete. Außerdem war sie sinnvoll. Frau Dr. Harissa hatte ihn mit den Zielen und Teilzielen bekannt gemacht. Daran gab es nichts auszusetzen.

Kniffliger als die anderen Aufgaben waren zwei Kategorien. Die eine betraf Langzeiterinnerungen. Natürlich konnte er sich an die Namen seiner Eltern erinnern. Zum Beispiel wusste er, dass sie tot waren. Er konnte sich auch an die Schule erinnern. An das Klassenzimmer. Allerdings nicht mehr an das Gesicht des Klassenlehrers. Selbstverständlich wusste er, dass er mit Shirin auf die Havelhöhe gegangen war. Sie hatte ihn von ihren moralischen Bedenken hinsichtlich des Unternehmens *NanoNeutro* wissen lassen. Sie missbilligte das anpasslerische Verhalten ihrer Eltern. Was er nicht mehr rekonstruieren konnte, war, weshalb sie sich geküsst hatten und wie es dazu gekommen war. Aber danach fragte das Computerprogramm nicht. Es gab auch keine Erinnerung an den Anfall, die Einlieferung und die ersten Tage der Dauerbehandlung im Institut.

Dr. Harissa hatte es ihm plausibel dargelegt. Die Medikamente waren ursächlich für den epileptoformen Anfall. Das waren die ersten Veränderungen seines Gehirns. Inzwischen stimmte die Dosierung, der Vorfall hatte sich nicht wiederholt. Also war nichts einzuwenden. Alles war schön weiß auf den Bildern, die seinen Kopf abbildeten.

Die zweite Kategorie von Fragen, die nicht sehr leicht zu beantworten war, betraf die Träume. Er war sich nicht im Klaren, ob diese Frage allen gestellt wurde. Die Frage war nicht schwierig, aber sie war knifflig. Denn er konnte sich an jeden Traum erinnern. An jedes Detail. Vielleicht nicht an die Träume aus seiner Kindheit.

Da war der schmale Baum im Eis, den er aus unerfindlichen Gründen hatte umlegen wollen. Die weiße Wüste und die Ärzte. Der Kreidestaub an der Schultafel. Die Chronologie der Träume blieb unerfindlich, aber jedes Detail war präsent. Inzwischen verstand er die Bilder besser. Manches ließ sich oberflächlich deuten, anderes war assoziiert.

Dann gab es den Traum mit dem Auftauchen unter der Eisscholle. Das war der letzte. Seitdem hatte er nicht mehr geträumt. Definitiv nicht.

Liebe Teilnehmerinnen und Teilnehmer der Testreihe 44d!
Das Schild erschien alle paar Stunden einmal. Manchmal grüßte es den Morgen oder verabschiedete diejenigen, die nach Hause fuhren. Diesmal erinnerte es den Teilnehmerkreis an etwas. *Bitte denkt daran, eure Eltern anzurufen. Habt ihr daran gedacht?*

Das entfällt bei mir, dachte Axel. Aber es ist gut, dass sie daran erinnern. Es ist sehr vernünftig.

Nachwort

Über das Gehirn werden viele Vorurteile gefällt. Verbreitet ist das Bild eines Wissensspeichers, der sich im Laufe des Lebens füllt. Dementsprechend groß ist die Angst, dass dieser Speicher löchrig wird oder gar auseinanderfällt – durch Alzheimer und andere Demenzerkrankungen.

Tatsächlich jedoch ist unser Gehirn ein sich mehrfach umbauendes Verschaltungssystem. Dieses Organ passt sich den Herausforderungen an. Ein Säugling ist ganz auf das Überleben und Lernen ausgerichtet, da hat das Gehirn keine Kapazitäten beispielsweise für die Langzeiterinnerung frei. Deshalb können wir uns an unsere ersten Lebensjahre nicht erinnern.

Schon im Kleinkind-Gehirn werden nicht mehr benötigte »Datenleitungen« nach einer Weile »abgeschaltet« und neue Verknüpfungen aufgebaut.

Am heftigsten ist der Umbau während der Pubertät zu spüren. Das Hirn geht seine Archive durch und stellt den Nutzen jeder Verbindung in Frage: Ist diese Vokabel noch wichtig für mein Leben? Diese chemische Formel? Was unnütz wirkt, wird gelöscht, ohne dass wir darüber entscheiden. Die Leistungen an der Schule sacken ab, weil das Gehirn wirklich gezielt vergisst. – Vielleicht wäre es manchmal hilfreich, wenn Lehrende, Eltern und die Betroffenen das wissen.

In der Pubertät werden die vielen kleinen Feldwege und Nebenstraßen des Wissens beseitigt. Sie weichen den Highways, die Höchstgeschwindigkeit versprechen. Doch die

Baustelle ist gigantisch, und wenn überall gebaut wird, kommt man bekanntlich kaum voran.

Besonders dramatisch ist jene relativ neue Erkenntnis, auf die ich in diesem Thriller eingehe: Der gewaltige Umbau des Gehirns findet zuerst in den entwicklungsgeschichtlich ältesten Arealen statt – und leider erst zum Schluss hin im präfrontalen Kortex. Damit bleibt die Regiezentrale unseres Lebens über weite Zeitspannen der Pubertät unterentwickelt, während andere Fähigkeiten womöglich schon genialisch ausgeprägt sind. Und das verursacht so viel Leiden.

Ich hoffe nicht auf Entwicklungen wie in diesem Thriller. Denen, die im Baustau der Pubertät stecken, mag ein wenig Nachsicht und Geduld mehr helfen als die Medizin.

Ein weiteres Vorurteil besagt, dass das Gehirn bereits kartiert und erschlossen sei. Bei allem Respekt vor den Neurowissenschaften bleibt für mich nach meinen Recherchen der Eindruck, dass wir erst am Anfang der Hirnforschung stehen. Zwar werden alle Vorgänge im Kopf immer besser analysiert. Wie aber der Sprung von der Neurochemie zum Gedanken vonstatten geht, das ist unentdecktes Land.

Und noch etwas: Wir haben nur unser Gehirn, um über unser Gehirn nachzudenken. Hilft uns das oder hemmt es uns?

Bei »Jung genug zu sterben« stütze ich mich auf die Erkenntnisse vieler kluger Köpfe. Die Literaturliste verweist auf meine wichtigsten Quellen. Sie soll zum Weiterdenken anregen. Ich habe mich bemüht, nur solche Texte anzugeben, die gut verständlich sind.

Da »Jung genug zu sterben« ein Roman ist, sind Figuren, Begebenheiten und manche Medikamente frei erfunden. Einige Orte, so das *Institut Zucker* oder das PALAU, existieren nur in meinem Kopf. Andere, etwa die Alp Grüm, sind in Wahrheit hübsch und angenehm. Bei der Frage, inwieweit die Myelinisierung gesteuert werden kann, spekuliere ich ein wenig. Das haben Literatur und Forschung zuweilen gemein – sie jonglieren mit dem, was denkbar ist.

Ich bedanke mich bei Jörg Breitenfeld für seine Rückmeldungen und für zahlreiche Anregungen, die weit über das hinausgehen, was man in einem einzigen Thriller unterbringen kann. Auch meine Literaturagentin Susan Bindermann hat wieder Hirn und Herz für mich arbeiten lassen. Mein Dank gilt besonders Andreas Paschedag und Reinhard Rohn vom Aufbau Verlag, die sich für das Projekt begeistert haben.

Begeisterung ist eine der schönsten Leistungen unseres Gehirns.

Jörg Liemann

Literatur

BÜCHER

Michael O'Shea: Das Gehirn – Eine Einführung, Stuttgart 2008

David J. Linden: Das Gehirn – Ein Unfall der Natur und warum es dennoch funktioniert, Hamburg 2010

Stephan Schleim: Die Neurogesellschaft – Wie die Hirnforschung Recht und Moral herausfordert, Hannover 2011

Achim Geisenhanslüke, Hans Rott (Hg.): Ignoranz – Nichtwissen, Vergessen und Missverstehen in Prozessen kultureller Transformationen, Bielefeld 2008

Rolf Aurich, Wolfgang Jacobsen: Theo Lingen – Das Spiel mit der Maske, Berlin 2008

Wilfried Stroh: Latein ist tot, es lebe Latein! – Kleine Geschichte einer großen Sprache, Berlin 2009

ARTIKEL

Karl Deisseroth: Lichtschalter im Gehirn, Spektrum der Wissenschaft, Februar 2011

David Dobbs: Vorboten des Ich-Verlusts, Spektrum der Wissenschaft, Juli 2011

Julia Koch: Nebel hinter der Stirn, Spiegel-Online, 4. 5. 2010

mbe/dapd: »Homer-Simpson-Gen« macht Mäuse dümmer, Spiegel-Online, 20. 9. 2010

Martin Korte: Was soll nur aus unseren Gehirnen werden?, Frankfurter Allgemeine Zeitung, 30. 4. 2010

Manfred Dworschak: Helden auf Bewährung, Der Spiegel, Nr. 15, 12. 4. 2010

Achim Wüsthof: Patient Kind, Zeit Online, 12. 10. 2006

THEMENHEFTE

Die Pubertät, Der Spiegel Wissen, Nr. 2, 2010

Das Gehirn – Aufbau und Funktionen, Spektrum der Wissenschaft, Gehirn & Geist Basiswissen, Nr. 2, 2010

DOUG MAGEE
Schöne Ferien
Thriller
Aus dem Amerikanischen
von Ursula Walther
366 Seiten
ISBN 978-3-7466-2831-8

Sarah, verzweifelt gesucht

Lena hat schon bessere Tage gesehen – ihre Ehe mit David kriselt. Insgeheim glaubt sie, dass er sie betrügt. Sie freut sich daher sehr auf ein paar ruhige Tage, wenn ihre neunjährige Tochter Sarah ins Sommercamp reist. Pünktlich fährt der Kleinbus für das Ferienlager vor. Sarah steigt aufgeregt ein, und Lena unterschreibt dem freundlichen Fahrer, der sich J. D. nennt, die erforderlichen Papiere. Kaum ist der Kleinbus weg, fühlt Lena sich erleichtert. Nun hat sie endlich Zeit, über sich und David nachzudenken. Zehn Minuten später klingelt es wieder an ihrer Tür. Eine junge Frau steht da und fragt, ob Sarah fertig sei. Sie wolle sie ins Camp abholen. Ein schrecklicher Alptraum beginnt.

Mehr Informationen erhalten Sie unter www.aufbau-verlag.de
oder in Ihrer Buchhandlung

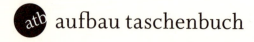

ROBERT MERLE
Ein vernunftbegabtes Tier
Roman
Aus dem Französischen
von Eduard Zak
393 Seiten
ISBN 978-3-7466-2792-2
Als E-Book erhältlich

Ein Klassiker der negativen Utopie

Dem amerikanischen Wissenschaftler Dr. Sevilla gelingt es, Delphinen das Sprechen beizubringen. Doch sein Forschungsprojekt mündet rasch in einem internationalen militärischen Komplott, das sein eigenes Leben und den Frieden in der Welt bedroht.
Mit leichter Hand, entlarvendem Witz und hintergründiger Ironie präsentiert Merle einen Thriller um Intelligenz und ihren Missbrauch, um Menschlichkeit und Menschenwahn.

»Ein vernunftbegabtes Tier entstand aus der Sorge um die Zukunft unseres Planeten. Actionreich, philosophisch abgeschmeckt und äußerst spannend.«
FREIE PRESSE

Mehr Informationen erhalten Sie unter www.aufbau-verlag.de
oder in Ihrer Buchhandlung

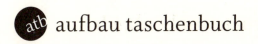

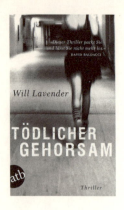

WILL LAVENDER
Tödlicher Gehorsam
Thriller
Aus dem Amerikanischen
von Bea Reiter
397 Seiten
ISBN 978-3-7466-2655-0

»Was für ein Trip!« David Baldacci

Als die Studenten Mary, Brian und Dennis ihre erste Stunde eines Logikkurses besuchen, erleben sie eine Überraschung. Statt eines Lehrplans bekommen sie von Professor Leonard Williams eine ungewöhnliche Aufgabe gestellt: Sie sollen einen hypothetischen Mord verhindern. Sechs Wochen Zeit und die Gesetze der Logik stehen ihnen zur Verfügung, um die 18-jährige Polly vor ihrem Entführer zu retten. Ein aufregendes Gedankenspiel – oder etwa mehr?

Mehr Informationen erhalten Sie unter www.aufbau-verlag.de
oder in Ihrer Buchhandlung

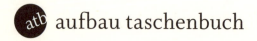

GABRIELA GWISDEK
Die Fremde
Thriller
259 Seiten
ISBN 978-3-7466-2624-6
Als E-Book erhältlich

Sag mir, wer ich bin

Ein geheimnisvoller Unfall, die Jagd nach einem Mörder und die Suche nach der eigenen Vergangenheit. Gabriela Gwisdek erzählt von einer Frau, die nicht weiß, wer sie ist – und der ihr eigener Mann alles zutraut: Betrug, Lüge und sogar einen Mord. Ein abgründiger Psychothriller – packend bis zur letzten Seite!

Mehr Informationen erhalten Sie unter www.aufbau-verlag.de
oder in Ihrer Buchhandlung

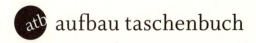